RICHARD ROST

Das Ketzerdorf *IN* KETTEN

RICHARD ROST

Das Ketzerdorf in Ketten

GMEINER

Immer informiert

Spannung pur – mit unserem Newsletter informieren wir Sie regelmäßig über Wissenswertes aus unserer Bücherwelt.

Gefällt mir!

Facebook: @Gmeiner.Verlag
Instagram: @gmeinerverlag
Twitter: @GmeinerVerlag

MIX
Papier aus verantwortungsvollen Quellen
FSC www.fsc.org
FSC® C083411

Besuchen Sie uns im Internet:
www.gmeiner-verlag.de

Im Ehnried 5, 88605 Meßkirch
Telefon 07575/2095-0
info@gmeiner-verlag.de

1. Auflage 2021

Lektorat: Daniel Abt
Herstellung: Mirjam Hecht
Umschlaggestaltung: U.O.R.G. Lutz Eberle, Stuttgart
unter Verwendung der Bilder von: © https://commons.wikimedia.org/wiki/File:Rafael_-_Retrato_de_um_Cardeal.jpg
und Nielen de Klerk / shutterstock.com
Druck: CPI books GmbH, Leck
Printed in Germany
ISBN 978-3-8392-0008-7

Pia

Die Charaktere und Ereignisse dieses Romans sind fiktiv; Inquisition und »Hexen«-Verfolgung verbreiteten jedoch tatsächlich Schrecken und Leiden über Jahrhunderte, Kontinente und Weltanschauungen hinweg. Die historische Forschung zeigt, dass bislang wenige selbstkritische Stimmen bekannt sind. Bei den Dominikanern haben die Klostergemeinschaften Norddeutschlands im Jahr 2000 innerhalb ihrer Ordensprovinz klar Stellung bezogen für ihre Gegenwart und Zukunft:

»Deutsche Dominikaner waren nicht nur in die Inquisition verstrickt, sondern haben sich aktiv und umfangreich an ihr beteiligt. Historisch gesichert ist die Mitwirkung an bischöflichen Inquisitionen und an der römischen Inquisition. Unabhängig von den vielleicht manchmal nachvollziehbaren historischen Gründen für die Mitwirkung erkennen wir heute die verheerenden Folgen dieses Tuns unserer Brüder. Wir empfinden dies als ein dunkles und bedrückendes Kapitel unserer Geschichte. Dies gilt in gleicher Weise für die nachgewiesene Beteiligung des deutschen Dominikaners Heinrich Institoris an der Hexenverfolgung. Durch das Verfassen des ›Hexenhammers‹ unterstützte und förderte er die menschenverachtende Praxis der Hexenverfolgung. Folter, Verstümmelung und Tötung haben unendliches Leid über zahllose Menschen gebracht; deutsche Dominikaner haben dazu, neben anderen, die Voraussetzung geschaffen. Die Geschichte dieser Opfer – namenlos und vergessen – können wir nicht ungeschehen machen. Wiedergutmachung ist unmöglich. Uns bleibt die Verpflichtung zur Erinnerung.

Wir wissen, dass der Geist von Inquisition und Hexenverfolgung – Diskriminierung, Ausgrenzung und Vernichtung Andersdenkender – auch heute latent oder offen in Kirche und Gesellschaft, unter Christen und Nicht-Christen leben-

dig ist. Dem entgegenzutreten und sich für eine umfassende Respektierung der Rechte aller Menschen einzusetzen, ist unsere Verpflichtung, die wir Dominikaner den Opfern von Inquisition und Hexenverfolgung schulden. Das Provinzkapitel fordert alle Brüder unserer Provinz auf, unsere dominikanische Beteiligung an Inquisition und Hexenverfolgung zum Thema in Predigt und Verkündigung zu machen.«

Allen gewidmet,
die in Gottes Namen in der Kirche Gutes tun,
und den zahllosen Opfern derer, die unter dem
Deckmantel der Kirche gesündigt haben.

Dramatis Personae

Johann Otto von Gemmingen*	Dekan am Augsburger Dom, ein Suchender
Erminio vom Berg	Kardinal, gefürchteter Großinquisitor
Paschalis	Kind der Kirche, hört alles und sagt nichts
Georg Mayer alias Agricola*	Prediger, wird zum Sämann
Anna Dorn*	Herrin von Leeder, Witwe
Raymund Rehlinger*	sein Erfolg weckt Begehrlichkeiten
Helena Rehlinger*	seine »Zwillingsschwester«, geht durch ein tiefes Tal
Hans Jakob Rehlinger*	ihr Bruder, Opfer der Teuerung
Viktoria Tradel*	sein Weib, zu allem fähig
Karl	Kutscher der Rehlinger
Hieronymus Rehlinger*	Tuchhändler, spinnt die Fäden
Jakob III. Fugger, genannt Giacomo*	Herr von Babenhausen, reich und mächtig
Oktavian Honold von Emmenhausen	Amtsarzt in Augsburg
Berkel Aleman	Dolmetsch am Hof des Sultans
Don Alfonso	weit gereister Gaukler, Geschichtenerzähler
Tiburtius Benzenauer*	Augsburger Büchsenschmied, protestantisch

Korbinian Greisinger	sein Obergsell, genial und gefährlich
Jos	Lehrbub aus Lauingen, Frohnatur
David Altenstetter*	Goldschmied, Alchemist, Schwenckfelder
Zacharias Geizkofler*	Reichspfennigmeister des Kaisers
Eugenio Castranova	Spion, niemand weiß, für wen
Keggelbäuerin, Mesnerin, Huetter, Theo, Linder, Schmelzerin, Halblützerin	Marianische, beten viel und denken schlecht
Els von Ettringen*	angesehene Wahrsagerin und Kräuterkundige, keine Hexe
Gerhild Maierin	Schankmagd beim Semmerwirt, besitzt das zweite Gesicht
Maria	ihre Tochter, findet das stille Glück
Andrea Balbetta	Stotterer, niemals untätig
Haseki Safiye*	italienische Prinzessin, Lieblingsfrau des Sultans Murad III.
Hanns Friedrich Hörwarth*	Landrichter in Schongau, der es allen recht machen will
Hans Semmer*	Wirt im »Sternen«, berühmt für seine Milchsuppe

Mit einem * gekennzeichnet sind historische Personen, deren Lebensläufe teilweise verwendet wurden. Alle anderen Personen sind frei erfunden und wurden nach bestem Wissen in den historischen Kontext eingearbeitet.

Ketten in der Pfarrkirche Mariä Verkündigung in Leeder (© privat)

1

Konstantinopel, Frühjahr 1577

Eine bunte Versammlung von Trägern verschiedenster Uniformen, glänzender Rüstungen und blinkender Waffen, von denen jeder glaubte, wichtiger zu sein als die anderen, lieferte sich im Diwan, dem Versammlungsraum des Sultans, ein ohrenbetäubendes Geschrei. Einmal im Jahr, zum Halbmond nach Ramadan, fand diese Zusammenkunft der Legaten und Abgesandten des Militärs, Schiffbaus, der Versorgung und des Straßenbaus statt. Es galt, die Erfolge, Verluste und Nachschubfragen des Osmanischen Reiches zu erörtern.

Der Reichswesir Sokollu Mehmed, ausgestattet mit den Insignien eines Paschas, verschaffte sich nach mehreren vergeblichen Versuchen endlich Gehör: »Ihr verehrungswürdigsten Offiziere, Befehlshaber, Kommandeure und Kapitäne. Welch große Taten habt ihr vollbracht zu Ruhm und Ehre unseres erhabenen und allmächtigen Sultans. Ihr habt das Reich vergrößert, Städte, Häfen und Meere gesichert, unseren Widersacher, den Habsburger, in die Schranken gewiesen und damit die Überlegenheit des Osmanischen Reiches demonstriert. Kaiser Rudolf II. lenkt nun seit einem halben Jahr die Geschicke des Habsburgerreiches. Er legt sein Augenmerk nicht auf die große Politik, sondern fördert die Künste, die Kultur und die Wissenschaften. An seinem Hof in Wien arbeiten die berühmtesten Mathematiker, Astronomen, Maler und Architekten. Militärische Angelegenheiten, Grenzsicherung und Waffenkammern interessieren ihn nicht. Zudem ist er mit Religionsstreitigkeiten beschäftigt, die das ganze Land in Zwist und Unruhe versetzt haben. Und so frage ich euch: Wie können wir im Reich von der Schwäche des Monarchen profitieren?«

»Zuerst einmal sollten wir nicht über die Grenzen blicken, sondern im eigenen Land für Fortschritt und Verbesserung sorgen!«, rief eine Stimme aus dem Hintergrund.

»*Ne tür aptalsınız!** Egal, ob der Kaiser schwach ist, das westliche Kriegswesen ist uns um mehr als eine ganze Generation voraus, daran müssen wir arbeiten. Wir sind nicht einmal in der Lage, die beschlagnahmten Waffen zu bedienen, geschweige denn, sie nachzubauen«, ertönte die hohe Stimme eines untersetzten Offiziers mit schwarzem Bart, rotem Kopf und funkelnden Augen.

Die Umstehenden nickten zustimmend.

»Wir haben unsere Flotte wieder aufbauen können, viertausend Galeeren liegen kampfbereit in den Häfen. Aber was nützt es uns? Mit Armbrüsten haben wir jämmerlich versucht, unsere Schiffe gegen die Kanonen der Habsburger zu verteidigen. Schande über uns!«, ergänzte ein hochdekorierter Kapitän.

»Die Zeit ist günstig, das Abendland wird von Hungersnöten und Seuchen geplagt. Manch einer der Handwerker denkt vielleicht daran, sein Glück in der Ferne zu suchen«, verkündete ein anderer Minister mit großer Gestik.

»Wie stellt ihr euch das denn vor, meine Freunde? Nur ein Einfaltspinsel, wie ich einer bin, entschuldigt den Begriff, Sokollu Mehmed, verlässt freiwillig seine Heimat und seine Familie. Die Pfaffen im Abendland rufen es täglich von den Kanzeln, dass wir Türken für alles Böse in der Welt verantwortlich sind. Die Stimmung ist gegen uns. Und außer-

* Was seid ihr doch Dummköpfe!

dem: Jeder Meister ist strengstens darauf bedacht, seine Geheimnisse besser zu hüten als die Jungfräulichkeit der eigenen Töchter.« Die Turbane wippten unter dem Gelächter ihrer Besitzer. »Wir brauchen Spione, die versuchen, sich Zugang zu den Gießereien und Werkstätten zu verschaffen. Wir brauchen das Wissen, und wenn wir die Waffen bauen können, dann können wir sie auch bedienen«, fuhr der Dolmetsch fort und jeder im Diwan wusste, dass dieser sicherlich nicht zu den Einfältigen gezählt werden konnte.

Der Minister kam auf ihn zu. »Ich werde mit dem Sultan über dieses Problem sprechen, das meiner Meinung nach dringend angegangen werden muss, und vielleicht brauchen wir dann auch deine Hilfe. Ich habe eine Idee, wie wir uns das Wissen über die neueste Technik beschaffen könnten.«

»Mein Herr, es ehrt mich, und ich bin beschämt, Euer geschätztes Vertrauen genießen zu dürfen. Ihr könnt dem Sultan bestellen, dass er immer auf meine Hilfe zählen kann.« Insgeheim hoffte der Dolmetsch, dass der Minister ihn nicht in die finsteren und unsicheren Städte des Abendlandes zurückschicken würde.

2

Augsburg, im Herbst 1577

Raymund war fasziniert von der Stadt, den Gebäuden, gepflasterten Straßen, Kunstwerken und all den neuen Eindrücken. Wie klein erschien ihm Leeder, sein Heimatdorf, in dem er Mutter und Geschwister zurückgelassen hatte. Seinem kleinen Bruder Hans hatte er noch aufmunternd zugerufen: »Sei fleißig und strebsam, du willst einmal das Gut übernehmen!«

Seine Mutter hatte ihm das Kreuz auf die Stirn gezeichnet mit den Worten: »Vergiss Caspar nicht.«

Helena hatte hemmungslos in seinen Armen geweint, und erst als er ihr versprochen hatte, regelmäßig zu schreiben, war ein kleines Lächeln auf ihre Wangen zurückgekehrt. »Nimm meine Kappe, die brauch ich jetzt nicht mehr«, hatte er zu ihr gesagt und sie ihr zum Abschied in die Hand gedrückt.

Und der gute Karl hatte noch einen Ratschlag für ihn gehabt: »Weisch, Raymund, liaber hundert Neidar als oin Mitleidar. Du wersch es no alle zoige.«

Nach zwei Wochen im herrschaftlichen Haus von Onkel Hieronymus hatte dieser ihn mit einem Wagen ins Lechviertel fahren lassen, wo die Handwerker ansässig waren. Dort wurde er in der Werkstatt von Tiburtius Benzenauer erwartet. Eine Angestellte ging voraus und der Fuhrknecht half ihm, seine Kiste nach oben zu bringen. Das geräumige Zimmer mit einer engen Dachkammer tauschen zu müssen, machte ihm gar nichts aus.

»Ich bi… bin der Jos aus Lauingen«, strahlte ihn ein ellenlanger, dünner Bursche an und es klang wie ein kleines Lied. »Wir teilen uns die Kammer, sei willkommen!«

»Und ich heiße Raymund Rehlinger.«

»Du musst wissen, dass ich gerne singe, weil ich mir damit das Stottern abgewöhnt habe.«

Mit dem werde ich bestimmt gut auskommen, dachte sich Raymund. »Wie lange bist du schon beim Benzenauer?«

»Ich bin jetzt im zweiten Lehrjahr«, antwortete Jos.

»Hast du denn selber schon eine Waffe gebaut?«

Jos lachte schallend. »Wo denkst du hin? Jetzt wirst du erst einmal dem Obergsell unterstellt und darfst für ihn Botengänge erledigen, abends die Werkstatt aufräumen, zusammenkehren, das Metall aus dem Dreck heraussieben und so weiter. Bis er dich an die Werkbank lässt, vergehen schon ein paar Wochen.«

»Wochen?«

»Aber dann hast du es überstanden. Der Obergsell heißt eigentlich Korbinian Greisinger, aber alle müssen Obergsell zu ihm sagen, einzig der Meister darf ihn mit seinem Vornamen ansprechen, weil er angeblich die Heiligengeschichte mit dem Bären so gerne hört. Wenn du ihn siehst, schau dir seine Pranken an, Raymund, und nimm dich in Acht!«

»Da hast du wohl schlechte Erfahrungen gemacht, Jos! Ich werde den Kerl einmal in Augenschein nehmen«, erwiderte Raymund.

Es dauerte eine ganze Weile, bis Raymund die Organisation der Büchsenmacherei durchschaut hatte. In der Halle vom Benzenauer arbeiteten neben dem Meister noch fünf Gesellen, drei Lehrbuben und neun Gehilfen. Alle waren in den verschiedenen Bereichen Gießerei, Mechanik, Schäfterei, Marqueterie und Ziselierung tätig. Im hinteren Drittel war die Gießerei mit den Schmelzöfen und den Gussformen für die Kanonen, Rohre und andere Aufträge. Ganz hinten gab es einen Raum, dorthin durften nur der Obergsell und der Meister. Was jenseits der eisernen Tür geschah, war ein großes Geheimnis, das die beiden offensichtlich aneinanderschweißte. An den Wänden der ganzen Werkstatt hingen Dutzende von verschiedenen halb fertigen Schlossmechanismen. Die Werkzeuge waren an den Außenwänden über den Werkbänken aufgehängt, auf die durch große Fenster das Tageslicht fiel. In einem Seitenraum war die Schmiede mit dem gewaltigen Blasebalg und der Esse eingerichtet. Die Gesellen teilten sich die Arbeitsbereiche und hatten dafür die Verantwortung zu tragen.

Nach einigen Tagen, an denen Raymund das Gefühl bekam, den Leuten nur im Weg zu stehen, schickte ihn der Obergsell mit dem Handkarren los.

»Bring gefälligst die Sachen, die auf dem Zettel stehen, hast lang genug dumm herumgestanden!«

Raymund schob den Karren aus dem Hof, nahm das Lehrbuch heraus und versuchte zu wiederholen, was da stand.

»Zu den Aufgaben der Büchsenmacher gehört die Herstellung aller Arten von Feuerwaffen wie Handbüchsen, Kanonen, Mörser und …« Der Meister Benzenauer hatte ihn die Grundsätze des Berufs in sein Lehrbuch schreiben lassen. Auswendig lernen war überhaupt nicht Raymunds Stärke, aber bis zur Brotzeit sollte er es können. »Und … und … Bombarden.« Immer wieder fiel ihm dieses dumme Wort nicht ein, *Bombarden*. Es juckte ihn in den Fingern, irgendein Werkzeug in die Hand zu nehmen. Stattdessen Theorie und unverständliche Begriffe wie Bombarden. »Sie beherrschen das Richten und Laden, die Instandhaltung und Reparatur der Stücke.« Den ganzen Weg, mit dem Handkarren in der einen und dem Lehrbuch in der anderen Hand, bläute er sich leise vor sich hinredend ein, was alles auf ihn zukommen würde. »... daneben stellen sie auch Geschosse, Schwarzpulver und Zündmechanismen her.« Ja, wenn er das denn schon tun dürfte, stattdessen fuhr er wie mit einem Kinderwagen in der ganzen Stadt umher, um die Einzelteile zusammenzuholen, die die Gesellen benötigten. Zuerst Kupferplatten beim Behringer, dann Holzschäfte aus Nussbaum vom Meister Madringer, der im Jakoberviertel seine Schreinerei hatte. »Der Büchsenmacher hat Kenntnisse von Metallguss für die Laufherstellung, von Alchemie für die Pulvermischung, von Mathematik und vom Messwesen für den Zielvorgang und von Architektur für das Zielobjekt.« Je schneller er das Zeug im Kopf hatte, desto früher würde er hoffentlich an die Werkbank dürfen. Als er den Hinteren Lech an der Schlossermauer überquerte, beherrschte er den Text aus dem Lehrbuch.

»Gut gelernt, Raymund!«, lobte ihn der Meister, als er bei seiner Rückkehr alles fehlerfrei aufsagen konnte.

Dem Obergsell, dem nichts zu entgehen schien und der von hinten neugierig zugehört hatte, gefiel es anscheinend überhaupt nicht, wenn jemand anderer als er vom Meister ein Lob bekam. »Mach dich nicht so wichtig, du Hundsfott aus dem Wald, du wirst auch noch auf die Welt kommen, dafür werde ich schon sorgen«, schnauzte er ihn im Vorbeigehen an.

Raymund schluckte. Er fand diese Bemerkung ziemlich unverschämt, wo er doch so stolz auf sich war. Einem Lehrling war allerdings jede Widerrede verboten.

»Der Meister hat ihm zwar das Prügeln der Lehrbuben verboten, aber er hält sich nicht immer dran. Du musst aufpassen, Raymund, vor allem, wenn er nach seinem freien Tag noch nicht ganz nüchtern ist und die Lehrbuben wie wild rumscheucht.« Remigius, einer der Schäfter, hatte die Szene beobachtet. Er gab ihm einige gute Ratschläge, wie er sich vor den Hieben des Obergsells rechtzeitig abducken solle.

Im Hause Benzenauer wurde mittags und abends gekocht. Um die Zwischenmahlzeiten mussten die Gesellen sich selbst kümmern und die schickten ihre Lehrlinge.

An einem Novembermorgen hatte Raymund gerade seinen Wagen vor der Werkstatt abgeladen, da wartete bereits der nächste Auftrag. *Immer dieselben Fuhren, seit Wochen! Wenn das nicht bald aufhört mit diesem langweiligen Karrengeschiebe von der Oberstadt in die Unterstadt, raus in die Jakoberstadt und zurück ins Lechviertel! Immerhin kann ich den Jos jeden Abend fragen, was mich brennend interessiert.*

»Jetzt kannst du gleich die Brotzeit holen, oben in der Stadtmetzg die Würste und drüben in der Bäckerei das Brot, verstanden? Aber beeil dich, Rotschopf, du hast beim Madringer viel Zeit gelassen, deine Trödelei werd ich dir austreiben«, nörgelte der Obergsell hinterher.

»Jawohl, Obergsell.« Er nickte betont untertänig und freute sich darüber, dass ihm der Spott über seine roten Haare überhaupt nichts mehr ausmachte. Und es kam ihm einer von Karls aufmunternden Sprüchen in den Sinn. *Nur einfache Menschen beurteilen andere nach Äußerlichkeiten. Der gute Karl*, Raymund lächelte nur. *Von dir lasse ich mich nicht unterkriegen, Greisinger!*

Im Lechviertel waren zwar viele Handwerksbetriebe in kurzer Reichweite angesiedelt, aber bis zur Stadtmetzg war es ein weiter Weg, sodass es einige Zeit dauerte, bis er den Rundgang beendet hatte.

Als Raymund den Gesellen, die es sich an ihrem Tisch gemütlich gemacht hatten und ungeduldig auf ihre Brotzeit warteten, den Korb auf den Tisch stellte, stand ein großer, stattlicher Mann mit einem riesigen Hut in der Werkstatt. So wie er aussah, musste er ein Patrizier oder ein Abgesandter eines mächtigen Fürsten oder gar Königs sein.

Der Benzenauer kümmerte sich persönlich um den hohen Gast und Raymund spitzte vom untersten Platz des Gesellentisches die Ohren.

»Wir haben seit einiger Zeit das Radschloss durch das Schnapphahnschloss ersetzt, Herr Castranova. Die grundsätzliche Änderung gegenüber dem Radschloss ist, dass jetzt der Hahn das aktive Element wird. Er wird von der Schlagfeder nach vorn geschleudert und trifft mit seinem Feuerstein auf einen Feuerstahl, der über die Pfanne geklappt ist.« Raymund entging nicht, dass der kluge Benzenauer die eigentliche Erfindung für sich behalten hatte.

Der hohe Gast schien sehr an den Neuerungen interessiert. »Um wie viel verkürzt sich denn die Ladezeit gegenüber herkömmlichen Hakenbüchsen*?«, wollte er wissen. Endlich wurde es interessant. Raymund rückte ein Stück näher, um ja nichts zu überhören.

»Das Entscheidende ist nicht die Verkürzung der Ladezeit, sondern die Zuverlässigkeit der Zündung, die dem Schützen die Sicherheit gibt, dass die Kugel tatsächlich fliegt, wenn die Schlagfeder zuschlägt. Das Wild muss getroffen sein, bevor es das Geräusch wahrnehmen kann. Denn jede Fehlzündung bedeutet, dass das Tier aufgeschreckt davonläuft. Zudem ist der Waidmann nicht mehr, wie bisher, mit der ständig brennenden Lunte vom Wetter abhängig«, erklärte der alte Benzenauer.

»Der hohe Herr kommt vom Dogen in Venedig, hab ich mir sagen lassen; dort brauchen sie immer wieder die neu-

* Gewehr mit langem Lauf, das aufgeständert werden musste.

esten Waffen für die Besatzungen ihrer Handelsschiffe im Kampf gegen die Piraten«, erklärte der Obergsell den anderen am Tisch und grinste so breit, dass seine Zahnlücke sichtbar wurde. Er erntete anerkennende Blicke am Tisch, doch der Meister drehte sich mit warnendem Blick zu den Gesellen.

»Sei still, wenn der Meister spricht!« Der Schäfter Remigius war anscheinend der Einzige, der es wagte, dem Obergsell zu widersprechen.

Der Obergsell, das wurde Raymund von Tag zu Tag deutlicher, war der heimliche Herr im Hause. Selbst der Benzenauer kam um seine Meinung nicht herum, vor allem, wenn es um technische Dinge ging.

»Halt du dein Maul, Remigius! Schließlich war ich es, der dieses Schnapphahnschloss entwickelt hat, und frag den Meister, wo wir ohne mich wären!«

»Benehmt euch wenigstens, wenn ein Gast im Haus ist!«, fuhr der Meister dazwischen.

Dem vornehmen Herrn war die Streiterei am Tisch nicht entgangen.

»Eure Waffen sind gefragt und sicherlich ist Eure Schmiede eine der fortschrittlichsten nördlich der Alpen. Dann geht es jetzt nur noch darum, dass die Waffe so dimensioniert wird, dass sie nicht nur vom Infanteristen, sondern auch vom Reiter abgefeuert werden kann.« Raymund begriff sofort, wie listig der große Herr seine Frage gestellt hatte: *Weil die Venezianer so eine mächtige berittene Armee haben! Ganz sicher nicht!*

»Unsere Waffen sind reich verzierte Prunkwaffen, allein die Hirschhorn-Einlegearbeiten, die wir nur auf Bestellung anfertigen, benötigen dreimal so viel Zeit wie der Rest der Büchse. Sie werden bisher hauptsächlich von Jägern benutzt, denen das Laden der Waffe keine besonderen Schwierigkeiten bereitet, da es in der Einsamkeit des Waldes oder der Stille des Vogelherds geschieht.«

»Da seid Ihr zu bescheiden, Meister Benzenauer! Eure Waffen haben das Zeug, nicht nur bei der Jagd, sondern auch im Kampf auf den Schlachtfeldern eingesetzt zu werden und den Reitern mit ihrer Leichtigkeit und einfachen Handhabung bei jedem Wetter einen großen Vorteil zu verschaffen. Die Treffsicherheit allerdings muss auf hundert Schuh Entfernung garantiert sein. Auf jeglichen anderen Zierrat könnt Ihr getrost verzichten. Ein Reiter benötigt lediglich einen großen Kugelknauf, der ihm ein schnelles Ziehen ermöglicht.«

»Ihr meint also, Herr Castranova, dass ich meinen Betrieb von Prunkwaffen auf Gebrauchswaffen für Kriegsleute umstellen soll?«

»Wir sprechen von einem Volumen von fünfhundert Waffen jährlich. Könnt Ihr das bewerkstelligen, Benzenauer?«, fragte Castranova provokant, aber selbst Raymund wusste, dass diese Zahl aus der Luft gegriffen war.

»Warum geht Ihr nicht nach Suhl, Nürnberg oder München. Da sind sie viel eher auf so große Mengen eingestellt«, warf der Obergsell vorlaut ein, und seine Zahnlücke entließ einen Schwall Spucke über den Tisch.

Der Meister schaute verärgert in seine Richtung.

»Mein Auftraggeber braucht kurze, treffsichere und wetterunabhängige Waffen ohne viel Zierrat. Darüber solltet Ihr nachdenken. Es gibt wohl bereits in Frankreich sogenannte Pistoletten, die nicht viel länger sind als eine Elle, jedoch lässt ihre Zielgenauigkeit sehr zu wünschen übrig. Wenn Ihr Euch anstrengt, Benzenauer, soll es zu Eurem Schaden nicht sein. Ich komme in einem halben Jahr wieder, bis dahin habt Ihr Zeit, das Ganze durchzurechnen.«

»Dann kann ich meine Schäfter wohl nach Hause schicken. Nein, nein, sagt Eurem Herrn, dass ich mir einen solchen Auftrag schon sehr gut überlegen muss.«

»Denkt an die Zukunft Eurer Werkstatt: Jäger und Fürsten, Bischöfe und Herzöge, sie alle brauchen Frieden, um auf die Pirsch zu gehen, brauchen Geld, um sich Eure teuren Waffen kaufen zu können. Aber die Zeiten ändern sich, es wird Krieg geben, den der gewinnen wird, der mit der Entwicklung geht.« Castranova nahm seinen mit Federn geschmückten Hut und verließ mit ausladender Geste den Raum.

»Aufgetakelter Wichtigtuer! Wenn es nach mir ginge, würde ich die Produktion von diesen Spielzeugpistoletten den Franzosen überlassen«, murmelte der Obergsell vor sich hin. »Ja, ja, die Treffsicherheit! Der Graf von Oettingen-Oettingen war schon dreimal mit seiner Büchse zum Nachbessern hier, weil er angeblich innerhalb von vier Wochen siebenmal in seinem Revier auf denselben Zwölfender geschossen hat und dieser immer noch brunftvergnügt herumläuft.«

Alle am Tisch lachten über die Geschichte des Obergsells.

»Wie kann der Obergsell ungestraft seine Klappe so aufreißen?«, raunte Raymund dem Schäfter Remigius zu, der neben ihm saß.

»Er ist ein genialer Tüftler und er hätte längst seinen Meister gemacht und eine eigene Werkstatt eröffnet, wenn ihm die Zunft nicht aufgrund der zahlreichen Anklagen wegen Unruhestiftung die Zulassung verweigert hätte«, sagte Remigius so leise, dass ihn der Obergsell nicht hören konnte. »Aber psst, im Vertrauen, der Obergsell hat eine große Schwäche, er ist ein Vollmondsäufer, der sich in seinem Suff nicht mehr unter Kontrolle hat, in Schlägereien gerät und auch schon die eine oder andere Waffe benutzt hat. Der Meister hat ihn mehrmals freikaufen müssen und ihm so die Haut vor dem Pranger oder dem Gefängnis gerettet.«

Aha, sieh einmal an! Auch er hat einen wunden Punkt. Ich werde meinen Meister machen, da kannst du Gift darauf nehmen, Herr Obergsell!, dachte Raymund und lächelte in sich hinein. Sein Ehrgeiz war geweckt.

Von einem schrecklichen und wundersamen Cometen, so sich am Dienstag nach Martini dieses laufenden Jahres 1577 am Himmel erzeiget hat.

Es hat der Allmächtige / Ewige / Gütige und Barmherzige Gott / uns abermals ein Schrecklichs Wunderzeichen für unser Augen dargestellet / und wir müssen es sehen wegen unserer schweren und grossen sünde / ob welcher wir nicht allein dem Zorn Gottes und der zeitlichen straffe hie / und nach diesem leben der ewigen verdammnis / nicht entgehen mögen / wo wir uns nicht in dem waren Christlichen Glauben zu Gottes Barmherzigkeit bekeren ...

Wie dann der Menschen unverstand die Wunder und Zeichen Gottes allwegen anders auffnimbt und zueignet / ist ihm zugethan ein langer und schrecklicher Schwanz / von der linken seiten des Mittags Ragts hinauff uber die Stern Chyron fast bis zu dem Steinbock /

Jiří Daschitzsky, Prag, 1577

3

Leeder, ein Tag vor Mariä Empfängnis* 1577

Die Marianischen standen an diesem kalten Abend im Hof des Keggelbauern und schauten hinauf in den wolkenlosen Nachthimmel. Die Stimmung schwankte zwischen Entsetzen und Faszination.

»Meine Leit, was des wohl mea alls bedeided. Dea wead immer no greaßer und greaßer!«, fand die Schmelzerin als Erste ihre Sprache wieder.

»Eisre Kiah bleared dia ganz Nacht und gennt bloß no d'Hälfte Milch«, warf Theo vom Hauserbauer ein.

»Vielleicht isch des aber au a guats Zoache, dr Stern vo Bethlehem hot schließlich unseren Heiland verkünded«, wandte die Halblützerin ein.

»Dea Komet kommt doch immr nächer, der wead jede Dag heller, des sigt doch a Blinder. Mir kenned froa sei, wenn des bloß a Warnung isch vo eiserm Herrgott und ear dean Komet idda auf eis rafalla losst.« Die junge Keggelbäuerin trat in die Fußstapfen ihrer Schwiegermutter, die seit Monaten bettlägerig war, und hielt die Tradition des Gastgebens für die Marianischen aufrecht. »Kommet, gang mer in d'Stuba«, forderte sie die Umstehenden auf.

Die Mesnerin hatte ihren Rosenkranz schon um die gichtigen Finger gewickelt. »Mir sollted immer no mehr beata, des isch dia oanzig Kraft, dia wo mir hand.«

»Und was au, wenn des a beas Zoache isch?«, meldete

* 8. Dezember

sich Vitus Linder. Inzwischen hatten alle an dem großen Tisch Platz genommen.

»I glob, dass der Komet a Prophezeiung isch, dia mir bloß no idda verstanded. Dea schaugt doch aus wia a riesiger Beesa.« Die Lehnerin war nun die Älteste in der Runde, nachdem die Hefflerin im Sommer elendiglich an ihrem Kropf erstickt war und der dazugerufene Bader machtlos ihren Todeskampf hatte ansehen müssen.

»Die kloi Hex hot zwoi Kräha, dia ständig um se rumflattred. Des isch doch Beweis gnua, dass dia am Deifl diena duad«, warnte die Mesnerin vor der jungen Helena Rehlinger und bekreuzigte sich. »Solang dia Ketzerei it aufheart im Schloss doba, wear mer koi Ruah it hau; eis hülft entweder der Inquisitor oder der Fugger. Aber der oine gibt koa Antwort und fiar de andere sind mir viel z' kloane Leit.«

»Der Mayer isch des Problem, dear ziagt des ganze Gschmoas her. Dean miass mer vertreibe. Dear isch des geistige Oberhaupt«, warf die Mesnerin ein. »Fünf Mol hammer dean Ziegekopf an sei Diar g'schlage. Ums Eck hammer ean beobachtet: Käsweis war er, dr Mayer, aber dann hot er dös Bluat ra g'wäsche«, erzählte der Theo stolz.

»Scheints hot a si davo idda beeindrucka lao«, bemerkte die Keggelbäuerin.

»Dann muass ma ean andersch vertreibe, Heiliger Florian, hilf!«, nuschelte die Mesnerin vor sich hin. »Was isch eigentlich mit em Magnus? Der war doch dunda z'Augschburg«, fragte Vitus Linder besorgt nach dem Moosmüller, den die Marianischen im Sommer zum Großinquisitor geschickt hatten, um Abhilfe gegen die ketzerischen Rehlinger zu erbitten. Die Herren über Leeder waren Schwenckfelder und damit Häretiker. Als Hufschmied war der Veit einer der wenigen, die nicht dem Wetter ausgesetzt waren. Seinen bescheidenen Wohlstand hatte er den Aufträgen aus dem Schloss zu verdanken. Alles Flehen der Marianischen, die katholischen Fugger mögen den Rehlingern das Dorf abkaufen, war vergebens gewesen.

»Dr Magnus isch krank und mit seir Mihle got's bald de Bach na«, meldete sich die Halblützerin.

»Mir weared au immer weniger und in a baar Johr hot si des ganze Thema, dass mir mea katholisch weared, erlediged, weil mir dann halt all luthrisch sind«, befürchtete Theo vom Hauserbauer.

»D'Els hot anscheinend em Herzog kund dau, dass dea Komet im Januar verschwunde isch, drum losset eis de Roasekranz anfanga und beata, dass des Unglück vorbeifliagt.«

Die Schmelzerin hatte kaum ausgesprochen, als die Mesnerin schon den Schmerzhaften anstimmte und sich so die Angst vor dem Kometen in die Gedanken jedes einzelnen zurückzog. Nur Halblützers Lina ließ sich von den Sorgen der Marianischen nicht anstecken und kugelte mit großer Begeisterung unentwegt einen Apfel von der einen Hand in die andere, während sie Unverständliches murmelte.

4

Augsburg, Dezember 1577

Die Familie Benzenauer besuchte mit den Mitarbeitern den protestantischen Gottesdienst in der Barfüßerkirche. Raymund aber war mit Remigius und Jos, den einzigen katholischen Angestellten Benzenauers, aus Freundschaft in den Dom zur sonntäglichen Messe gegangen, um dem ungeliebten Obergsell aus dem Weg zu gehen, und das, obwohl die Rehlinger Protestanten und Anhänger der Lehre Caspar Schwenckfelds waren. Von den Bildern, der Musik und den schönen Prozessionen im Dom war er beeindruckt, auch wenn dieser Prunk von seiner Familie als unwichtiges Beiwerk angesehen wurde.

Mit Karl hatte er sich oft über die Heiligen, den Papst und die Kirche unterhalten. Die Predigten, die im Dom gegen Protestanten, Juden und Türken gehalten wurden, empfand er als Anstiftung zu Hass und Hetze. Als er einmal seinem Onkel Hieronymus davon erzählt hatte, wie die Domprediger über Ketzer und Häretiker wetterten, versprach dieser ihm, ihn mit zu einer Witwe zu nehmen, die Konventikel abhielt, wie er sie von seinem Elternhaus gewohnt war.

»Du hättest schon viel früher kommen sollen mit diesem Problem, Raymund!«, hatte sein Onkel gesagt. »Ich war der Meinung, dass du mit den Benzenauers zu den Barfüßern gehen würdest.«

5

Konstantinopel, Januar 1578

»Die neue habsburgische Delegation unter dem Orator*
Ungnad wird in wenigen Wochen in der Stadt erwartet. Sultan Murad befiehlt dir, bei allen Zeremonien der Begrüßung, des Kniefalls und der Geschenkübergabe an seiner Seite zu stehen.«

»Welch große Ehre, gerne werde ich dem Befehl des großmächtigen Sultans nachkommen«, antwortete der Dolmetsch dem Minister.

»Für deinen Vorschlag allerdings, Spione ins Abendland zu senden, um Zugang zu den Waffen der Habsburger zu erhalten, fehlen uns die geeigneten Kandidaten. Von denjenigen, die dem Sultan bedingungslos ergeben sind, wird erwartet, dass sie neben unserer Sprache des Deutschen und Italienischen mächtig sein müssen. Keiner unserer Gefangenen bringt diese Voraussetzungen mit. Man wird wohl mit dem Anwerben hier im Palast beginnen.« Der Minister lächelte. Dem Dolmetsch verging mit einem Schlag das Lachen.

* Diplomatischer Vertreter des Kaisers.

6

Dillingen, Sankt Sebastian* 1578

»Beim Grafen von Waldburg scheint ein ganzes Heer von Hexen ihr Unwesen zu treiben. Seine Eminenz hat für insgesamt neun Weibspersonen die Hinrichtungen erwirkt, und stellt euch vor, dreizehn weitere sind noch inhaftiert, wobei sich eine mit einem Scherben die Adern aufgeritzt hat und verblutet ist. In Isny und Wangen laufen die ersten Examinationen durch den Ravensburger Henker.«

Die Zuhörerschaft nickte interessiert. Paschalis gab sich teilnahmslos. Er verachtete den Wichtigtuer Coelestis, der regelmäßig das Mittagessen im Refektorium benutzte, um mit lauter Stimme seine hässlichen Neuigkeiten herauszuposaunen. Was für ein Unterschied zu den Essenszeiten bei den Benediktinern in *San Paolo fuori le mura*, wo Stillschweigen herrschte und aus der heiligen Schrift vorgelesen wurde. Nicht nur das Gesagte der geschwätzigen Dominikaner, sondern auch der Lärm schmerzte ihn.

Wenigstens lassen mich die Weißröcke in Frieden, dachte er sich. Er stand bereits fünf Jahre in den Diensten des Kardinals. Die Nähe zu ihm schützte ihn. Seines Körpers hatte sich niemand mehr bemächtigt. Tiziana di Santa Fiora, die berühmteste Kurtisane Roms, hatte ihn nach seiner Flucht aus dem Kloster aufgenommen, und sie hatte ihn gelehrt, den eigenen Leib zu genießen. Es hatte ihm alles bedeutet, wenn sie ihn zu sich in ihr Bett gerufen hatte und ihn teilhaben

* 20. Januar

ließ an ihrer Lust. Sicherlich hatte sie ihn für ihre Zwecke benutzt, aber niemals hätte er ohne sie erkannt, welch ausdauernde Fähigkeiten ein Mann zu erlernen imstande war. Er war immer wieder versucht, sich einzugestehen, dass sie ihm fehlte, doch ihre schändlichen Taten verhinderten es. Sie hatte ihren Vater ermorden lassen, für ihren eigenen Vorteil den Mörder verraten und sogar die Unterschrift des Papstes gefälscht. Diese letzte Intrige war es gewesen, die dem Kardinal den Weg in die deutschen Lande geebnet hatte, wo er Ketzer und Hexen mit Feuer und Schwert bekämpfte. Paschalis war ihm treu ergeben, als Büßer wollte er mindestens doppelt so lange enthaltsam leben, wie er bei der Santafiora der Lust gefrönt hatte. Er unterdrückte seinen Trieb, auch wenn es ihm manchmal schwerfiel. Die Beschäftigung mit dem Verfassen von Klageschriften und Anträgen zu peinlichen Befragungen und Hinrichtungen hatte ihn anfangs nachdenklich gestimmt. Inzwischen war es ihm gleichgültig geworden. Das Schlimmste für ihn waren Gewaltanwendungen jeglicher Art. Ihm drehte sich dabei stets der Magen um. Nach der ersten Hinrichtung, zu der er den Kardinal persönlich begleitet hatte, hatte er flehentlich auf seine Tafel geschrieben: »Bitte, bitte keine weiteren Hinrichtungen.«

Der Kardinal sah es ihm nach und ließ ihn im Skriptorium malen und zeichnen, anstatt ihn auf »blutige Reisen« mitzunehmen, wie er es nannte. Dort war Paschalis zufrieden mit sich und der Welt. Was ihm wirklich fehlte, war etwas anderes: die warme Sonne Roms, die frische Brise vom Meer und die Küche der Santafiora.

7

Augsburg, 18. Mai 1578

Raymund hatte sich an diesem Sonntagabend mit seinem Onkel getroffen, um gemeinsam mit ihm in das großzügige Patrizierhaus der Witwe Eiselin unterhalb des Weinmarktes zu gehen. Es war ihm, als würde er nach Hause kommen. Wie er es unzählige Male in Leeder erlebt hatte, traf er auf eine begeisterte und froh gelaunte Versammlung von Schwenckfeldern aller Altersgruppen, Geschlechter und Stände.

»Schau an, ein junger Rehlinger aus Pilgerhausen! Sei herzlich willkommen, Raymund«, sagte die Witwe und umarmte ihn. Auch die anderen nahmen ihn freundlich auf.

Nach der Bibellesung, die von dem Herrn handelte, der seinen Knechten Talente anvertraute, die zwei der Knechte vermehrten, der dritte aber vergrub, stand ein stattlicher Mann in mittlerem Alter auf. Er hatte einen schwarzen Bart und ebenso schwarzes schulterlanges Haar.

»Wer ist das?«, flüsterte Raymund seinem Onkel zu.

»Der Goldschmied Altenstetter, hast du noch nie von ihm gehört?«

Raymund schüttelte den Kopf. Er war fasziniert von diesem Mann, der eine Auslegung und Erklärung der Bibelstelle vortrug. Sein in Schwarz und Grün gehaltener Umhang aus feinstem Samt verstärkte seine imposante Erscheinung und wies ihn als Meister und Gildenmitglied aus. Er verstand es, mit der Kraft seiner Worte und einer großen Gestik die Anwesenden in seinen Bann zu ziehen. »... denn jeder, dem unser Gott, der Schöpfer des Lebens und aller Dinge, eine Fähigkeit gegeben hat, verwende diese, damit sie sich entwickle und der Gemeinschaft oder einem höheren Zweck diene, denn dafür hat er sie uns gegeben. Wer seine Bestimmung noch nicht gefunden hat, suche nach ihr, wer seine Talente nicht kennt, frage nach ihnen und wühle im Sand des Alltäglichen, um Gott dem Herrn gefällig zu sein und seinem Dasein einen Sinn zu geben. Oft werden unsere Gaben unterdrückt durch Herkunft, Stand oder andere Hindernisse. Diese gilt es zu überwinden. Betet zum Herrn, dass er euch den Weg leite, um zu erkennen und zu Gottes Werkzeug zu werden, Amen.« David Altenstetter verneigte sich vor der aufmerksamen Zuhörerschaft, die ihm beipflichtend zunickte, und nahm wieder auf seinem Stuhl neben der Witwe in der ersten Reihe Platz.

Die Predigt hatte Raymund sehr nachdenklich gemacht. Er wusste, dass er ein Talent für den Beruf des Büchsenmachers hatte, und ja, er würde eine besondere Waffe erfinden. Aber waren seine Gründe dafür gottgefällig oder eitel und nichtig? Er musste sich eingestehen, dass er mit seinem Talent glänzen wollte. Es nagte an ihm, denn er wusste, er wollte eine Waffe erschaffen, um nie wieder hilflos dazustehen, nie wieder ohnmächtig zu sein. Er fragte sich, ob er beim Benzenauer auf dem richtigen Platz war oder ob Gott vielleicht etwas ganz anderes mit ihm vorhatte.

»Dieser Mensch hat etwas Begeisterndes und gleichzeitig Geheimnisvolles; Ihr müsst mir diesen Mann unbedingt vorstellen, Oheim«, raunte Raymund.

Nach dem Gottesdienst servierten die Mägde der Witwe Gebäck und Getränke, und ganz beiläufig machte ihn sein Onkel mit dem Goldschmied bekannt.

»Wie gefällt es dir denn in Augsburg, mein junger Bruder?«, wandte sich Altenstetter an Raymund. »Es ist bestimmt nicht einfach, sich an die Stadt zu gewöhnen, wenn man in den Wäldern aufgewachsen ist. Ich kann mir das nur schwer vorstellen, denn ich habe ausschließlich in Städten gelebt und gearbeitet.« David Altenstetter war noch größer, als es während seiner Ansprache den Anschein gehabt hatte.

»Leeder ist nicht so hinterwäldlerisch, wie Ihr vielleicht vermuten mögt. Wir sind ein Gut, an dem mehrmals im Jahr von weit her Händler, Kaufleute und viel Volk zusammenströmen, und wir haben eine richtige kleine Lateinschul…«

»Mein Neffe hat es nicht leicht beim Benzenauer«, fiel Hieronymus ihm ins Wort. »Neid, Eifersucht und auch seine roten Haare sind immer wieder Anlass zu Streitereien und Spott.«

»So schlimm ist es nicht. Mein Oheim meint es nur gut mit mir«, Raymund war es peinlich, dass der Onkel seine Haare erwähnte. »Ich werde in zwei Jahren meine Gesellenprüfung machen und sehen, ob ich dann weiter beim Benzenauer arbeite. Aber es stimmt schon. Der Obergsell macht mir Schwierigkeiten, wo es nur geht. Es ist unmöglich, eigene Ideen und Vorschläge zu unterbreiten. Dabei habe ich etwas entdeckt, was die Zielgenauigkeit eines Gewehrs entscheidend verbessern könnte.«

»Wie meinst du das?«, fragte der Goldschmied. Anscheinend hatte Raymund seine Aufmerksamkeit geweckt.

»Indem ich den Lauf nicht in einer geraden Naht verschweiße, sondern den gegärbten Stahl um einen Dorn drehe, wird ein Gewehr viel kürzer und handlicher. Somit wird der Lauf viel stabiler und die Kugel behält mit einer größeren Pulverladung wesentlich länger ihre Richtung.«

Der Goldschmied runzelte die Stirn. »Das klingt sehr interessant. Neben meiner Goldschmiedetätigkeit fertige ich hin und wieder Schusswaffen, die aber meist von reichen Auftraggebern zur Zierde und als Symbol ihrer Macht getragen werden. Getötet wurde damit wohl kaum jemand, dafür sind sie viel zu ungenau.« David Altenstetter lächelte und zwinkerte ihm vielsagend zu, nahm ihn etwas zur Seite und senkte die Stimme. »Warum kommst du nicht einmal in meine Werkstatt? Ich zeige dir, welche Art von Waffen bei mir hergestellt wird, und vielleicht kann ich dir ja bei deiner Idee von einem zielgenaueren Lauf behilflich sein?« Der Meister packte Raymund väterlich mit beiden Händen an den Schultern. »Ich wohne nicht gerade in der vornehmsten Gegend der Stadt, das hat Gründe, die ich dir heute noch nicht darlegen kann. Überleg's dir, junger Bruder, es soll zu deinem Schaden nicht sein!«

Es machte Raymund sehr glücklich, das zu hören, und der Gedanke ließ ihn nicht mehr los, in der Werkstatt dieses würdevollen und geheimnisvollen Mannes zu arbeiten. *Was für ein Unterschied zu Meister Benzenauer, der sich in seinen Entscheidungen vom Obergsell bevormunden lässt.*

8

Augsburg, Schießfest auf der Rosenau, 30. Mai 1578

Raymund hatte auf seine Schwester am Roten Tor gewartet. Endlich, nach über acht Monaten, in denen er sie nicht gesehen hatte. Schon von Weitem hatte sie gewunken und war auf ihn zugelaufen, aber anstatt ihn zu umarmen, war Helena vor ihm stehen geblieben und hatte ihn mit ihren blauen Augen von oben bis unten angestarrt. »Raymund, du bist ja ein richtiger Mann geworden.«

Raymund packte sie mit beiden Händen an der Hüfte und hob sie in die Höhe.

»Wie stark und kräftig du geworden bist!«, lachte sie.

»Ich bin so froh, dass du da bist, Helena!« Er setzte sie ab und streichelte ihre Wange. »Und es gibt so viel zu erzählen.«

»Komm, lass uns auf die Rosenau gehen, ich will das Schießfest sehen!«

Er nahm ihre Hand und versuchte, sie zu berühren, wo es nur ging, am Knie und der Hüfte. Seine Schwester ließ es geschehen.

»Heilung von jeder Krankheit,
Entfernung von Warzen und Geschwüren,
Wunderwasser, Salben und Tinktüren,
Siehst du schlecht auf Nähe und Weite:
Ich bin an deiner Seite!
Beschwerden aller Art und den Wahn,
ich zieh dir deinen eitrigen Zahn!

Schöne komm herüber,

ich hab für dich was über!«, deklamierte der Quacksalber mit rollendem R und in einem bassigen Singsang von seinem offenen Wagen herunter, während die beiden im Gewühl der Menschen an seiner Karre vorbeigedrängt wurden.

»Na, du schöne Maid, schon alt genug für deinen Rotfuchs?«

»Beleidige meine Schwester nicht, sonst kriegst du es mit mir zu tun, Großmaul!«, schrie Raymund dem Aufschneider zu.

»Pah, Schwester, dass ich nicht lache, da hat man deiner Mutter wohl einen Kuckuck ins Nest gelegt.«

Raymund legte schützend seinen Arm um Helena. Schon waren sie umringt von lachendem Volk.

»Ich hau dir auf dein freches Maul, so schnell kannst du gar nicht schauen!«, brüllte Raymund und wollte zu dem Quacksalber auf den Wagen steigen.

Helena hielt ihn mit aller Kraft fest. »Lass ihn, Raymund, du bringst uns nur in Schwierigkeiten.« Sie wandte sich an den Rüpel. »Hütet Eure Zunge, mein Herr, und beschränkt Eure Reden auf die Dinge, mit denen Ihr den Leuten das Geld aus dem Beutel zieht. Der Rat in Augsburg, in dem meine Familie seit mehreren Generationen einen Sitz innehat, hört es gar nicht gern, wenn eine Rehlingerin öffentlich beleidigt wird.«

Augenblicklich kehrte Stille ein.

»Ich entschuldige mich, Fräulein Hochwohlgeboren; es war keinesfalls meine Absicht, irgendetwas Schlechtes über Eure Familie zu verbreiten. Lasst mich Euch zum Zeichen meines guten Willens ein kleines Geschenk mitgeben, ein Wässerchen vom Feinsten«, sagte der Mann nun zuckersüß und hielt ihr ein kleines Glasfläschchen entgegen.

»Behaltet es für Eure Kunden; ich habe kein Vertrauen in Eure Medizin. Komm, Raymund, du wolltest mir doch so vieles zeigen.«

Dem Quacksalber blieb für wenige Augenblicke der Mund offen stehen.

Raymund ließ sich von Helena zurück in die Menge ziehen. »Wenn du mich nicht zurückgehalten hättest, wäre ich dem Angeber an die Gurgel gesprungen.«

»Das ist ja schön, dass du mich verteidigen willst, aber mit Gewalt ist diesem Menschen nicht beizukommen. Denk an die Worte der Schrift: *Was du dem geringsten meiner Brüder getan hast, das hast du mir getan.*«

»Du hast ja recht, Helena! Es tut mir leid, dass ich mich immer wieder reizen lasse.« Er nahm sie bei der Hand und sah in ihre funkelnden Augen. Es war das erste Mal, dass Mutter ihr erlaubt hatte, ihn in Augsburg zu besuchen, seitdem er beim Benzenauer seine Lehre begonnen hatte.

Sie wollte die Nacht bei Onkel Hieronymus verbringen und am nächsten Tag wieder zurück nach Leeder fahren.

»Ich habe bei Mutter lange genug gebettelt, bis ich die Erlaubnis zur Reise hatte.«

»Irgendwann musstest du mir ja das neue Kleid zeigen. Das steht dir ganz hervorragend.«

»Karl hat schon bei der Abfahrt in Leeder durch die Zähne gepfiffen, als er mir auf den Wagen half.«

»Das glaube ich dir gern. Der alte Schwerenöter!«

»Jetzt komm, erzähl mir alles.«

»Der Benzenauer ist kein schlechter Meister, er hat allen Gesellen und Lehrbuben während des Festes freigegeben. Das Problem ist, dass er unter der Fuchtel seines Obergesellen steht. Aber vielleicht bin ich beim nächsten Schießfest in zwei Jahren nicht mehr als Zuschauer dabei. Ich habe nämlich etwas entdeckt, was die Büchsen viel treffsicherer machen kann. Ich bräuchte jemanden, der mich das ausprobieren ließe! Beim Benzenauer ist das unmöglich. Onkel Hieronymus hat mich mit einem Goldschmied bekannt gemacht, David Altenstetter, ein Bruder von uns, bei dem könnte ich mir das vorstellen.«

»Es ist schön zu sehen, dass der Beruf dir liegt«, Helena griff ihm an den Oberarm und lächelte. »Vielleicht kannst du ja nach der Lehrzeit zu dem Goldschmied wechseln?«

»Ich weiß nicht, ob ich es so lange aushalte. Ich hätte so viele Ideen, aber dieser eifersüchtige Greisinger sitzt mir im Nacken und verhindert alles.«

»Jetzt denk nicht an diesen Obergsell, sondern lass uns das Schießfest genießen!«

»Die Schützen kommen von weit her, aus Frankreich, Italien und sogar aus Spanien, um ihre Waffen und den Umgang mit ihnen zu präsentieren. Die Sieger erhalten wertvolle Preise, aber noch wichtiger ist, dass man von heute auf morgen berühmt wird. Ich will es dem Greisinger zeigen und so schnell als möglich hier mitmachen!«

»Das wirst du, ich weiß es, Raymund«, dabei strahlte sie ihn an.

»Heute sind die Armbrustschützen dran. Sie ziehen mit einer großen Parade auf den Festplatz. Das dürfen wir auf keinen Fall verpassen.« Sie zogen an den Ständen vorbei, wo aus mächtigen Holzfässern Bier ausgeschenkt wurde, schlenderten um die Wurfbuden und die Felder, wo man Wettbewerbe im Steinewerfen und Laufen austrug.

»Schau, Helena, die Trompeter und Trommler stellen sich schon auf. Gleich beginnt die Parade.«

Auf einer Tribüne, von der aus man den ganzen Platz überblicken konnte, hatten Musikanten in bunten Gewändern angefangen, eine Fanfare zu spielen. Alle Blicke richteten sich auf den Eingang. Mit Hellebarden bewaffnete Landsknechte drängten die Menschenmasse dazu, eine Gasse zu öffnen. Die schweren Armbrüste auf den Schultern, mit der freien Hand in die Menge winkend, zogen die bunt gekleideten Männer unter dem Jubel der Zuschauer auf den Platz.

Raymund hatte für sich und Helena auf der unteren Stufe der Tribüne einen Platz gefunden, sodass sie das Geschehen etwas erhöht mitverfolgen konnten. Hinter den Armbrustschützen lief ein ganzer Tross Neugieriger, die versuchten, einen guten Standort zu ergattern, von den Ordnern aber am Zugang zur Schützenwiese unsanft gehindert wurden.

»Raymund, he! Hast du dort oben ein Plätzchen für mich?« Raymund suchte in der Menge nach dem Rufer, bis er den winkenden Jos entdeckte.

»Komm her, Jos, dich schmales Hemd bringen wir hier sicher noch unter.« Er packte den ausgestreckten Arm seines Freundes und zog ihn zu sich auf die Tribüne.

»Helena, das ist Jos, mein Freund und Mitlehrbub beim Benzenauer«, stellte er ihn vor.

»Ich wusste nicht, dass du so eine schöne Schwester hast, Raymund«, stammelte Jos und Helena lächelte verlegen. »Gestern hättest du da sein sollen; da haben die Franzosen mit ihren Pistoletten geschossen, da war so manche Fehlzündung dabei, was die Leute herzlich lachen ließ.«

»Haben sie denn getroffen?«

»Zu den aufgeständerten Hakenbüchsen ist noch ein großer Unterschied. Gewonnen hat auf die hundert Fuß ein Nürnberger. Den Namen hab ich schon wieder vergessen. Die Augsburger haben wieder nichts gemacht.«

Inzwischen hatten die Armbrustschützen Aufstellung genommen und jeweils zwei traten gegeneinander an. Der

Sieger kam in die nächste Runde. Die Scheibenbuben liefen aufgeregt hin und her und streckten die Ergebnisse auf Tafeln in die Höhe. Der Jubel der Menge war jedes Mal groß, und bald gab es einen Favoriten, der bereits seine siebte Runde gewonnen hatte und unter frenetischem Beifall zum letzten Duell antrat.

»Kennt ihr beide den Langen?«, fragte Helena. »Dem drücke ich die Daumen und der wird wohl gewinnen.«

»Den kenn ich nicht, aber der wird es schwer haben, weil sein Gegner ist der alte Meichelböck aus den Stauden, der in den letzten Jahren immer gewonnen hat«, entgegnete Jos.

»Dann wird es Zeit, dass einmal ein anderer gewinnt, oder? Ich bin für den Jungen.«

»Gewinnen soll der Beste. Vielleicht ist es ja zum letzten Mal, denn die Armbrust ist früher oder später zum Aussterben verurteilt«, wandte Raymund ein. »Bis man sie aufgezogen und gespannt hat, ist die Beute entwischt und der Schütze selbst getroffen.« Jos lachte.

Die letzte Runde hatte begonnen. Obwohl er bisher immer mindestens neun oder zehn Ringe getroffen hatte, verzog dem Meichelböck ein leichter Windstoß den Pfeil, der gerade noch auf dem linken Rand der Scheibe einschlug. Die Scheibenbuben streckten eine Eins in die Höhe und sofort ging ein Raunen durch das Publikum. Der Meichelböck drehte sich laut fluchend und auf den Wind schimpfend ab.

Dann kam der lange Unbekannte an die Reihe. Siegessicher streckte er seine Waffe in die Höhe und drehte sich im Kreis allen Zuschauern zu. Eine Weile stand er ganz ruhig da, visierte das Ziel an und wartete auf einen windstillen Augenblick. Just in dem Moment, als er den Pfeil abschoss, wirbelte eine unberechenbare Bö über den Platz und wehte Hüte und Tücher davon. Auch der Pfeil flog zum Entsetzen der Zuschauer an der Scheibe vorbei in den Erdwall, der hinter den Zielen aufgeschüttet war. Die Fanfarenbläser traten in den Kreis und der Herold verkündete den Namen des Siegers. Simon Meichelböck wurde sofort von seinen Freunden aus den Stauden umringt und auf die Schultern gehoben.

»Na, da haben wir es ja wieder einmal gesehen. Diese Armbrüste haben keine Zukunft«, stellte Raymund fest.

»Schade, dass der Lange so ein Pech mit dem Wind hatte«, bemerkte Helena ein wenig ernüchtert.

»Ich lasse euch beide jetzt allein und gehe nach hinten in die Kegelhütte. Da geht es immer lustig her; nicht unbedingt etwas für junge Damen. Aber ich hoffe, dass wir uns bald wiedersehen werden.« Jos reichte Helena zum Abschied die Hand und verschwand in der Menge.

»Ich wollte noch so viel mit dir bereden, Raymund, lass uns irgendwo hingehen, wo wir ungestört sind. Wir dürfen nicht vergessen, dass ich vor Sonnenuntergang bei Onkel Hieronymus sein muss.« Helena hakte sich bei ihm unter und schlenderte mit ihm über den Festplatz in Richtung Stadt.

»Das Leben auf dem Gut wird immer schwieriger; Mutter versucht zwar alles, um den schönen Schein zu wahren und das Schloss und das Dorf mittels der Erträge der Bauern gewinnbringend zu halten, aber diese Marianischen sind sich für nichts zu schade, um uns in Schwierigkeiten zu bringen. Karl hat erfahren, dass sie anonyme Briefe an das Hochstift und an den bayerischen Herzog schreiben, in denen sie uns der Häresie bezichtigen. Es werden allerlei Gerüchte gestreut und Unwahrheiten verbreitet, wir stünden mit dem Teufel im Bunde und würden alles Unglück anziehen. Das Vermächtnis von Caspar, das wir in Gedanken und Schriften bewahren, ist ihnen ein Dorn im Auge. Für sie sind wir Ketzer. Und nun versuchen sie, uns irgendeiner Tat zu bezichtigen, die unter die hohe Gerichtsbarkeit fällt.«

»Das wird ihnen schwerfallen. Ich würde sie ja aus dem Gut vertreiben. Sollen sie in irgendein katholisches Dorf umziehen und uns in Ruhe lassen. Vater hätte schon viel früher gegen sie vorgehen sollen! Er war viel zu gutmütig.«

»Vater hat das Evangelium gelebt, er hat die Bauern nie als Untertanen gesehen, sondern als Mitmenschen. Und das haben wir jetzt davon. Wohltaten erzeugen Rachegefühle.«

»Was wird unsere Mutter unternehmen?«, fragte Raymund.

»Ich habe einen Brief an Onkel Hieronymus dabei. Sie hofft wohl auf weitere Hilfe von ihm.« Eigentlich wollte Raymund Helena sein Herz ausschütten, aber es war viel tröstender, jemandem, den man so gern hatte, zuzuhören.

»He da, hereinspaziert! Wollt ihr beide nicht einmal in die Zukunft schauen? Marfisa liest euch für einen halben Kreuzer aus der Hand«, sagte eine tiefe, dunkle Frauenstimme und ließ die beiden innehalten. Unter einer Plane saß im Schneidersitz eine ältere Frau mit langen schwarzen Haaren und großen Ringen in den Ohren. Sie funkelte verführerisch mit den Augen. Helena zappelte aufgeregt.

»Komm, Raymund, das wollte ich schon immer einmal machen. Lass uns auf andere Gedanken kommen und einen Blick in die Zukunft werfen!«

Widerwillig ließ er sich von ihr unter die Plane ziehen. »Ich halte nichts von diesen Dingen; es geht doch immer nur um das Geld von leichtgläubigen Menschen. Dem Quacksalber vorher hast du nicht glauben wollen; jetzt lässt du dir von so einer Gauklerin aus der Hand lesen.«

»Ach bitte, bitte, Raymund, schau, ich hab hier auch schon einen Kreuzer für uns beide.«

»Nur nicht so zögerlich, junger Herr, setzt Euch ungeniert auf das Bänkchen, Bezahlung erfolgt im Voraus«, lud ihn Marfisa mit einem vielversprechenden Lächeln ein. Helena legte der Hellseherin die Münze in den Schoß, die sie sofort in einem kleinen Beutel an ihrem Gürtel verschwinden ließ. Raymund hasste Wahrsagerei, wollte Helena aber nicht enttäuschen. So ließ er es sich gefallen, dass Marfisa seine und Helenas Rechte nahm und unruhig zwischen den geöffneten Handflächen hin und her blickte. Lange Zeit sagte sie nichts, als wäre sie sprachlos von dem, was sie in den Händen las.

»Jetzt mach es nicht so spannend und sag schon, was die Zukunft für uns bereithält, oder fällt dir nichts dazu ein?«, unterbrach Raymund die unangenehme Stille. Er fühlte sich bestätigt, dass Handleser nur mit der Zukunftsangst der Leute Geschäfte machten.

Marfisa zögerte; anscheinend hatte sie irgendetwas gesehen, was sie sehr beunruhigte. Sie fuhr immer wieder mit ihren dünnen Fingern die Linien auf den Händen nach, schaute zuerst Helena, dann Raymund in die Augen, schüttelte den Kopf, verglich erneut die Hände und setzte endlich an zu sprechen: »Kind des Glücks und Kind der Sünde. So verschieden ihr auch in eurem Aussehen seid, eure Hände deuten etwas ganz anderes. So weit wie die Vergangenheit euch aus verschiedenen Richtungen zusammengeführt hat, so eng wird die Zukunft euer beider Leben vereinen. Doch stehen widrige Umstände bevor, die von allen große Geduld fordern werden. Ich sehe einen weißen Mönch und einen schillernden Mann, beide bereiten große Schmerzen. Was für die eine Hand sieben Monate, sind für die andere sieben Jahre. Die Macht des Propheten, die die eine Hand zerstören will, rettet sie; die Macht der Kirche, die die andere Hand verbrennen will, befreit sie.«

Raymund schüttelte den Kopf. Es gab für ihn keinen Sinn, und als Marfisa abschließend seine und Helenas Hand mit ihrer zu umschließen suchte, winkte er unwillig ab.

»Es hat mich viel Kraft gekostet«, versuchte sich die Hellseherin zu entschuldigen.

»Ich danke Euch, gute Frau. Ich werde Eure Worte stets bei mir tragen.« Helena stand auf und verabschiedete sich von Marfisa.

Raymund drehte sich um und ließ die Wahrsagerin grußlos zurück. »Ich habe genug gehört. Was für dummes Zeug. Kind des Glücks und Kind der Sünde, die Macht des Propheten und ein weißer Mönch! Was soll das denn alles bedeuten?«

»Vieles habe ich mir auch nicht erklären können. Das Schönste ist aber doch, dass wir beide eine gemeinsame Zukunft haben; das habe ich mir immer gewünscht. Ich liebe dich, mein Bruder, seit ich dich kenne, und so wie es aussieht, mein ganzes Leben lang.«

Raymund nahm seine Schwester in den Arm und küsste sie auf die Stirn.

9

Augsburg, zwei Tage nach Mariä Himmelfahrt* 1578

OTTO STAND VOR der Barfüßerkirche und wartete. Seit seiner dringenden Aufforderung an Hieronymus Rehlinger, Raymund so schnell wie möglich aus Leeder in die Stadt zu holen, war ein ganzes Jahr vergangen. Aber sie schien erfolgreich gewesen zu sein. Der Denklinger Pfarrer hatte ihm in einem Brief – neben den Schwierigkeiten mit den Schwenckfeldern in Leeder, den hohen Schulden auf dem Gut und der Rehlingertochter, die mit Krähen spricht – auch von dem Sohn geschrieben, den man nach Augsburg geschickt hatte. Es konnte nur Raymund gewesen sein. Aber wohin hatten sie ihn geschickt? Vorsichtig hatte er bei der städtischen Handwerkergilde nachgefragt. Otto war entsetzt, als man ihm mitteilte, dass Raymund Rehlinger als Büchsenmacherlehrling beim protestantischen Benzenauer eingetragen war. Diese Berufswahl hatte doch wenig mit den geistigen Fähigkeiten zu tun, die er glaubte, seinem Sohn vererbt zu haben. Er hatte sich Raymund als Studenten vorgestellt, vielleicht im katholischen Italien, jedenfalls weg aus dem protestantischen Leeder. Er sollte ein guter Mensch und Christ werden. Nach der Jugend bei den Schwenckfelderketzern arbeitete er nun in einer Waffenschmiede. Otto seufzte. Hatte er überhaupt das Recht, Erwartungen in diesen Menschen zu setzen, den er selbst seinem Schicksal und der Huld und Güte Gottes überlassen hatte? Er tröstete sich

* 15. August

mit dem Gedanken, dass Raymund in Augsburg vor den Nachstellungen der Inquisition sicher war. Er lächelte, wenn er daran dachte, dass das von ihm angestrebte Rechtsgutachten aus Ingolstadt dem Kardinal eine Untersuchung in Leeder untersagt hatte, vorerst. Ach, Raymund … in zwei Wochen würde er fünfzehn werden. Auch wenn er sich ihm nie würde offenbaren können, verspürte er ein unbändiges Verlangen, seinen Sohn wenigstens zu sehen. Er war immer wieder durch das Lechviertel spaziert, in der Hoffnung, dass er ihm begegnen würde, hatte sogar daran gedacht, beim Benzenauer anzuklopfen, um missionarisch tätig zu werden. Doch immer wieder hatte er gezögert. Schließlich kam er auf die Idee, dass der Kirchgang eine günstige Gelegenheit wäre. Für Otto war selbstverständlich, dass die Benzenauersippe im Lechviertel zu den Barfüßern zur sonntäglichen Predigt ging.

Da stand er nun vor der protestantischen Kirche. Es schmerzte ihn zu sehen, wie viele Menschen sich von seiner katholischen Kirche abgewandt hatten. Es waren eben nicht nur die Gebildeten, sondern Menschen aus allen Schichten, darunter viele Handwerker. Allen, die hier einzogen in ihrem protestantischen Einheitsgrau, hätte er am liebsten zugerufen: *Kommt zurück, ihr seid auf dem falschen Weg!* Seine Augen musterten die Handwerkerfamilien, die an ihren bunten Zunftwappen leicht zu erkennen waren, eine nach der anderen. Letztlich schlossen sie die Tore. Otto blieb alleine vor der Kirche zurück. Raymund war nicht dabei gewesen.

10

Augsburg, September 1578

Raymund war bereits im zweiten Lehrjahr. Es hatte sich nicht viel verändert, wenigstens durften er und Jos ab und zu an die Werkbank. Am heutigen Sonntag verließ er nach dem gemeinsamen Gottesdienst mit Remigius und Jos den Dom und verabschiedete sich von seinen Freunden. »Ich mache einen Besuch bei einem Freund meines Onkels«, sagte er, was nicht gelogen war. Raymund wollte der seit Langem ausgesprochenen Einladung endlich folgen.

»Untern Waeschen«*, nicht weit vom Jakobertor entfernt, hatte der Goldschmied Wohnung und Werkstatt. Die Gegend war bekannt für das eher ärmliche Handwerk. Seifensieder, Korbmacher, Scherenschleifer oder Pfannenflicker hatten sich hier niedergelassen. Raymund war aufgeregt, als er vor der Tür des dreistöckigen Hauses stand. *Ob er sich an mich erinnert und mich empfangen wird?* Ehrfürchtig zog er an der Glocke. Alle Fenster im Erdgeschoss waren mit dicken Eisenstäben vergittert, die Öffnungen und die Tür waren groß und prächtig in Stein gefasst, die Beschläge an der Pforte aus poliertem Messing glänzten in der Morgensonne. Die prächtige Unterkunft wollte nicht so recht in dieses Viertel passen, doch es war bekannt, dass dieses Haus dem Fugger gehörte und dieser im Keller einen Behandlungsraum für Syphiliten eingerichtet hatte, die aus dem ganzen Reich anreisten und sich von einer neuen Heilme-

---

* Straßenname

thode Linderung und Genesung erhofften. Raymund wusste nichts Genaues darüber, nur dass es etwas mit Quecksilberdämpfen zu tun hatte.

Meister Altenstetter persönlich öffnete ihm. Raymund war ein weiteres Mal beeindruckt von der aufrechten Gestalt und schüttelte ihm die Hand.

»Guten Morgen, junger Freund, du hast meine Einladung doch nicht vergessen, komm herein!«

»Meister, ich bin gekommen, weil es mir … Weil die Sache mit dem … Weil ich Euch um einen großen Gefallen bitten möchte«, stammelte Raymund.

»Ich bin dein Bruder David, also nenne mich nicht Meister; denn wer außer Jesus selbst verdiente es zu Lebzeiten, dass seine Jünger ihn so nannten. Jetzt lass uns erst einmal ins Haus gehen, mein Weib wird dir gerne etwas zu trinken geben.« Er schob Raymund in den Hauseingang, in dem seine Frau im Sonntagsgewand wartete.

»Das ist Raymund Rehlinger, Catherina, ein Bruder im Geiste. Wir haben uns bei der Witwe kennengelernt. Er geht beim alten Benzenauer in die Lehre.«

Catherina umarmte ihn herzlich, wie es bei den Schwenckfeldern der Brauch war. »Sei willkommen, Bruder, ich nehme an, der Kaufmann Hieronymus ist ein Verwandter von dir. Wir kennen ihn, seit wir in Augsburg wohnen. Er war uns eine große Hilfe bei vielen Dingen und hat uns manche Tür geöffnet. Was möchtest du trinken?«

»Ich trinke gerne einen Saft, wenn es recht ist.« Raymund sah sich verwundert im Haus um. Schnell wurde ihm klar: Hier wohnte ein Mann, der weder seinen Wohlstand aus dem Zehnten der Bauern und der Arbeitskraft von Leibeigenen zog noch auf die Schieß- und Jagdleidenschaft der Leute höheren Standes angewiesen war wie sein Lehrmeister. Der Bewohner dieses Hauses stand mit Fürsten, Adligen und Königen in Verbindung und war reich.

»Raymund, hör zu! Bevor ich dir meine Werkstatt zeige, musst du mir das Versprechen geben, keinem Menschen davon zu erzählen. Sowohl über das, was du von mir erfährst als auch über das, was du sehen wirst.«

»Ich verspreche es Euch, Meister, äh Bruder«, verbesserte sich Raymund rasch.

»Na dann komm mit!« Der Hausherr schob ihn durch einen Korridor in den hinteren Teil des Hauses, bis eine ungewöhnlich breite, schwere Eichentür den weiteren Weg versperrte. David Altenstetter griff in seine lederne Seitentasche und holte einen kunstvoll geschmiedeten Schlüssel heraus, mit dem er das Schloss geräuschvoll öffnete.

Raymund war auf eine Werkstatt vorbereitet, wie er sie bei den Goldschmieden im Lechviertel gesehen hatte. Was sich hinter dieser Tür befand, ließ ihm jedoch staunend den Mund offen stehen. Er übersah die beiden Treppenstufen, die in die Werkstatt hinabführten. Der Goldschmied hielt ihn am Ärmel fest, sonst wäre er gestolpert. In dem gut sechzig auf dreißig Schuh großen Raum erinnerte wenig an die kleinen Kammern der Goldschmiede. Mehrere mannshohe Bronzeskulpturen, Dutzende Figuren aus Gips, eine Esse und Schmiedewerkzeuge ließen eher auf das Reich eines Bildhauers schließen. Im hinteren Teil des Raumes dampfte und brodelte es aus einer Vielzahl an Töpfen, Kesseln und Phiolen, ohne dass jemand im Raum gewesen wäre. An den Fenstern standen mehrere Tische, wohl Arbeitsplätze der Goldschmiede. Auf ihnen lagen Feilen, Scheren, Punziergeräte, Pinsel und Hämmerchen. Raymund war fasziniert von all diesen geheimnisvollen Geräten.

»Der Silberpreis ist in den letzten Jahren immer weiter

gefallen, seit die Spanier und Portugiesen in der Neuen Welt jeden Tag größere Vorkommen entdecken und über den Atlantik bringen. Ich versuche mich in den verschiedensten Gebieten, wie Erz- und Bronzegüssen, Legierungen, aber auch in der Alchemie. Alle glauben, dass ich Gold herstellen möchte. Das ist natürlich Unsinn. Ich weiß, dass niemand dazu in der Lage sein wird, denn Gold entsteht durch Temperaturen und Druck, die kein Mensch erzeugen kann. Deshalb bin ich gezwungen, mein Brot durch mein Erlerntes zu verdienen und die Experimente vom Gewinn zu finanzieren.«

Raymund kam gar nicht aus dem Staunen heraus, so viel Neues gab es zu sehen. Eine Tür, die von der Werkstatt abging, blieb allerdings ungeöffnet. Er vermutete, dass der Meister dort sein Laboratorium betrieb, über das in der ganzen Stadt getuschelt wurde.

»Nun zu dir, Raymund. Wie war das mit deinem Gewehr? Du wolltest die Zielgenauigkeit verbessern, indem du den Lauf nicht mehr auf der Unterseite zusammen schmiedest, sondern ihn wie ein Band um einen Dorn wickelst. Habe ich das richtig verstanden?«

Raymund war sehr verwundert, dass sich der Goldschmied an den genauen Wortlaut seiner kurzen Beschreibung des Vorhabens bei ihrem ersten Zusammentreffen erinnern konnte. »Ich bin noch nicht weitergekommen, denn dieser kurze Lauf, der umständliches Aufständern überflüssig machen soll, benötigt eine größere Menge Pulver, um der Kugel auf dem kurzen Weg genügend Antrieb zu geben. Dafür muss wiederum das Material des Laufes stabiler werden.«

David Altenstetter hörte aufmerksam zu, ging dann an einen mächtigen Kirschholzschrank und entnahm ein Kurzgewehr.

Raymund sah sofort, dass diese Waffe mit dem dicken Knauf am Ende in Aussehen und Form mit Benzenauers Hakenbüchsen wenig gemein hatte.

»Ich kaufe gelegentlich solche Waffen an und verziere sie. Es gibt sehr viele Leute, die ihre Macht öffentlich zur Schau tragen und sich protzig an Äußerlichkeiten messen lassen wollen. Die Waffen müssen am Körper getragen werden und zu diesem Zweck handlich und leicht sein. Die aus Frankreich kommenden Pistoletten sind dafür am besten geeignet. Ich liefere an Prinzen, Kalifen und Paschas im Orient, daher die exotischen Motive und seltsam anmutenden Formen. Der Preis ist eher eine Nebensächlichkeit, in diesen Kreisen spricht man nicht über die Kosten. Über die Treffsicherheit musste ich mir bisher keine Gedanken machen, weil die Herren höchstens zur Begrüßung in die Luft schießen. So erzählen es jedenfalls ihre Gesandten.« Er lachte herzlich und übergab Raymund eher beiläufig die funkelnde Waffe.

»Was für eine wunderbare Arbeit«, entfuhr es ihm. Ehrfürchtig nahm er sie mit beiden Händen entgegen, drehte und wendete sie in alle Richtungen, besah sich den Mechanismus und war geblendet vom Glanz des Edelmetalls, des Elfenbeins und den in allen möglichen Farben schillernden Einlegearbeiten. Raymund nahm all seinen Mut zusammen. »Ich habe so etwas Schönes noch nie in meinem Leben gesehen und würde alles dafür tun, wenn Ihr mir die Gnade erweisen könntet, diese Kunst bei Euch erlernen zu dürfen, Bruder David.« Er verbeugte sich voller Ehrfurcht vor ihm.

»Nicht doch, lass das gefälligst bleiben, Raymund. Alles ist von meiner oder meiner Gesellen Hände Arbeit entstanden und du tust, als wenn ich ein Zauberer oder Wundermann wäre. Es gibt natürlich Geheimnisse, vor allem bezüglich der Mischungsverhältnisse der flüssigen Emaillen und der Farbzusammensetzungen, die ich auch vor meinen Gesellen zurückhalte und die so ein Gewehr zu einem unnachahmlichen Kunstwerk machen. Aber erklär mir lieber, was es mit dem Lauf auf sich hat, den du zu verbessern gedenkst!« David Altenstetter packte ihn an den Schultern und griff ihm dann freundschaftlich mit seiner großen Hand an den Kragen, während Raymund immer noch fassungslos die Pistolette in den Händen hielt wie ein Ding aus einer anderen Welt.

Er schluckte. Wie konnte er den Goldschmied von sich überzeugen?

»Die Naht des Laufs darf nicht in Schussrichtung verlaufen, weil sie dadurch viel anfälliger ist auseinanderzubrechen, darum muss der Stahl widerstandsfähiger gemacht werden und deshalb möchte ich ihn um einen Dorn wickeln. Dazu habe ich entdeckt, dass die Windungen, die diese Methode im Lauf hinterlässt, die Kugel in eine Drehung versetzen, wie bei einem Pfeil, den die gut angeordneten Federn zum Drehen bringen.« Er sah David Altenstetter mit erwartungsfrohen Augen an.

Der Goldschmied strich sich über seinen Bart und lächelte. Er schien zufrieden.

Diese kleine Reaktion machte Raymund glücklich; endlich hatte er jemanden gefunden, der seinen Vorschlägen wohlwollend gegenüberstand.

»Du bist ein gescheiter Kopf, Raymund, das klingt einleuchtend. Aber hast du es denn schon einmal ausprobiert?«

»Darin liegt ja mein Problem; niemand beim Benzenauer will ein Kurzgewehr bauen, alle lachen nur darüber. Der Obergsell beobachtet mich auf Schritt und Tritt, schaut uns Lehrbuben ständig über die Schultern und leitet sofort jede Unregelmäßigkeit an den Meister weiter. Ich habe den

Mechanismus fertig und weiß bloß noch nicht, wie ich es mit dem Lauf anstellen soll.«

»Lass mich überlegen, wie ich dir helfen kann.« David Altenstetter nahm ihm die Waffe wieder ab und legte sie behutsam zurück in den Schrank, dann schob er ihn auf die andere Seite der Werkstatt.

»Und wenn du einfach mit dem Benzenauer sprichst und ihm erklärst, dass dein Gesellenstück etwas Besonderes sein soll? Das könnte er dir erlauben.«

Raymund blieb unversehens stehen und schaute ihn fragend an.

»Wenn er nicht damit einverstanden sein sollte, machst du eben zwei Gesellenstücke. Eines nach dem Geschmack des alten Benzenauers und das andere fertigen wir hier in meiner Werkstatt an. Den Lauf konstruieren wir so, dass er zur Pulverkammer und dem Zündmechanismus mit einer Schraubverbindung abnehmbar sein wird. Niemand wird etwas von unserer Übereinkunft merken. Schau, hier ist meine kleine Schmiedewerkstatt.«

Raymund fiel ein Stein vom Herzen. Das war es, was er sich erhofft hatte. Er ließ sich die kleine Schmiede zeigen und atmete tief durch.

»Nach Abschluss deiner Gesellenprüfung kannst du dir überlegen, ob du bei mir als Büchsenmacher arbeiten oder eine Goldschmiedelehre anfangen möchtest. Sprich aber vorerst mit niemandem darüber, verstanden?«

Das war der entscheidende Satz. Raymund jubelte innerlich, nahm die beiden Hände des Goldschmieds und schüttelte sie dankbar.

11

Augsburg, erster Adventssonntag* 1578

Durch einen Zufall hatte er vor zwei Tagen von einem Sakristan erfahren, dass drei aus der Benzenauerwerkstatt den Gottesdienst im Dom besuchten. *Wenn Raymund nicht zu den Barfüßern geht … Sollte Raymund wirklich?* Otto konnte es kaum erwarten.

Sofort nach dem feierlichen Einzug mit dem Zelebranten und dem Prediger, noch bevor er seinen Platz im Chorgestühl eingenommen hatte, ging sein Blick hinunter in das Kirchenschiff. Er sah über die Bänke der Adligen und der Bürger hinweg nach hinten zu den Handwerkerbänken. Auf der linken Seite, in der siebzehnten Reihe saß er, der Rotschopf war nicht zu übersehen: Raymund, sein Sohn. Es war nur ein Punkt unter vielen Hundert anderen, weder Gesichtszüge noch Regungen konnte er erkennen, doch er war sich sicher. Er dachte an Giovanna, Raymunds Mutter, die bei der Geburt gestorben war, als er sie aus Bologna in seine Heimat hatte bringen wollen. Er hatte immer geglaubt, dass wegen seiner Sünden sein Sohn bei Ketzern aufwachsen musste. Nun war er hier im katholischen Dom. Vor dem Ende des Gottesdienstes verschwand Otto in die Sakristei. Es hielt ihn nicht mehr, er musste ihn einmal aus der Nähe sehen. *Sie gehen wieder ins Lechviertel hinunter, also werden sie das Südportal nehmen. Ich stelle mich an das Weihwasserbecken, da müssen alle vorbeikommen.* Noch

* 30. November

vor dem Segen stand er da. Sein Herz pochte bis zum Hals. Im Gedränge sah er den Rotschopf immer weiter auf sich zukommen. Es war nur ein kurzer Moment und trotzdem genügte es ihm, diesen Augenblick für alle Zeiten festzuhalten, diesen Blick in das eigene Spiegelbild. Er sah sich selbst, jünger, schöner, selbstbewusst, vor Kraft strotzend und Giovanna. *Raymund, mein Sohn, es ist ein Geschenk des Himmels.* Otto taumelte und kniete sich in eine der leeren Kirchenbänke. *Ich danke dir, mein Gott, dass du ihn in dein Haus zurückgeführt hast.* Otto sah hinauf zum Hochaltar und sein Blick verschwamm.

12

Augsburg, Dezember 1578

»… DASS DU mich recht bald wieder in deine starken Arme nehmen wirst …«, der Obergsell schlug sich mit seiner rechten Hand unter dem höhnischen Gelächter der anderen Gesellen auf den Schenkel, in der linken hielt er prahlerisch einen Brief, aus dem er immer wieder vorlas. Raymund stand zögernd in der Tür und beobachtete die Szene. Sie hatten ihn nicht kommen sehen.

»... möge Gott dich beschützen und mir erhalten, mein geliebter Schatz ...« Lustvoll hob Greisinger die Stimme und versuchte, im hohen Register eine Frauenstimme zu imitieren.

Raymund durchlief es heiß.

»Geliebter Schatz, öha, da hat doch der Hundsfott irgendwo eine kleine Hure liegen.«

Wieder war das Gelächter um den Tisch in der Werkstatt groß.

Jetzt war sich Raymund sicher, dass der Greisinger Helenas Brief abgefangen und darauf gewartet hatte, dass Jos und er in der Stadt unterwegs waren, um ihn den anderen vorzulesen.

»In Liebe, deine Helena«, flötete der Obergsell, als Raymund bereits hinter ihm stand.

»Das ist meine Schwester und es geht euch überhaupt nichts an!«

Das höhnische Lachen verstummte mit einem Schlag, als Raymund dem Obergsell den Brief aus der Hand riss.

»Das werd ich dem Meister sagen, dass du meine Briefe aufmachst und anderen vorliest. Schämen solltest du dich, du Drecks...!«

»Na, na! Spar dir deine Kraft für die Arbeit, Rotschopf, und lass den Meister lieber aus dem Spiel, sonst erfährt er von mir ganz andere Dinge über dich. Ich werde ja wohl noch einen kleinen Spaß machen dürfen, wenn mein Lehrbub sich mit einer Hübschlerin abgibt.« Der Obergsell grinste Raymund hämisch an und entblößte dabei seine Zahnlücke. Die anderen zogen sich langsam aus der peinlichen Situation zurück.

»Nimm dieses Wort nie wieder in den Mund, wenn du von meiner Schwester sprichst, Greisinger! Ich brech dir sämtliche Knochen, dass du's weißt.«

»Dass ich nicht lache, Schwächling! Komm mir nicht frech, für dich immer noch Obergsell! Und ein bisschen mehr Respekt vor den Autoritäten. Eure dummen Leibeigenen und Bauern kannst du bei deiner sauberen Verwandtschaft hinter den Wäldern befehligen. Hier in der Stadt weht ein anderer Wind, lass dir das ein für alle Mal gesagt sein!«

Raymund biss sich auf die Lippen, am liebsten hätte er dem Obergsell ins Gesicht geschlagen. Dabei konnte er froh sein, wenn er für seine trotzige Antwort nicht noch eine Tracht Prügel bezog. Eines Tages würde er dem Greisinger alles heimzahlen mit Zins und Zinseszins! In diesem Augenblick packte ihn das schlechte Gewissen und es kam ihm in den Sinn, dass diese Rachegedanken all dem widersprachen, was ihm in seinem Elternhaus beigebracht worden war. Er musste noch viel an sich arbeiten. Versöhnung, Sanftmut! Es gab für ihn nur einen Weg. Er musste besser werden als alle anderen, das würde ihm Respekt verschaffen. Der Gedanke an Helena spornte ihn an und er war sich sicher, dass er den Greisinger bald einholen würde.

Er ging hinauf in seine Kammer, las den Brief mehrmals, küsste ihn und verwahrte ihn gut in seiner Kiste; den Schlüssel trug er stets bei sich.

»Mein Mädchen, ich liebe dich auch und habe so große Sehnsucht nach dir!«, flüsterte er und warf sich auf sein Bett.

13

Konstantinopel, Dezember 1578

»Salomon, mein alter Freund, wie gut, dass ich dich treffe«, rief der Dolmetsch und nahm den berühmten Diplomaten zur Seite. »Du musst mir helfen und deinen Einfluss beim Sultan geltend machen.«

»So sprich, Berkel, was bedrückt dich?« Salomon Ashkenazy ging in den Herrscherhäusern zwischen Madrid, London, Wien und Konstantinopel ein und aus. Seinem Verhandlungsgeschick vertrauten sowohl die Mächtigen im Habsburgerreich als auch der großmächtige Sultan.

»Du wolltest vor einigen Jahren, dass ich dich auf deiner Mission nach Venedig begleite. Heute gestehe ich dir, dass ich nicht dorthin zurückkehren kann. Frag mich nicht nach den Gründen. Sie sind schwerwiegend und würden mein Leben in Gefahr bringen. Der Sultan wünscht, dass ich ebendort für ihn in den Waffenschmieden spioniere. Würdest du dich für mich beim Sultan verwenden?«

»Du wirst verfolgt, Berkel? Nun … beim Sultan? Du weißt, dass dies nicht einfach ist.« Salomon legte die Stirn in Falten. »Vielleicht kann ich eher bei deinen Verfolgern ein gutes Wort für dich einlegen? Sag mir, wer dich verfolgt!«

Er kam näher an sein Ohr und erst jetzt bemerkte Berkel, wie sich eine verschleierte Gestalt, die sich wohl während des Gesprächs in der Nähe aufgehalten hatte, wegdrehte und verschwand.

»Die Inquisition!«, flüsterte Berkel.

Salomon sah ihn wie versteinert an: »Ich gehe zum Sultan.«

14

Emmenhausen, Neujahr 1579

»IST'S MÖGLICH, OTTO, du lässt dich doch noch bei uns sehen!« Hans III. Honold umarmte Otto und klopfte ihm freundschaftlich auf den Rücken. Nur zu gern ließ sich Otto von ihm aus der starren Kälte in das geheizte Schloss ziehen.

»Seit deinem letzten Besuch sind einige Jahre ins Land gegangen. Siehst du, du hattest doch ein schlechtes Gewissen wegen deines Berichts an das Hochstift! Fast hätte der Herzog meinen Prediger abgesetzt. Sie wollen sich einfach nicht mit dem Nebeneinander von Katholiken und Protestanten abfinden. Die sollten sich an unserer Familie ein Beispiel nehmen. Seit einigen Tagen sind wir wieder alle zusammen. Oktavian ist aus Prag gekommen; der wird sich freuen!«

Hans Honold blickte nach oben. »Dein Freund Otto ist da, Herr Medicus, jetzt beweg dich schleunigst herunter«, schrie er so laut durch das hallende Treppenhaus, dass einige der Bediensteten verstört zusammenliefen.

Der alte Honold muss mächtig stolz auf seinen Sohn sein, dachte Otto, da stürmte Oktavian schon die Treppe herunter. Sie begrüßten sich wie damals am Collegio üblich mit dreifachem Handschlag. Die Jahre hatten Oktavian nicht viel anhaben können, sein Haar war immer noch voll und dunkel wie eh und je, seine Haut nach wie vor ungewöhnlich braun, fiel Otto auf.

»Dass sie dich aus den engen Kirchenmauern herauslassen, wem hast du das denn zu verdanken?« Oktavian hatte anscheinend seine Sprüche nicht verlernt.

»Als Dekan kann ich mir die eine oder andere Freiheit gestatten. Heute Abend zur Komplet muss ich aber wieder meinen Platz im Chorgestühl einnehmen.«

»Du kündigst deinen Abschied an, bevor du richtig angekommen bist. Otto wie in alten Tagen, immer kurz angebunden. Schon beim *Kyrie* an das *ite, missa est** denken! Aber jetzt komm erst mal nach oben in die warme Stube.«

Gemeinsam gingen sie ins Kaminzimmer, wo ihm Oktavian seine Mutter, Jakobina Welser, vorstellte.

»Endlich darf ich Euch kennenlernen. Oktavian hat schon damals in Bologna so viel von Euch erzählt.«

»Ich hoffe, nur Gutes«, antwortete sie und lächelte. Sie wirkte auf ihn bescheiden, zurückhaltend und war einfach gekleidet, obwohl sie wohlhabend war und ein riesiges Handelsunternehmen mit in die Ehe gebracht hatte.

»Oktavian wird ab Sommer in Augsburg praktizieren, weißt du das schon, Otto?«, posaunte Hans Honold die

* Geht, es ist Sendung.

Neuigkeit heraus, und Otto merkte an dem bösen Blick Oktavians, dass er ihm das hatte selbst erzählen wollen.

»Das ist ja wunderbar. Dann wirst du ja immer in meiner Nähe sein und ich brauche mich um meine Gesundheit nicht mehr zu sorgen«, scherzte Otto erfreut.

»Der Rat der Stadt hat mich als Wundarzt und Verantwortlichen für die Gefängnisse und Kranken- und Leprosenhäuser berufen. Das heißt erst einmal viel Arbeit für wenig Geld!«

»Geld ist doch nicht so wichtig, wenn du wieder hier bei deiner geliebten Familie sein kannst?«, bemerkte Hans Honold und klopfte seinem Sohn auf die Schulter.

»Mit einem Mal so bescheiden, Hans? Wenn dir das Geld nicht wichtiger als der Glaube gewesen wäre, hättest du mich wohl nicht geheiratet«, fuhr ihm seine Frau dazwischen und lachte herzlich. Otto wusste schon aus den Erzählungen Oktavians noch zu Studienzeiten, dass es bei seinen Eltern immer wieder religiöse Meinungsverschiedenheiten gab.

»Du siehst, Otto, Katholiken und Protestanten streiten sich wieder einmal um den schnöden Mammon!«, entschuldigte sich Hans Honold und schenkte seiner Frau ein warmes Lächeln.

»Komm, lassen wir die beiden alleine; sie haben sich sicherlich viel zu erzählen! Ich schicke euch warmen Apfelwein herauf.« Mit diesen Worten zog Jakobina ihren Mann aus der Stube.

Oktavian atmete hörbar aus. »Ich konnte dir in meinen Briefen nie die Wahrheit schreiben, Otto. Die Gefahr, dass mitgelesen wird, war einfach zu groß. Was weißt du von Rico?«

»Darum bin ich hier, Oktavian, ich weiß eben überhaupt nichts. Im ›Roten Ochsen‹ habe ich ihn darüber aufgeklärt, dass Erminio seine geliebte Mona ermordet hat, und ihm das Flugblatt von Don Alfonso in die Hand gedrückt. Seither habe ich ihn nicht mehr gesehen. Ich weiß nur, dass du ihm nach dem Brandanschlag auf Erminio im Kloster zur Flucht verholfen hast und dass er in türkische Gefangenschaft geraten ist.«

»Richtig, Rico ist zu mir nach Venedig geflüchtet. Er hat mir alles erzählt. Sie waren ihm auf den Fersen. Er musste Venedig so schnell wie möglich verlassen und sich dem Zugriff des Kirchenstaates entziehen. Ich habe ihn auf einem Schiff untergebracht, das die dalmatinische Küste entlanggesegelt ist, um schließlich auf Umwegen an die Grenze des Reiches zu kommen. Dort sollte er in Neusohl die Bewachung unserer Kupfermine organisieren. Er hat sich mehrmals über die schlechte Ausrüstung beschwert und Feuerwaffen gefordert, die wir ihm nicht gewährt haben – ein großer Fehler, wie sich im Nachhinein zeigte.«

»Wann hast du denn zuletzt etwas von ihm gehört?«

»Die Türken wurden zunehmend frecher und fielen immer häufiger ein. Dann kam die Nachricht aus Neusohl, dass das Bergwerk in türkische Hände gefallen sei. Es war zwei Tage vor Bartholomä im Jahr '63, als ich davon erfuhr, ich weiß es noch wie heute. Es gab anscheinend Tote und eine Vielzahl von Gefangenen, die verschleppt wurden. Rico war nicht unter den Toten. Das war das Letzte, was ich über ihn erfahren habe. Wie es der Teufel wollte, klopfte nur Stunden später die Inquisition an meine Tür. Ohne lange zu überlegen, habe ich am selben Tag Venedig verlassen und bin nie mehr dahin zurückgekehrt. Mein Vater hat getobt, weil er die Geschäfte wieder an die Familie meiner Mutter übertragen musste. Ich bin nach Prag gezogen und habe dort mein Medizinstudium beendet.«

Eine Bedienstete klopfte und brachte heißen Apfelwein.

»Was ist wohl mit ihm passiert?«, fragte Otto, von dieser Geschichte sichtlich beeindruckt. Er nahm einen Becher und nippte nervös daran.

»Ich habe alles versucht, um ein Lebenszeichen von ihm zu bekommen. Meine Briefe von Prag aus an den jeweiligen Orator von Konstantinopel wurden nie beantwortet. Eine Petition an das Kaiserhaus brachte mich auch nicht weiter. Von Gesandten des Kaisers sind Geschichten über die Türken im Umlauf. Es wird erzählt, dass sie nur Gefangene machen, wenn es sich für sie lohnt und sie Verwendung für sie haben. In Konstantinopel werden Arbeitssklaven dringend benötigt, überall werden ganze Viertel abgerissen und großzügiger und höher gebaut. Am schlimmsten sind wohl die armen Schweine zu bemitleiden, die sich auf den Steingaleeren zu Tode schuften. Bei sengender Hitze über das Marmarameer zu rudern, kann kaum jemand länger als einen Monat überstehen. Wer das vorgegebene Tempo nicht mehr halten kann, wird losgekettet und ins Meer geworfen.«

»Um Himmels willen, was für ein schrecklicher Tod.« Otto spürte, wie das Blut aus seinen Wangen wich.

»Wer wider Erwarten sechs Monate die Torturen einer Gefangenschaft überlebt, hat drei Möglichkeiten: Wenn er einen Patron hat oder irgendwie zu Geld gekommen ist, kann er sich freikaufen und zurück in die Heimat, das gelingt nur den Wenigsten. Den Turban nehmen, sich beschneiden lassen und Allah fünfmal täglich auf den Knien nach Mekka gerichtet anbeten, ist die Alternative. Flucht ist so gut wie unmöglich, denn jeder erkennt sofort die rasierten Köpfe. Also bleibt nur noch übrig, so lange zu arbeiten, bis man tot umfällt.«

»Was glaubst du, wofür sich Rico entschieden hat?«

»Woher sollte er das Geld haben, sich freizukaufen? Sie haben ihm sicher alles abgenommen. Den Turban nehmen? Ich glaube nicht, dass Rico so etwas macht. Hast du ihn jemals auf Knien gesehen? Ein Stier wie er arbeitet vielleicht immer noch irgendwo. Wer weiß?«

»Rico in Ketten? Das ist schwer vorstellbar. Er ist geschickt genug, einen Weg für sich zu finden. Wenn er wüsste, dass Erminio diesen Brand überlebt hat und jetzt mit noch mehr Hass und Verbitterung als Großinquisitor unser Land von Bamberg bis Partenkirchen in Angst und Schrecken versetzt, würde er sicher handeln.«

»Was sagst du da? Erminio treibt im Hochstift sein Unwesen? Du hattest mir doch geschrieben, dass du ihn in Rom wiedergesehen hast. Ich war der Meinung, dass er in diesem Kloster dort seine Wunden leckt und auf das Ende seiner Tage wartet.«

»Ein frommer Wunsch, der alle Probleme lösen würde. Er hat von Papst Pius V. den Kardinalshut bekommen. Auf dem Sterbebett hat der Papst seinem Wunsch entsprochen und ihn als Großinquisitor für die Provinz der Dominikaner im Süden des Reichs über die Alpen geschickt. Seit vier Jahren brennen die Scheiterhaufen und die Köpfe rollen; es ist schlimm. Da er seine Legitimation von ganz oben hat, sind wir alle machtlos. Auch der jetzige Papst, mein verehrter Boncompagni, enttäuscht mich schwer, weil er ihn gewähren lässt. Was denkst du, Oktavian, würde Rico machen, wenn er wüsste, dass der Kardinal noch lebt?«

»Ich weiß nicht, Otto, aber Nichtstun war noch nie Ricos Sache und das hast du mit ihm ja wohl gemeinsam«, Oktavian legte seine Stirn in Falten.

»Ja, ich versuche alles, was mir möglich ist. Bei einem Gespräch, das ich vor einiger Zeit im Namen von Dutzenden aufgebrachten und verzweifelten Amtsleuten und Versehern mit dem Kardinal persönlich in Dillingen geführt habe, hat er mir erklärt, dass mir, als Freund eines Mörders, der Weg in weitere kirchliche Ämter versperrt sei. Glaubst du, wir könnten Rico irgendwie aufspüren?«

Oktavian lächelte gequält. »Rico aufspüren? Die Suche nach einem einzelnen Gefangenen im gesamten Osmanischen Reich, wenn er denn noch leben sollte, ist schwierig, aber wir sollten nichts unversucht lassen. Da fällt mir ein – ich erinnere mich an einen jungen Theologen mit Namen Salomon Schweigger, der mit Joachim von Sinzendorf, dem Botschafter Kaiser Rudolfs II. in Konstantinopel, persönlich bekannt ist. Er hat ihn als Reise- und Gesandtschaftsprediger in sein Gefolge aufgenommen. Die Delegation ist am 10. November von Wien aus aufgebrochen und auf dem Weg nach Konstantinopel. Vielleicht ergibt sich dadurch die Gelegenheit zu erfahren, was mit Rico geschehen ist. Es wird sicher bei den Türken Listen von Gefangenen geben. Der Habsburger Botschafter wird ja schließlich auch mit Gefangenenaustausch, Freikauf oder Konvertiten zu tun haben, was meinst du?«

»Das wäre eine Möglichkeit! Es ist schön von dir, dass du dir meine und die Sorgen des Hochstifts zu eigen machst!«

»Ich bin mitverantwortlich und habe außerdem ein schlechtes Gewissen. Nur weil wir der Truppe, die unsere Mine verteidigen sollte, eine modernere Ausrüstung verweigert haben, konnten die Türken erfolgreich sein.«

»Halte mich auf dem Laufenden, Oktavian! Du weißt, wo du mich finden kannst!« Otto war froh, in seinem Kampf nicht mehr allein zu sein.

15

Leeder, zwei Tage vor Sankt Mattheis* 1579

»... UND DAS EWIGE Licht leuchte ihr. Herr, lass sie ruhen in Frieden. Amen«, stimmten die Marianischen in die letzten Worte des Pfarrers ein. Die alte Keggelbäuerin lag aufgebahrt zwischen den Schneebergen vor dem Haus. »Endlich hot dia arm Seel a Ruah«, die Mesnerin war die Erste, die den Weihwasserpinsel von Pfarrer Engelschalk in die Hand nahm und die Tote besprengte. Nacheinander verabschiedeten sich die Marianischen von der alten Bäuerin. »Mei Zenz, jetzt kommsch halt doch in an luthrische Friedhof«, jammerte die Schmelzerin. Die Trauernden wollten gerade der Aufforderung der jungen Bäuerin Folge leisten, ins Haus zu kommen, als sie von Weitem das Glöckchen des Totengräbers hörten, das dieser seiner alten Mähre umgehängt hatte. Er saß auf einem Schlitten und zog hinter sich einen Sarg durch den Schnee.

»Brr, alter Knabe! Von wegen Mattheis bricht's Eis«, war seine Begrüßung, als er schwungvoll vom Schlitten stieg und den alten Schlapphut mit der langen Feder vom Kopf nahm. »Mein Beileid, Keggel. Ich werde deine Mutter einsargen, aber beerdigen können wir sie erst, wenn der Boden aufgetaut ist, und das wird noch gut einen Monat dauern.«

»Des hau i mir scho denkt«, antwortete der Keggel und sah besorgt zu seiner Frau.

»Du nimmsch se aber doch mit, oder?«, fragte der Keggel.

* 24. Februar

»In meiner Scheune stapeln sich die Särge, ich habe keinen Platz mehr, wir müssen sie schon so lange hier lassen«, verkündete der Totengräber.

»Kansch denka, dia kommt mir nimma ins Haus, des sag i ui glei!«, rief die junge Bäuerin energisch dazwischen.

»Dann dea mer se naus in de Schupfa*!«, willigte der Keggel ein.

»Wie ihr wollt«, bemerkte der Totengräber und machte sich an die Arbeit.

»Kommet rei, es gibt ebbas Warms zum Drinka!«, lud der Keggel die Trauergemeinde, die sich nicht zweimal bitten ließ, in die warme Stube.

16

Schongau, zwei Tage nach Sankt Benedikt** 1579

»Die Flösser sind wieder da, Gerhild! Stell den durstigen Brüdern das Bier hin, aber sofort kassieren, gell, die seh

*Allgäuerisch: Scheune.

** 21. März

ich, wenn überhaupt, ein ganzes Jahr nicht mehr.« Der Wirt hatte frisches Bier gezapft und vier schäumende Humpen bereitgestellt, die Gerhild an den Tisch der bärtigen und ungepflegten Gesellen brachte.

»Da hast du aber eine bildhübsche Magd, Semmer! Wo hast du die denn her? Das kann doch keine hiesige sein, so mögele* und liebreizend, wie die ist. Komm her, meine Schöne, ich zeig dir meine Ruderstange! Die ist so lang, mit der komm ich auf jeden Grund!«, grölte einer von ihnen, und die anderen lachten lauthals.

»Mach dir nichts draus, Gerhild«, versuchte der Wirt zu beschwichtigen. »Es sind halt raue Burschen, die das Holz auf dem Lech aus den Bergen herunterbringen. Die haben seit Wochen keinen Rock mehr gesehen und sind große Sprücheklopfer.« Dann wandte er sich an die Flößer. »Lasst mir die Gerhild in Ruh, sonst setz ich euch so schnell vor die Tür, dass ihr mit Schauen gar nicht mehr nachkommt!«

Das beeindruckte die Männer wenig. Gerhild sammelte eifrig die Münzen ein, die auf dem Tisch verstreut waren und suchte so schnell wie möglich das Weite.

Fast ein Jahr stand sie nun im Dienst des Sternenwirts. Nach ihrer Befragung und der üblen Erpressung durch den Dillinger Stadtrat hatte sie das Haus und alle Habseligkeiten verkauft, die nicht in eine Reisekiste passten, und hatte mit ihrer kleinen Tochter Maria die Heimat auf einem Fuhrwerk in Richtung Süden verlassen. Weit waren sie nicht gekommen. Auf der Fahrt von Dillingen nach Italien übernachteten sie im Gasthaus »Sternen« in Schongau. Nach nur vier Tagen als alleinstehende junge Frau auf den Straßen hatte sie es sattgehabt, von wildfremden Knechten, Kutschern und Fuhrleuten als billige Hure betrachtet und dementspre-

---

* Allgäuerisch: freundlich, nett.

chend angesprochen zu werden. Der Wirt, Hans Semmer, hatte sofort Gefallen an ihr gefunden und ihr eine Stelle als Magd angetragen. Niemand hatte sie nach Stand, Herkunft oder Vergangenheit gefragt. Sie wurde schnell beliebt bei den Wirtsleuten und den Gästen, führte ein arbeitsreiches, aber sorgenfreies Leben und konnte es sich sogar leisten, Maria in die Schule zu schicken. Mehrere Heiratsangebote von Gästen der Wirtsstube hatte sie bisher abgelehnt. Zu sehr hing ihr Herz noch an ihrem verstorbenen Mann, als dass sie eine neue Bindung hätte eingehen können.

Mit einem Mal wurde es totenstill in der Gaststube.

»Meister Christoph, kommt herein, auch wenn Ihr nicht willkommen seid, und setzt Euch an Euren Tisch, so sehen die fahrenden Holzknechte, dass in Schongau Ordnung und Gesetz in Ehren gehalten werden.« Der Sternenwirt hatte so laut gesprochen, dass es für alle in der Stube vernehmbar war.

Der Scharfrichter schlenderte grußlos an den Tischen vorbei an seinen Platz. Schweigend hängte er seinen Umhang an den Haken in der Holzvertäfelung und setzte sich.

Den Flößern hatte es buchstäblich die Sprache verschlagen; als wenn ihnen der Herrgott beizeiten die Antwort auf ihre frechen Reden geschickt hätte.

»Das ist der Henker aus Biberach, Gerhild. Niemand gibt ihm die Hand und er bezahlt auch nichts, weil ich kein blutiges Geld im Haus haben möchte. Er kommt immer, wenn der Schongauer Henker verhindert ist«, flüsterte der Wirt Gerhild zu.

»Ein Bier, Herr Christoph? Wir haben den beiden Kirchenräubern, die morgen gehängt werden sollen, schon die Henkersmahlzeit ins kleine Stüble gebracht. Ich nehme an, dass die Zeche wie immer auf die Stadt geht?«, fragte er über zwei Tische hinweg, drehte sich zu Gerhild und wollte ihr den Krug mitgeben, um dem Henker einzuschenken, aber Gerhild war nicht mehr da.

Ohne einen Laut von sich zu geben, war sie hinter dem Bierfass zusammengesackt.

»Gerhild, um Gottes willen, was ist passiert? Was hast du gesehen?« Die Stimme des Semmers überschlug sich in der Aufregung. Seine Magd lag bewusstlos auf dem Boden. Er ging auf die Knie, beugte sich zu ihr und tätschelte verzweifelt ihr bleiches Gesicht. Hastig knöpfte er die Bluse auf und öffnete das vorne geschnürte Mieder. Einer der Flößer war aufgesprungen und brachte aus der Küche eine Schale mit Wasser, das ihr der Wirt mit zitternder Hand über das Gesicht und über die Brust träufelte. Alles Tätscheln und Fächern half nichts. Gerhild Maierin rührte sich nicht.

17

Augsburg, Herbst 1579

»Du hast ja im letzten Jahr mächtig aufgeholt, Raymund! Wenn du so weitermachst, werden wir unsere Gesellenprüfungen noch gemeinsam machen.« Jos lachte und trällerte ein Liedchen. Raymund konnte ebenso wenig einschlafen wie sein Freund. Er hatte die Hände hinter dem Kopf verschränkt und beobachtete die Schattenspiele der Kerzen.

»Wenn du nicht so getrödelt hättest in deinem ersten Jahr, Jos, wärst du schon längst auf und davon.« Raymund setzte sich auf. »Sag mal, erinnerst du dich an den vornehmen Herrn, ich glaube, er hieß Castranova, der damals den Meister überreden wollte, kurze und leichte Gewehre für den Einsatz bei der Kavallerie herzustellen?«

»Ach, Raymund, das weiß doch jedes Kind, dass der Lauf über die Zielgenauigkeit entscheidet. Der vornehme Herr hat sich hier nie wieder blicken lassen«, erwiderte Jos und gähnte gelangweilt.

»Dann muss der Lauf halt angepasst werden. Die Franzosen schießen seit einigen Jahren mit Kurzgewehren, du hast sie doch letztes Jahr auf der Rosenau mit eigenen Augen gesehen.«

»Jetzt sind wir mit unseren Hakenbüchsen so weit gekommen, dass man sie einigermaßen zuverlässig nennen kann, dann kommst du mit einem Kurzgewehr daher. Das wird dem Meister gar nicht gefallen. Er hasst diese Franzosengewehre, weil sie ihm all die Probleme mit der Genauigkeit wieder zurückbringen.«

»Marco, der Italiener aus Brescia, den ich vor einigen Tagen im Zeughaus getroffen habe, hat mir von derselben Entwicklung aus Italien berichtet. Überall wird auf handliche Kleingewehre umgestellt, die schnell gezogen und abgeschossen werden können. Nur hier, in der verstaubten Werkstatt unseres Meisters, will man davon nichts wissen. Egal, ich werde mein Gesellenstück mit einem kurzen Lauf ausstatten, das habe ich seit Langem beschlossen.«

»Und der Meister?«, fragte Jos besorgt.

»Der Meister? Vergiss ihn! Mit dem kommen wir nicht weiter!« Raymund setzte sich auf. »Ich muss dir etwas gestehen, Jos. Ich weihe dich jetzt in ein Geheimnis ein«, flüsterte er und schielte zur Tür. »Es wird zwei Läufe geben. Ich fertige den eigentlichen, völlig neuartigen Lauf beim Goldschmied Altenstetter an. Aber das darf niemand wissen. Ich drehe den Stahl um einen Dorn. Das verleiht dem Lauf innen Windungen und die Kugel dreht sich beim Schuss. Du wirst sehen, dass sie dadurch viel genauer ins Ziel kommt. Es wird vor der Brennkammer ein Gewinde geben, an dem man den Lauf schnell abschrauben kann. Den anderen Lauf fertige ich mit dir zusammen auf herkömmliche Art mit der Naht auf der Unterseite in unserer Werkstatt. Mit dem Meister habe ich darüber nicht gesprochen; die Aufsicht über die Lehrbuben hat sowieso der Obergsell. Das Risiko, dass die Waffe nicht von der Kommission zur Lossprechung taugt, liegt also bei mir ganz allein. Es arbeitet doch ohnehin jeder selbstständig an seinem Prüfungsstück.«

Jos schien plötzlich wieder hellwach. »Immer langsam mit den jungen Pferden, mein lieber Freund! Das glaubst du doch selbst nicht, dass dir der Obergsell dieses Gewinde genehmigt? Du musst ja irgendwie den Zweck erklären können, der diesen Einbau notwendig macht.«

»Es wäre doch gar nicht schlecht, wenn man den Lauf zum Säubern abnehmen könnte. Das sind praktische Gründe, die nichts mit der Zielgenauigkeit zu tun haben, und am Ende entscheidet ja schließlich die Kommission, ob das Gesellenstück etwas taugt oder nicht. Sei nicht so ablehnend, Jos!«

»Wenn du es unbedingt auf einen weiteren Konflikt mit dem Obergsell anlegen willst, dann bau dein Kurzgewehr, aber warum in Gottes Namen kannst du nicht damit warten, bis du dein eigener Herr bist?«

»Psst, Jos, nicht so laut, die Wände hier haben Ohren.« Raymund hielt seinen Finger vor den Mund.

»Lange halte ich es hier nicht mehr aus. Ich will so schnell wie möglich auf die Rosenau und dort der Erste sein, der mit einer Pistolette gewinnt. Kannst du das nicht verstehen? Ich bin ein Außenseiter und muss immer besser, klüger und schneller sein als die anderen, um mein Aussehen vergessen zu machen. Darum brauche ich ein Gewehr, mit dem ich sie alle in Grund und Boden schießen kann.«

»Ich kann das gut verstehen, Raymund. Ich weiß, wie sie dich hier behandeln.«

»Ich habe dem Altenstetter geschworen, mit niemandem darüber zu sprechen. Du bist der Einzige, der davon weiß.«

»Was auch immer passiert, Raymund, du kannst auf mich zählen; keiner wird etwas von mir erfahren, und wenn du Hilfe brauchst, werde ich für dich da sein.« Jos stand auf und reichte ihm die Hand.

»Ich weiß doch, dass ich mich immer auf dich verlassen kann!«

18

Dillingen, Sankt Bonifatius* 1580

»Es darf nie mehr geschehen, dass uns die herzogliche Regierung in München bei Untersuchungen und Anklagen wegen Ketzerei in den Rücken fällt. Wir dürfen uns nicht mehr vorschreiben lassen, wann eine Hexe wie examiniert werden soll. Wilhelm V. scheint vernünftiger zu sein als sein Vater. Die Rechtsprechung muss geprägt sein vom theologischen Prinzip der Gegenreformation. Es wäre wenigstens einmal eine sinnvolle Aufgabe für die Jesuiten, dass sie Hofräte und die Rechtsabteilung der Universität nur mit Geistlichen besetzen. Gerade am Fest des heiligen Bonifatius muss uns bewusst werden, dass wir mit allen Mitteln das Werk des großen Missionars vor der Zerstörung bewahren und die weltliche Gewalt dazu zwingen, die kirchliche, von Gott erhaltene Macht anzuerkennen.« Die Anwesenden im Refektorium nickten zustimmend und Paschalis musste sich zwingen, nach der Tischrede des Kardinals nicht zu gähnen. Zahllose Briefe zu diesem Thema hatte dieser ihm schon diktiert, an Julius Echter, Ottheinrich von Schwarzenberg oder Canisius. Paschalis versah sie alle mit bunten Initialen und verwandelte das inhaltlich schwer Verständliche in kleine Kunstwerke. Es war sein verzweifelter Versuch, den grausamen Worten etwas von ihrer Schärfe und ihrer Gnadenlosigkeit zu nehmen.

---

* 5. Juni

19

Leeder, 2. Juli 1580

Helena verblieben nur wenige Augenblicke, um innezuhalten, nachdem drüben im Kirchturm die Sturmglocke angefangen hatte, wie wild zu schlagen.

»Feurio, feurio! Dem Mayer Georg sei Hidda brennt lichterloh!«, hörte sie Karl aufgeregt durch das Schloss rufen.

Die Marianischen, war ihr erster Gedanke. *In seiner Bleibe verwahrt er die Bücher von Caspar Schwenckfeld.* So schnell sie konnte, rannte sie die Treppen hinunter und folgte Karl ins Dorf. Von Welden her hatte sich eine bedrohliche schwarze Gewitterfront aufgebaut.

»Meinst du, dass es ein Blitzeinschlag war, Karl?«

»Dös Wetter isch no z'weit weg.«

Noch im Laufen kam Helena in den Sinn, dass Georg jeden Samstagnachmittag hinten beim Müller die Kinder unterrichtete, weil der Müllersbub seit seinem Unfall nicht mehr richtig laufen konnte. *Sollten die Marianischen ganz bewusst diesen Moment abgewartet haben?* Dass sie am hellichten Tag das Haus anzündeten, verwunderte sie zwar, aber sie traute diesen Leuten inzwischen alles zu, seit sie mit ihren Anfeindungen dafür gesorgt hatten, dass Raymund nach Augsburg ziehen musste.

Georg bewohnte ein kleines Haus, nicht zu vergleichen mit den großen Höfen im Ort. Helena staunte, dass doch so viele Leute zusammengekommen waren, um zu helfen. Aus dem Dachstuhl, der mit Stroh gedeckt war, loderten meterhoch die Flammen.

»Georg ist nicht da. Bitte, bitte helft! Wir müssen die Kiste herausholen, in der die Bücher und Schriften liegen«, beschwor sie die Leute, die bereits mit Eimern eine Kette zum Bach gebildet hatten. Sie hatten zwei Leitern an das Haus gestellt, um von oben Wasser in die Flammen zu schütten.

»Em Georg sei Gaul stoht hinderm Haus! Do kann a it weit sei. In der Stuba isch no koi Fuir. Mir breched d'Diar auf. Bleib du voana hussa, Helena!« Sie nickte dem Kutscher zu, und gleich darauf stieß Karl mit einem dicken Holzbalken die Eingangstür auf. Beißender Qualm drang aus der Stube, und es dauerte nicht lange, da kam Karl laut hustend aus dem Haus. Er zog eine riesige Kiste hinter sich her.

»Das war mutig, Karl! Du hast Caspars Nachlass vor den Flammen gerettet. Das werden wir dir nie vergessen!« Helena umarmte ihn. Es war ihr gleichgültig, dass sie ihr Kleid mit Ruß beschmutzte. Wenige Augenblicke später stürzte unter lautem Krachen der Dachstuhl in sich zusammen.

»Dös isch no amol guat ganga!«, sagte Karl und ließ sich erschöpft ins Gras sinken. Helena setzte sich zu ihm.

Plötzlich stand Georg vor ihnen.

»Um des Herrn willen! Was ist passiert?«

»Georg, du bist in Sicherheit! Schau hier, die Kiste! Mehr konnten wir nicht tun.«

»Gott sei Dank, das Wichtigste ist gerettet! Aber es sieht fast so aus, als wenn die Feuersbrunst etwas mit meiner Abwesenheit zu tun hätte; oder was, glaubt ihr, hat den Brand ausgelöst?«

Helena senkte die Stimme. »Marianische!«

»Meinst du? Also doch!«, entgegnete Georg. »Es würde erklären, dass sie mir beim Müller das Pferd losgebunden haben! Vor einigen Jahren schon haben sie mit roher Gewalt an die Tür gepoltert und den blutigen Kopf eines Ziegenbocks auf die Schwelle gelegt. Ich habe damals die Warnung nicht ernst genommen.«

Karl bekreuzigte sich. »Das Zeichen des Teufels.«

Joseph Hueber, der Wirt, war dazugekommen. »An deiner Hütte ist nichts mehr zu retten, Georg. Für den Wiederaufbau sind wohl nur noch die Wände aus Stein zu gebrauchen, das Dach, die Treppen und das Holz im Inneren sowie die Möbel sind verloren. Gleich fängt es an zu regnen. Wir bringen das Wenige in meine Wirtschaft. Lass uns nach vorn schauen! Du kannst so lange bei mir wohnen, bis dein Häuschen wieder aufgebaut ist!«

Der Brand war inzwischen so gut wie gelöscht, aber der beißende, harzige Geruch von verkohltem Holz stieg Helena unangenehm in die Nase.

»Das ist sehr großzügig von dir, Joseph. Ich nehme dein Angebot gerne an.«

Die ersten Tropfen fielen und Helena mahnte zum Aufbruch. »Karl, lass uns die Kiste schnell hinüber zum Hueber tragen, dort können wir alles Weitere besprechen.«

Kaum dass sie in der Stube waren, brach das Gewitter über den Ort herein.

Georg kniete sich neben die Holzkiste, die an der Längsseite angesengt war. Während er sie langsam öffnete, spürte Helena förmlich, wie ihm ein Stein vom Herzen fiel. »Ich danke dir, mein Herre Christ«, sagte er leise. »So ist es dein Wille, dass wir das Vermächtnis deines Dieners bewahren und in die Welt hinaustragen.«

Helena setzte sich zu ihm. Mit dem Ärmel ihres Kleides

wischte sie über die schweinsledernen Einbände und hielt unvermittelt eine Ausgabe von Caspar Schwenckfelds »De statu, officio et cognitione Christi« von 1546 in den Händen. Auch ihr Großvater besaß eine große Anzahl an Büchern. Dieses aber fehlte in seiner Sammlung. Ehrfürchtig strich sie über das Leder und schlug behutsam die erste Seite auf.

Meinem lieben Freund in Christo, Georg Mayer, in Dankbarkeit gewidmet, Caspar Schwenckfeld, stand dort in schön verzierten Lettern.

»Das ist mein größter Schatz.« Georg blickte Helena über die Schulter.

Augenblicklich schloss sie das Buch und übergab es ihm. Liebevoll drückte der Prediger das Buch an seine Brust und blickte nach oben.

»Ein Dach über dem Kopf ist schnell wieder gefunden; aber was bedeutet eine Behausung, die nur das irdische Leben erleichtert, im Vergleich zu den Anleitungen des Meisters für ein himmlisches Leben im Reich Gottes, die ihr mir gerettet habt? Dafür, dass ihr mir das Vermächtnis von Caspar, seine Schriften und all seine Briefe in Sicherheit gebracht habt, bin ich unendlich dankbar und der Herrgott im Himmel wird es euch vergelten.«

20

Augsburg, Ulrichsfest* 1580

ENDLICH WAR DER Tag gekommen. Das große Geläut ertönte feierlich und verkündete seine frohe Botschaft über die ganze Stadt. An die tausend Gläubige mochten es wohl sein, die am Fest des Stadtheiligen in den Dom gekommen waren, um einem besonderen Ereignis beizuwohnen: Ottos Priesterweihe. Von einem langen Zug aus Verwandten, Freunden, Abordnungen aus seinem Heimatort und den Dörfern seiner zukünftigen Mitpriester mit ihren Fahnen und Bannern wurde Otto am Domkonvikt abgeholt und gemeinsam mit zahlreichen Messdienern, Priestern, Prälaten, Dekanen, Ministerialen und dem hochwürdigsten Herrn Bischof Marquard zum Dom geleitet. Es war für Otto eine große Genugtuung, dass alle Versuche aus Dillingen, ihm das Priesteramt zu verwehren, gescheitert waren. Als er zum Klang der Orgel durch das Südtor das ehrwürdige Gebäude betrat, klatschte die Menge begeistert. Es freute ihn, dass die einfachen Menschen ihn schätzten und sein öffentliches Eintreten gegen den um sich greifenden Verfolgungswahn der Inquisition und sein Bemühen um die Einheit der Christen in der Stadt Früchte zeigte. Es war ihm wohl bewusst, dass ihn seine Predigten gegen seinen Erzfeind, den Dominikaner Erminio vom Berg, schnell selbst in die Fänge der Inquisition bringen könnten. Der Jubel an diesem Morgen war wie ein warmer Schauer, der

* 4. Juli

sich über ihn ergoss und ihn mit tiefer Genugtuung erfüllte. Mit versteinerter Miene salbte Bischof Marquard Johannes Otto von Gemmingen und erteilte ihm das Zelebret, die Erlaubnis, Eucharistie zu feiern. Das gemeinsame Versprechen, dem Bischof Gefolgschaft und Treue zu leisten, das den Jungpriestern anschließend abgenommen wurde, ging Otto nur mühsam und mit vielen Zweifeln über die Lippen; es schien ihm, als würde gerade in diesem Augenblick der Bischof jede kleinste seiner Mundbewegungen genauestens registrieren. Otto bat Gott augenblicklich um Vergebung. Denn eines wusste er sicher: Er würde alles daran setzen, den vom Bischof und seinem römischen Inquisitor eingeschlagenen Weg der Einschüchterung mit Hindernissen zu belegen, um so den überall ersehnten Frieden, den Jesus Christus in die Welt gebracht hatte, wiederherzustellen und dem geplagten Volk Gottes ein Leben ohne Furcht und Gewalt zu ermöglichen. »*Oboedisco**«, presste Otto mit zusammengebissenen Zähnen heraus und blickte gleichzeitig entschuldigend hinauf zu dem riesigen Kreuz, das über dem Altar hing.

»Zur Feier des Tages habe ich Euer Hochwürden eine gute Nachricht zu vermelden: Du wirst es nicht glauben, aber ich habe eine Spur von Rico«, flüsterte Oktavian Otto ins Ohr, der, wie alle anderen nach dem Festgottesdienst von Freunden und Verwandten umringt, auf dem großen Platz vor dem Dom die Gratulationen entgegennahm. Otto umarmte seinen Freund und ließ sich von ihm aus dem Kreis seiner Getreuen ziehen.

»Oktavian, wie schön, dass du gekommen bist. Aber sag endlich, was gibt es Neues?«

---

* Ich gehorche.

»Ich gratuliere dir von ganzem Herzen, mein lieber Freund, mögest du glücklich werden und all deine hohen Ziele erreichen.«

»Ich danke dir, aber nun erzähl schon!«

»Pfarrer Schweigger, ich habe dir von ihm erzählt, berichtet mir in einem Brief aus Konstantinopel, dass der Botschafter an der Hohen Pforte, Joachim von Sinzendorf, auf einer der Gefangenenlisten vom Winter 1563 Ricos Namen entdeckt hat. Er wurde anscheinend als Arbeitssklave in das berüchtigte Bagno verbracht, dann verliert sich seine Spur. Da es keine Totenverzeichnisse gibt und der Orator keinen Zugriff auf die Bücher der zum Islam konvertierten Gefangenen hat, ist sein weiteres Schicksal ungewiss. Rico hat keinen Beruf, ist aber stark wie ein Bär. Wenn er das Bagno überlebt haben sollte, dann ...«

»Was bedeutet das?«, fragte Otto besorgt. »Es sind inzwischen siebzehn Jahre ins Land gegangen. Wenn Rico noch nicht das Zeitliche gesegnet hat, wäre er doch längst zurück, oder?«

»Glaubst du ernsthaft daran, dass Rico zurückkommen würde, nachdem die Dominikaner ihn hier mit allen Mitteln versuchen aufzuspüren? Hier würde ihn nur ein grausamer Tod erwarten«, entgegnete Oktavian.

»Es wird immer schlimmer mit dem Inquisitor. Beten allein hilft nicht mehr. Es muss etwas geschehen. Kann sich dein Theologe nicht irgendwie nützlich machen und seine Fühler nach Rico ausstrecken?«

»Die Korrespondenz ist schwierig. Für einen Brief nach Konstantinopel braucht ein Bote vier Wochen. Jeder dritte wird überfallen und ausgeraubt. Wir können von großem Glück sprechen, dass dieser Brief überhaupt angekommen ist. Außerdem hat Schweigger angedeutet, dass seine eigentlichen Ziele Jerusalem und das Land Ninive seien und er die Reise mit dem Orator als günstige und sichere Möglichkeit betrachte, unbeschadet durch das für die Christenmenschen gefährliche Gebiet zu gelangen. Vielleicht hat er ja Konstantinopel längst verlassen? Aber jetzt einmal ehrlich, Otto, warum sollte Rico zurückkommen?«

»Ich wage nicht daran zu denken, aber ich finde, er sollte wenigstens erfahren, dass der Kardinal noch lebt.«

»Hm …« Oktavian kratzte sich am Ohr. »Du hast doch dabei einen Hintergedanken, oder?«

Otto nickte.

»Ich verstehe deine Not und den Wunsch, den Kardinal loszuwerden, aber das Risiko für unseren Freund … Wir müssten ihm eine Botschaft senden, irgendwie verschlüsselt.«

»Wie willst du das denn anstellen?«, fragte Otto.

»Eine Möglichkeit wäre wohl, jemanden in verdeckter Mission in die Höhle des Löwen zu schicken, um Rico aufzuspüren.«

»Was meinst du damit?«

»Ich habe als städtischer Medicus immer wieder mit den Räten zu tun. Man müsste sich an das Malefizgericht wenden, wo hin und wieder Todesurteile gefällt werden. Unter strengen Auflagen wie Geldzahlungen, Galeerendienst, Landesverweis oder Pilgerfahrten werden diese manchmal aufgehoben.«

Otto überlegte kurz. »Was für ein Unterfangen! Du willst Rico von einem Verbrecher suchen lassen? Wenn es um außergewöhnliche Pläne geht, warst du immer schon ein unerschöpflicher Quell!«

»Du als Geistlicher solltest dich aus diesen Dingen heraushalten. Ich werde mir etwas einfallen lassen und dir beizeiten darüber Bericht erstatten. Jetzt widme dich wieder deiner Familie und deinen Gratulanten. Gott beschütze dich, Otto, und er möge dir die Kraft geben, das Böse in euren eigenen Reihen zu vertreiben.« Oktavian packte ihn an beiden Schultern und schob ihn mit einem »*Pax tecum! Semper fidelis*!«* zurück in die Traube aus Verwandten und Freunden, die sich sofort wieder um ihn schloss.

21

Konstantinopel, Sommer 1580

DURCH DAS »TOR der Glückseligkeit« in den dritten Hof des Sultanspalasts zu gelangen, war für einen Sterblichen fast unmöglich. Mit prachtvollen Mosaiken ausgestattete Räume, Marmor, edle Hölzer, Nischen, die mit purem Gold ausgelegt waren, und riesige Seidenteppiche, die in allen Farben leuchteten, blendeten den Blick jedes auserwählten Besuchers. Der Thronsaal bildete das Zentrum des dritten Hofs. Kein Herrscher der bekannten Welt konnte sich rühmen,

* Friede mit dir! In steter Treue!

prunkvoller zu residieren. In ihren bunten, aufgeplusterten Paradeuniformen hatten sich Minister, Wesire und Verwalter darin ehrfurchtsvoll in einem Halbkreis aufgestellt. Erhöht auf der Treppe stand eine groß gewachsene, schlanke Frau in prächtige, goldbesetzte Kleider gehüllt vor dem Sultansthron. Es war die Favoritin des Sultans Murad III., Haseki Safiye, eine ehemalige venezianische Adlige, die sich mit welchen Mitteln auch immer in diese Stellung gebracht hatte. Es wurde erzählt, dass sie schulterlange blonde Haare, blaue Mandelaugen und schneeweiße Haut habe. Aber niemand außerhalb des Harems hatte sie je unverschleiert gesehen. Es war kein Geheimnis mehr, dass sich im Palast des Sultans viele Dinge verändert hatten. Nachdem der mächtige Reichswesir Sokollu Mehmed Pascha im Oktober des vergangenen Jahres von einem Derwisch ermordet worden war, war ein Machtkampf im Hofstaat des Sultans entbrannt. Sultan Murad III., an Staatsgeschäften wenig interessiert, war – wie so oft – inkognito im Habsburgerreich unterwegs, um ungestört seine Zeit mit Dichtern, Musikern und Possenreißern zu verbringen. Safiye hielt indessen die Zügel des Reichs in der Hand und schickte sich an, mit den mächtigsten Herrschern der Welt Umgang zu pflegen, und glaubte, selbst in Königin Elisabeth von England eine ebenbürtige Allianzpartnerin zu besitzen.

Safiye sorgte an diesem Tag für großes Entsetzen. Alle Augen waren auf sie gerichtet, wie zu Salzsäulen erstarrt harrten sie dem, was da kommen mochte.

Sie hatte mit beiden Händen ein mit Gold und Silber verziertes, glitzerndes Gewehr bedrohlich auf die Versammelten gerichtet und der gefürchtete nubische Palasteunuch Kızlar Ağası* an ihrer Seite kullerte dabei mit seinen Augen;

* Ranghöchster Haremswärter.

dem kahlrasierten Riesen entging keine Bewegung im Saal. Endlich löste sich die Spannung, indem sie die Waffe dem Ağası übergab, der sie in die gierig ausgestreckten Hände der Umstehenden weiterreichte. Alle wollten das Wunderwerk berühren, waren voll des Erstaunens über die geflügelten Körper mit blauen Mützen, die aus grünen Blüten zu wachsen schienen. Andere waren entzückt über die Affen und fantastischen Tiere mit langen Federschwänzen. Sie lobten die Schönheit und die Farbenpracht des Schaftes mit seinen seltsamen Geschöpfen, die durch feine blaue Girlanden miteinander verbunden waren. Der Hahn des Schlosses war als drachenartiges Wesen dargestellt. Jeder der Anwesenden wollte wenigstens einmal über das Wunderwerk streichen. Als Safiye die Hand hob, hielten sie augenblicklich inne.

»Waffenmeister, in Eurer großen Weisheit wisst Ihr mir gewiss zu sagen, wer dieses Meisterwerk geschaffen hat? Ich wünsche mir den Erbauer dieser Waffe um jeden Preis an den Hof.« Die Angesprochenen verbeugten sich, ihr Obrist nahm die Waffe an sich und drehte sich zur Prinzessin. Es war bekannt, dass der überfreundliche Ton der Frau kein gutes Zeichen war.

»Wir alle haben so etwas noch nie gesehen«, antwortete der Obrist sichtlich nervös. »Dies ist das Werk eines begnadeten Ziseliermeisters; die Emaillearbeiten sind von unglaublicher Schönheit. An das Geheimnis der Farbmischungen zu kommen, dürfte sehr schwer werden. An der äußeren Seite des Vorderschaftes findet sich das Monogramm des Meisters, DAF. Ich kenne viele Büchsenmacher im gesamten Abendland, allerdings keinen mit diesem Monogramm.« Der Waffenmeister blickte die Umstehenden an, die ihre Zustimmung murmelten, und gab die Pistole zurück in die Hände des Ağası.

»Was seid ihr für unfähige Parasiten!«, schrie Safiye zornig. »Ich lasse euch die Bärte rasieren und schicke euch auf die Galeere!«

Ein anderer, dem es mehr um seinen Kopf, als um seinen Bart ging, bat um die Erlaubnis zu sprechen. Safiye nickte.

»Es muss eine Waffe aus den Habsburgerlanden sein. Jedem türkischen *silâhçı** fehlt das Wissen, so eine Waffe herzustellen oder sie zu verzieren.«

»Worauf wartet ihr dann? Holt mir sofort den fähigsten Dolmetsch und jeder, dem seine Zunge lieb ist, behält das heute Gesagte für sich. Es macht mich wütend, dass Ungläubige es erschaffen haben sollen und euch Tölpeln darüber das Wissen fehlt.«

Wenig später öffnete sich das »Tor der Glückseligkeit« und zwei Janitscharen führten den großen Blonden mit einem blauen Turban in den Raum. Er überragte alle um mehr als einen Kopf und es schien, als würde er einen unsichtbaren Schild mit sich führen, vor dem alle anderen respektvoll zurückwichen. Safiye erkannte in ihm sofort einen Europäer. Niemand sah, wie sie unter ihrem Schleier diesen Mann von oben bis unten musterte.

Entschlossen trat er vor sie und verbeugte sich tief.

»Berkel Aleman, Euer untergebenster Diener! Ehrwürdige, hochwohlgeborene Prinzessin, Ihr habt mich durch das ›Tor der Glückseligkeit‹ rufen lassen. Was ist Euer Begehr?«

»Erhebe dich, Dolmetsch!« Sie nahm dem Palasteunuchen die Waffe aus der Hand.

»Berkel, ich habe bereits von dir gehört. In meiner Hand liegt eine Waffe von unglaublicher Schönheit und nie gesehenem Glanz. Es gelangte durch Piraten in meine Hände.

---

* Türkisch: Waffenschmied

Meine Höflinge sind nicht in der Lage, die Herkunft der Waffe zu ergründen.«

Die Köpfe der Anwesenden neigten sich verschämt nach unten.

»Beschreibt die Waffe und verfasst sofort einen Brief an alle unsere Spione und Agenten von Lissabon bis Wien, von Hamburg bis Palermo, dass sie dafür sorgen sollen, wie auch immer, den Erbauer dieser Waffe mit der nächsten kaiserlichen Delegation an die Hohe Pforte zu beordern.« Safiye gab die Waffe zum spürbaren Erstaunen aller Versammelten an den Dolmetsch weiter. Dabei legte sie ihre Hände so an den Schaft, dass der Hüne nicht umhinkam, ihre Haut zu berühren.

Berkel erschrak, denn er war sich wohl bewusst, dass es nur dem Sultan erlaubt war, diese Frau anzufassen. Jedem anderen drohte die Todesstrafe. Er nahm die Waffe ehrfurchtsvoll in beide Hände und besah sie staunend von allen Seiten.

»Ich habe so eine schöne Pistole noch nie gesehen, erhabene Prinzessin. Ich werde Euren Befehl sofort ausführen. Aber gestattet mir die Frage, warum Ihr in der ganzen Welt suchen wollt, wo doch durch dieses Symbol erwiesen ist, dass diese Waffe in Augsburg hergestellt wurde. Nur dort wird seit den Zeiten der Römer die Zirbelnuss im Wappen und auf Stempeln verwendet.« Er zeigte ihr die Stelle und kam ihr dabei so nahe, dass er ihren Atem spürte.

Während sich die Höflinge neugierig über die Waffe beugen wollten, riss die Prinzessin dem Dolmetsch die Pistole aus den Händen und schrie wütend in die Menge: »*Stronzi, che siete!**« Als er ihre Muttersprache vernahm, zog der Dolmetsch seine Augenbrauen hoch.

»Was zum Teufel treibt ihr eigentlich in euren Waffenschmieden, dass ihr nicht in der Lage seid, die Herkunft eines Gewehrs

* Was seid ihr für Dummköpfe!

zu bestimmen?« Safiye wandte sich an den Dolmetsch. »Ich danke dir, Berkel, du sollst reichlich belohnt werden und außerdem ... darfst du dir etwas wünschen.« Sie machte eine einladende Geste: »Wenn du also hierbleiben möchtest?«

Berkel verbeugte sich zufrieden.

Der schwarze Palasteunuch, der den Unterton seiner Herrin sehr wohl zu deuten wusste, sorgte dafür, dass die Versammlung aufgelöst wurde und sich das »Tor der Glückseligkeit« innerhalb kürzester Zeit hinter dem letzten Höfling schloss.

Haseki Safiye blieb mit dem Dolmetsch allein zurück, was draußen vor dem Tor nicht unkommentiert blieb.

22

Augsburg, Sankt Barbara* 1580

Oktavian war in eine Wohnung am Weinmarkt gezogen. Seine Aufgaben als Amtsarzt nahmen ihn fast Tag und Nacht in Anspruch. Die Hospitäler, Siechhäuser und Gefängnisse

* 4. Dezember

waren über das ganze Stadtgebiet verteilt. Um von einem Institut zum anderen zu gelangen, benötigte er sehr viel Zeit. Er hatte sich vorgenommen, bei seinen Gefängnisbesuchen die zum Tode Verurteilten genau anzusehen. Aber bisher war keiner dazu geeignet gewesen, den Auftrag zu übernehmen, den er und Otto ersonnen hatten. Entweder sie waren zu alt oder seelisch gebrochen und wollten nicht mehr weiterleben. Auch am heutigen Tag war wieder ein Rundgang durch das Gefängnis in den Gewölben unterhalb des Rathauses vorgesehen. Dort warteten mehrere Kandidaten auf ihre Hinrichtung. Ein Büttel leuchtete Oktavian mit einer langen Fackel hinunter in die Verliese. Er rümpfte die Nase; es stank nach Urin und Kot.

»Kindsmörderin, vierundzwanzig, Tod durch Ertränken«, erklärte der Büttel am ersten Verlies.

Die Frau stand völlig in sich versunken an der Wand, hatte die Hände gefaltet und betete. Sie gingen weiter.

»Raubmörder, achtunddreißig, Hinrichtung durch das Rad.« Oktavian kannte den Mann bereits, der zusammengekauert in der Ecke saß. Ihn würde das Gericht sicherlich nicht auslösen, zu sehr wartete das schaulustige Volk auf die Vollstreckung des Urteils.

»Gestern erst verurteilt: ein elender Gauner, mehrfacher Dieb und Betrüger, siebenundvierzig, Tod durch das Schwert.«

»Du wirst ihm vor der Hinrichtung die langen Haare abschneiden müssen. Der Henker braucht freie Sicht auf den Nacken!«, erklärte Oktavian dem Büttel.

»Beim Hades, der Medicus! Ich kenne Euch! Ihr habt damals in den Bergen die Wunde von meinem Kind versorgt.« Der Mann kam ans Gitter heran. Oktavian deutete dem Büttel an zu leuchten.

»Ja, tatsächlich! Don Alfonso! Du bist der Gaukler mit der Kinderschar, der auf dem Weg nach Norden war. Das ist bestimmt zwanzig Jahre her. Warum hat man dich verurteilt?«

»Den Don könnt Ihr getrost lassen! Aus und vorbei! Ihr wisst doch, wie das Geschäft läuft. Es war schwer genug für mich, die Kinder über die harten Winter zu bringen. Nun stehen sie auf eigenen Füßen. Von einem alten Wanderheiler habe ich den Laden übernommen, Zahnziehen, Wässerchen, Tinkturen und die Geschichten dazu. Meine Frau Marfisa hat als Wahrsagerin den Leuten das Blaue vom Himmel erzählt. Wir hatten beschlossen, ein ehrliches Leben zu führen, auf Jahrmärkten und Reichstagen haben wir uns durchgeschlagen, so gut es eben ging. Eines Morgens lag sie tot im Wagen. Hunderten hatte sie das Schicksal aus der Hand gelesen und wurde doch vom eigenen überrascht. Ich wollte ihr doch ein anständiges Begräbnis ermöglichen, es war in bester Absicht. Nun, es war nur ein kleiner Diebstahl auf der Herbstmesse in Augsburg, aber halt schon der dritte, und diese Augsburger vergessen nichts.«

»Du hast damals auch meinem Freund Otto den Beutel gestohlen!« Oktavian erinnerte sich lebhaft, wie Otto auf dem Weg über die Alpen über den Gaukler geschimpft hatte. Er hatte ihnen das Flugblatt verkauft, das bewies, dass Erminio vom Berg Ricos Geliebte Mona hatte hinrichten lassen.

»Ja, ich gestehe es, ich hab ja auch nichts mehr zu verlieren. Wenn ich könnte, würde ich es wiedergutmachen.«

Oktavian überlegte kurz. Er war überzeugt, dass dieser Gaukler ihren Zwecken dienen könnte. »Hör mal, Don Alfonso! Es gibt eine Möglichkeit, wie du deinen Kopf retten kannst. Du stehst in Ottos Schuld. Ich versuche, dich freizukaufen, und du wirst für uns auf eine lange Reise gehen.«

»Ja, ja, ja! Ich mache alles, was Ihr wollt, wenn ich nur hier herauskomme! Ich bin an Eurer Seite, Herr Medicus! Sagt mir, was zu tun ist und um welche Reise es sich handelt, ich bin auf allen Straßen zu Hause, beim Hades!«

»Ich gehe heute zum Rat und handle einen Preis für dich aus, alles Weitere besprechen wir später. Du kannst noch warten mit dem Haareschneiden, Büttel! Mit dem haben wir noch etwas vor.«

23

Leeder, Weihnachten 1580

Es war der ausdrückliche Wunsch seiner Mutter gewesen, dass er über die Feiertage nach Leeder kommen sollte. Still war es geworden im Schloss, seit Vater nicht mehr lebte. Mutter war mit seinen beiden Schwestern allein und Hans Jakob, sein jüngerer Bruder war zum Studium in Italien. Raymund hatte am Nachmittag Karl besucht und ihm eine Kiste Tabak geschenkt.

»Warsch du dunda beim Georg?«, hatte der Kutscher ihn gefragt. Dann waren sie zusammen ins Dorf hinuntergegangen.

»Komm, lass uns zuerst zu seinem Haus gehen«, schlug Raymund vor, als sie beim Wirt angekommen waren. Die Ruine war nur wenige Schritte entfernt. Die verkohlten Balken lagen immer noch auf einem Haufen, die Außenmauern waren zum Schutz vor Feuchtigkeit mit Brettern abgedeckt.

»Ein Bild des Jammers. Warum nur, Karl?«, seufzte Raymund.

»Im Frühling gibt's an neie Dachstuhl, dr Zimmerer hot scho s'Aufmaß g'nomme«, verkündete Karl stolz, aber Raymunds Frage blieb unbeantwortet.

»Hat man den Brandstifter nicht belangen können? Hat der Richter Dreer keine Untersuchung eingeleitet?«

»Weisch, Raymund, dia haltet zam, und wenn's koin Zeugen gibt, isch des schwierig. Dann war's halt dr Blitz.«

Raymund musste sich immer wieder daran erinnern, seine Rachegedanken zurückzudrängen. »Das ist bitter zu wissen, dass die Schuldigen immer noch frei herumlaufen und der nächste Anschlag nur eine Frage der Zeit ist.«

Karl steckte sich seine Pfeife in den Mund und zog ihn am Arm. »Komm, Raymund, do richted mir heit nix mea aus!«

Am Abend saßen Georg und ein gutes Dutzend Freunde in Caspars Namen zusammen, Mutter las aus dem Lukasevangelium, es wurde gesungen und gebetet. Als die Gäste sich verabschiedet hatten, saß nur noch die Familie mit heißen Getränken und Gebäck am Tisch vor dem knisternden Kaminfeuer. Raymund hatte sich in Helenas Nähe gesetzt.

»Es ist so schön, dass du endlich wieder bei uns bist, Raymund. Was gibt es Neues in Augsburg? Bist du weitergekommen mit deinem Kurzgewehr?«, fragte Helena und rückte ganz nah an ihn heran.

»Ich habe dir doch vom Goldschmied David Altenstetter geschrieben, ein wunderbarer Mensch und ein Bruder im Geiste. Er fördert mich, gibt mir Hoffnung und mit seiner Hilfe werde ich dieses Kurzgewehr mit einem neuen Lauf herstellen, der die Treffsicherheit entscheidend verbessern kann. Es soll mein Gesellenstück werden. Mein Freund Jos und ich dürfen für eine Stunde am Tag daran arbeiten, was sehr großzügig ist. Trotzdem läuft uns allmählich die Zeit davon.« Helena hatte begeistert zugehört und am liebsten hätte er sie in den Arm genommen.

»Wie kommst du denn mit der Schule zurecht?«, fragte er stattdessen.

»Georg kann mir nichts mehr beibringen. Ich bin die meiste Zeit draußen im Stall bei meinen Tieren. Angefangen hat es mit zwei verwaisten Krähen, inzwischen pflege ich auch noch einen flügellahmen Uhu, ein humpelndes Reh und eine Igelfamilie. Die Tiere wären alle gestorben. Es ist so grausam, dass der Bader nur zu einem kranken Pferd kommt, alle anderen Tiere überlässt man ihrem Schicksal. Karl sagt, dass sei so in der Natur, aber ein Reh lebt doch genauso gerne wie ein Pferd, oder? Ach, Raymund, ich würde auch gerne so wie Hans nach Italien an eine Universität und Medizin studieren, aber Frauen sind ja nicht zugelassen. Ihr Männer habt es einfach! Euch steht alles offen, für uns bleibt nur die Hausfrau und Geliebte.« Das letzte Wort hatte sie sehr leise gesagt und sich eng an ihn geschmiegt. Raymund blickte immer wieder zur Mutter, die am warmen Kamin abwechslungsweise stickte und sich dann wieder in ein Buch vertiefte und den Eindruck erweckte, als würde sie absichtlich wegsehen.

»Gehst du denn regelmäßig zu den Konventikeln, Raymund?«, fragte sie nach einer Weile.

»Die Witwe ist immer noch rüstig und bei guter Gesundheit. Ich gehe einmal im Monat mit Onkel Hieronymus zu ihr. Man trifft dort immer wieder weit gereiste und interessante Menschen. In Augsburg gibt es eine strenge Konfessionspflicht, die von den Obrigkeiten genauestens kontrolliert wird. Ich gelte offiziell als katholisch.«

»Katholisch?«, fragte Helena entsetzt.

»Nur als Vorwand. Weil ich nicht neben dem Obergsell in derselben Kirchenbank sitzen wollte, bin ich mit meinem Freund Jos in den Dom gegangen. Dass ich einmal im Monat zu der Witwe gehe, darf der Meister nicht wissen. Der Herrgott hat's mir bisher recht gedankt, dass ich seine Gebote achte und ihm im Denken, Reden und Tun die Treue gehalten habe, wenn es auch manchmal schwierig ist und ich dem Greisinger am liebsten eine Tracht Prügel verpassen möchte.«

»Der Greisinger, das ist sein Obergsell, Mutter, der ihn ständig schikaniert und hänselt«, erklärte Helena.

»Sollten wir nicht einmal mit Onkel Hieronymus darüber reden? Vielleicht könnte er beim Benzenauer erreichen, dass er seinen Obergsell ein wenig bremst.«

»Lasst es lieber so, wie es ist, Mutter. Alles, was an Klagen über den Greisinger eingeht, lässt der Meister ins Leere laufen. Er holt ihn sogar wieder aus dem Gefängnis, weil er ihn ja so dringend braucht. Am Ende muss ich es nur büßen, wenn er erfährt, dass sich Onkel Hieronymus über ihn beschwert hat.« Er wandte sich wieder seiner Schwester zu. »Jetzt erzähl du, was es Neues bei dir gibt?«

»Wir treffen uns oft mit Georg unten beim Wirt, wo er immer noch wohnt. Er kann es kaum erwarten, bis sein Haus wieder aufgebaut ist. Seit Vater nicht mehr hier ist, leitet er die Bibelstunden. Er besitzt sogar Reden, die er selbst bei Caspar mitgeschrieben hat. Aber ohne dich, Raymund, ist es in Leeder langweilig geworden. Ich vermisse unsere Ausritte in die Wälder oder die Kutschfahrten mit Karl, der uns immer mitfahren ließ, wenn er hinten bei den Höfen Besorgungen machen musste.« Sie kam nahe an sein Ohr. »Ach, Raymund, weißt du was, ganz besonders fehlen mir die Stunden, wo du mich ...«, Helena räusperte sich, »... liebkost hast!«

Raymund wusste nicht, was er sagen sollte. Wie wohltuend das war! Er schaute zu seiner Mutter, die in ihr Buch vertieft war, dann sah er in Helenas blaue Augen und berührte mit seinen Fingern heimlich ihre Schenkel, indem er unter dem Tisch dezent ihre Röcke zurückschob, und er hätte nicht sagen können, ob Mutter nur so tat, als würde sie nichts davon bemerken. Felizitas, Raymunds ältere Schwester, hatte sich längst weggedreht.

»Mutter hat sich verändert. Irgendetwas trägt sie mit sich herum«, flüsterte er Helena zu, sie zuckte nur mit den Schultern. Aber Raymund kannte seine Mutter. Eben noch in ihr Buch vertieft, saß sie unruhig auf ihrem Stuhl, nippte an ihrem Becher und beschäftigte sich wieder mit ihrem Stickrahmen. Plötzlich stand sie auf, rückte ihren Stuhl an den Tisch heran und setzte sich wieder. Sie holte tief Luft, ehe sie zu sprechen begann.

»Meine Kinder, ich habe eurem Vater, Gott der Allmächtige hab ihn selig, kurz vor seinem Tod versprochen, dass ich euch, wenn ihr erwachsen seid, diese Geschichte erzählen werde, die sich im August vor siebzehn Jahren zugetragen hat.«

Es war dunkel geworden, im Kamin war nur noch die rote Glut zu sehen.

»Es geht um euch beide.«

Helena sah Raymund fragend an und Felizitas hob interessiert den Kopf.

»In Leeder war die Pest ausgebrochen, seltsamerweise im Haus unseres Schneiders Hindelang, dem ich nur wenige Monate vorher ein Stück von feinstem orientalischem Stoff habe überbringen lassen, damit er mir ein neues Kleid näht. Ich habe das Kleid nie bekommen. Da ich schwanger war, habe ich das Schloss fast sechs Monate nicht verlassen. Den ganzen Sommer über war es nass und kalt, in den Gärten und auf den Äckern verfaulten die Früchte, unsere Bauern konnten das Vieh nicht mehr ernähren, die meisten der Knechte und Tagelöhner waren aus Angst geflüchtet. Die Markttage wurden abgesagt und der Handel kam zum Erliegen. Wir haben immer wieder in Erwägung gezogen, nach Augsburg zu gehen. Als der Pestbann über das Dorf verhängt wurde, war daran nicht mehr zu denken. Niemand durfte den Ort verlassen, und Leeder zu betreten, war nur unter strengen Auflagen und mit schriftlicher Genehmigung erlaubt. Am 18. August brachte ich dann dich, Helena, zur Welt. Es war eine schwere Zeit, selbst für unsere eigenen Bediensteten war oft nicht genug zum Essen da. Viele Bauern im Dorf mussten Hunger leiden, die Preise für Roggen und Weizen hatten sich vervierfacht. Am letzten Tag im August, es war kalt und hatte tagelang geregnet, stand der Totengräber vor dem Schloss und hielt ein wimmerndes Kind im Arm, das er vor der Kirche gefunden hatte. Es war völlig durchgefroren und hätte wohl die Nacht nicht überlebt. Ich habe dich in meine Arme genommen, Raymund, und gewärmt. Der Herr hatte mir einen wunderschönen Jungen anvertraut. Du warst und bist ein Gottesgeschenk. Und im Dorf wurde alsbald erzählt, dass ich Zwillinge bekommen hätte.« Raymund sah seine Mutter lächeln. Sie schien erleichtert.

»Was ... Mutter ... vor der Kirchentür ausgesetzt? Ich ... ich habe gar keine Eltern ... bin ein Findelkind?« Raymund war bis in die Tiefe seiner Seele getroffen. Mutter setzte sich neben ihn und nahm ihn in die Arme, Helena tat dies von der anderen Seite. Trotz der körperlichen Nähe fühlte er eine nie gekannte Einsamkeit. Er kam sich nackt und schutzlos vor. Allein und angreifbar. Lange verharrten sie so umschlungen, doch je länger er die beiden Frauen umarmte, umso deutlicher wurde ihm bewusst, dass diese Frau, die ihm so viele Jahre Mutter gewesen war, mehr gegeben hatte, als eine leibliche Mutter ihm vielleicht hätte geben können.

Es war Helena, die ruckartig die Verbundenheit der Umarmung verließ und rief: »Aber dann, Raymund, Raymund ... Dann sind wir ... Das heißt doch auch, dass wir gar nicht Bruder und Schwester sind.«

Er verstand nicht, sah aber die Begeisterung in ihren Augen.

»Wenn wir nicht einmal verwandt sind, dann können wir heiraten! Sagt doch, Mutter, kann ich denn jetzt Raymund heiraten?«

»Lass Raymund erst einmal zur Ruhe kommen, er hat jetzt weiß Gott an andere Dinge zu denken!«

»Mutter, wisst Ihr, wer mich vor die Kirchentür gelegt hat? Leben denn meine Eltern noch?«

»Die Els von Ettringen hatte mir Jahre vorher prophezeit, dass ich ein Kind von einem Pfaffen bekommen würde, daher glaube ich, dass dein Vater ein Geistlicher gewesen sein muss. Mehr wissen wir nicht. Vergesst nicht, dass das Jahr '63 mit seinen Seuchen, Katastrophen und Hungersnöten eines der schlimmsten war, an das sich selbst die Ältesten erinnern können. Joseph Hueber hat mir nach Wochen erzählt, dass ein Scholar mit einem Säugling bei ihm geläutet habe, er ihm aber nicht aufgemacht habe, weil es die Pestgesetze verboten. Ich vermute, dass deine Mutter bei deiner Geburt gestorben ist, man nach einem Priester gerufen hat, der sich deiner angenommen und dich in seiner Hilflosigkeit und Verzweiflung vor die Kirche hat legen lassen.«

»Wie konnte er denn zur Kirche kommen, wenn es niemandem von außerhalb erlaubt war, das Dorf zu betreten?«, wollte Raymund wissen.

»Auch der Torhüter vom Südtor war in dieser Nacht gestorben. Es war sicherlich der Wille Gottes, dass der Fremde mit seinem Neugeborenen in Leeder Aufnahme gefunden hat und mir die Gnade zuteilwurde, dein Leben zu retten.«

»Ich habe mir schon so etwas gedacht und jetzt ist mir auch klar, warum Hans Jakob als Letztgeborener und nicht Raymund das Erbe erhalten soll«, ergriff Helena mit leicht vorwurfsvollem Unterton das Wort.

»Wenn Hans Jakob nach seinem Studium aus Padua zurückkommt, wird er das Rüstzeug haben, das Gut zu leiten und auch die Aufgaben der niederen Gerichtsbarkeit zu übernehmen. Es hatte sich sehr früh abgezeichnet, dass ein Studium für dich nie infrage kommt, nicht wahr, Raymund? Davon abgesehen hat Vater bestimmt, dass dir dein Erbteil zusteht wie allen seinen Kindern.«

»Und wenn es nicht so wäre, ich nehme dich, so wie du bist, Raymund, und für mich bist du der Beste«, rief Helena strahlend und küsste ihn.

Warm und weich war sie suchend in seinen Mund eingedrungen, vor den Augen der Mutter. Wie zu einem Tanz umspielten sich ihre Zungen. Es war nicht mehr ein Kuss der Schwester, es war der Kuss der Geliebten.

24

Venedig, Ostermontag* 1581

Über den Winter war die Einfahrt in die Lagune gesperrt. Viele Schiffe überwinterten an der Mole oder im Arsenal. Erst nach Ostern würde es wieder erlaubt sein, aufs offene Meer hinauszufahren. Alfonso konnte nicht so lange untätig sein. Also hatte er die Zeit genutzt und sich einen Platz vor der Kirche San Bartolomeo, in der Nähe der Rialtobrücke erkämpft, wo ein Gewirr von Sprachen, Farben und Gerüchen herrschte, und tat das, was er am besten konnte: Er log die Sterne vom Himmel herunter und erzählte den Menschen abenteuerliche Geschichten von Kometen, Missgeburten, wilden Tieren und Seeungeheuern. Er seufzte, als er daran dachte, wie einfach es früher gewesen war, die Leute mit seinem Vortrag zu fesseln, während seine Kinder durch die Menge geschlichen waren und der abgelenkten Zuhörerschaft die Beutel abgeschnitten hatten. Die Kinder lebten nun ihr eigenes Leben auf den Straßen des Reiches, so hoffte er, und er musste froh sein über jede Münze, die gnädig in seinem Hut landete.

»Alfons Pauli, du bist frei!«, hatte am 10. Dezember in Augsburg derselbe Ratsherr verkündet, der ihm eine Woche vorher das Urteil verlesen hatte, dass er geköpft werden sollte. Reisen, um zu leben! Nur für eine Tätowierung auf dem Rücken und den Auftrag, mit Gottes Segen bei den Türken einen Heinrich Lauber zu finden, dafür wurde seine

* 27. März

Hinrichtung in eine Reise umgewandelt. Eine Schifffahrt nach Konstantinopel. Das Glück war auf seiner Seite. Mitten im Winter war er zu Fuß von Augsburg über die Berge nach Venedig gelaufen. Fünfundzwanzig Tage durch Schnee und Matsch. Das Geld, das der Medicus ihm mitgegeben hatte, war für die Überfahrt bestimmt, er lebte von der Hand in den Mund wie ein Bettler. Aber er lebte und dankte Gott für jeden einzelnen Tag. Er war sich sicher, dass Marfisa dort oben ein gutes Wort für ihn eingelegt hatte, für sein zweites Leben. Im Gefängnis hatte er sich mit warmer Kleidung eingedeckt. Sie half ihm über die kalten Nächte hinweg, die er in einem verlassenen Ruderboot verbrachte. Aus einem der schmutzigen kleinen Seitenkanäle hatte er es sich an Land gezogen.

»Von wegen Serenissima! Stinkendes Drecksloch!« Alfonso musste laut lachen. »Das war mein letzter Auftritt in Venedig, ich danke euch, ihr Gutgläubigen«, nuschelte er in seinen Bart, als er die Münzen in seinem Hut zusammenzählte. Alfonso hatte gehört, dass sich an der Mole etwas tat. Er wollte so schnell wie möglich an Bord eines Schiffes und lief durch die Gassen auf den Markusplatz, vor dem ein gutes Dutzend Frachtschiffe zum Beladen angelegt hatte. Drei davon hatten Konstantinopel zum Ziel. Er hatte es sich einfacher vorgestellt. Vielleicht lag es an seinem Äußeren – immerhin hatte er sich letztmals beim Tätowierer in Augsburg waschen und rasieren können –, dass zwei Kapitäne ihn trotz seines Beutels mit zehn Silbergulden abwiesen. Der letzte sah wenig vertrauenswürdig aus. Den Gerüchten am Hafen zufolge kam er aus Tripolis, sein Schiff hieß *Shihab*[*]. Sein weißer Bart hob sich vom dunklen Gesicht ab, das von tiefen Furchen durchzogen war. Sein rechter

* Arabisch: Sternschnuppe.

Arm fehlte, dafür schwenkte er in seiner Linken eine Peitsche und trieb seine Mannschaft an, die schwere Fässer auf das Schiff rollte.

Zögerlich ging Alfonso auf ihn zu und hielt ihm den Beutel mit den Silberlingen hin. »Konstantinopel?«, fragte er.

Der Kapitän nahm ihm den Beutel aus der Hand, zählte gierig die Geldstücke und nickte freudig. Mit einer abfälligen Bewegung schickte er Alfonso auf die Rampe. Er gehörte nun zur Besatzung der *Shihab*.

25

Augsburg, 2. April 1581

RAYMUND SASS AN diesem Sonntag zum Konventikel bei der Witwe Eiselin. Er wunderte sich, Onkel Hieronymus nicht anzutreffen, der bisher keine Versammlung ausgelassen hatte. Er versuchte, sich zu konzentrieren, konnte aber kaum den Worten der Schrift folgen. Seine Gedanken waren weit entfernt. War seine leibliche Mutter bei seiner Geburt gestorben? In welch einer Lage musste sein Vater gewesen sein, dass er sich dazu entschlossen hatte, das eigene Kind wegzugeben? Gleichzeitig wurde ihm immer mehr bewusst, wie sehr er Mutter dankbar sein musste, dass sie ihn wie ein eigenes Kind aufgenommen und geliebt hatte. Und Helena hatte recht. Er konnte sie heiraten. Die Gesellenprüfung musste her, das war das Ziel, das er nun vor Augen hatte. Aber es gab immer noch Probleme: die Geheimnistuerei mit dem Lauf, den David mit ihm zusammen in Angriff genommen hatte, und das schlechte Gewissen um seine abendlichen Abwesenheiten vom Benzenauer, wenn er bei David in der Werkstatt stand. Wenigstens auf Jos, seinen guten Freund, konnte er sich verlassen, der würde ihn niemals verraten.

»Raymund, ich habe eine traurige Nachricht für dich.« David legte ihm die Hand auf die Schulter. Er schreckte auf; völlig in Gedanken versunken hatte er nicht bemerkt, dass das Konventikel bereits beendet war. »Dein Onkel Hieronymus ist am Freitagabend verstorben.«

Raymund sank in sich zusammen. Er hatte diesem Menschen so viel zu verdanken.

26

Konstantinopel, Sommer 1581

An ihren energischen Schritten konnte man trotz der Verschleierung erkennen, dass sie innerlich kochte. Als sie sich vor dem Thron im Audienzsaal vor den Versammelten aufbaute, trat augenblicklich Stille ein.

»Ein ganzes Jahr hattet ihr Zeit, den Erbauer meiner Waffe ausfindig zu machen und hierherzubringen, ihr unfähigen, nichtsnutzigen Tölpel!« Safiye machte eine lange Pause, die so bedrohlich wirkte, dass die Waffenmeister und Minister betreten die Köpfe senkten. So manchem der Dekorierten klapperten die Orden an der Brust.

Serçeşme Pascha trat einen vorsichtigen Schritt nach vorn und verbeugte sich tief. »Ehrwürdige Herrscherin und großmächtige Prinzessin, unsere Spione haben bei allen Büchsenmachern in Augsburg angeklopft. Es gibt keinen, der mit dem Stempel DAF arbeitet. Die Handwerkergilden sind Fremden gegenüber sehr misstrauisch. Vielleicht stammt der Büchsenmacher gar nicht aus Augsburg und der Dolmetsch hat sich getäuscht?«

»Der Dolmetsch täuscht sich nicht! Hör auf mit deinen Ausflüchten! Ich muss wissen, wie der Mensch heißt, und ich will, dass er für mich arbeitet.« Safiye riss dem Haremsaufseher die Peitsche aus der Hand und ließ sie mit einer schnellen Handbewegung über die Köpfe hinwegsausen.

Der Pascha sank auf die Knie.

»Lass den Dolmetsch rufen!«, schrie sie ihn an.

27

Augsburg, drei Tage vor Sankt Martin* 1581

Es drehte sich alles um ihn. Immer wieder hatte er mit den Neugesellen im »Roten Ochsen« angestoßen. Sie lachten nicht über ihn, sondern mit ihm, klopften ihm auf die Schulter und ließen ihn hochleben. Er stand im Mittelpunkt und er konnte es genießen. Der Wirt, der grimmig die Sperrstunde ankündigte, wurde vor seinem nicht mehr klaren Blick zum Gildenmeister, der ihm seine Pistolette überreicht hatte. In der Kellnerin, die immer wieder schäumende Humpen auf den Tisch stellte, sah er Helena, die ihn anlächelte. Im letzten »Vivat« klang der Applaus nach, den ihm die Kommission nach dem erfolgreichen Schuss entgegengebracht hatte.

Als Jos ihm beim Aufstehen freundschaftlich die Wange tätschelte, erinnerte er sich an die Schelle, die er vom Gildenmeister auf Knien empfangen hatte. Es war eine Befreiung gewesen, und mit einem Sprung war er in die Höhe geschossen. Auf dem Heimweg aus dem Wirtshaus wollten sich seine Beine selbstständig machen. Früher hätte er sich geschämt, die Kontrolle über sich zu verlieren, aber heute war es ihm egal. Er war froh, dass er sich auf dem glitschigen Pflaster des Lechviertels an Jos festhalten konnte. »Komm, Jos, du alter Freund und Büchsengsell, singen wir noch einmal dein Lieblingslied! Du alte Schlampambel, zünd an dein Oellampel …«

---

* 11. November

»Hoppala, das klingt hier richtig gut«, stimmte Jos mit ein und aus voller Kehle sangen sie übermütig zwischen den engen Häuserreihen in die dunkle Nacht hinaus.

»Wie sie mit deiner Pistolette geschossen haben, mitten ins Schwarze, das war gewaltig.« Jos redete zwar weiter und weiter, doch Raymund sah nur noch Bilderfetzen vor sich, die er nicht anhalten konnte.

»Die Läufe, äh, ich hätte die Läufe vielleicht, äh ... komm, lass uns lieber singen, Jos!« Seltsamerweise ging das viel einfacher als sprechen. Direkt über seinem Kopf ging ein dickes Mondgesicht mit einer weißen Schlafhaube auf.

»Haltet endlich Ruh, ihr besoffenes Saupack da unten, ich meld euch beim Rat, dann könnt ihr euren Rausch im Turm ausschlafen!«, tönte die Stimme des Vollmonds durch die Nacht.

Jos lachte die Alte aus und fand offenbar, dass die Strophe zu Ende gesungen gehörte. »Zünd an dei Lateara, deam König zu Eahra, em König zu Eahra und andra zum Trutz!«

Als sich auf der anderen Seite der Gasse ein Fenster öffnete, kam Raymund auf die Idee, dass das Lied den Leuten hier gefallen könnte. Kurz darauf klatschte eine stinkende Brühe nur wenige Ellen neben ihm aufs Pflaster. »Du alte Schlampambel, hast dein Oellampel nett putzt!«, rief er nach oben.

»Und herzlichen Dank für deine Brunzkachel!«, fügte Jos hinzu und verbeugte sich.

»Wie machsch du dasch nur?«, fragte er, als sich Jos wieder aufrichtete.

»Schämt euch im Namen aller Heiligen und der fünf Jungfrauen, solche Schmutzlieder zu singen«, krähte die unbekannte Spenderin und klappte krachend die Fensterläden wieder zusammen.

»Em König zu Eahra und andra zum Trutz, du alte

Schlampambel, hast dein Oellampel, Schlampambel hast's Lampel nett putzt!«

Raymund war heilfroh, als sie sich die Arme über die Schultern legten und irgendwie nach Hause fanden. Der gute Jos bugsierte ihn in ihr Zimmer und half ihm ins Bett.

»Das Beste ist, äh … dass wir uns jetzt nix mehr vom äh … Obergsell mehr sagen lassen brauchen.«

»Halt die Gosch, Raymund, und weck den Meister nicht auf, sonst setzt es noch vor dem Gesellenschuss Ärger.«

»Der Drecksack von Greisinger hat uns lange genug schikaniert, irgendwann zschahl ich ihm das noch heim und schieß ihm in scheinen fetten Arsch.«

Am nächsten Morgen wachte er mit einem gehörigen Brummschädel auf.

»Gut, dass Mutter mich nicht so sehen kann«, seufzte er. Erst nach der Brotzeit ging es ihm besser.

»Wir haben zwei neue Gesellen im Haus. Sie wurden gestern von der Zunftgilde losgesprochen und haben ihren Gesellenbrief erhalten«, verkündete Meister Benzenauer voller Stolz seinen Mitarbeitern, die sich zum Neunuhrläuten am Gesellentisch versammelt hatten, und stellte sich zwischen Raymund und Jos ans hintere Tischende. Dabei klopfte er ihnen immer wieder anerkennend auf die Schulter. Alle am Tisch hatten sich erhoben und das Benzenauerlied angestimmt. Einer der Vorfahren des Meisters hatte sich beim Kampf um die Stadt Kopfsteyn hervorgetan und wurde in Versen besungen.

Nach der siebten Strophe kamen sie stürmisch auf Raymund und Jos zu, um zu gratulieren.

»Da schau ihn dir an, Raymund, den elenden Stinkstiefel!«, bemerkte Jos.

Der Obergsell war demonstrativ sitzen geblieben und starrte mit verschränkten Armen säuerlich auf die gegenüberliegende Wand.

»Ich glaub, er fürchtet uns jetzt, Jos, und das ist gut so. Dass wir beide mit seinem Schnapphahnschloss unsere Gesellenstücke ausgestattet haben, wurmt ihn ganz besonders.«

Als wenn er es gehört hätte, erhob sich der Greisinger in diesem Augenblick. »Wir werden ja bald sehen, was dein neuartiges Spielzeug taugt, Rotschopf, wenn du deinen Gesellenschuss abgeben musst.«

»Der Gesellenschuss! Ja, der Schuss! Der Schuss! Zeigt uns eure Waffen! Hinaus zum Gesellenschuss!«, redeten alle durcheinander.

Die Büchsenmacher konnten gar nicht schnell genug hinaus auf den Schießplatz kommen.

»Raymund, los, zeig dem alten Griesgram, wie man mit einer Benzenauerwaffe richtig trifft«, forderte der Schäfter Remigius von dem Neugesellen.

Im Hof der Werkstatt war eine Strecke von fünfzig Schuh zu einer hölzernen Scheibe abgemessen, um die Treffgenauigkeit der verschiedenen Waffen zu testen. Die Lehrbuben hatten sich rechts und links von der Zielscheibe hinter einer dicken Bretterwand versteckt und lugten durch einen schmalen Schlitz auf den Schießenden. Die anderen stellten sich im Halbkreis in gebührendem Abstand um die Schützen auf.

»Komm, Jos, fang du an, ich lass dich heute sowieso gewinnen!«

»Gegen deine Pistolette werde ich immer der Unterlegene sein.«

»Nun hab dich nicht so, Jos. Wenn ich hier beim Benzenauer das beste Gewehr habe und besser schieße als der

Obergsell, lässt mich der Meister vielleicht gar nicht weg. Aber du weißt ja, dass ich andere Pläne habe. Darum habe ich heute früh den Benzenauerlauf aufgedreht.« Raymund schob seinen Freund auf den markierten Punkt vor, wo der seine Hakenbüchse auf dem Gabelstativ auflegte. Er schüttete aus dem Pulverfläschchen das Schwarzpulvergemisch, dessen geheime Rezeptur der Meister selber zusammengemengt hatte, vorsichtig in den kleinen Brennraum hinter der Kugel, die er wieder mittels eines eisernen Schiebers verschloss. Dann visierte er unter den Anfeuerungsrufen der Umstehenden das Ziel an.

»Hoffentlich gibt es keine Fehlzündung!«, rief er Raymund zu und legte bedächtig seinen Zeigefinger an den Abzug, der den Schnapphahn mit dem Feuerstein auf die Zünderplatte aufschlagen lassen sollte. Raymund hielt mit ihm den Atem an. Er wusste, dass es nicht darauf ankam, gut zu schießen. Ein Nachlader wegen einer Fehlzündung wäre viel schlimmer gewesen. Jos drückte auf den Eisenstab. Mit lautem Knall entlud sich das Pulver und jagte das Geschoss in Richtung Zielscheibe.

»Gut gemacht, Jos!«, rief Raymund ihm zu.

Sein Freund schien erleichtert.

Der Schuss war nach rechts abgedriftet und hatte gut eine Handbreit das Innere der Scheibe verfehlt.

»Vier Ringe für den Büchsengsell Jos«, riefen die Lehrbuben euphorisch, die aus ihrem Versteck gekommen waren, um den Treffer zu begutachten. Der Meister legte Jos die Hand auf die Schulter.

»Viel schlechter kannst du gar nicht schießen, Raymund, selbst mit deinem Benzenauerlauf«, sagte Jos im Vorbeigehen.

Raymund war klar, dass es noch einiges an seiner Waffe zu verändern und zu optimieren gab. Am liebsten wollte er beim nächsten großen Augsburger Wettschießen dabei sein und sein Können unter Beweis stellen. Aber sicher nicht mehr als Büchsengsell vom Benzenauer.

»Komm, Raymund, zeig uns dein Gesellenstück!«, drängten die Lehrbuben. Er stellte sich auf den Punkt, an dem Jos zuvor gestanden hatte, und lud seine Pistolette. Das Pulver hatte er beim Altenstetter zusammengemischt, der die Zusammensetzung von einem königlichen Jagdgehilfen bekommen hatte. Es konnte eigentlich nichts schiefgehen! Es bereitete ihm diebische Freude, dass es ihm gelungen war, das Gesellenstück am Obergsell vorbei herzustellen. Er sah ihm frech grinsend ins Gesicht.

»Der trifft doch nicht einmal die Scheibe mit seinem Zwergengewehr!«, lästerte der Greisinger.

Raymund ging in die Knie, was bei den Zuschauern großes Erstaunen auslöste, hielt mit beiden Händen die Waffe nach vorn und betätigte den Abzug. Der Rückstoß ließ die Waffe nach oben schnellen, die Explosion entlud sich mit einem mächtigen Rauchkegel und die Holzscheibe splitterte, sodass ein Teil davon krachend zu Boden fiel.

»Die Scheibe ist am vierten Ring getroffen, vier Ringe für den Büchsengsell Raymund«, schrien die Scheibenbuben, die eilends hinter dem Holzverschlag hervorgekommen waren und aufgeregt die zersplitterten Holzstücke brachten.

»Das hat gesessen!« Mit einem breiten Grinsen der Zufriedenheit blies er sich den Rauch aus dem Gesicht, drehte sich zu Jos, der ihm freundschaftlich mit der Faust einen Hieb in die Magengrube versetzte. »Du bist ein rechter Hundling. Du hast absichtlich danebengeschossen.«

Raymund lächelte zufrieden.

»Ein gewaltiger Schuss aus so einem kurzen Lauf, das war nicht schlecht, Raymund!«, lobte ihn der Meister. »Das habt ihr beide sehr gut gemacht. Ich habe schon von der Kommission erfahren, dass ich stolz auf euch sein kann! Jetzt aber wieder an die Arbeit!«

Raymund hörte, wie der Obergsell sich alle Mühe gab, die Pistolette bei den Arbeitern ins Lächerliche zu ziehen, indem er lauthals erzählte, dass er, Raymund, den Meister seiner Meinung nach nur unnötig Zeit und Geld gekostet habe.

Der alte Benzenauer hatte inzwischen die Pistolette genommen und hielt zum ersten Mal die fertige Waffe in der Hand.

»Das Schnapphahnschloss, die Zünderplatte und der ganze Mechanismus sind dir sehr gut gelungen. Aber wer um alles in der Welt hat dich auf die Idee gebracht, so ein Kurzgewehr zu bauen, Raymund?« Der Meister begutachtete die Waffe von allen Seiten.

»Erinnert Ihr Euch an diesen italienischen Gesandten Castranova, Meister? Er wollte, dass Ihr den ganzen Betrieb auf diese Kurzgewehre umstellt, und er hatte recht. Es ist doch viel zu umständlich, vor jedem Schuss die Gabel aufzustellen, die Hakenbüchse aufzulegen und dann mit dem Laden zu beginnen.«

»Ich weiß, ich weiß! Aber die Sache ist längst vom Tisch. Es ist hinlänglich bekannt, dass der Schuss umso genauer wird, je länger der Lauf die Kugel in seine Richtung zwingt. Kurze Läufe sind erwiesenermaßen viel ungenauer als lange. Man muss sie eben auf eine Gabel legen, weil sie so schwer sind. Kurzum, der Schützenmeister von der Zunft hat mir gestern berichtet, dass deine Pistolette unglaublich zielsicher gewesen sei. Davon habe ich heute leider wenig gemerkt.«

»Vielleicht liegt es daran, Meister, dass wir gestern zu tief in den Krug geschaut haben, der Jos und ich, und es mir heute ein bisschen an der Zielsicherheit mangelt«, versuchte er den Meister von der Wahrheit abzulenken.

Der alte Benzenauer musterte ihn nachdenklich. Raymund wollte ihm auf keinen Fall das eigentliche Geheimnis der Waffe verraten. Nur Jos wusste darum, und der hatte ihm einen heiligen Eid geschworen, es niemandem zu erzählen.

»Ich erkenne nichts Außergewöhnliches an diesem Gewehr, bis auf den kurzen Lauf. Aber warum denn dieses Gewinde?« Meister Benzenauer drehte neugierig die Waffe in seinen Händen.

»Das Gewinde macht es einfacher, den Lauf abzunehmen und zu putzen.« Das war nicht einmal gelogen.

»Jetzt schaut, dass ihr endlich an die Arbeit kommt, ihr Leimsieder!«, rief er den Gesellen und Lehrbuben zu, die immer noch im Hof standen. Gereizt fügte er hinzu: »Und lasst uns beide allein.«

Die letzten Neugierigen räumten das Feld und Raymund entging nicht, dass der Obergsell, der mit verkniffener Miene davontrottete, erkannt hatte, dass sich der Meister ungewöhnlich für das Spielzeuggewehr interessierte, wie er es nannte.

Als Raymund mit dem Meister allein war, nahm ihn dieser vertraulich am Arm und ging mit ihm in eine Ecke des Hofes.

»Ich weiß, dass du es bei mir nicht einfach hast, Raymund, aber du musst verstehen, dass der Greisinger mir mit seinen Erfindungen immer wieder hilfreich war und ich ihm daher vieles habe nachsehen müssen. Ich kenne deine Fähigkeiten, und es tut mir leid, dass du manchmal zu kurz gekommen bist. Und jetzt lass mich mit deiner Pistolette einen Schuss abgeben. Zielgenauigkeit, das ist genau das, was mein Betrieb dringend benötigt.«

Raymund fühlte sich einerseits geehrt, andererseits war für ihn in Gedanken die Zeit beim Benzenauer bereits beendet. Er nahm seinen ganzen Mut zusammen, atmete tief durch und blickte den Meister ernst an. »Leider kommt Eure Einsicht zu spät, und es schmerzt noch mehr, dass all diese Gemeinheiten, die ich unter dem Obergsell vier Jahre ertragen musste, vor Euren Augen passiert sind und Ihr bewusst weggesehen habt, Meister. Ich muss Euch darum heute gestehen, dass ich Euch zum Zinstag an Martini verlassen werde. Ich wollte es Euch eigentlich erst nach der Lossprechung mitteilen. Gerne dürft Ihr das Gewehr ausprobieren, aber in Eurem Haus ist für mich und den Greisinger zusammen kein Platz. Er war Euch immer wichtiger als alles andere, das habt Ihr selbst zugegeben. Ich habe eine neue Stelle beim Goldschmied Altenstetter.« Raymund war erleichtert und betreten, als er sah, wie dem Benzenauer das Blut in die Wangen schoss.

Der Alte rang nach Worten, schließlich polterte er los: »Du undankbarer Saubub! Das ist also der Dank, dass ich dich in die Geheimnisse meines Berufs eingeweiht habe! Schämst du dich nicht, jetzt, wo du endlich was kannst und einbringst, einfach abzuhauen? Zum Alchemisten willst du also. Na, der wird deine Kenntnisse gut gebrauchen können!« Raymund kannte den Meister eigentlich stets als besonnen und zurückhaltend. Doch unversehens zog Benzenauer die Augenbrauen zusammen, warf die Waffe auf die Erde, holte mit seiner Rechten aus und verpasste Raymund eine schallende Ohrfeige. Für einen Moment nur war Raymund die Situation unangenehm. »Ich danke Euch, Meister. Mit der Schelln habt ihr mich ja vor all den Zeugen an den Fenstern da oben losgesprochen.«

»Pack deine Sachen zusammen und verschwinde, und zwar augenblicklich, Kruzitürkn! Ich will dich hier nie wieder sehen.«

Raymund hob seine Waffe auf und lief hinauf in seine Kammer. Er packte die Pistole und alle anderen Habseligkeiten in die große Kiste, spähte zur Tür hinaus und versicherte sich, dass ihm niemand gefolgt war. Dann zog er aus der unteren Seite seines Strohsacks ein in Leinen gewickeltes längliches Päckchen heraus. Sorgfältig legte er es zu den anderen Sachen in die Truhe und schleifte diese mit lautem Krachen über zwei Stiegen hinunter in den Hof. Dort stand der Obergsell im Türrahmen, die Arme verschränkt und mit einem breiten Grinsen im Gesicht.

»Na, Rotschopf, ausgeschossen? Ich wusst schon immer, dass du dummer Hinterwäldler es zu gar nichts bringen würdest, und auf deinen Gesellenbrief sei dreimal geschissen. Mit deiner Spielzeugwaffe wirst du dich überall lächerlich machen, und das geschieht dir grad recht so!«

»Willst du mir dumm kommen, Greisinger?«

»Obergsell!«, schrie er ihn an.

Raymund biss sich auf die Lippen und versuchte, ruhig zu bleiben. Ohne ihn weiter zu beachten, zog er die schwere Kiste hinter sich her und wuchtete sie auf einen der Leiterwagen, mit denen er als Unterlehrbub auf zahllosen Besorgungsfahrten für die Gesellen in der Stadt unterwegs gewesen war. Dann drehte er sich noch einmal um. Mit drei wohl überlegten Schritten ging er auf den Obergsell zu, bis er dessen langen Zinken zwischen seinen Augen hatte.

»Ich sag dir jetzt auch noch etwas zum Abschied, Greisinger. Während du beim Benzenauer dein versoffenes, jämmerliches und erbärmliches Leben zu Ende bringst – wo sollte man dich sonst gebrauchen können? –, wird es nicht lange dauern und von meiner Erfindung wird man im ganzen Reich sprechen. Vielleicht war es gut, dass du so ekelhaft und gehässig zu mir warst. Das hat meinen Ehrgeiz befeuert. Wir sehen uns beim nächsten Wettschießen. Dann wirst du sehen, wie bitter eine Niederlage schmeckt!«

Dem Obergsell, normalerweise nie um einen Spruch verlegen, versagte die Stimme und er schnaubte vor Wut. Mit einem unerwarteten Kopfstoß drängte er Raymund zurück und holte mit seiner gefürchteten Pranke aus. »Erfindung, päh …! Dir werd ich's zeigen, du Hundsfott, du miserabliger!«, brüllte er.

Geschickt duckte sich Raymund unter dem Schlag weg. Dieser Hieb, da war er sich sicher, hätte ihn niedergestreckt. Stattdessen landete die Schlaghand des Obergsells mit voller Wucht in einer eisernen Fackelhalterung, die an der Außenwand angeschraubt war. Der Obergsell brüllte wie am Spieß und schnell war seine Hand blutüberströmt. Kreidebleich und wie versteinert stand er da und blickte auf seine zerschlagene Pranke.

Raymund ging zu seiner Kiste und zog ein Bündel heraus, riss von einem Leinentuch ein Stück ab und warf es dem Obergsell zu.

»Hier, verbind dir deine blutige Pfote, Greisinger! Schade für dich, dass selbst dein letzter Schlag gegen mich sein Ziel verfehlt hat.«

»Das zahl ich dir heim, glaub's mir, du roter Deifl«, zischte der Greisinger, umwickelte mit dem Tuch die blutige Hand, drehte sich um und verschwand fluchend und schimpfend im Haus.

Raymund wusste nur zu gut, dass der Greisinger von diesem Tag an sein ganzes Leben lang keinen Augenblick mehr allein sein würde. In seiner dunklen Seele würde sich ein beißender Begleiter einnisten, den er bis zu seinem letzten Atemzug nicht mehr loswerden würde: der Hass auf ihn.

David Altenstetter wird mich hoffentlich ein paar Tage früher bei sich aufnehmen. Er nahm die Deichsel des Leiterwagens und zog diesen mit den wenigen Habseligkeiten ohne einen Blick zurück in Richtung Jakobertor. Er fand, dass der Leiterwagen eine angemessene Entschädigung war für die Demütigungen, die er jahrelang hatte erleiden müssen.

28

Leeder, November 1581

ANNA SASS MIT Georg Mayer im großen Kaminzimmer im ersten Stock. Die letzten fünfundzwanzig Jahre waren nicht ganz spurlos an ihnen vorübergegangen. Doch für Anna war Georg immer noch ein stattlicher und anziehender Mann – und ihre Vertrauensperson. Seit Emanuel gestorben war, kam Georg öfter ins Schloss, um nach »seiner Anna« zu schauen. Sie war ihm über alle die Jahre dankbar gewesen, dass er sie bei Nacht und Nebel aus Kempten mitgenommen hatte. Seine damalige Zurückweisung hatte sie ihm längst verziehen. In vielen Dingen religiöser und weltlicher Art war er ihr ein wichtiger Ratgeber, und auch wenn sie es ihm niemals gestehen würde, liebte sie ihn immer noch.

»Du siehst nicht glücklich aus, Anna! Was hast du auf dem Herzen?«, fragte Georg und strich über ihre Hand.

Sie atmete tief ein und zwang sich ein Lächeln auf die Lippen. »Ach, Georg, wo soll ich nur anfangen? Hieronymus ist von uns gegangen. Es plagen mich ernste Sorgen um das Gut, um Helena, aber auch um das, was uns Caspar vermacht hat. Es kommen immer mehr Vertriebene und Verfolgte zu uns. Das verträgt der Ort nicht mehr. Fremde werden offen angefeindet. Inzwischen haben wir so viele Arme und Bedürftige, dass wir Getreide zukaufen müssen, um alle zu ernähren. Böse Menschen im Dorf setzen alles daran, wieder katholisch zu werden. Die Schmierereien an der Schlossmauer sind ein deutliches Zeichen. Der bayerische Herzog droht zudem ständig mit der Inquisition, sollten wir uns weiter weigern, einen Pfaffen zu installieren. Dabei sitzt ihm wiederum das Hochstift im Nacken, das uns als Schandfleck betrachtet.«

Das Feuer im offenen Kamin war bis auf wenige glimmende Scheite heruntergebrannt. Anna sah den Heizknecht verschämt eintreten.

Georg stand auf und ging an das Erkerfenster. »Es ist viel Zeit vergangen, Anna, und wir können stolz sein auf die Früchte unserer Arbeit für das Dorf. Fast alle Kinder können lesen und schreiben, das Hochstift kann von so einem Zustand nur träumen. Das Wort Gottes unter die Menschen zu bringen, das ist uns gelungen. Caspar hält seine schützende Hand über uns. Alle Äußerlichkeiten lassen sich regeln, aber das Wichtigste tragen wir in unserem Herzen! Alles Irdische wird in Verwesung übergehen, das Wort Gottes und unsere Seelen bleiben bestehen in Ewigkeit. Danach gilt es zu streben.«

»Wie recht du hast, Georg! Die Sorgen und Nöte der Menschen hier auf dem Gut und überall im ganzen Land verblassen vor den Anstrengungen, die wir vor uns haben, um das ewige Leben zu ...«, Anna wurde von Helena unterbrochen, die mit einem geöffneten Schreiben in der Hand zur Tür hereinstürmte.

»Mutter, Mutter, Raymund hat ... oh, Georg, ich hab nicht gewusst ...«

»Ist schon gut, Helena, ich wollte sowieso gehen.«

»Ich begleite Georg noch hinunter, dann sprechen wir weiter«, sagte Anna.

Anna konnte sich denken, was das für ein Brief sein musste, der Helena solche Freude bereitete. Und sie war auf dieses Gespräch vorbereitet. Als sie den Raum wieder betrat, sagte Helena:

»Raymund hat den Gesellenbrief bekommen! Jetzt verdient er endlich sein eigenes Geld, ich freue mich so für ihn! Was meint Ihr, Mutter, wie lange es noch dauern wird, bis er mich heiratet?«

Anna nahm ihr den Brief aus der Hand und bat sie, Platz zu nehmen. »Helena, ich muss mit dir sprechen. Glaubst du denn wirklich, dass Raymund der richtige Mann für dich ist? Du bist im heiratsfähigen Alter. Es wird Jahre dauern, bis Raymund in der Lage sein wird, eine eigene Familie zu ernähren.«

»Mutter, ich bin achtzehn und weiß selbst, was für mich gut oder schlecht ist. Ich möchte keinen anderen Mann als Raymund, versteht das doch!«

»Sei vernünftig, mein Kind, und denk an deine Zukunft. Vor dem Gesetz wäre eure Verbindung immer noch Inzest und mit hohen Strafen belegt. Auch wenn wir alle wissen, dass ihr keine Geschwister seid, müsste es dem Gericht angezeigt werden. Aber dann verliert Raymund sein Erbe. Möchtest du das? Du könntest mit deinem Aussehen und der Mitgift in die angesehensten und reichsten Augsburger Familien einheiraten.«

»Das möchte ich alles nicht, Mutter. Raymund ist der schönste, mutigste und liebste Mann, den man sich vorstellen kann. Ich will nichts wissen von einer Vernunftehe. Ich heirate den Mann, den ich liebe! Hans Jakob konnte mich und Raymund nie richtig leiden. Seine Frau verachtet Caspar und alles, was uns heilig ist. Ich habe hier kein Zuhause mehr. Wenn Hans das Gut und das Schloss übernimmt, muss ich mich früher oder später nach einem neuen Dach über dem Kopf umsehen. Ich werde mit Raymund sicher nicht hier bleiben, sondern irgendwo ein neues Leben beginnen.«

Anna hatte ihr all das mitgegeben, was ihren eigenen Lebensweg geprägt hatte, Zielstrebigkeit, Sturheit und Willenskraft. Sie sah sich ihrem eigenen Spiegelbild gegenüber und war sich bewusst, dass Helena nur das tun würde, wovon sie überzeugt war.

29

Iraklion, Ende November 1581

Alfonso verfluchte seine Entscheidung, sich diesem zwielichtigen tripolitanischen Kapitän anvertraut zu haben. Seit Monaten schipperten sie durch das Mittelmeer von einem Hafen zum anderen. Dem glitzernden, betrügerischen Wasser, auf das er stundenlang starrte, konnte er nichts mehr abgewinnen. Meterhohe Wellen konnten innerhalb von kurzer Zeit in eine spiegelglatte Oberfläche übergehen. Flauten ließen das Schiff tagelang ziellos umhertreiben. Er verbrachte die Nächte in einer Hängematte, inmitten von stinkenden Hühnern und Ziegen, die als lebender Proviant mitgeführt wurden. Außer ihm war nur noch ein Türke als Passagier an Bord, der sehr besorgt war, fünfmal am Tag auf dem schwankenden Schiff die Gebetsrichtung Mekka zu finden. Noch nie in seinem Leben hatte Alfonso so wenig gesprochen. Er hätte so gruselige Geschichten über Seeungeheuer erzählen können, doch niemand interessierte sich dafür. Tag um Tag ankerten sie in verlassenen Buchten und warteten auf den richtigen Wind. Der Kapitän hatte in jedem Hafen etwas zu erledigen, man kannte ihn selbst im letzten Nest. Menschen brachten Waren an Bord, nahmen wieder etwas mit, Matrosen kamen und gingen, Wochen und Monate zogen dahin, und das alles unter sengender Sonne. Die ersten Herbststürme hatten den Kapitän gezwungen, in Iraklion auf Südwind zu warten. Es war der letzte Hafen, der zur Republik Venedig gehörte. Von hier aus waren sie vor zwei Tagen in See gestochen, um direkt nach Konstantinopel zu segeln.

Eigenartige Kommandos ließen Alfonso an diesem Morgen an Deck steigen. Irgendetwas stimmte nicht. Er kannte inzwischen die Rufe und Befehle. Sie segelten hart am Wind, alles schien bestens, aber die Matrosen deuteten aufgeregt hinaus aufs Meer. Von Lee näherte sich eine Galeere, die anscheinend auf Kollisionskurs war. Der Kapitän fuchtelte wild mit seinem verbliebenen Arm. Auf dem Achterdeck holten die Matrosen eine Kanone aus einer Kiste, öffneten eine Klappe in der Reling und machten die Feldschlange gefechtsklar. Die Galeere, wesentlich wendiger und schneller als die Karacke, war nur noch zwei, höchstens drei Schiffslängen entfernt. Der Kapitän wartete und gab dann den Befehl: »Feuer!«

Es tat sich nichts.

»Beim Neptun, Feuer, ihr Landratten!«, schrie er ein weiteres Mal.

Doch es war zu spät. Die Galeere rammte mit lautem Knirschen den Schiffsrumpf, sofort flogen mehrere Enterhaken auf das Schiff und Sekunden später war die *Shihab* voll von schwer bewaffneten Gestalten, die sich schreiend auf den Kapitän stürzten. Alfonso verspürte keine Angst, obwohl er nie gelernt hatte zu kämpfen. In weitem Bogen warfen sie den Kapitän ins Wasser, die Matrosen ergaben sich. Alfonso kniete sich auf den Boden und hoffte, dass die Piraten ihn durch diese unterwürfige Geste am Leben ließen. Von hinten kam der Schlag. Alfonso hörte noch das dumpfe Geräusch, für einen Aufschrei blieb keine Zeit mehr.

30

Augsburg, März 1582

Es war nur wenige Monate her, seit Raymund den Benzenauer verlassen hatte. Was dieser Schritt für ihn verändert hatte, nicht einmal im Traum hätte er sich das ausgemalt. Wie gern ging er jeden Morgen hinunter in die Werkstatt. Er musste lachen, wenn er daran dachte, wie er früher mit diesem flauen Gefühl im Magen an die Arbeit schlich, nicht zu wissen, was ihn an Widerwärtigkeiten erwarten würde. Eifersucht unter den Gesellen, das gab es nicht mehr, und auch keine Rangordnung wie beim Benzenauer. Niemand hatte jemals das Wort »Rotschopf« in den Mund genommen. Nie fiel ein böses Wort; man half sich gegenseitig, wo es möglich und notwendig war. David, was für ein wunderbarer Mensch er war. Was würde er alles von ihm lernen können? Mehr noch, die Idee mit seinem Kurzgewehr würde hier vorangetrieben werden. David Altenstetter war für ihn Vorbild und Ansporn, ein gottgefälliges Leben zu führen und es gleichzeitig durch Fleiß und Willenskraft zu Ehre und Ansehen zu bringen. Am meisten freute sich Raymund über das große Vertrauen, denn nach kurzer Zeit hatte der neue Meister ihm die Verantwortung über sämtliche Metallarbeiten übergeben. Die heiklen Emaillegüsse, die in die vorbereiteten ziselierten Vertiefungen im Silber oder im Holz eingepasst werden mussten, fertigte David immer noch selbst an. Die Herstellung der Einlagen, die Raymund zusammen mit den anderen Gesellen aus den Zeichnungen des Meisters in die verschiedensten Materialien übertragen musste, machte Raymund stolz. Sogar einen neuen Freund hatte er gefunden. Marco war ein junger hochgewachsener Venezianer mit schwarzen schulterlangen Haaren und sanften braunen Augen. Er war ein Geselle der Ziselierkunst. Lange hatten sie sich gegenseitig über die Schultern gesehen. Raymund hatte bei Marcos feinen Ziselierarbeiten zugeschaut, und Marco stand neben ihm, wenn er wie jetzt den Stahl bearbeitete.

»Wie lange verwendest du eigentlich schon dieses Wickelverfahren, das das Metall so hart und den Lauf so zielsicher macht? Bei uns in Venedig nietet man es noch um einen Dorn und verschweißt es dann auf der Unterseite.«

»Das habe ich mir ausgedacht und schon mein Gesellenstück nach dieser Methode angefertigt. Ich bin aber noch nicht zufrieden damit; es ist zu teuer und sehr aufwendig. Die Technik kommt aus Damaskus, wo man damit Schwerter, Dolche und Messer herstellt, die unvorstellbar hart sind. Wenn die Garbe im Feuer weiß glüht, werden die Stahlstäbe auf dem Amboss verschweißt. Das Material wird in der Mitte eingeschlagen, gefaltet und noch mal verschweißt. Je öfter man das wiederholt, desto besser wird das Ergebnis. Dann wird es um einen Dorn gewickelt, sodass innen Windungen entstehen, die die Kugel in eine Drehung versetzen.«

»Hast du dich schon mal mit gegossenen Läufen beschäftigt?«, fragte Marco.

»Ich kenne bisher kein Material, das man nach dem Gießen so gut bearbeiten könnte und das fest genug wäre. Habt ihr in Venedig damit Erfahrung?«

»Ich weiß nur, dass sie unsere Galeassen* neben den großen Hauptbüchsen auch mit kleinen gegossenen Falkonetten ausstatten, die nicht viel größer sind als eure Arkebusen.

* Venezianische Galeere und gleichzeitig Segelschiff.

Jeden Monat kommt ein Konvoi von Fuhrwerken voll beladen mit schwerem Gießwerk aus den Tiroler Bergen herunter ins Arsenal* nach Venedig. In Schwaz, bei den Erzbergwerken, arbeiten die besten Geschützgießer, aber keiner lässt sich in die Karten schauen. Bei Androhung höchster Strafen wagt es niemand, die komplizierten Mischungsverhältnisse zu verraten. Der alte Löffler von Büchsenhausen soll nur Gießer an die Öfen lassen, die weder schreiben noch lesen können, damit ja keiner seine Geheimnisse aufnotieren und mitnehmen kann. Ich habe einmal im Arsenal so eine Lieferung begutachten können. Die Feldschlangen sind so glatt wie ein Jungfrauenarsch, weiß der Teufel, wo sie dort in den Bergen für die Gussform so einen Lehm herbringen, der kein Körnchen Sand enthält.«

»Du bringst mich auf eine Idee, Marco!« Raymund legte augenblicklich sein Werkzeug zur Seite und lief auf David Altenstetter zu: »Bruder David, könnt Ihr Euch vorstellen, einen Gewehrlauf zu gießen, der so stabil ist, dass er sich bei der Zündung nicht verformt, aber gleichzeitig so leicht, dass das Gewicht im Gefecht nicht hinderlich ist?«

Altenstetter kratzte sich hinterm Ohr. »Die Mischung unserer Bronzeskulpturen hält zwar Wind und Wetter stand, aber eine Schwarzpulverexplosion ist etwas ganz anderes.«

»Verstehe, aber ist es möglich, den gegärbten Stahl, den wir bis jetzt für die Läufe verwenden, so heiß zu machen, dass er flüssig wird und in eine Form gegossen werden kann?«

»Die Hitze, die man dazu braucht, können wir in unserer Esse niemals herstellen. Das wäre vielleicht an einem Brennofen in der Gießerei vom alten Benzenauer möglich. Der Guss braucht Höchsttemperaturen und die Schmelze wird schwer zu verarbeiten sein.«

* Schiffswerft in Venedig.

»Was haltet Ihr davon, wenn ich meinem alten Freund Jos ein Stück von unserem gegärbten Stahl mitgebe, damit er es heimlich in einem Steinlöffel in die Glut legt? Ich weiß, dass er jeden Sonntag in den Dom zur Messe geht, bei der Gelegenheit könnte ich ihm unbemerkt ein Stück zustecken.«

»Vergiss den Benzenauer, Raymund! Dort wirst du keinen Fuß mehr in die Werkstatt setzen; die Sache mit deinem Freund solltest du bleiben lassen. Da wird man dich immer mit Argwohn betrachten, nach dem, was du mir alles erzählt hast. Zu einem Abstich zu kommen, ist nicht das einzige Problem. Jede noch so kleine Blase würde das Rohr unbrauchbar machen. Je zähflüssiger die Masse ist, desto schwieriger ist bei so einem dünnwandigen Gussmodell das komplette Ausfüllen. Wenn es tatsächlich funktionieren sollte, musst du dir für die hohen Temperaturen einen Schmied suchen, der dich an seinen Ofen lässt. Das wird nicht einfach, denn die Zünfte haben sehr genaue Vorschriften, was die Arbeit in einem fremden Betrieb betrifft.«

»Ich habe zugesehen, wie Ihr Eure Statuen und Gussformen ausgießt, und werde dieselbe Methode anwenden.«

»Du benötigst eine stabile Gussform. Das müsstest du vorher in unserer Werkstatt mit einer Kupfer-Zinn-Legierung ausprobieren. Nun ich fürchte, das wird sehr schwer, da musst du dir nochmals Gedanken machen, aber vergiss darüber nicht die tägliche Arbeit. Die Silbereinlagen für das Prunkkästchen müssen noch in dieser Woche fertig werden. Der Bote des bayerischen Herzogs kommt nicht ein zweites Mal«, mahnte David Altenstetter.

In Gedanken versunken ging Raymund zurück zu Marco und berichtete ihm von dem Gespräch mit dem Meister.

»David glaubt nicht recht an meine Gusspläne. Wenn Gießen nicht geht und Nieten sich nicht bewährt hat, was bleibt dann noch?« Raymund war aufgeregt, denn er hatte das Gefühl, der Lösung ganz nah zu sein.

»Sollen wir es vielleicht aus dem Rundeisen rauskratzen?«, fragte Marco scherzhaft.

»Nicht kratzen, Marco! Ich hab's: bohren!«, rief Raymund und seine Augen leuchteten. »Und zwar so, dass der Bohrer gleich noch Nuten hineindreht. Wir müssten eine Maschine bauen, die sich mit großem Druck in diesen glühenden Rohling hineinfrisst.«

Raymund zog ein Blatt aus der Tasche und skizzierte für Marco einen Plan.

»Wer ist in der Lage, so eine Maschine zu bauen?«, fragte sein Freund und sah ihn mit großen Augen an.

»Wenn dieses Prunkkästchen für den Herzog fertig ist und David seinen Lohn dafür bekommen hat, bitten wir ihn, uns damit zu helfen. Ich zeichne bis dahin einen Bauplan. Das überzeugt ihn hoffentlich, wenn zu sehen ist, was ich meine.«

Raymund zog sich zufrieden an seinen Arbeitsplatz zurück. Es fiel ihm schwer, sich auf seine eigentliche Arbeit zu konzentrieren, denn das große Ziel, mit seinem eigenen Gewehr auf der Rosenau zu gewinnen und es allen zu zeigen, schien heute ein wenig näher gerückt zu sein.

Dann weiln dise vntrewe / verfluchte Art der Zauberinnen nicht allein Gott den Allmächtigen / jhren Schöpffer / vnd Vatter / auch Jesum Christum / jhren Erlöser / vnd der deß Teuffels Verbündete / vnnd consortio verleugnen: Sondern auch demselbigen jhrem Anführer Huldigung schweren / dem Menschen / vnd Viehe mit vergifften Salben / Kreutern / vnd anderm Schaden / vnnd offt den Todt selbst / zufügen: Auch / da es an jhnen / vnd müglich were /der Früchten / aller Geschöpffen / oder Creaturen Gottes zuverschonen nicht gedencken: Ja / vnversehentlichen jhr Zauberey in geheym außzubreyten /auch die Benachbarten anzustecken pflegen: wie leyder die tägliche Erfahrunge / mehr / als gut ist / So werden sie auch so wol im Heyligen Göttlichen Gesetzen ernstlich zu straffen angegeben: Exod. 22. Leuit. 20. Deuteron. 18. vnnd andere mehr Orten. Als auch in den Keys geschriebenen Rechten zum Todt verdammet:

Jean Bodin »De Magorum Daemonomania« Paris, 1580

31

Augsburg, fünf Tage nach dem Osterfest* 1582

Otto ging in seiner Kammer auf und ab. Er erwartete ungeduldig einen Boten. Schon an Weihnachten hatte er sich Sorgen gemacht. Von heute auf morgen hatten die Gottesdienstbesuche von Raymund im November aufgehört. Der beruhigende Blick in das Kirchenschiff war von einem nervösen Suchen und wirren Gedankenspielen abgelöst worden. *Ist Raymund krank? Geht er jetzt doch mit den Benzenauern zu den Barfüßern? Ist er zurück nach Leeder gezogen?* Als während des gesamten Winters und an den Osterfeiertagen sein Platz in der Kirche leer geblieben war, schickte Otto einen Boten zum Benzenauer, um nach dem Verbleib Raymund Rehlingers zu fragen. Endlich klopfte es an der Tür.

»Herr Dekan, ich konnte mit einem Herrn Greisinger sprechen, er führt dort die große Rede. Der hat kein gutes Haar an diesem Rehlinger gelassen und mir erzählt, dass der Meister Benzenauer ihn zum Teufel gejagt hat, nachdem dieser ihm bei einer Schlägerei die Hand ruiniert hatte. Tatsächlich hat der Greisinger verkrüppelte Finger.«

Raymund in eine Schlägerei verwickelt? Das kann ich nicht glauben, ging es Otto durch den Kopf.

»Als ich weiter nachfragte, wo besagter Rehlinger jetzt den Gottesdienst besuche, antwortete man mir, ich solle beim Alchemisten Altenstetter nachfragen, dazu müsse ich

* 15. April

aber hinaus in die Wälder. Ich vermute, dass dort geheime Sitzungen abgehalten werden, Herr Dekan.«

Otto bedankte sich bei dem Boten und überlegte, wie viel von der Geschichte wohl der Wahrheit entsprach. Auch er hatte schon von dem Goldschmied und seiner Werkstatt gehört. Immerhin wäre der Beruf des Goldschmieds für Raymund die bessere Wahl. Otto war entschlossen, sich ein eigenes Bild zu machen.

32

Leeder, 8. Juni 1582

»Mit wie viel Kisten seid Ihr damals hier eingezogen, Mutter?«, fragte Helena. Sie saß neben ihrer Mutter auf einer Bank im Hofgarten und genoss mit ihr die letzten Strahlen der Abendsonne.

Anna lachte. »Ich hatte ein einziges Kleid, einen Umhang und ein Bündel Wäsche. Aber du weißt ja, dass ich mit Georg auf der Flucht war.«

»Mit zwölf Kisten ist die Tradel angereist, ich habe mitgezählt.« Helena nannte ihre Schwägerin nie beim Vornamen, weil sie Viktoria als völlig unpassend für die neue Herrin in Leeder empfand. »Und ich weiß, wie die Frau von Hans Jakob über uns redet. Wir seien alle verblendet und hingen der Lehre eines Ketzers an. Warum hat Hans diese Frau geheiratet? Fragt Ihr Euch das nicht auch, Mutter? Georg Tradel mag ein berühmter und geschätzter Anwalt sein. Warum er seine missratene Tochter auf die Straße gesetzt hat, wird mir immer offenkundiger.«

»Sie hat wohl irgendetwas, womit sie Hans um den Finger wickelt«, antwortete Anna und seufzte.

»Ich sage es Euch, Mutter. Sie war gezwungen in eine wohlhabende Familie einzuheiraten, um den Gang ins Kloster abzuwenden. Hans kam gerade noch rechtzeitig, daher musste auch alles so schnell gehen. Sie hat ihn nicht aus Liebe geheiratet, sondern um bei uns in Saus und Braus weiterzuleben und Hans zu beherrschen.« Helena rückte näher an Mutter heran. »Sie wird ihn im Bett glücklich machen und dann ist er nicht mehr fähig, seinen Verstand zu benutzen.«

»Hans ist achtzehn, er wird wissen, was er tut, das Gut ist auf ihn überschrieben, Helena. Ich denke, dass wir mit den Verhältnissen wohl oder übel leben müssen.«

»Ja, Mutter, die Tradel ist zweiundzwanzig, ihrem Ehemann in vielem überlegen, eiskalt und berechnend. Müssen wir uns damit abfinden, dass unser Glaube an die Lehre Caspars, unsere Konventikel und alles, was uns heilig ist, in den Schmutz gezogen wird? Karl hat sich kürzlich bei ihr versprochen und gesagt, dass er für die Herrin noch Besorgungen machen müsste, gemeint wart Ihr, Mutter. Sie hat den armen Karl angeschrien, dass nur *sie* die Herrin sei und er sich das für alle Zeiten merken solle. Wir haben doch nie gegeneinander die Stimme erhoben, Mutter. Müssen wir dieses Weib ertragen?«

»Ich habe euch alle in Liebe, Güte und Vertrauen erzogen und hoffe, dass Hans nicht unsere Werte verleugnet, sondern vernünftig bleibt und seine Frau auf den rechten Weg bringen wird.«

Helena nahm ihre Mutter in den Arm. »So möge uns der Himmel beistehen!«

33

Augsburg, Sankt Martha* 1582

Kaiser Rudolf II. hielt Reichstag und residierte im Fuggerpalast am Weinmarkt. Augsburg war schon seit Wochen im Ausnahmezustand. Alle Gasthöfe waren voll, die Brotpreise waren angestiegen und in den Straßen und auf den Plätzen drängten sich die Menschen. Händler, Artisten, Musikanten und Huren aus dem ganzen Reich buhlten um ihre Kund-

---

* 29. Juli

schaft. Letztere brachten nicht nur Vergnügen in die Stadt, sondern mit der französischen Krankheit auch viel Arbeit für die Ärzte und Bader. Oktavian hatte alle Hände voll zu tun und hetzte vom Holzhaus der Fuggerei auf den Gänsbühl und dann in das städtische Blatternhaus. Vom Heilig-Kreuz-Spital war es nicht weit zum Dom.

»Kaum ein Durchkommen! Don Alfonso hätte seine Freude daran gehabt, Tausende in den Straßen, ein Geschiebe und Gedränge überall«, kommentierte Oktavian das Geschehen in der Stadt und lachte, als Otto ihn im Kreuzgang des Doms begrüßte.

»Wie mag es ihm mit unserem Auftrag ergangen sein? Gibt es irgendein Lebenszeichen?«, fragte Otto.

»An Ostern letztes Jahr ist er auf einem Handelsschiff als Passagier mitgenommen worden, das ist das Letzte, was ich von ihm gehört habe.«

»Wie lange braucht denn so ein Segelschiff von Venedig nach Konstantinopel?«, wollte Otto wissen.

»Bei günstigem Wetter und gutem Wind geht es mindestens sechs Wochen, aber es kann auch drei Monate dauern.«

»Das heißt, dass Alfonso schon in Konstantinopel angekommen sein müsste. Er hätte uns doch sicher ein Lebenszeichen geschickt.«

Oktavian zog die Augenbrauen hoch. »Die Landwege sind lebensgefährlich geworden. Viele Boten kommen nicht ans Ziel, weil sie überfallen und ausgeraubt werden.«

»Das bedeutet, dass wir die Hoffnung noch nicht aufgeben müssen«, erwiderte Otto.

»Trotzdem würde ich dir empfehlen, nach weiteren Möglichkeiten zu suchen, den Kardinal unschädlich zu machen. Alfonso ist nur ein Strohhalm, an dem wir uns festhalten.«

»Was meinst du?«, fragte Otto.

»Nun, heute Abend sitzt der Kaiser mit den Bischöfen, Kurfürsten, Grafen und Herzogen beim Fugger. Ob er weiß, wie in seinen Landen durch Folter irrwitzige Geständnisse erpresst und Hunderte unschuldig hingerichtet werden? Man sollte den Kaiser darüber aufklären.«

Otto schüttelte den Kopf: »Was denkst du, Oktavian? Rudolf hat am spanischen Hof eine strenge katholische Erziehung genossen. Er ist mit Inquisition und Autodafés* aufgewachsen. Er ist glücklich, dass die Predigerorden, im Besonderen die Dominikaner, mit allen Mitteln die Gegenreformation vorantreiben. Für ihn sind die Hexenverfolgungen nur ein kleiner Nebenschauplatz, den er als innerkirchliche Angelegenheit betrachtet und den Mönchen keinesfalls wegnehmen will. Von politischer Seite haben wir keine Hilfe zu erwarten, und solange Bischof Marquard seine schützende Hand über den Kardinal hält, auch von kirchlicher Seite nicht.«

»Was ist mit Giacomo? Wie weit kann er seinen Einfluss geltend machen und uns behilflich sein?«, fragte Oktavian.

»Er ist ein Familienmensch geworden, hat inzwischen sieben Kinder und residiert auf seinem Schloss in Babenhausen wie ein König.«

»Vielleicht sollten wir ihm einmal einen Besuch abstatten, denn niemand von uns ist so nah an der Macht wie seine Familie und seine Geschwister. Sie bestimmen mit ihrem Geld die Politik des Kaisers«, schlug Oktavian vor.

»Die Zeit läuft uns davon, jeden Tag wird unschuldiges Blut vergossen, und das im Namen der Kirche. Fahr hinauf nach Babenhausen, meine Gebete begleiten dich, Oktavian«, verabschiedete Otto seinen Freund.

---

* Verkündung eines Urteils der spanischen Inquisition.

34

Konstantinopel, September 1582

Ein Diwanläufer stürmte in das Zimmer des Dolmetsch Berkel und legte ihm eine Schriftrolle auf sein Pult. »In ganz dringender Angelegenheit von Ihrer hochwohlgeborenen Prinzessin Safiye. Es muss heute noch übersetzt werden«, stammelte er atemlos.

Der Dolmetsch blieb gelassen, inzwischen wusste er mit den Briefen Safiyes umzugehen. Berkel überflog die Zeilen. Er hatte Recht gehabt mit seiner Vermutung, dass die Waffe in Augsburg hergestellt worden war. Endlich war das Rätsel um das Monogramm aufgelöst. *DAF – David Altenstetter Fecit.* Ein sogenannter Botschafter in Augsburg – Berkel wusste, dass man so Spione bezeichnete – hatte endlich erfolgreich die Werkstatt aufgespürt. Berkel hatte nie etwas von einem Altenstetter gehört, aber die Schönheit der Waffe und die unbekannte Machart der Emaille-Einlegearbeiten flößten ihm größten Respekt ein. Er konnte Safiye verstehen, dass sie den Erbauer dieses Wunderwerks unbedingt am Hof haben wollte. Die Zeit wäre günstig, denn im nächsten Jahr würde es einen neuen Orator geben, der mit einer pompösen Delegation von Wien nach Konstantinopel reisen würde und einiges mitbringen konnte. Darauf zielte auch der Brief Safiyes ab.

An Seine hochwürdigste Majestät, der Christenheit Beschützer, Förderer der Wissenschaft, Freund des Sultans Murad III., Kaiser Rudolf II.

Mein Gebieter und Herrscher, der göttliche Sultan Murad III., überbringt seiner Majestät die ergebensten Wünsche. Er, der die Künste liebt und an den neuesten Errungenschaften der Welt interessiert ist, erbittet von Seiner Majestät im Zuge eines Austausches gegen den berühmten, hochgeschätzten und genialen Astronomen und Wissenschaftler Taqi ad-Din den Augsburger Goldschmied Altenstetter für einige Zeit nach Konstantinopel. Die im nächsten Jahr erwartete habsburgische Delegation aus Wien würde ein sicheres Reisen für den Künstler gewährleisten. Die Zusicherung dieser Transaktion würde die Beziehungen der beiden Mächte in beträchtlichem Maße verbessern.

In huldvoller Erwartung
Safiye Sultan

Tatsächlich hatte Taqi ad-Din sich mit Erfindungen wie ein durch Wasserdampf angetriebenes Rad, verschiedene Uhren und ein Teleskop berühmt gemacht. Das gigantische Observatorium, mit dem er seit 1577 den Himmel beobachtete, benutzte er auch zu fragwürdigen Prophezeiungen. Schließlich hatte es der Sultan aus Zorn über sich häufende Fehlurteile des Sterndeuters vor zwei Jahren abreißen lassen. Seitdem fristete der Astronom ein eher stilles Dasein. *Safiye sieht wohl eine gute Gelegenheit, ihn bei diesem Tausch loszuwerden.* Berkel schmunzelte, als er das geplante Geschäft der Prinzessin ins Deutsche übersetzte.

35

Leeder, zwei Tage vor Weihnachten 1583

ANNA REHLINGER, HELENA, Felizitas, und Hans Jakob saßen am Kamin und wollten über das Konventikel sprechen, das an Weihnachten mit zahlreichen Gästen stattfinden sollte. Die Vorfreude auf das Fest war gedämpft und alle schienen es zu spüren. »Ich freue mich so, dass Raymund aus Augsburg kommt«, versuchte Helena die gedrückte Stimmung aufzuheitern.

»Ich muss Euch sagen, Mutter, dass wir mit großen Einladungen zurückhaltend sein sollten. Mein Verwalter hat mir die Zahlen für das laufende Jahr präsentiert. Es sieht auch für dieses Jahr nicht gut aus. Wir sind gezwungen, weitere Kredite aufzunehmen, um Getreide zuzukaufen und die laufenden Kosten zu decken«, sagte Hans.

»Wenn es so weit gekommen ist, dass wir uns die Konventikel nicht mehr leisten können, dann verbiete deiner Gattin zuerst ihren verschwenderischen Lebenswandel.« Helena war aufgestanden und hatte sich vor ihrem Bruder aufgebaut. »Unser Vater hat das Gut über die schweren Pestzeiten und Teuerungen gebracht und du fährst jetzt den Karren an die Wand«, ermahnte sie ihn.

»Was kümmerst du dich um das Gut, Helena? Du wirst doch so schnell wie möglich mit deinem Bastard das Weite suchen, oder?«

»Nenn Raymund nie mehr so, er ist auch dein Bruder. Es geht nicht um mich, Hans. Mutter hat hier im Schloss lebenslanges Wohnrecht und ihre Apanage. Ich sorge mich, ob du in der Lage sein wirst, ihr das zu gewähren.« Helena sah zu ihrer Mutter, die den Kopf gesenkt hielt und tief seufzte.

»Lass das meine Sorge sein, ich weiß um meine Pflichten.«

»Und die Tradel? Warum ist sie nicht hier, wenn wir diese wichtigen Dinge besprechen? Ich sage es dir, Hans. Sie interessiert sich nur für sich. Das Gut, die Familie, unser Glaube und alles, was uns wichtig ist, ist ihr egal.« Dann öffnete sich die Tür. »Wenn man vom Teufel spricht«, flüsterte Helena halblaut.

»Ich habe eure jämmerliche Versammlung mit angehört. Und lasst es euch gesagt sein: Ich bin nicht schuld an eurer Misere. Euer Messias hat euch in den Ruin getrieben, sogenannte Glaubensbrüder aus dem ganzen Reich fressen sich bei euch durch. Ihr seid isoliert vom Herzog, vom Bistum und von allen guten Geistern, das ist die Wahrheit. Ich pfeif auf eure Konventikel! Frohe Weihnachten!«, schrie die Tradel und schlug die Tür von außen zu.

Hans errötete und Helena setzte sich wieder neben ihre Mutter.

Nach bangen Momenten der Stille stand Anna Rehlinger auf. »War das deine Frau, die amtierende Herrin meines einst so stolzen Ritterguts in Leeder, Hans? Sie steht vor der Tür und lauscht unseren Gesprächen?«, fragte sie. »Ich möchte nie mehr mit dieser Person an einem Tisch sitzen müssen.«

36

Augsburg, Sankt Sophia* 1584

Im Domkonvikt brütete Otto von Gemmingen an der Formulierung eines Schreibens, das er seit Langem immer wieder vor sich hergeschoben hatte. Er war sich bewusst, dass er damit die Regeln der klerikalen Hierarchie verletzen würde. Eine Beschwerde beim Papst gegen den eigenen Bischof und den im päpstlichen Auftrag handelnden Großinquisitor war eine heikle Angelegenheit, die sich ganz schnell gegen ihn selbst richten konnte. Otto war enttäuscht von Boncompagni, dem Papst Gregor XIII., der einst in Bologna sein Professor gewesen war und dem er in Rom als Assistent gedient hatte. Es war nicht der erste Brief, den er an ihn als Papst richtete. Er musste annehmen, dass jegliche Post abgefangen und vorgeprüft wurde. Otto hatte insgeheim gehofft, dass sein Fürsprecher auf dem Papstthron die grausamen Folterungen und das sinnlose Morden durch die Inquisition verurteilen würde. Ottos theologische Begründung war, dass eine Besessenheit, wie sie im fünften Kapitel des Markusevangeliums geschildert wurde, sichtbar sein musste und nicht durch ein Geständnis unter Folter erzwungen werden durfte. Als Student war er einmal Zeuge eines Exorzismus gewesen. Pater Frumantius, der Exorzist des Dominikanerklosters in Bologna, hatte eine Handvoll Kommilitonen in ein abgelegenes Dorf mitgenommen, um ihnen die Fratze Satans zu zeigen. Otto hatte sich diese grauenvolle Sitzung

* 15. Mai

unauslöschlich eingeprägt. Das arme Bauernmädchen war offensichtlich von einem Teufel besessen gewesen und nicht mehr als menschliches Wesen erkennbar. Dem Pater war es gelungen, mit dem Teufel zu kommunizieren. Dieser hatte durch das Mädchen auf Hebräisch gesprochen. Niemals war Otto die Existenz des Bösen nähergekommen als in den entstellten Gesichtszügen und der unheimlichen Sprache dieser Besessenen.

Wenn der Teufel eine Botschaft hat, dann zeigt er sie auch. Ein Exorzismus kann dann immer noch eingeleitet werden. Aber Frauen, die nur aufgrund von Verdächtigungen eingesperrt und gefoltert werden, sind keinesfalls besessen, dachte er. Otto war sich seiner Argumentation so sicher, dass er sich nicht vorstellen konnte, dass ihn hier ein theologischer Widerspruch erwartete.

37

Leeder, 16. Juni 1584

Helena hatte Georg besucht und war auf dem Weg zurück ins Schloss, als ihr am Eingang ein schwarz gekleideter älterer Mann entgegenkam. Sie hatte ihn noch nie gesehen. »Darf ich fragen, in welcher Angelegenheit Ihr im Schloss unterwegs seid, mein Herr?«, fragte sie den Fremden.

»Auch wenn ich Domestiken keine Rechenschaft schuldig bin, kann ich sagen, dass ich in geschäftlichen Dingen bei deiner Herrin war«, antwortete er, schritt an ihr vorbei und verließ das Schloss.

Helena fand diese Begegnung sehr eigenartig und ging hinaus in die Stallungen zu ihren Tieren und zu Karl. Er konnte so vieles erklären und hatte für die meisten Dinge eine Antwort parat. Sie war noch nicht ganz angekommen, als ihre beiden Krähen schon über ihr kreisten und sich krächzend auf ihre Hand setzten.

Karl kam aus dem Stall und begrüßte sie herzlich. »Deine Tierla goht's guat, Helena, bei dera Pflege mecht ma selber manchmol a Viech sei.« Er lachte.

»Mein lieber Karl, ich muss dich etwas fragen. Ich habe eben einen schwarz gekleideten Mann getroffen, der von der Tradel herunterkam. Kannst du dir vorstellen, wer das sein könnte, der an einem Samstag, an dem Hans Jakob gewöhnlich mit seinem Verwalter im Zehntstadel beschäftigt ist, der Tradel einen Besuch abstattet?«

Karl zog die Augenbrauen hoch. »Vor ar Stund hau i dean

Wage g'seache, mit deam a komme isch. Dea Stab mit der Äskulapnatter bedeited, dass es a Mediziner oder Apotheker isch. Isch denn d'Herrin krank?«

»Das glaube ich nicht. Und wenn es so wäre, hätten wir doch neben einem Bader sogar einen Medicus im Dorf, der sich um uns alle kümmert. Ein Apotheker aus der Stadt kostet doch ein Vermögen, oder? Was könnte denn der Grund sein, dass die Tradel die Hilfe von einem Apotheker in Anspruch nimmt?«

»Wosch, i war mei Lebtag no nia krank. Des woas i idda.«

Helena war mit der Antwort nicht zufrieden.

38

Konstantinopel, September 1584

Berkel hatte das Schreiben aus Prag ins Türkische übersetzt. Es war von Reichspfennigmeister Zacharias Geizkofler unterschrieben. Der Kaiser ließ sich dafür entschuldigen, dass der Brief mit dem Tauschangebot ihn nicht mehr in Wien erreicht habe, da der gesamte Hofstaat nach Prag umgezogen war. Die Delegation unter dem neuen Orator Eitzing sei bereits abgereist gewesen, sodass dem Wunsch der Prinzessin frühestens mit der nächsten Delegation entsprochen werden könne. *Das wäre dann in drei Jahren*, überlegte Berkel. Er wusste, wie die launische Safiye zu besänftigen war, und hatte sie um eine Audienz gebeten, um mit ihr die Konsequenzen des Briefs aus Prag zu erörtern.

Sie kam allein in den Saal, nur gefolgt von ihrem Respekt einflößenden nubischen Aufpasser.

»Sie spielen falsch in Prag«, empörte sich die Prinzessin und Berkel verneigte sich tief. Noch stand sie verschleiert vor ihm, der grimmige Palasteunuch verzog keine Miene. Der Dolmetsch wusste nur zu gut, dass der Eunuch ihn für die Nähe, die Safiye ihm gewährte, zutiefst verachtete.

»Der Kaiser ist mit keinem Wort auf das Geschäft an sich eingegangen. Wäre es möglich, großmächtige Prinzessin, dass der angebotene Tausch des Goldschmieds gegen Taqi ad-Din am Kaiserhof für Misstrauen gesorgt haben könnte? Immerhin ist über die Grenzen des Reiches bekannt, dass Sultan Murad dem Sterndeuter das Vertrauen entzogen hat. Und auch die Gesundheit von Taqi ad-Din gibt immer wieder Anlass zu Spekulationen.«

»Die Zeit läuft mir davon. Was rätst du mir, wenn der diplomatische Weg versperrt sein sollte, Berkel?«

»Mir scheint der Reichspfennigmeister sehr einflussreich und auch willig, bei entsprechender finanzieller Gegenleistung Euren Wünschen ... Folge zu leisten«, antwortete der Dolmetsch und lächelte bei seinen letzten Worten.

»Hinaus mit dir!«, rief Safiye dem Palasteunuchen zu und ihre Stimme war voller Vorfreude.

39

Leeder, Herbst 1584

Es war ein sonniger Tag gewesen und ungewöhnlich warm. Auf den Feldern und in den Gärten wurden die letzten Früchte eingebracht. *Wo Mutter nur so lange bleibt?* Helena wurde allmählich unruhig. Sie war zu Anna in das obere Stockwerk des Schlosses gezogen. Es tat weh, hilflos mit ansehen zu müssen, wie Hans Jakob zwar auf dem Papier das Gut leitete, aber seine Frau im Hintergrund die Fäden zog. Darin war sie sich mit Mutter einig, dass Viktoria Tradel schädlich war für Hans und auch das Gut. Seit ihrem Auftritt an Weihnachten hatte Mutter nicht mehr mit der Tradel gesprochen. Sie ließ sich von da an das Essen in ihre Stube bringen.

Die Küchenmagd hatte das Abendessen längst serviert, als Helena immer noch allein am Tisch saß. *Irgendetwas muss passiert sein, Mutter kommt nie zu spät. Ich hätte schon längst nach ihr suchen sollen.* Sie stürmte hinaus, rief nach ihr, schaute in alle Zimmer, aber Mutter war verschwunden. Helena eilte die beiden Stockwerke hinunter, fragte vergeblich alle Bediensteten, die ihr entgegenkamen, und fand sie schließlich im Hofgarten. Verkrümmt saß sie auf ihrer Lieblingsbank und hielt sich den Unterleib.

»Mutter, Mutter, was ist passiert?«

»Ich weiß nicht, was mit mir ist, Helena. Seit einer halben Stunde plagen mich fürchterliche Bauchkrämpfe. Ich musste mich übergeben und kann nicht mehr aufstehen.« Sie stöhnte.

»Ein plötzliches Unwohlsein, Mutter, sicherlich nichts Schlimmes, macht Euch keine Sorgen!«, versuchte Helena sie zu beruhigen, jedoch befürchtete sie, dass es etwas Ernsthaftes war. Inzwischen war ihr Bruder herausgekommen, die aufgeregten Angestellten hatten ihn wohl benachrichtigt.

»Lass den Medicus holen, Hans, schnell!«, forderte Helena ihren Bruder auf, während sie mit vereinten Kräften ihre Mutter ins obere Stockwerk schleppten und in ihr Bett legten.

Es dauerte nicht lange und der Medicus stürmte ins Zimmer. Sein hilfloses Kopfschütteln machte Helena noch verzweifelter.

»Bring mir Papier und Tinte, damit ich etwas aufschreiben kann«, wandte Mutter sich an Helena. »Ich glaube, es gilt, mit dem irdischen Dasein Frieden zu machen.«

»Was sagt Ihr da, Mutter! So dürft Ihr nicht denken. Morgen geht es Euch wieder besser.« Helena hoffte, dass sie Mutter damit Trost spenden würde, schickte eine Magd nach unten und ging mit Hans vor die Tür, während der Medicus bei ihr blieb.

»Ist es nicht eigenartig, dass sich deine Gattin gar nicht am Krankenbett sehen lässt? Wie sehr muss sie unsere Mutter verachten, dass sie sich überhaupt nicht um sie kümmert?«

»Lass Viktoria aus dem Spiel!«

»Es ist kein Spiel, Hans. Ich frage dich, warum du es erlaubst, dass deine Frau sich hier als Zugezogene so benehmen darf?« Hans wandte sich ab und schwieg.

»Der Medicus weiß keinen Rat mehr. Wir müssen mit dem Schlimmsten rechnen. Schick nach den Geschwistern!«, rief sie und ging wieder ins Zimmer.

Nach einigen Augenblicken kam Georg herein. »Lass uns für ein paar Minuten allein, Helena«, bat er sie.

Helena sah fragend zu ihrer Mutter.
Sie nickte.

»Es geht mit mir zu Ende, Georg, ich spüre es.« Anna stöhnte.

»Du bist geschwächt wegen des Aderlasses, den dir der Medicus verabreicht hat.«

»Ich weiß es besser, Georg. Sei so gut und gib mir ein Versprechen!«

»Ich will es tun, Anna. So wahr mir Gott helfe!«

»Ich sorge mich um das Gut, aber mehr noch um Helena und Raymund. Hans ist nicht zu helfen. Er wird alles tun, was seine Frau von ihm fordert. Daran wird das Gut zugrunde gehen. Aber Helena, Georg, sie ist in großer Gefahr. Sie steht wie wir, fest zu ihrem Glauben, das könnte ihr im Dorf zum Verhängnis werden. Die Leute sind unzufrieden, die Ernten sind schlecht, sie brauchen einen Schuldigen. Du kennst die Schmierereien an der Schlossmauer und die Drohungen des bayerischen Herzogs. Ich will es mir nicht vorstellen, aber im ganzen Land werden unschuldige Menschen denunziert. Hans wird für sie keinen Finger rühren. Raymund ist beim Altenstetter im protestantischen Augsburg gut aufgehoben. Ich bitte dich, Georg, halte schützend deine Hand über Helena und versprich mir, sie nicht aus den Augen zu lassen!« Anna atmete tief ein.

Georg nahm ihre Hand und versuchte, sie zu beruhigen. »Alles, was ich mit Gottes Hilfe leisten kann, werde ich tun, Anna!«

Es war der 23. Oktober, um die Mittagszeit, als er in den Schlosshof ritt. Während des langen Wegs hatte Raymund ununterbrochen an Mutter gedacht. Als der Bote in Augsburg die Nachricht von ihrem bedrohlichen Zustand überbrachte, hatte David ihm sofort ein Pferd satteln lassen. *Mutter war noch nicht einmal fünfzig und kerngesund.* Er konnte sich nicht vorstellen, dass sie eine schlimme Krankheit befallen hatte.

Kaum hatte er das Schloss betreten, kam Helena die Treppen heruntergestürmt und fiel ihm in die Arme, sie hatte Tränen in den Augen. »Endlich, mein Liebster! Ich habe so sehnsüchtig auf dich gewartet. Mutter geht es sehr schlecht, wir beten schon den ganzen Tag. Der Medicus war bis in den frühen Morgen bei ihr.« Sie umarmten sich lange. »Ich habe so lange stark sein müssen, ich bin froh, dass du endlich da bist.«

»Ich kann so lange bleiben, wie ich möchte.«

»Komm mit nach oben! Was soll ich nur machen, wenn Mutter stirbt. Dann bin ich hier ganz allein.«

Er küsste ihr die Tränen von den Augen und nahm sie an der Hand. Langsam gingen sie die beiden Stockwerke nach oben.

Er hatte Mutter länger nicht mehr gesehen, das Herz klopfte ihm bis zum Hals, und das nicht wegen der vielen Stufen. Schon am Treppenabsatz hörte er das Gemurmel der Betenden. Helena zog ihn in das Zimmer und Raymund spürte, dass der Geruch des Todes bereits in der Luft lag. Felizitas, Hans Jakob, Georg Mayer und noch ein halbes Dutzend Glaubensbrüder saßen auf Stühlen, die gegenüber dem Bett aufgestellt worden waren. Raymund begrüßte kurz seine Geschwister und setzte sich neben das Bett, nahm die Hand seiner Mutter und streichelte sie. *Wie fremd sie sich anfühlte.*

Mutter schlug die Augen auf. Sie konnte ihre Lider nur mühsam offen halten und war schweißgebadet. »Raymund«, flüsterte sie.

»Ich bin da.« Mehr brachte er nicht über die Lippen, seine stets so umtriebige und starke Mutter gebrechlich und schwach zu sehen, erschütterte ihn.

»Bist du von der Stadt heraufgekommen? Dank dem Altenstetter von mir, dass er dich hat kommen lassen. Ich muss dir und deiner Schwester etwas mit auf den Weg geben.« Sie hob mit größter Anstrengung die rechte Hand. »Lasst mich mit den Zwillingen allein«, hauchte sie.

Raymund sah zu Helena, die sich neben ihn an das Bett setzte.

Es vergingen einige Minuten, ehe die Anwesenden vor die Tür getreten waren und die Mutter wieder die Augen öffnete. »Meine Kinder, ich möchte euch, bevor ich dieses irdische Leben verlasse und zu eurem Vater in die Ewigkeit gehe, um Verzeihung bitten.« Das Sprechen fiel ihr sichtlich schwer; bei jedem Atemzug öffnete sie weit den Mund, als wenn sie die Worte damit greifen wollte. »Ich wollte es lange nicht einsehen, aber ihr beide gehört zusammen. Ihr habt meinen Segen, der Himmel beschütze eure Wege. Raymund, versprich mir, dass du dich um Helena kümmern wirst. Sei ein guter Mann und lebe mit ihr im Sinne Caspars. Das Dokument, das dir eine Heirat mit Helena ermöglichen wird, liegt dort auf dem Tisch.«

Raymund spürte ihren flehentlichen Blick. Er nickte stumm. Sie schien für einen kurzen Moment zu lächeln. Dann nahm Mutter seine Hand und legte sie in die von Helena. Er fühlte, wie in diesem Moment eine jahrelange Last von ihm genommen war, fühlte sich wie befreit von dem Bann, der ihn immer zurückgehalten hatte. Nun konnte und durfte er für Helena das sein, was sie für ihn war.

Doch dieser Augenblick währte nur kurz, denn Mutter zog Helena ganz nah zu sich heran. »Gift, Gift«, flüsterte sie, sodass sie beide es hören konnten.

Sie sahen sich erschrocken an.

»Was meint sie?«

»Hat Euch jemand Gift gegeben? Wer war es? Mutter, sagt es uns.«

Sie antwortete darauf nicht mehr, sog in einem keuchenden Atemzug Luft ein, bevor ihr Körper zitternd zusammenfiel und ihre Augen sich für immer schlossen.

»Mutter, Mutter, bitte, bitte geht noch nicht. Ich wollte Euch noch so viel sagen. Wer hat Euch vergiftet?« Helena wollte Mutter mit aller Kraft ins Leben zurückholen.

Raymund zog sie sanft in seine Arme. »Sie war uns eine gute Mutter, Helena. Wir können nichts mehr für sie tun. Aber wenn sie jemand vergiftet haben sollte, werde ich es herausbekommen.«

Raymund kam sich hilflos vor, als Helena sich verzweifelt über die Tote warf und Raymund ging den schweren Weg vor die Tür zu den Wartenden. »Die Herrin von Leeder ist soeben verschieden, betet für ihre Seele, aber lasst Helena ein wenig Zeit, sich von ihr zu verabschieden.«

40

Dillingen, Sankt Blasius* 1585

»Es gibt viel Arbeit, Paschalis! Geh hinunter zu Balbetta und hilf ihm die *Tamburi*** aus Augsburg auszuwerten, ich komme so lange allein zurecht.« Schon hatte sich der Kardinal wieder seinen Briefen zugewandt.

Paschalis konnte den eifersüchtigen Stotterer nicht leiden, seit der sich damals bei den rauschenden Festen der Santafiora unter die Gäste geschlichen hatte, um für den Inquisitor zu spionieren. Paschalis war klar, dass der dominikanische Jurist ihn als minderwertig betrachtete. Er spürte es an den abschätzigen Blicken. Natürlich konnte niemand verstehen, wie der Kardinal ausgerechnet ihn zu seinem Diener gemacht hatte und ihn so nahe an sich heranließ. Nun gut, auch Paschalis verabscheute Balbettas Art. Der kleine Speichellecker war im Gefolge des Kardinals nach Dillingen gekommen. Seiner Karriere als selbstverantwortlicher Jurist und Anwalt stand sein Sprachfehler im Weg. Allein dem Kardinal hatte er seinen Aufstieg zu verdanken und er betrachtete sich als dessen wichtigsten Ratgeber. Der Kardinal hatte das Potenzial des Juristen erkannt und ihn mit auf seine Mission genommen. Paschalis musste anerkennen, dass der Mann mit einer Kombinationsgabe, die staunen machte, zu den hellsten Köpfen im Land gehörte. Hier in Dillingen arbeitete er hinter den Kulissen, schrieb Anklagen, Urteile und juristische Abhandlungen. Was hätte Paschalis darum

* 3. Februar

** Kisten für anonyme Denunziationen. »Münder der Wahrheit«.

gegeben, wenn er wenigstens hätte stottern können, doch ihm blieb nur die Schiefertafel, wenn er sich mitteilen wollte. Widerwillig klopfte er an die Tür zu Balbettas Arbeitszimmer.

»Entrate!«

Paschalis trat ein.

»Hilf m… mir die Ki… Ki…«

Paschalis hatte sofort verstanden, hob die Kiste auf den Tisch und leerte sie aus. Er hasste jede Art von Denunziation, ganz besonders, wenn sie anonym geschah, und grinste in sich hinein, als er in das verdutzte Gesicht Balbettas sah. Zwei jämmerliche Zettel fielen auf den Schreibtisch.

»Und da… da… das aus Au… Augsburg! Drei… Dreißig Tage. Pro… Protestantenpack!«, schimpfte Balbetta und Paschalis hätte am liebsten laut gelacht.

Die Augsburger scheinen sich an die Weisungen des Domkapitels zu halten und versuchen, die Machenschaften Satans vor uns zu verstecken. Paschalis konnte sich noch lebhaft daran erinnern, wie der Kardinal den Dekan von Gemmingen zusammengefaltet hatte. Paschalis bewunderte ihn, war er doch neben Bischof Eglof der Einzige, der es gewagt hatte, dem Kardinal zu widersprechen. Paschalis konnte sich vorstellen, dass der Dekan alles tun würde, um Denunziationen im Keim zu ersticken, so mutig, wie er in Dillingen aufgetreten war.

»Du ka… kannst warten. Bin gl… gleich fe… fertig!« Balbetta faltete die Hände und betete still, dann fing er bedächtig an, die Papiere nacheinander aufzufalten. Beim Vorlesen war sein Stottern verschwunden:

»Wir kündigen dero hohem Gericht an, dass die Magd Barbara Lachner, derzeit in Diensten des Peutinger stehend, eine Hex sei, den bösen Blick wirft und schon dero manchem Mannsbild den Kopf verdreht hat. Sie sucht, verheiratete Männer zu verführen, und verzaubert sie alsdann, indem sie selbigen die Manneskraft raubt. Ihre Opfer findet die schändliche Person in der Kirche, wo sie ihnen scheinheilig auflauert.« Andrea Balbetta legte den ersten Brief mit einem Lächeln zur Seite.

Paschalis wusste, dass Balbetta allein entschied, ob die niedergeschriebenen Vorwürfe ausreichend waren, den oder die Beschuldigte festzusetzen und zu verhören, oder ob wegen Nichtigkeit von einer Weiterverfolgung abgesehen wurde. Der Inhalt deute darauf hin, dass eine verprellte Ehefrau sich für den Seitensprung ihres Mannes rächen wolle, erklärte Balbetta ihm. Für eine Anklage wegen Hexerei genügten ihm diese Anschuldigungen anscheinend nicht.

Balbetta entfaltete den nächsten Brief und las: »Der rothaarige Rehlinger steht mit dem Teufel im Bund. Er ist ein Büchsenmacher, der sich beim Alchemisten Altenstetter verdingt. Dieser wiederum bekennt sich zu keiner Religion, sondern treibt in den Wäldern sektiererische Handlungen. In seiner Werkstatt werden mit den Höllenmächten zusammen Freikugeln gegossen, die dorthin treffen, wohin sie der verdorbene und böse Wille ihres Besitzers zwingt. Die Schwester des Rothaarigen ist eine Hex. Sie haust mit ihrer Sippe auf einem Rittergut in Leeder. Dort verzaubert sie Mensch und Tier, reitet auf einem Besen über die Felder und lässt es blitzen, hageln und stürmen.«

Andrea Balbetta bekreuzigte sich, nahm seinen Federkiel, tauchte ihn in das mit schwarzer Tinte gefüllte Glas und schrieb mit kunstvoller Schrift die entscheidenden Lettern auf das gelbe Papier: *A. I. T.*

Paschalis wusste nur zu gut, wofür die drei Lettern standen: *ad inquisitionem transferendum.*[*]

---

[*] An die Inquisition zu übergeben.

»Bri… Bring es hoch zum Ka… Kardinal!«

Paschalis nahm den Brief.

Häresie, Ketzerei und eine Hexe! Der Kardinal wird von der Augsburger Ausbeute sehr enttäuscht sein, dachte er. *Wie ich ihn einschätze, wird er sich umso mehr auf diese Anklage stürzen.*

41

Augsburg, Februar 1585

»Ich möchte dir nicht zu nahe treten, David, aber wir hoffen auf dein Verständnis, dass wir uns dem Rechtshilfeersuchen aus Dillingen beugen mussten. Was hast du den Vorwürfen entgegenzusetzen?«

»Viel Ehr, viel Neid!«, antwortete der Goldschmied lächelnd.

Obwohl er selbst im Rat der Stadt einen Sitz einnahm, war David Altenstetter an diesem Tag gezwungen, sich den Fragen eines Gremiums zu stellen, das aus je zwei katholischen und zwei protestantischen Räten bestand, die er persönlich kannte. Der gefürchtete Inquisitor in Dillingen hatte dafür gesorgt, dass die Anschuldigungen gegen den Goldschmied untersucht wurden. Immer wieder unterstellte man ihm, in den Grenzbereichen des Wissens tätig zu sein und die gottgewollte Ordnung der Elemente infrage zu stellen. Altenstetters Werke waren von nie gesehener Schönheit, seine Darstellungen von Tieren und Vögeln in grotesken Formen suchten ihresgleichen. Man hatte ihm keine Zeit gelassen, sich auf das Verhör vorzubereiten, jedoch harrte Altenstetter in Gelassenheit der Vorwürfe, mit denen er konfrontiert werden würde. Nur allzu gut kannte er seine Rechte, wusste die Fallstricke klug zu umgehen und mit exzellentem Wissen zu überzeugen.

»Ihr habt bereits richtig erwähnt, dass ich weder protestantisch noch katholisch bin, aber nicht, um einer dritten Religion anzuhängen, sondern weil ich mich nicht entschieden habe, welche Art und Weise, dem Allmächtigen zu huldigen, meinen Präferenzen mehr zusagen. Ich bete täglich zu meinem Schöpfer, mich in dieser so wichtigen Frage nicht alleinzulassen. Keinem von Euch wird daran gelegen sein, wenn ich dereinst meine Entscheidung rückgängig machen und zugeben müsste, mich in der einen oder anderen Religion getäuscht zu haben. Darum bitte ich Euch in dieser so wichtigen Sache um etwas Geduld.« Der Goldschmied sprach mit einer Süffisanz, die den Grund seines Erscheinens fast ins Lächerliche zog.

»Zum zweiten Vorwurf, dass ich mich regelmäßig in den Wäldern vor der Stadt mit Gleichgesinnten zu kultischen oder sektischen Handlungen treffen soll, kann ich nur sagen, dass es sich wohl um einen Doppelgänger handeln muss. Ich fühle mich innerhalb der Mauern sicher und von Euren

Wachen wohl behütet. Mit dem Gesindel, das sich außerhalb der Mauern die Zeit vertreibt, möchte ich gefälligst nicht in Verbindung gebracht werden.« David Altenstetter war klug genug, um zu wissen, wie er den Ratsmitgliedern schmeicheln konnte.

»Der letzte Vorwurf, mein Geselle Raymund stehe mit dem Teufel im Bunde und gieße in meiner Werkstatt Freikugeln, ist so abwegig und absurd und offensichtlich auf dem Mist von Dummheit und Aberglauben gewachsen, dass ich mich wirklich wundern muss, wie Ihr, geschätzte Räte, dahinter nur einen Funken an Wahrheit vermuten könnt. Was ich Euch hingegen freimütig zu meinem Gesellen berichten kann, wird Euch vielleicht die richtigen Schlüsse in dieser Angelegenheit ziehen lassen. Raymund Rehlinger ist nicht nur ein kluger und begnadeter Büchsenmacher, der ohne mein Zutun einen Lauf für ein Kurzgewehr entwickelt hat, das in Sachen Treffsicherheit lange unerreicht bleiben wird. Er wird auch die Gesellenprüfung als Goldschmied mit den besten Bewertungen der Zunftmeister bestehen. Aber fragt selbst die Büchsenmacherzunft nach seiner Gesellenarbeit! Ansonsten könnt Ihr Euch davon beim nächsten Schießen auf der Rosenau ein Bild machen. So eine Waffe spricht sich natürlich schnell herum, gerade in einer Stadt wie Augsburg, wo ein Gerücht schneller ist als der Wind. Das hat bei der Konkurrenz Eifersucht geweckt und macht seine Waffe zu einem Objekt der Begierde. Missgunst und niedere Beweggründe haben mich und meinen Gesellen in Verruf gebracht. Mein Weib, meine Kinder und alle in meinen Diensten stehenden Personen pflegen in meinem Haus ein gottesfürchtiges und ehrenhaftes Leben, das keinerlei Anlass gibt, den haltlosen Vorwürfen anonymer Eiferer Glauben zu schenken. Deo gratias!«

Nur wer ganz genau hingehört hätte, dem wäre aufgefallen, dass sich der Goldschmied in seinem letzten Satz selbst ausgenommen hatte.

»Das Gremium zieht sich zur Beratung zurück«, entschied der vorsitzende Richter.

»Wir werden ein Schreiben nach Dillingen verfassen, das die Eindrücke wiedergibt, die wir in der heutigen Vernehmung gewonnen haben. Allerdings solltet Ihr Euch bald entscheiden, zu welcher Konfession Ihr gehören wollt, Meister Altenstetter. Ich will nicht, dass wir uns hier immer wieder wegen desselben Sermons sehen. Geht in Frieden Eures Wegs!«

42

Leeder, 13. April 1585

HELENA KAM IN das Kaminzimmer, wohin Hans sie bestellt hatte. Die Tradel und er hatten bereits am Tisch Platz genommen. Helena spürte die Stimmung, die in der Luft lag und nichts Gutes verhieß. Kaum dass sie sich gesetzt hatte, eröffnete Hans mit unfreundlichen Worten das Gespräch.

»Mutter ist nun ein halbes Jahr tot, und allmählich wird es auch für dich Zeit, Helena, an deine Zukunft zu denken und das Schloss zu verlassen. Ich werde dir und deiner Schwester den Rest eures Anteils auszahlen.«

Helena glaubte, nicht recht gehört zu haben. »Geht es euch nicht schnell genug? Könnt ihr nicht warten, bis Raymund sein eigener Herr ist und mich heiraten kann?«

Hans Jakob stand auf und lief um den langen Tisch herum. »Wovon träumst du eigentlich, Helena? Wach auf! Versteh endlich, dass diese Verbindung keine Zukunft hat und dich ins Unglück stürzen wird. Raymund ist ein Bastard, niemand kennt seine Herkunft. Du bist eine Rehlingerin und könntest unserer Familie mit einer profitablen Heirat wahrlich hilfreich sein, stattdessen vergeudest du dich an diesen Nichtsnutz.«

»Dieses Wort ist in diesem Haus noch nie gefallen. So etwas kann nur von dir kommen!«, rief Helena und warf einen bösen Blick auf ihre Schwägerin. »Und du, Hans, sprichst über Raymund, als wenn er ein Fremder wäre. Wir sind doch alle zusammen aufgewachsen, er war dein Bruder. Jetzt hast du nur noch Verachtung für ihn übrig. Aber ich weiß, woher das kommt.« Wieder blickte sie die Tradel an. »Was eine hilfreiche Heirat ist, das solltest du dir einmal selbst überlegen! Wenn du schon kein Gespür mehr hast für die Werte unserer Familie, dann lass dir eines gesagt sein: Du bist nur mein Bruder und hast mir nichts zu befehlen. Ich werde Raymund niemals verlassen und er mich nicht, merk dir das! Wo ist das Dokument, das uns Mutter auf dem Totenbett versprochen hat? Warum behältst du es bei dir?«

Einen Augenblick glaubte sie, Schuld in seinen Augen zu lesen, dann kehrte Kälte in seine Züge zurück.

»Hör mir gut zu! Das Dorf mit dem Schloss, Helena, gehört jetzt mir, und ich bestimme, wer hier wohnen darf und wer nicht! Mutter wollte dir mit diesem Schriftstück einen Gefallen tun. Sie treibt dich aber damit in deinen Untergang. Es schließt jeden Erbanspruch Raymunds aus. Macht euch auf die Suche nach seinen Eltern. Sollten sie das Pestjahr überlebt haben, was sehr unwahrscheinlich ist, dann müssten sie ihn als ihren Sohn anerkennen. Damit wäre er kein Rehlinger mehr und du könntest ihn heiraten. Das wird schwierig sein, da sich weder sein Vater noch seine Mutter in den letzten zwanzig Jahren um ihn gekümmert haben.« Helena wollte in dieser Sache noch eine andere Meinung einholen.

»Warum ist alles, was uns Geschwister so viele Jahre zusammengehalten hat, aus dir gewichen, Hans? Wo sind die liebenden und versöhnlichen Worte Caspars, die uns der Großvater und die Eltern mitgegeben haben? Aus deinem Mund spricht nicht mehr der Bruder, sondern die berechnende, eiskalte Zunge deiner Frau.«

Die Tradel hielt den Kopf gesenkt.

»Aber ich habe verstanden. Ich falle euch hier zur Last und ziehe aus dem Schloss aus. Wenn Mutter noch leben würde, würdest du dir das nicht erlauben. Es wird mir in Gottes Namen irgendjemand im Ort ein Dach über dem Kopf gewähren, und wenn ich Georg darum bitten muss, mich aufzunehmen.« Trotzig verschränkte sie die Arme und legte den Kopf in den Nacken. Sie genoss den kurzen Moment der Stille.

»Das ist noch nicht alles, Schwägerin!« Die Tradel zog sichtlich zufrieden ein Schreiben aus einer Mappe, an dem ein dickes rotes Siegel baumelte, und reichte es ihrem Mann.

»Ich bin als Verantwortlicher über das Gut von der hohen Gerichtsbarkeit des Bayernherzogs aufgefordert, mich wegen Duldung von Häresie und Ketzerei in meinem Herrschaftsbereich vor einem Tribunal in Schongau zu verantworten. Auch wenn es den Reichstagsgesetzen widerspricht und es zu keiner Anklage kommen wird, beschädigt dieser Vorwurf das Ansehen und die Reputation unserer Familie. Hier lies!« Mit einer abschätzigen Geste warf er ihr den Brief auf den Tisch.

»Bist du Mitglied der Reichsritterschaft oder nicht? Du hast dir weder von dem Bayern noch vom Bischof etwas sagen zu lassen! Ich werde niemals dem Schwenckfeldertum abschwören, denn darum geht es doch in dem Vorwurf. Häresie! Wir sind frei in unserer Religionsausübung. Das Dorf ist protestantisch und in unseren Herzen sind wir Schwenckfelder. Wer kann denn in unsere Seele blicken außer unser Herrgott? Wem haben wir denn diese Anschuldigungen zu verdanken?« Helena stand auf und ging nervös einige Schritte hin und her.

Hans zeigte mit dem Finger auf sie. »Unsere Familie steht seit vielen Jahren unter Beobachtung des Hochstifts und des bayerischen Herzogs. Sie berufen sich auf die hohe Gerichtsbarkeit. Immer wieder werden aus dem Dorf Briefe nach Augsburg und München geschickt, in denen es um nichts anderes geht, als das Dorf wieder unter Pfaffenherrschaft zu bringen. Du glaubst doch selbst nicht, dass sich dieser ganze Rummel um diese vermaledeiten Schwenckfelder, das Versteckspiel von Dutzenden Anhängern hier im Ort und die verbotenen Schriften noch lange verheimlichen lassen.«

»Wie sprichst du denn von Caspar? Du trittst das Andenken unserer Eltern, Gott hab sie selig, mit Füßen. Du verleugnest deine Herkunft und deinen Glauben. Schämen solltest du dich!« Helena bedachte zuerst ihn, dann ihre Schwägerin mit einem Blick tiefster Verachtung. Sie ballte die Hände zu

Fäusten, verließ das Kaminzimmer und hastete die Treppen hinauf. In ihrer Kammer angekommen schlug sie die Tür hinter sich zu. Nur zwei Menschen waren ihr geblieben, denen sie voll und ganz vertrauen konnte, Georg und Raymund.

Die Marianischen! Sie haben ihr Ziel fast erreicht. Sie wollen Raymund und mich vernichten. Hans macht den Eindruck, als wenn ihm das sogar gelegen käme. Er müsste als Reichsritter nicht einmal darauf reagieren, aber Hans ist nicht mehr er selbst. Seine Frau, diese falsche Schlange, hat ihn so weit gebracht! Es muss doch einen Ausweg geben!

Helena warf hastig ihre Kleider, Schuhe und Bücher in die Reisekiste. Das Ledersäckchen, in dem sich einige Münzen befanden, versteckte sie ganz unten. Einen mit einer Schnur umwickelten Stapel Briefe hielt sie voller Hingabe an ihre Brust, während sie flehentlich betete:

Herrgott im Himmel, steh uns bei! Lass deine treuen Diener in dieser schweren Not nicht allein. Das wird erst der Anfang sein; auch wenn Hans Caspar verleugnen sollte, werden sie nicht nachlassen zu bohren, bis das Gut wieder zum alten Glauben zurückkehrt.

Von der Kirche herüber verkündete die Glocke den Bauern das Ende ihres Tagwerks. Helena öffnete das Fenster und blickte hinunter auf den Hofgarten mit seinen Beeten, Hecken und den Stallungen mit ihren Tieren. Dort unten hatte sie mit den Geschwistern eine unbeschwerte und behütete Kindheit verbracht. Hinten im Gärtnerhaus hatte sie mit Raymund das Kleiderwegspiel gewürfelt, sie hatten sich nichts dabei gedacht, bis der Gärtner sie dabei erwischt hatte. Sie seufzte. Spätestens seit heute war dies alles vorbei. Sie musste von all dem Abschied nehmen. Karl würde sich um ihre Tiere kümmern. Erinnerungen waren alles, was sie würde mitnehmen können.

Wenn die Eltern nicht mehr da sind, ist man kein Kind mehr. Sie dachte an ihre Mutter, die viel früher als sie selbst hatte erwachsen werden müssen. Sie hatte ihre Heimat aufgegeben und in der Fremde neu begonnen. Helena blickte hinunter auf die Bank, auf der sie die Mutter zusammengekrümmt gefunden hatte. Ein Gedanke durchfuhr sie.

»Mutter, ich danke dir!«, rief sie, schloss das Fenster und rannte die Treppen hinunter. Ihr Bruder stand unten auf dem Treppenabsatz und hielt ihr das versprochene Schriftstück entgegen.

»Hier nimm, das hast du vergessen! Ich will damit nichts mehr zu tun haben. Glaub bloß nicht, dass es irgendetwas in deinem Leben einfacher machen wird.«

»Das lass meine Sorge sein. Ich habe alles gepackt, gib mir einen Kutscher und einen Wagen. Meine Sachen stehen oben im Zimmer. Du kannst deiner hochwohlgeborenen Gattin bestellen, dass sie mich nicht länger ertragen muss«, erwiderte sie spöttisch. »Und noch etwas: Sollte sie Mutter vergiftet haben, wird das nicht ungesühnt bleiben.« Sie wandte sich ab und lief hinaus, wo sie sich auf eine der Stufen setzte, wie sie es als Kind immer getan hatte.

43

Dillingen, Palmsonntag* 1585

Paschalis sass hinter dem Kardinal in der Frühmesse und fror. Es kam ihm vor, als würden die Winter jedes Jahr länger dauern und die Sommer immer kürzer werden in diesen verfluchten deutschen Landen. Dem Kardinal schien Kälte nichts auszumachen. Paschalis musste wie er die Nacht in ungeheizten Räumen verbringen. Er sehnte sich nach den Essenszeiten und den Stunden, in denen er in der Bibliothek arbeiten durfte. Dort war es warm. Seine Gedanken gingen immer öfter zurück nach Italien und seine Erinnerung an die Zeit bei der Santafiora verklärte sich. Immer öfter verfiel er in Tagträumerei, aus der ihn der Kardinal dann unsanft zurückholte. Wenn die Berechnung der Mönche von *San Paolo fuori le mura* stimmte, würde er an Ostern siebenunddreißig werden, die Hälfte seines Lebens. Kloster, Bordell, Inquisition. Nichts davon hatte er selbst gewählt. Die Freiheit zu wählen, bestand natürlich nur hypothetisch, doch was würde er mit ihr anfangen? Der Gedanke, sein Leben an der Seite des Kardinals bis zu dessen Ende verbringen zu müssen, erschütterte ihn von Tag zu Tag mehr. Dass es Gott gefallen sollte, was hier in seinem heiligen Namen geschah, glaubte Paschalis schon lange nicht mehr. Er empfand es bisweilen als Gnade, dass er stumm war und sich nicht auf eine Diskussion mit dem Kardinal einlassen konnte. Dutzende von Protokollen hatte er gelesen und an die Hofräte weitergeleitet, und längst wusste

* 14. April

er, dass die armen Geschöpfe unter der Folter die wildesten Anschuldigungen ersannen und in ihrer Verzweiflung immer mehr Unschuldige denunzierten. Hexenwahn erzeugte immer nur Hexenwahn, und nichts anderes. Es würde so lange weitergehen, nun, so lange bis der Kardinal …

»Paschalis! Hör auf zu träumen und begleite mich ins Refektorium!«

44

Konstantinopel, Frühjahr 1585

Orator Paul von Eitzing stand am offenen Fenster seines Offiziums und blickte hinüber auf die weißen Zinnen und glitzernden Kuppeln der Stadt, mit der er sich auch nach über einem Jahr nicht anfreunden konnte. Er entstammte einer ruhmreichen und angesehenen Familie aus dem Brixener Stiftsadel. Er liebte die Gemütlichkeit, die Ruhe und den Wein aus seinen eigenen Weinbergen. Der frühe Tod seiner Frau hatte ihn veranlasst, sich zu dieser diplomatischen

Mission überreden zu lassen, die turnusmäßig von den habsburgischen Grafen und Herzögen übernommen wurde. Er wollte auf andere Gedanken kommen, etwas Neues sehen und erleben. Wenn er ehrlich zu sich war, hatte er diesen Schritt bald bereut. Äußerlich hatte es nicht den Anschein, als wenn er sich über irgendetwas zu beklagen hätte. Als Orator unterstand er unmittelbar Kaiser Rudolf II., verdiente ein mächtiges Salär, war umsorgt von Beamten, Söldnern und Hauspersonal, die ihm fast jeden Wunsch erfüllten. Doch seine Gesundheit war angeschlagen. Der Kaiser hatte ihm erlaubt, seine Anwesenheit um zwei Jahre zu verkürzen, und er zählte bereits die Monate, die er hier im Deutschen Haus noch abzusitzen hatte. Der schöne Blick auf die Stadt täuschte über vieles hinweg. Ungeziefer, Skorpione und Schlangen waren eines der kleineren Übel, die jedermann in der Stadt zu ertragen hatte. Es war ihm zu laut, zu voll und zu grausam. Schon das laute Rufen des Muezzins, das fünfmal am Tag von allen Minaretten erklang, erfüllte ihn mit Unbehagen. Wie angenehm klang es ihm doch in den Ohren, wenn hier in der Stadt die christlichen Kirchen ihre Gläubigen mit dem Läuten der Glocke zum Besuch der Messe riefen. Religiöse Toleranz und Ungerechtigkeit führten ein eigenartig zwiespältiges Zusammenleben am Bosporus. Es war ihm unbegreiflich, wie verschwenderisch der Sultan sich zu manchen Gelegenheiten zeigte und welche Gier seine militärischen Führer an den Tag legten, wenn es darum ging, in den Grenzgebieten einzufallen, Mensch und Vieh zu rauben oder zu töten und alles in Schutt und Asche zu legen. Oft genug musste er mit ansehen, wie seine Landsleute in Ketten in die Stadt gebracht wurden, ausgemergelt und verwundet, sofern sie überhaupt lebendig ankamen und nicht ihre Köpfe auf Spießen getragen wurden. Und das Schlimme war, dass er als Orator kaum etwas für diese geplagten Kreaturen tun konnte. Selten schaffte es einer von ihnen ins Deutsche Haus. Auch die Sprache der Türken, ihre Sitten und ihre Religion waren ihm fremd geblieben. Ihr Rechtssystem, das schon bei geringsten Vergehen drastische Strafen vorschrieb, schockierte ihn immer wieder. So genügte ein einziger Zeuge, um beim Kadi ein Todesurteil zu erwirken. Er war sich mit seinen Beratern und Freunden einig darüber: Das Türkenreich stand am Abgrund, die Macht war zerbröckelt. Wesire, Marschalle, Muftis und Derwische hatten sich unter dem Sultan verselbstständigt. Oft genug zeigte sich, dass Murad III. die Zügel des Reiches nicht mehr in der Hand hielt. Wochenlang weilte er inkognito an der Universität von Prag, lud im Gegenzug Wissenschaftler, Astrologen und Mathematiker nach Konstantinopel ein, diskutierte tagelang abgeschottet mit ihnen, während seine Henker im ersten Hof des Palastes fast täglich in regelrechten Schlachtfesten die Köpfe rollen ließen und die weißen Marmorplatten blutrot färbten. Safiye, seine Favoritin, schien das Schicksal des Reichs zu lenken. Sie vertrat nicht nur den Sultan an der Hohen Pforte, sondern verhandelte mit Delegationen aus dem ganzen Reich, wobei sich viele Gesandte schwertaten, einer so hochgebildeten und sprachgewandten Frau gegenüberzustehen. Paul von Eitzing schätzte Safiye sehr. In der Tradition der westlichen Welt verwurzelt, hatte sie für seine Anliegen immer ein offenes Ohr. Mit ihr konnte er Italienisch sprechen, und selbst wenn sie verschleiert vor ihm stand, vertrat sie für ihn die abendländische Kultur, die er so sehr vermisste. Er sehnte sich nach seinem Landsitz, wo er in den Wäldern zu jagen pflegte, seine Bauern ihn mit allem Notwendigen versorgten und er in Ruhe und Beschaulichkeit das Leben genießen konnte. So oft es ihm möglich war, pflegte er Umgang mit Menschen aus den deutschen Landen, die sich hier in der Stadt niedergelassen oder aus welchen Gründen auch immer hierher hatten fliehen müssen. Es klopfte an die Tür.

»Hochwürdigster Herr, ein Kettensklave aus dem Bagno wünscht untertänigst, vorgelassen zu werden. Vielleicht wird es besser sein, wenn Ihr ihn nicht hereinlasst, sondern unten im Hof mit ihm sprecht, er stinkt nämlich ganz erbärmlich nach vergammeltem Fisch.« Sein Adjutant, stets um sein Wohl besorgt, rümpfte die Nase.

»Ich werde mir den Knaben anschauen, danke, Volko!« Paul von Eitzing folgte seinem Adjutanten umgehend hinunter in den Hof des ehemaligen Klosters, in dem das Deutsche Haus untergebracht war.

Ein türkischer Aufseher stand breitbeinig im Sand des Kreuzgangs und hielt eine auf Knien liegende, nur noch aus Haut und Knochen bestehende Gestalt an einer Kette wie einen Hund.

»Um des Herrn willen, wie siehst du denn aus?«, fragte Eitzing den Gefangenen.

»Euer Gnaden, bitte helft mir. Ich bin Alfons Pauli, komme aus Tupfing bei Augsburg und habe den Wärter bestochen, dass er mich zu Euch bringt. Ich soll einen Mann suchen, deshalb hat man mich zu den Türken geschickt. Doch Piraten haben mich gefangen genommen und als Sklaven verkauft. Ich wüsste nicht, wer mir in dieser gottverlassenen Stadt noch helfen könnte.«

»Gebt dem Mann etwas zu essen und frisches Wasser«, ordnete der Orator an und gab dem Aufseher ein Zeichen, ihn aufstehen zu lassen. »Wie heißt denn der Mann, den du suchen sollst?«

»Heinrich Lauber.« Er drehte sich um und zog das Hemd über den Rücken.

Paul von Eitzing las die drei in die verschrumpelte Haut eingestochenen Worte. *VENI STERMINIO SUPERFUIT.*

»Komm, durch das Verderben hat er überlebt? Damit weiß ich nichts anzufangen«, sagte er, »und kenne auch keinen Menschen mit dem Namen Lauber. Aber sag mir, warum man dich in Ketten gelegt hat?«

Alfons Pauli sank in sich zusammen. »Ihr wart meine letzte Hoffnung! Nun ist alles aus und ich werde meine armen Kinder nie mehr wiedersehen.«

»Es gibt immer mehrere Wege, darunter ist oft auch ein Ausweg. Jetzt erzähl mir erst einmal deine Geschichte.« Paul von Eitzing ließ ihn auf einer Bank Platz nehmen.

»Mein Leid hat damit angefangen, dass die Felder, die ich in Leibeigenschaft für den Bischof von Augsburg als Lehen bewirtschaften durfte, nichts mehr abgeworfen haben und der Landverweser mir alles genommen hat, was uns an Getreidevorräten hätte über den Winter bringen können. Wir haben uns wochenlang nur noch von Ziegenmilch und Brot ernährt. Eines Nachts haben mich eine Handvoll Straßenräuber aus dem Schlaf geholt und mir einen Gulden versprochen, wenn ich sie vor den Truppen des Herzogs verstecke. Sie hatten die Kutsche des Bischofs überfallen, die mit einer Truhe voller Geld auf dem Weg nach Rom war, und waren auf der Flucht. Ich habe sie zwei Tage und Nächte in meiner Tenne untergebracht. Weil wir nichts mehr in den Vorratskammern hatten, musste ich in die Stadt und ein Fass Rotwein einkaufen, dazu Brot und Lebensmittel, denn die Bande war hungrig und wollte mir schon meine Ziege schlachten. Irgendjemand hat dann wohl Lunte gerochen und der Obrigkeit einen Hinweis gegeben. Am vierten Tag wurde der ganze Hof von einem Heer von Soldaten umstellt. Sie haben die Bande gefangen genommen und mich dazu. Alles Jammern und Erklären half nichts mehr.« Er schluckte, stockte und sah aus dem Augenwinkel, dass seine Geschichte auf fruchtbaren Boden gefallen war.

»In Augsburg wurde mir und den Räubern der Prozess gemacht. Das Urteil war für alle der Tod durch das Schwert. Da kam ein reicher Arzt zu mir ins Gefängnis und hat mir angeboten, mich freizukaufen. Als Gegenleistung sollte ich dafür ins Türkenland bis nach Konstantinopel reisen und einen gewissen Heinrich Lauber suchen, der seit über zwanzig Jahren verschollen ist. Zum Zeichen, dass ich ihn getroffen habe, solle er mir Monas Rose mitgeben. Ich weiß immer noch nicht, was das alles zu bedeuten hat, aber in meiner großen Not willigte ich ein. Dann brachte man mich zu einem Tätowierer, der mir diese Nachricht eingestochen hat, und ich war frei. Ich lief nach Venedig und habe mich einem tripolitanischen Kapitän anvertraut, der mich mit nach Konstantinopel nehmen wollte. Wir wurden von Piraten überfallen, die uns alles Hab und Gut abgenommen haben. Dann haben sie uns auf dem Sklavenmarkt verkauft. Seitdem arbeite ich tagsüber auf dem Fischmarkt und muss des Nachts mit Ratten, Schlangen und Ungeziefer meinen Strohsack teilen.«

Paul von Eitzing atmete tief durch: »Ich werde in der Stadt Nachforschungen anstellen lassen über diesen Heinrich Lauber, ich will dir aber keine großen Hoffnungen machen. Zwanzig Jahre sind eine zu lange Zeit. Jedoch wer das überlebt, der muss hier mächtige Freunde und Helfer haben. Einen Versuch ist es wert. Außerdem werde ich dich aus der Versklavung freikaufen. Meine Zeit als Orator soll im Sommer des nächsten Jahres zu Ende gehen. Ich kann dir anbieten, mit meiner Delegation zurück in die Heimat zu reisen und bis dahin im Deutschen Haus zu wohnen. Du hättest als freier Mann viel Zeit herumzufragen und deine Mission zu erfüllen.« Der Orator drückte dem gelangweilten Aufseher, der kein Wort verstanden hatte, eine Münze in die Hand, Alfons Pauli machte sich indessen über ein Tablett voller Früchte und Gebäck her, das ihm der Adjutant auf die Knie gestellt hatte.

»Habt tausend Dank für Eure Güte, Exzellenz, ich werde Euch diese Hilfe nie vergessen, vom Feinsten!«

»Ist schon gut, Pauli. Volko kümmert sich um die Sache!« Er verabschiedete sich von Alfons Pauli. Er mochte diesen Kerl irgendwie leiden. Er schätzte es sehr, wenn schnörkellos und ehrlich geredet wurde. Vielleicht würde er ja diesen Lauber irgendwo finden. Zufrieden ging er zurück in seine Amtsräume.

45

Augsburg, 16. April 1585

Raymund jubelte. Er hatte es mit Marco zusammen geschafft. Die Apparatur, die die beiden mit Davids Erlaubnis gebaut hatten und mit der nun ein Ziehmesser durch den

Laufrohling gezogen wurde, lieferte brauchbare Ergebnisse. Dazu hatten sie den Stahl in der Esse auf eine Temperatur gebracht, die das Metall gerade noch stabil hielt. Genau eine Elle lang war der Klemmbock, in den sie das Rohr eingelegt hatten, um es dann mit einer daran befestigten Kurbel zu durchbohren. Die beiden standen überglücklich an ihrem Gerät und musterten das fertige Rohr mit den Windungen im Inneren. Immer wieder drehte Raymund das Werkstück und schaute von beiden Seiten hindurch.

»Gut gemacht, Marco! Nächstes Jahr ist es so weit! Dann werde ich mit der neuen Pistole auf die Rosenau ziehen, als Gewinner vom Platz gehen und dann verlassen wir Augsburg in Richtung Italien.«

Marco grinste breit und nickte, als sich die schwere Werkstatttür öffnete und Bruder David einen Besucher hereingeleitete. Der knochendürre, große Mann war in vornehmes Schwarz gekleidet und trug kaiserliche Insignien.

Raymund und Marco ließen David mit dem Gast allein und gingen in den hinteren Raum, wo sich die Schmiede und die großen Maschinen befanden, von wo man nichts sehen, aber alles hören konnte. Raymund wusste, dass es sich nicht gehörte, aber er lauschte trotzdem.

»Seid willkommen in meinem Haus, Geizkofler! Wenn Zeit keine Rolle spielt, können wir gern über einen Auftrag verhandeln.«

»Ich komme in hochoffizieller Mission aus Prag, und es ist der ausdrückliche Wunsch Seiner Hoheit des Kaisers, und diesem werdet Ihr Euch doch wohl kaum widersetzen wollen, Meister Altenstetter!«

»Ein Geschenk des Kaisers an den Sultan, reich verziert mit Gold und Silber, das lasse ich mir ja noch gefallen. Aber warum soll ich das Präsent eigenhändig überbringen?«

Raymund hörte schon an Davids Tonfall, dass dieser wenig angetan war von dem neuerlichen Anliegen Rudolfs II.

»Betrachtet es als Wertschätzung und als besondere Auszeichnung Eurer Person und Eurer Kunst, zu den wenigen Auserwählten im Reich zu gehören, die der Kaiser mit solchen Privilegien ausstattet. Es ist viel mehr als eine Geste. Der Sultan persönlich, dessen Hang zu Kunst und Wissenschaft bekannt ist, möchte Euch die Ehre erweisen. Die Delegation wird vom neuen Orator Doktor Bartholomäus Pezzen angeführt werden. Hochrangige Beamte des Reiches, Wissenschaftler, Handwerker und eine Hundertschaft Küchenpersonal und Bedienstete begleiten den Tross. Für die Sicherheit sorgt eine Kompanie bewaffneter Reiter. Es wird Euch an nichts mangeln.«

»Das alles zusammen mit den Geschenken für einen Sultan, dessen wilde Horden das Land mit Mord und Brandschatzung überziehen und die Freiheit des christlichen Abendlandes bedrohen.«

»Ihr habt nur teilweise recht, Altenstetter. Es stimmt schon, dass es immer wieder zu Übergriffen an den Grenzen kommt. Das sind aber nur regionale Scharmützel; die Grenzlinie verschiebt sich zwar hin und her, das Reich bleibt aber davon mehr oder weniger unberührt. Das ist allerdings nur die eine Seite der Medaille. Die viel wichtigere Seite ist, dass der Friedensvertrag des Reichs mit der Hohen Pforte nicht nur die territoriale Unversehrtheit des Heiligen Römischen Reiches vor den heidnischen Horden regelt, sondern auch die Häfen und Seewege von der Levante bis hinüber nach Palästina für uns offen hält und vor Überfällen schützt. Die jährlichen Friedensgeschenke sind nun einmal ein für den Sultan wichtiger Teil des Abkommens. Ihr würdet durch Eure Mithilfe einen unschätzbaren Beitrag für die Stabilität und die Freiheit des Reiches leisten. Schließlich kleidet Ihr Euch nicht in Hanflumpen, sondern tragt edles Seidengewirk, das die Venezianer aus dem Morgenland beziehen und das über dieselben Handelswege zu uns gelangt, deren Sicherheit durch diese Aktion gewährleistet wird.«

»Der redet ja wie ein Wasserfall«, flüsterte Marco und Raymund nickte.

»Auch wenn ich Euch jetzt verspreche, dass ich darüber nachdenken werde, Geizkofler, Ihr könnt mich aber doch nicht dazu zwingen, Haus, Hof und Werkstatt für ein ganzes Jahr allein zu lassen, denn so lange wird die Reise ja wohl mindestens dauern.«

»Ihr habt doch tüchtige Gesellen und Mitarbeiter, denen Ihr vertrauen könnt! Bereitet in der verbleibenden Zeit alles gut vor, denn die Schiffe sollen erst im Herbst nächsten Jahres von Augsburg aus aufbrechen. Ich habe für meinen Teil die Wichtigkeit dieses Unternehmens bei Euch deponiert. Enttäuscht den Kaiser nicht, Altenstetter, und er wird Euch sicherlich noch bei vielen weiteren prunkvollen Aufträgen berücksichtigen. Und vergesst nicht: Ihr seid damit in den Kreis der erlesensten und gefragtesten Meister Eurer Zunft aufgestiegen. Untergebenster Diener, so darf ich mich empfehlen!« Raymund und Marco warteten so lange, bis sie sicher sein konnten, dass Geizkofler die Werkstatt verlassen hatte. David schien in Sorge.

»An welches besondere Geschenk für den Sultan habt Ihr denn gedacht? Ich hätte da einen guten Vorschlag zu machen«, sagte Marco zu David, der sich auf seinem Stuhl niedergelassen hatte und mit verschränkten Armen durch das große Fenster starrte.

»Habt wohl der Unterredung gelauscht? Ihr beiden Tunichtgute! Eine Waffe mit eurem neuen Lauf vielleicht?

Daran denkst du doch bestimmt, Marco? Nein. Das schlagt euch aus dem Kopf. Ich werde sicherlich nicht unsere Errungenschaften den Türken preisgeben. Ich mache dem Sultan ein von Gold und Silber blinkendes Schmuckkästchen oder ein emailliertes Besteck zum Geschenk oder sonst irgendetwas, das gut und teuer ist. Eine Waffe wird er von mir auf keinen Fall bekommen.«

Marco drehte sich zu Raymund, machte ein langes Gesicht und verschwand eilends wieder zurück an seinen Arbeitsplatz.

»Das hätte ich dir gleich sagen können, dass er von diesem Vorschlag wenig begeistert sein wird«, bemerkte Raymund und zog sich in die Schmiede zurück.

Müde, aber zufrieden hatte er es sich nach diesem anstrengenden Tag auf seinem Bett gemütlich gemacht. Es war gerade noch so hell, um den Brief von Helena zu lesen, den ihm Marco auf seine Truhe gelegt hatte. Schon nach den ersten Worten hielt er erschrocken inne und setzte sich aufrecht hin. Immer wieder überflog er die Zeilen, die Helena in großer Eile geschrieben haben musste.

... Hans mich gezwungen hat, das Schloss zu verlassen, weil er sich am 30. des Monats in Schongau einer Anhörung wegen Ketzerei, die mir vorgeworfen wird, zu stellen hat. Ich soll zudem Caspar verleugnen. Ich glaube fest daran, dass ich das den Marianischen zu verdanken habe. Von Hans kommt keine Hilfe mehr, seine Frau Viktoria Tradel, die falsche Schlange, hat ihn so weit gebracht, dass ich ihn nicht mehr als meinen Bruder erkennen kann. Ich muss weg aus Leeder und fahre nach Ettringen zur Els, von der sich schon

unsere Mutter Rat und Hilfe geholt hat. Mein allerliebster Bruder, Freund und Geliebter, ich brauche Dich dringender als jemals zuvor. Ich habe große Angst. In Liebe Helena

Helena, um des Himmels willen, mein armes Mädchen. In Raymunds Kopf zuckten die Gedanken wie Blitze. Das Wort Angst hatte er noch nie aus ihrem Mund gehört. Jetzt brauchte sie dringend seine Hilfe. *Vor allem muss David in die Sache eingeweiht werden. Der wird mir sicherlich ein Pferd zur Verfügung stellen. Aber ein Aufbruch vor Tagesanbruch wäre viel zu gefährlich. Und wohin soll ich reiten? Nach Schongau? Nein, Hans wird seinen Kopf bei der Anhörung sicherlich aus der Schlinge ziehen. Aber ich kann keinesfalls zusehen, wie Helena in die Mühlen der Justiz gerät. Das Versteck in Ettringen wird sicher für einige Zeit ungefährdet sein. Irgendetwas muss geschehen.*

46

Augsburg, drei Tage vor Sankt Georg* 1585

Otto hastete in den Dom. Ein Bote hatte ihm die Nachricht überbracht. Er wies den Kastellan an, die Sterbeglocke zu ziehen und dann das Viertel einer Stunde groß zu läuten. Nur wenn etwas Umwälzendes geschehen war, rief das große Geläut an einem Montagvormittag zum Gebet. Er setzte sich auf seinen Platz im Chorgestühl. Seine Gebete waren nicht erhört worden. *Was willst du mir damit sagen, mein Gott?*, fragte er immer wieder. Während die Menschen neugierig in den Dom drängten und um ihn herum die Mönche das »de profundis« anstimmten, fühlte es sich für ihn an, als wäre eine weitere Schlacht im Kampf gegen den Inquisitor verloren gegangen. Sicherlich hatte der Papst seinen Brief gar nicht mehr gelesen, womöglich würde ihn erst sein Nachfolger öffnen, und wer weiß, auf welcher Seite der neue Pontifex stand. Er hatte bis zuletzt auf ihn gehofft, auf seinen fortschrittlichen Professor, seinen Mentor und Lehrer – umsonst. Leider hatte auch Ugo Boncompagni, Gregor XIII., sein vernünftiges und menschliches Denken den Verführungen der Macht geopfert. Als die *Dies-irae-Sequenz*** zu Ende war, stand Otto auf und stellte sich in die Mitte des Kirchenschiffs. »Mit Schmerz und Trauer muss ich euch die traurige Nachricht überbringen, dass Seine Heiligkeit Papst Gregor XIII. tot ist«, verkündete er mit brüchiger Stimme. »Betet für ihn und die heilige Kirche.«

---

* 23. April

** Teil des Requiems.

§ 23. Es soll auch kein Stand den andern noch desselben Unterthanen zu seiner Religion dringen, abpracticiren oder wider ihre Oberkeit in Schutz und Schirm nehmen noch vertheydingen in keinen Weg. Und soll hiemit denjenigen, so hiebevor von Alters Schutz- und Schirmherrn anzunehmen gehabt, hiedurch nichts benommen und dieselbige nicht gemeynet seyn.

Augsburger Religionsfrieden 1555

47

Schongau, ein Tag nach Sankt Markus* 1585

Der etwas untersetzte Hanns Friedrich Hörwarth von Hohenburg war ein treuer und unbeirrbarer Verfechter des alten Glaubens. Der promovierte Jurist hatte vor wenigen Wochen in Schongau seinen Dienst als Stadt- und Landrichter von Herzog Ferdinands Gnaden angetreten. Ein, wie er hoffte, gemütlicher Ort, an dem die Welt noch in Ordnung war.

Weil der Augsburger Bischof in Dillingen, zu dessen Territorium das Land zwischen Lech und Iller gehörte, zwar anklagen konnte und bei jedem Prozess geistliche Beobachter abstellte, die blutige Arbeit der Verhöre, Torquierungen und Hinrichtungen aber den weltlichen Instanzen überließ, war Hörwarth der verlängerte Arm der Regierung in München. Die Dörfer und Güter, die zu seinem Territorium gehörten, waren bis auf wenige Ausnahmen katholisch. Einer dieser Schandflecke, wie er diese protestantischen Dörfer nannte, war das Rittergut Leeder. Freie Konfessionswahl und niedere Gerichtsbarkeit machten den Ort von außen schwer angreifbar. Heute jedoch war es etwas anderes: Der Gutsherr selbst musste einer Vorladung nach Schongau Folge leisten, denn es ging um den Verdacht eines Malefizverbrechens, das in seinem Herrschaftsbereich zur Anzeige gebracht worden war. Hörwarths Vorgänger hatte lange auf eine Gelegenheit gewartet, endlich den Verantwortlichen für

* 25. April

diese Brutstätte des Ketzertums zur Rede stellen zu können. Die göttliche Vorsehung hatte ihm nun diese Möglichkeit eröffnet, da gegen ein Familienmitglied der Rehlinger eine anonyme Anklage bei der Inquisition eingegangen war und das förmliche Verfahren in diesem Fall eine Anhörung des zuständigen Territorialherrn vorsah.

Im Rathaus hatte Hanns Hörwarth zwei Vertreter des inneren Rats der Stadt, Pater Coelestis, einen in Hexenprozessen erfahrenen Dominikaner aus Dillingen, seinen dominikanischen Kollegen und seinen Gerichtsschreiber Ulrich Krampf versammelt. Hörwarth hatte gerade die Vorwürfe gegen den Rehlinger verlesen, als Pater Coelestis ihn mit einer Handbewegung unterbrach.

»Warum so zimperlich, Herr Richter? Schickt Eure Büttel nach Leeder und lasst die Beschuldigte herschaffen. Wenn es um Hexerei und Häresie geht, sollte in Schongau unerbittlich nach der Cautio Criminalis verfahren werden. Und das bedeutet, bei Uneinsichtigkeit das strenge Verhör anzuwenden.« Der Wortführer der beiden Mönche blickte Zustimmung heischend in die Runde.

»Geht es euch Dominikanern wieder nicht schnell genug? Merkt Euch, Pater, dass jede Anwendung einer peinlichen Befragung der Genehmigung aus München bedarf. Ich leite das Verfahren und lasse mir nur ungern von Euch in meine gesetzlichen Vorgaben pfuschen. Der Rehlinger soll zu den Vorwürfen gehört werden, zumal er von vornehmem Geschlecht und ein Spross des Augsburger Bürgertums ist. Immerhin vertritt er die niedere Gerichtsbarkeit. Das Gericht entscheidet dann über weitere Schritte.«

Der Dominikaner rümpfte die Nase. »Weder Stand noch Ansehen der Person dürfen die Wahrheitsfindung beeinflussen. Ich möchte nochmals betonen, dass der Vorwurf so schwerwiegend ist, dass dringend Zeugen vernommen werden müssen. Das Verfahren wird so nur unnötig verschleppt. Es geht darum, das Böse auszurotten, das sich offensichtlich hier eingenistet hat. Wenn Ihr Milde walten lasst, macht Ihr Euch selbst mitschuldig.« Pater Coelestis presste die Lippen zusammen, legte die rechte Hand auf den Tisch und trommelte ungeduldig mit seinen Fingernägeln.

»Das Ziel ist, und hier stimme ich mit Eurem obersten Dienstherrn überein, verehrter Coelestis, nicht die Verurteilung einer einzelnen Hexe, sondern die Rückkehr des ganzen Orts in den Schoß der katholischen Kirche. Ihr mögt in Dillingen in Hexensachen mehr Erfahrung haben, hier wird streng nach dem Gesetz und den Vorgaben gehandelt.«

Die beiden Räte nickten zustimmend. Ulrich Krampf, der Stadtschreiber, tauchte immer wieder seine Feder in das Tintenfass und hatte Mühe, die gefallenen Worte in dieser Schnelligkeit auf sein Papier zu bringen.

»Darum ersuche ich die verehrte hohe Geistlichkeit dringend, sich bei der bevorstehenden Befragung zurückzuhalten.«

»Habt Ihr nicht davon gehört, dass im Falle einer Verurteilung das gesamte Vermögen dem Landesherrn zusteht, das wäre doch ein Argument, den Rehlinger nicht mit Samthandschuhen anzufassen.«

»Sehr wohl, Pater! Ihr schaut zuerst, wo etwas zu holen ist, und daraufhin fällt Ihr Euch ein Urteil. Ein nicht gerade christliches Vorgehen, meint Ihr nicht auch?«

Pater Coelestis tuschelte kurz mit seinem Kollegen, strich sich über seinen weißen Habit und lehnte sich dann sichtbar angesäuert zurück. Demonstrativ verschränkte er die Arme vor sich.

»Sind wir uns darin einig?«

Die beiden Räte nickten untertänigst, Hörwarths Blick auf die weißen Mönche blieb unbeantwortet. »Man bitte den Herrn Rehlinger herein!«

Hans Jakob Rehlinger wusste stets mit seinem Äußeren zu beeindrucken. Sein Auftritt war nicht der eines Bauernfürsten. Mit seinem samtenen blauen Rock, zweifellos aus Italien, und dem reich bestickten Wams mit weißem Kragen weckte er das Bild eines noblen und weit gereisten Edelmanns.

»Gott zum Gruß, meine Herren«, warf er den Anwesenden laut entgegen und bereits unter der Türschwelle zerfiel das Vorurteil der Versammelten, man habe es mit einem simplen Landjunker zu tun.

»Er trägt jedenfalls nicht das einfache Gewand eines Protestanten«, stichelte Krampf leise, sodass Coelestis es gerade noch hören konnte.

Richter Hörwarth bat den Rehlinger, an einem kleinen Tisch Platz zu nehmen, der in gebührender Entfernung vor der langen Tafel aufgestellt war, und eröffnete die Befragung mit der Aufnahme der Personalien.

»Nicht zum ersten Mal haben sowohl die hochstiftisch-bischöfliche Regierung in Dillingen als auch den bayerischen Herzog als Landesherrn Klagen aus Eurem Herrschaftsbereich erreicht, die ernsthafte Zweifel aufkommen lassen über die Einhaltung der Reichstagsgesetze von 1555«, begann Hörwarth. »So wurde immer wieder über sektische Handlungen, ketzerische Schriften und eine unbekannte Zahl von Häretikern berichtet, die sich in Eurem Ort aufhalten sollen. Außerdem sind Eure Vasallengelder gegenüber dem Herzog ausständig. Eine anonyme Anzeige gegen Eure Schwester, Helena Rehlinger, wegen Hexerei und Teufelsbuhlschaft, laut Cautio Criminalis ein Malefizverbrechen, hat uns ermächtigt, Euch zu diesen Vorwürfen zu befragen.«

Hans Jakob Rehlinger richtete sich zu seiner beeindruckenden Größe auf.

»Verehrtes Gericht! Kraft meines Amtes als rechtmäßiger Besitzer des Guts Leeder, als Verantwortlicher über meine Untertanen, deren Konfession und der niederen Gerichtsbarkeit erkläre ich: Seit dem Jahr des Herrn 1527 befindet sich das Gut unter protestantischer Herrschaft und wurde in der Familie von meinem Großvater an meinen Vater weitergereicht und vor nunmehr vier Jahren mir anvertraut. Ich beschäftige nicht nur einen lutherischen Geistlichen, sondern erlaube die in der Bevölkerung seit Menschengedenken abgehaltenen Prozessionen, Flurumgänge und Segnungen von Haus, Feld und Vieh der Altgläubigen. Dies zur Einhaltung des Augsburger Religionsfriedens. Die Anstellung eines Schulmeisters schon vor vielen Jahren trägt nun dergestalt Früchte, dass selbst in einfachen Bauernstuben Luthers deutsche Bibel gelesen wird. Die regelmäßige Zusammenkunft von Menschen, die über Gottes Wort und seine Umsetzung sprechen, kann wohl kaum als Sektierertum betrachtet werden. Ein gutes und tolerantes Gemeinwesen spricht sich schnell herum und wirkt anziehend auf viel Volk, das auf der Suche ist und bei uns Aufnahme findet. Was meine Schwester Helena betrifft: Sie hat das Gut verlassen und befindet sich an einem mir unbekannten Ort. Die Vorwürfe gegen sie sind frei erfunden und haben wohl mit der Unzufriedenheit einer kleinen religiösen Gruppe zu tun, die ich im Dorf dulde. Und dem Wetter, denn die Erträge auf den Feldern werden immer schlechter. Viele meiner Bauern leiden unter den kalten Sommern und suchen für jedes Unglück einen Schuldigen. Da Helena im Pestjahr 1563 geboren wurde, musste sie wohl wieder einmal als Sündenbock herhalten. Die Nachlässigkeit bezüglich meiner Zahlungen an den Herzog bitte ich zu entschuldigen und begleiche sie hiermit persönlich.« Er nahm einen Beutel aus dem Rock und legte ihn vor dem Richter auf den Tisch.

Pater Coelestis stand auf. »Dem Wetter geschuldet! Mir kommen fast die Tränen ob dieser rührseligen Geschichte, Rehlinger! Ich glaube, Ihr seid Euch gar nicht bewusst, worum es hier eigentlich geht. Die Anklage lautet auf Häresie, ja, Ihr habt richtig gehört! Werden in Eurem Ort unerlaubte Bücher gelesen? Finden außerhalb der Gottesdienste Zusammenkünfte statt, die dem Reichstag von 1555 widersprechen? Treibt es Eure Schwester gar mit einem Teufel?«

»Setzt Euch und erlaubt mir, darauf hinzuweisen, dass immer noch ich die Fragen stelle, Pater!«, fuhr Hörwarth dazwischen und wandte sich an den Rehlinger. »Der bayerische Herzog und der Bischof von Augsburg kämpfen gemeinsam gegen religiöse Abweichler. Es ist kein Geheimnis, wenn ich Euch verrate, dass das Land, in dem Euer Großvater den protestantischen Glauben eingeführt hat, seit der Missionierung durch Bonifatius katholisch war. Das protestantische Nest, in dem Ihr es Euch gemütlich gemacht habt, wird nicht von langer Dauer sein.«

»Ich bin gezwungen, Euch zu widersprechen, Herr Richter. Wir leben strikt nach den Vorgaben, und das habt Ihr und unser Landesherr, auch wenn es ihm nicht gefallen mag, zu akzeptieren.«

»Wie Ihr wollt, Rehlinger! Wenn Ihr uns die Kooperation verweigert, dann werden wir aus der Anhörung ganz schnell eine Anklage machen. Es gibt eine Handvoll Leute in Leeder, die nur allzu gern gegen Euch und Eure Schwester aussagen würden. Ich lasse nach ihr suchen und schicke Euch die Inquisition ins Dorf. Wollt Ihr das wirklich?«

Hans Rehlinger zog die Augenbrauen in die Höhe, ansonsten war ihm nicht anzusehen, ob ihn diese Drohung getroffen hatte.

»Uns ist zu Ohren gekommen, dass sich in Eurer Ortschaft Anhänger der Schwenckfeldersekte aufhalten. Diese Leute zu beherbergen, steht im Widerspruch zu den Reichstagsgesetzen, zu deren strikter Gefolgschaft Ihr Euch eben bekannt habt. Entspricht dies der Wahrheit? Geschieht dies unter Eurer Duldung?« Der Richter beugte sich bedrohlich nach vorn, doch Hans Rehlinger schien unbeeindruckt.

»Verehrtes Gericht! Glaubt Ihr ernsthaft, dass meine leibeigenen Bauern, die unter meinem Schutz stehen, deren Kinder von meinem Schulmeister unterrichtet und von meinem Bader behandelt werden, gegen mich aussagen werden? Es ist wohl richtig, dass sich Caspar Schwenckfeld vor fast dreißig Jahren für einige Monate im Dorf versteckt gehalten hat. Sicherlich ist die Erinnerung an diese Zeit in manchen Köpfen noch lebendig. Inzwischen ist aber der Alltag einer protestantischen Gemeinde eingekehrt, die gottesfürchtig die Gebote hält und jeden Sonn- und Feiertag das Evangelium hört. Und ist nicht die Heilige Schrift unsere gemeinsame Richtschnur?« Der Befragte griff in eine lederne Mappe, die er vor sich auf den Tisch gestellt hatte, und holte eine Bibel heraus, legte seine linke Hand darauf und erhob seine Rechte zum Schwur. »Ich schwöre bei Gott, dass wir in meinen Besitztümern keine Ketzer verstecken und alle Untertanen protestantischen Glaubens sind. Auch wenn ich zugeben muss, dass es wenige Einwohner gibt, die dem alten Glauben nachhängen und ihre Heiligen verehren. Die Bücher, die wir lesen, verherrlichen das Ansehen unseres Gottes. Teufelszeug und Hexerei haben bei uns keinen Platz, das sei Euch gesagt, so wahr mir Gott helfe!«

»Bildung taugt nicht für das primitive Volk!«, rief Pater Coelestis mit zorniger Miene. »Die Bibel gehört nicht in einen stinkenden Bauernhof, von den Kanzeln aus soll gepredigt werden. Wohin es führt, wenn der Knecht zu lesen und zu schreiben beginnt, seht Ihr selbst an den anonymen Anklagen gegen Euch, Rehlinger!«

Hans Rehlinger ließ den Vorwurf an sich abprallen.

Hörwarth warf dem Dominikaner einen strafenden Blick zu, ehe er sich wieder an den Befragten wandte. »Ich darf Euch bitten, draußen zu warten, bis wir in Eurer Sache zu einer Entscheidung gekommen sind.«

Hans Rehlinger verließ erhobenen Hauptes den Raum.

»Der Rehlinger weiß seine Rechte sehr gut zu verteidigen«, richtete sich Hörwarth an die Dominikaner. »Vielleicht sollten wir ihm ein Angebot machen, auf eine Anklage zu verzichten, sollte er in absehbarer Zeit in ein Verfahren zur Gegenreformierung einwilligen.«

»Das ist der falsche Weg, Hörwarth! Es liegt eine Anklage vor! Wofür sind wir denn aus Dillingen hierhergereist?«, ereiferte sich Pater Coelestis.

Hanns Hörwarth erschien es zu früh, in dieser Sache mit einer scharfen Examination zu drohen. »Die Anklage ist anonymer Art, Pater, und steht auf recht wackligen Füßen! Bringt mir drei glaubhafte Zeugen und ich werde die Beschuldigte festsetzen lassen. Auf der anderen Seite geben wir ihm zwei Jahre Zeit, einen katholischen Pfarrer einzusetzen, um der Bevölkerung wieder Gottesdienst und Sakramente zu ermöglichen. Sollte er sich weigern, werden wir ihm das Dorf auf den Kopf stellen und die Beschuldigte hier in den Turm bringen lassen. Was haltet Ihr von dem Vorschlag?« Der Richter blickte fragend nach rechts und links.

Eine Reaktion kam nur von Pater Coelestis, der empört aufstand und vor dem Tisch mehrmals hastig hin- und herging. »Es gilt, das Böse zuerst auszurotten, indem man sich seiner bemächtigt. Dass Satan diesen Ort seit Jahren in seiner Gewalt hält, ist hinreichend bewiesen. Da haben wir nun endlich eine protestantische Hexe am Haken und Ihr wollt ihren Bruder ungeschoren nach Hause schicken, anstatt ihn dazu zu benutzen, das Nest endlich auszuräuchern? Wenn der erste Scheiterhaufen brennt, wird es ein Leichtes sein, das Dorf wieder katholisch zu machen, glaubt es mir! Ihr wollt den Teufel dort weitere zwei Jahre sein Unwesen treiben lassen? Seid Ihr denn von allen guten Geistern verlassen, Hörwarth? Ich werde dem Bischof und dem Großinquisitor meinen Bericht zukommen lassen, und der wird für Euch wenig schmeichelhaft werden. Wenn seine Eminenz selbst die Fäden in die Hand nehmen sollte, wozu ich ihm aufgrund Eurer Ignoranz dringend raten werde, dann wird der Henker hier viel Arbeit bekommen. Und mancher wird sich ganz unverhofft selbst auf der Anklagebank wiederfinden!«

Die Räte sahen sich erstaunt an. Diese Drohungen konnten nicht hingenommen werden. Der Richter besprach sich mit seinen beiden Schongauer Beisitzern, erhob sich und ermahnte den immer noch auf und ab gehenden Dominikaner: »Ich fordere Euch auf, an den Tisch zurückzukehren, Pater, um die Beratungen abzuschließen.«

Widerwillig und wild gestikulierend setzte sich der Mönch zurück auf seinen Platz.

»Bevor wir dem Rehlinger unseren Beschluss mitteilen, möchte ich noch einmal für meinen Vorschlag werben. Wer unter Euch ebenfalls dafür ist, dass wir ihm zwei Jahre geben, um eine Rückkehr zum Katholizismus einzuleiten, und vorerst auf ein Verfahren gegen seine Schwester verzichten, hebe die Hand.« Die beiden Räte auf der rechten Seite hoben ihre Arme, die Dominikaner grummelten leise vor sich hin.

Noch während Hörwarth den Bütteln ein Zeichen gab, um den Rehlinger einzulassen, standen Pater Coelestis und sein Mitbruder auf und schickten sich an, unter lautstarkem Protest den Raum zu verlassen.

»Das werden wir uns nicht bieten lassen. Ihr und Eure Räte seid selbst vom Bösen besessen. Seine Eminenz wird freilich wissen, wie er dieser Provokation entgegentreten wird.« Die Zugluft ließ Coelestis' weißen Rock in die Höhe wirbeln, dann warf der Pater mit lautem Knall die Tür ins Schloss. Richter Hörwarth blieb mit seinen Räten wenig beeindruckt zurück und unterbreitete dem Rehlinger das Beschlossene.

»Verehrtes Gericht, ich weiß das Entgegenkommen durchaus zu schätzen und honoriere die demonstrierte Distanz zu den Dominikanern. Als Zeichen meiner Bereitwilligkeit verspreche ich, einmal im Monat die Messe nach katholischem Ritus lesen zu lassen, das Dorf bleibt jedoch protestantisch. Ich empfehle mich untertänigst dem hohen Gericht.« Hans Jakob Rehlinger nahm seinen Hut, machte einen Diener und verließ das Rathaus.

48

Leeder, 1. Mai 1585

»WAS SCHERT DICH denn deine abtrünnige Schwester, die es mit diesem Bastard treibt. Du solltest Sorge tragen, dass das Gut als protestantisches Dorf vom Herzog akzeptiert wird. Wirf die ganze Schwenckfelderbande hinaus«, wütete Viktoria Tradel.

»Ich musste dem Gericht das Zugeständnis machen, dass wir jetzt einmal im Monat den Pfaffen in die Kirche lassen.«

»Das hast du dir abnötigen lassen? Du solltest dich schämen, Hans! Erkennst du denn nicht, was sie vorhaben? Bist du so einfältig? Sie werden dir keine Ruhe lassen, bevor sie nicht ihr Opfer bekommen haben oder das Dorf wieder katholisch ist. Deine Schwester ist nicht mehr zu halten, sieh das endlich ein. Du weißt, wo sie sich versteckt hält, oder? Schreib einen Brief an das Gericht und erkauf dir den Frieden damit, indem du sie auslieferst.«

Hans Jakob liebte seine Frau und es schmerzte ihn, wie sehr sie Helena hasste. So gab es keinen Frieden im Haus.

»Du willst, dass ich meine eigene Schwester verrate und den blutrünstigen Dominikanern ans Messer liefere, damit das Dorf protestantisch bleibt? Mäßige dich, Viktoria, und vergiss nicht, in wessen Haus du lebst!«

»In wessen Haus? Dass ich nicht lache! Es gehört dir doch gar nicht mehr. Ich sehe, wie dir das Gut allmählich aus den Händen gleitet. Nicht das Gericht und die Dominikaner, die Teuerung ist dein größter Feind. Sie hat dein ganzes Vermögen aufgefressen, du bist ein armer Schlucker und in der Hand der Gläubiger. Der Herzog und der Bischof sind in der Lage, dir jeglichen Handel abzuwürgen. Mach die Augen auf und erkenne, wer dir Gutes will und wer Schlechtes, Hans! Schmeiß endlich die Ketzer aus dem Dorf!« Viktoria Tradel war puterrot angelaufen und rauschte aus dem Zimmer.

49

Dillingen, zwei Tage vor dem ersten Advent* 1585

PASCHALIS GELEITETE DEN Kardinal ins Refektorium, führte ihn an seinen Platz und wartete zwei Armlängen dahinter, bis alle Mönche hinter ihren Stühlen standen.

»Brüder im Herrn, die Vorsehung hat dafür gesorgt, dass wir wieder einen richtigen Papst bekommen haben.« Der Kardinal schien gut gelaunt und Paschalis entspannte sich.

»Dreizehn Jahre lang hat Boncompagni die nötigen Beschlüsse verweigert und den Gegner stark werden lassen.

* 1. Dezember

Jetzt weht endlich ein anderer Wind. Mein Freund Felice Peretti wird das Ruder rechtzeitig herumreißen. Er hat in Spanien die Ketzerei bekämpft und weiß nur zu gut, wie mit dem Höllenfürsten umzugehen ist. Seine Bulle *Effraenatam perditissimorum* schafft endlich Klarheit darüber, dass Ehebruch, Sodomie, Abtreibung, Inzest, Selbstbefriedigung, Kuppelei, Bestechung und Verleumdung schwere Vergehen sind und mit den drastischsten Strafen belegt werden müssen.«

Während seine Eminenz seiner Freude über die Neuigkeiten aus Rom Ausdruck gab, indem er bei jeder der aufgezählten Sünden mit der knochigen Hand auf den Tisch klopfte, machte es Paschalis eine diebische Freude, in die Gesichter der anwesenden Dominikaner zu blicken, die bei jedem Schlag des Kardinals zusammenzuckten. Denn jeder konnte zumindest eines, wenn nicht zwei oder mehr der Vergehen für sich selbst in Anspruch nehmen. Schon lange gab es in Dillingen niemanden mehr, der beim gemeinsamen Essen seine eigene Meinung geäußert hätte. Wenn der Kardinal mit am Tisch saß, wurde geschwiegen und jeder Satz, den er selbst sprach, zustimmend bemurmelt.

»Wir sind in die Pflege Rettenberg-Sonthofen gerufen, um dort dem unholden Treiben ein Ende zu bereiten«, ergriff der Kardinal am Ende des Tischgebets noch einmal das Wort. Paschalis hatte bereits befürchtet, dass die gute Laune des Kardinals noch einen anderen Grund hatte als den günstigen Ausgang des Konklaves. »Der Nachrichter aus Biberach weilt schon vor Ort. Ich werde mir persönlich ein Bild machen und deshalb für einige Zeit abwesend sein. Ich hoffe, dass die Hexe noch vor dem letzten Advent brennen wird, damit wir in Frieden die Geburt des Herrn feiern können. *Benedicamus Domino*. Lasst uns in Demut die Speisen des Herrn zu uns nehmen!«

Mit dem allgemeinen *Deo gratias* nahmen die Mönche Platz und auch Paschalis setzte sich. Er war angewidert und beendete das Tischgebet mit seinen eigenen Gedanken.

Schon wieder! Ich bitte dich, Herr, lass diesen Kelch an mir vorübergehen! Je mühsamer der Kardinal sich fortbewegen konnte, desto schwieriger war es für Paschalis, ihn auf diesen Reisen nicht zu begleiten. Von der Hexenverbrennung hatte er ihm nichts erzählt. Er ekelte sich vor den Grausamkeiten. Das heutige Abendessen war ihm gründlich verdorben.

50

Leeder, Vorabend zum ersten Advent* 1585

»HOSCH G'HEARD, HOSCH g'heard, der Schlossherr losst jetzad oa mol im Monat a katholische Mess lesa!« Vitus Linder kam mit dieser Neuigkeit in die Stube des Keggelbauern.

»Mei Veit, des isch doch a alter Huat. I war scho im Oktober in dera Mess. Des gülted doch gar idda, wenn's Aller-

* 1. Dezember

heiligschte gar it do isch. Dea Pfarrar, dean se do hand, dea isch aus em Bayerische, vo deam verschtoht ma koa oazigs Wort«, entgegnete die Mesnerin.

»Dia Kiache muass z'erscht a mol g'weiht werde, damit dia heiligschte Dreifaltigkeit mea einziage kann. Dia kommad doch idda in a Ketzarkiache!«, ergänzte die Halblützerin und Lina warf frohgelaunt ihre Strohpuppe in die Luft. »Ketzar, Ketzar, Ketzar!«, kreischte sie.

»I gang do nimma nauf. Dia do doba interessiert doch bloßig, wia viel Leit no katholisch sind. Vor zwoa Wucha wareds krad amol fünf in dera Mess.« Der Theo vom Hauserbauer schnäuzte in sein Taschentuch.

»Viel interessanter isch doch, dass se da Schlossherr einb'stellt hand noch Schongau. Verdacht aufs Malefiz, aber d'Hex isch verschwunda«, flüsterte die Keggelbäuerin und bekreuzigte sich.

»Was du it seehsch, Beierin, dann beated mir heit doch de freudige Roasekranz«, beschloss die Mesnerin und zog ihn aus ihrem Mantel.

»Mei i hau's hald g'heart. Ma red ja it, ma seet ja bloß«, erwiderte die Keggelbäuerin und setzte sich mit gefalteten Händen zu den anderen an den Tisch.

109. Item so jemamdt den leuten durch zauberey schaden oder nachtheyl zufügt, soll man straffen vom lebem zum todt, vmnd man soll solche straff mit dem feuer thun. Wo aber jemandt zauberey gebraucht, vnnd damit niemant schaden gethan hett, soll sunst gestrafft werden, nach gelegenheit der sach, darinnen die vrtheyler radts gebrauchen sollen, wie vom radt suchen hernach geschriben steht.

Constitutio Criminalis Carolina, 1532

51

Ettringen, Vorabend zum Johannistag* 1586

Helena sass mit der Els vor dem Haus und genoss die aufkommende Kühle und das späte Licht der Sonnwendzeit.

»Wenn ich dich anschaue, sehe ich deine Mutter vor mir«, gestand ihr die Els.

Helena lachte. »Mutter hat immer von der Begegnung mit dir gesprochen. Du hast ihrem Leben die entscheidende Wendung gegeben.«

»Ist schon recht, Helena, jetzt geht es um deine Zukunft«, antwortete sie.

Die Els war ihre beste Freundin geworden, sie zeigte ihr vieles, was sie immer schon hatte wissen wollen: wie man Wundsalben herstellte, Kräutersude gegen alle möglichen Gebrechen zubereitete und wie man damit sogar Tieren helfen konnte, was ihr besonders wichtig war. Und sie lernte ihren eigenen Körper kennen, die monatlichen Beschwerden zu lindern, sogar zu einer Geburt hatte die Els sie einmal mitgenommen.

Helena war nun schon über ein Jahr in Ettringen. Auch ihre beiden Krähen waren ihr gefolgt und lebten in der alten Eiche neben dem Haus. Ein Kätzchen, das sie im Gestrüpp gefunden hatte, wich nicht mehr von ihrer Seite. Raymund kam alle zwei Wochen. Wie sehr freute sie sich auf seine Besuche. Kaum war er gegangen, zählte sie die Tage bis zu ihrer nächsten Begegnung. Aus der Nähe und der Liebe, die

* 24. Juni

er ihr schenkte, zog sie Kraft. Sie fühlte sich zwar sicher, aber die Els hatte sie gebeten, im »Kreuz« in ein Zimmer auszuweichen, da viele Gäste bei ihr ein und aus gingen. Die Gastwirtschaft war nur wenige Schritte entfernt. Jeden Abend besuchte sie die Els, die über alle Vorkommnisse im Hochstift, über die Prozesse und über die Aktionen des Inquisitors genau im Bilde war. Helena wusste nicht, woher die Els all diese Nachrichten hatte.

»Du kannst heute Nacht hierbleiben und mit mir morgen in aller Früh hinaus auf die Wiesen gehen«, schlug die Els vor. »Ab morgen dürfen die Bauern die Wiesen mähen, für mich die letzte Gelegenheit, Kräuter zu sammeln.«

»Da komme ich gerne mit«, freute Helena sich und wurde sofort wieder ernst. »Ich habe heute einen Brief bekommen. Georg schreibt, dass ich in Schongau aussagen soll. Er ist der Einzige, der weiß, wo ich bin. Ich habe mir nichts vorzuwerfen, und doch muss ich in einem Versteck wie eine Verbrecherin leben. Ich möchte für meine Freiheit einstehen und für meinen Glauben. Du kennst mich jetzt, Els, und würdest mir doch beistehen, wenn ich mich einer Befragung stelle?«, fragte sie.

»Natürlich würde ich das.«

Helena wusste, dass die Els oftmals zu Prozessen gerufen wurde, stets von der weltlichen Gerichtsbarkeit. Fast immer stand sie auf der Seite der Angeklagten. Die Dominikaner hassten sie und würden sie am liebsten selbst brennen sehen. Nur ihr Ansehen an den Höfen der Mächtigen schützte sie. »Wenn sie keinen Zeugen haben, können sie mich doch nicht anklagen. Ich bin unschuldig.«

Die Els nahm ihre beiden Hände. »Daran habe ich keinen Zweifel. Du musst wissen, dass es bei all diesen Prozessen nicht um die Wahrheit geht, sondern um die Suche nach Schuld. Der Verdacht rechtfertigt jede Art von Verhör. Niemand widersteht den Schmerzen der Folter, glaub mir, Helena.« Die Els stockte. »Ich sehe für dich zwar ein Tal voller Tränen, doch du wirst es verlassen. Sie werden dir nichts anhaben können.«

Helena sah das tiefe Vertrauen in ihren Augen. »Wenn es Zuversicht gibt, dann sei mein Beistand und lass uns vor dem Rat in Schongau aussagen.«

52

Augsburg, Schießfest auf der Rosenau, 6. Juli 1586

WOCHENLANG HATTE ER dem Tag entgegengefiebert und letzte Nacht kaum geschlafen. Raymund wertete den strahlenden Sommertag als gutes Zeichen. Es war Sonntagnachmittag, der Wettbewerb für die Pistoletten stand an. Auf der Rosenau drängten sich die Zuschauer. Zwölf Bewerber aus dem ganzen Reich und darüber hinaus würden gegeneinander antreten, und Raymund war einer von ihnen. Immer wieder ging er in Gedanken die Abläufe durch. Hunderte schauten ihm auf die Finger und machten ihm das Denken schwer. In drei Durchgängen sollte der Sieger bestimmt werden. Die schlechtesten vier Schützen einer jeden Runde schieden aus.

Die ganze Stadt schien auf den Beinen. David Altenstetter stand mit seiner Frau Catherina und den Gesellen auf der Tribüne. Jos winkte aufmunternd von der anderen Seite. Raymund zog die Nummer sieben im ersten Durchgang. *Auch gut, die Konkurrenten vorzulassen,* dachte er sich. Er war so aufgeregt wie nie in seinem Leben. *Schade, dass Helena nicht dabei sein kann.* Die Trompeter spielten eine Fanfare und der erste Schütze stellte sich auf. Raymund kontrollierte das Fläschchen mit dem Schwarzpulver, füllte behutsam den Brennraum und legte die Kugel in die Vorkammer des Laufs. Er hörte weder die Schüsse der anderen noch das Schreien der Zuschauer, so sehr war er bei der Sache. Alles prallte an ihm ab. Während die Scheibenbuben die Tafel mit sechs Ringen in die Höhe hielten, nahm er Aufstellung. Er kniete sich im Winkel von neunzig Grad zur Scheibe, sodass sein ganzer Körper den Rückstoß abfangen konnte, fixierte das Ziel, dann drückte er ab.

Die Menschen jubelten.

Neun Ringe.

Raymund ballte seine Faust, er war zufrieden. Keiner seiner Kontrahenten schoss mehr als sechs Ringe. Er hatte den ersten Durchgang gewonnen, aber seine Freude hielt sich in Grenzen. Fast hätte er die Entscheidung des Schützenrats überhört, dass es nur noch einen Durchgang geben sollte, weil von den verbliebenen acht Schützen nur noch fünf antraten. *Also kann ich als Letzter schießen, wenn die Reihenfolge des ersten Durchgangs beibehalten wird*, ging es ihm durch den Kopf. Es war so, wie er es sich gedacht hatte.

Mit einem Fanfarenstoß wurden sie zur Aufstellung gerufen. Dann ging es Schlag auf Schlag: Der Italiener traf die Scheibe nicht, der Spanier nur fünf Ringe, der Franzose war sein schärfster Konkurrent, er traf sieben, der Ungar drei. Dann war es an ihm, Raymund kniete sich hin, schickte ein Gebet zum Himmel und ... Die Dinge in seinem Kopf verlangsamten sich, der Moment des Abzugs, der Schlag des Steins in die Zündkammer, die Explosion des Pulvers und schließlich flog er selbst mit der Kugel unzählige Male um die eigene Achse hinaus aus dem engen Lauf auf die Scheibe zu, immer näher kamen die Ringe, es war ein guter Flug, nahe am Zentrum, ihm wurde schwindlig, dann der Einschlag.

»Jaaa!«, schrie er laut und küsste seine Pistole. Noch vor den Scheibenbuben wusste er, dass es erneut neun Ringe waren, er hatte gewonnen. Ein unglaubliches Glücksgefühl durchströmte ihn und es war ihm, als würde ein Mühlstein von seinen Schultern fallen. David und die Gesellen kamen auf ihn zugestürmt, Jos umarmte ihn, er schüttelte Dutzende Hände. Der Gildenmeister rief ihn zu sich auf das Siegerpodest, die Menschen jubelten ihm zu. Ihm. *Ja, Rotschopf, jetzt hast du es allen gezeigt! Das habe ich auch von dir erwartet,* dachte er über sich selbst, als er den Pokal in die Höhe streckte.

»Bravo, Rehlinger, meine Hochachtung«, ein großer Mann mit buntem Hut stand plötzlich vor ihm und schüttelte ihm die Hand. »Habe ich nicht immer schon gesagt, dass kleine handliche Waffen die Zukunft sind?«

»Ah, Castranova, Ihr seid auch da! Ihr hattet recht und besten Dank für Eure Glückwünsche.«

»Ein Sieg ist nur dann etwas wert, wenn man sich davon etwas kaufen kann, Rehlinger.«

»Der Sieg war in erster Linie Balsam für meine Seele, mein Herr.« Raymund wollte den lästigen Menschen schnell loswerden.

Der aufdringliche Castranova packte ihn am Arm und zog ihn zu sich heran. »Ich will nicht lange herumreden, Rehlinger. Ich biete Euch für diese Waffe vierzig Rheinische Gulden, sofort und in die Hand. Wenn die Waffe zu dem taugt, was mein Auftraggeber erwartet, mache ich Euch zu einem reichen Mann.« Er zog einen vollen Beutel aus seiner Tasche und hielt ihn Raymund vor die Nase.

»Niemals werde ich diese Waffe aus der Hand geben, für nichts und niemanden, Herr Castranova, und jetzt lasst mich bitte in Frieden.«

»Das werdet Ihr noch bereuen, Rehlinger. So ein Geschäft kommt nicht alle Tage. Überlegt es Euch wenigstens nochmals!«

Raymund ließ ihn stehen und war schnell wieder umringt von seinen Gratulanten.

53

Augsburg, drei Tage nach Sankt Ulrich* 1586

DOMDEKAN OTTO VON Gemmingen schritt nervös in seiner Zelle auf und ab. In der Hand hielt er ein Schreiben seines treuen Informanten Frater Guntram aus Dillingen.

> *Die Dominikaner waren letztes Jahr anscheinend wegen einer anonymen Anzeige in Schongau und sind vom dort tätigen Landrichter bei einer Anhörung des Gutsherrn Rehlinger aus Leeder ungebührend behandelt worden. Die beschuldigte Rehlingerin hat erwirkt, dass sie mit einer Wahrsagerin nach Schongau reisen darf, um sich zu verteidigen. Der Zorn des Kardinals richtet sich nun nicht nur auf den Richter, sondern auch auf die Leederer Rehlinger, deren sektische Haltung bereits mehrmals angezeigt worden ist. Gegen einen Rehlinger, der in Augsburg bei einem Alchemisten in dunkle Machenschaften verwickelt sein soll, wird jetzt ebenfalls ermittelt. Aufgrund der Anstrengungen von Coelestis in dieser Sache sehe ich mich außerstande, die Korrespondenz weiterhin zurückzuhalten.*

Otto schwirrten die Gedanken durch den Kopf. Als Erminio vom Berg vor fast zehn Jahren mit seinem blutigen Vorhaben begonnen hatte, hatte er Guntram gebeten, Leeder aus

* 4. Juli

der Inquisition herauszuhalten und Anschuldigungen gegen die Rehlinger vor dem Inquisitor zu verheimlichen.

Jetzt also auch in Augsburg. Sie werden sich Raymund vorknöpfen. Er muss schnellstens aus der Schusslinie. Vielleicht muss ich den Altenstetter in die wahren Zusammenhänge einweihen, damit ihm der Ernst der Lage klar wird.

Er musste sich eingestehen, dass es in seinem Leben nur noch zwei Dinge gab: den Kampf gegen die Inquisition und Raymund. *Beides fließt in der Figur Erminios zusammen. Zuerst aber muss Raymund gerettet werden.* Wie wollte er den Kampf gegen die Widerstände im Hochstift führen? Es konnte lange dauern, bis er genug Macht und Einfluss hatte, um das Ruder herumzureißen. Zwar schien die Gesundheit des Bischofs nicht die beste zu sein, aber ein Wechsel auf dem Bischofssitz ohne das Plazet des Kardinals und seiner Speichellecker? Undenkbar. Was blieb dann noch? Seine täglichen Gebete? Die waren inzwischen darauf ausgerichtet, dass Gott endlich den Kardinal in die Hölle schickte, von wo er seit Jahren seinen blindwütigen Hass und seine Zerstörungswut bezog. Nur so konnte dem Blutvergießen Einhalt geboten werden. Und Raymund? Der Goldschmied soll alles erfahren!

Ich werde Altenstetter zu mir bitten, es hilft nichts. Otto klingelte nach einem Boten.

54

Augsburg, im September 1586

Der »Rote Ochse« im Lechviertel war weit über die Stadtgrenzen hinaus bekannt und berüchtigt. Hier trafen sich einfache Leute, Söldner, Landsknechte, Haudegen und manch zwielichtige Gestalten. Der beißende und eindringliche Geruch von verschüttetem Bier und Erbrochenem war kaum dazu angetan, irgendeinen der zahlreichen Besucher an der Schwelle umkehren zu lassen. Alle, die hierherkamen, fühlten sich sehr wohl. Einmal im Monat versammelten sich dort auch Mitglieder der Büchsenmacherzunft. Man erzählte sich bei reichlich Bier und Wein Geschichten, die oftmals nur darauf ausgerichtet waren, die Konkurrenten zu verunglimpfen oder zu verleumden. Nicht selten kam es daher zu handfesten Raufereien, oft mit blutigem Ausgang. Seit Wochen gab es unter den Büchsenmachern nur noch ein Thema: das große Schießfest auf der Rosenau. Dieser rote Lockenkopf, der ihm damals schon in der Werkstatt des Benzenauers aufgefallen war, hatte gegen die übermächtige Konkurrenz, die von überall her nach Augsburg gekommen war, das Pistolenschießen gewonnen. Eugenio Castranova hatte zwei vergebliche Versuche hinter sich, den jungen Rehlinger für seine eigene Sache anzuwerben. Wenn der Junge Augsburg nicht verlassen wollte, brauchte er wenigstens sein Gewehr, um dessen Geheimnis seinem Auftraggeber zu präsentieren. Dazu hatte er sich einen Plan ausgedacht, den er heute in die Tat umsetzen wollte. So saß er seit einer Stunde allein an einem kleinen Tisch vor einem Humpen Bier und wartete. Die Wirtsstube füllte sich immer mehr und die Gespräche wurden zusehends lauter. Einige erkannten den seltsamen Besucher und musterten ihn abfällig.

»Hoppla, unser aufgetakelter venezianischer Pfeffersack, da schau an! Was wollt Ihr denn hier? Mischt Ihr Euch jetzt unters niedere Volk? Der Fasching ist aber erst wieder im Februar«, blaffte ihn plötzlich jemand von der Seite an und ließ ein ordinäres Lachen folgen.

Als Castranova sich umdrehte, hatte er eine klaffende Zahnlücke und ein nervöses Augenpaar vor der Nase. Die Blicke in der Umgebung hatten sich bereits auf die beiden gerichtet, schließlich kannte man den Greisinger und seine frechen Sprüche, die er im Suff von sich gab, und so mancher im Saal hoffte bereits auf eine zünftige Schlägerei.

Aber Castranova enttäuschte die gierige Meute, blieb gelassen und zog ihn mit Nachdruck herunter auf den Stuhl gegenüber.

»Ruhig Blut, Greisinger, ganz langsam! Was wäre denn, wenn ich auf dich hier gewartet hätte? Setz dich zu mir, dann brauchst du heute deinen Beutel nicht mehr aufmachen. Ich erkläre dir gerne alles.«

»Zechfrei?«, fragte der Greisinger ungläubig. »Ja, das ist dann etwas anderes!« Seine Stimmung hob sich merklich.

Castranova ließ es sich nicht anmerken, aber der Geruch, den die ungepflegte und zerlumpte Gestalt verbreitete, brachte ihn fast zum Würgen.

»Was wollt Ihr mir denn erklären? Dass ich seit Wochen Spott und Schande über mich ergehen lassen muss, weil der rote Hundsfott mit meinem Schnapphahnschloss auf der Rosenau abgeräumt hat und jetzt als Schützenkönig gefeiert wird?«

»Nicht so laut, Greisinger! Nicht jeder muss wissen, worüber wir reden.« Eugenio Castranova wandte sich an den Wirt.

»Einen Humpen Bier für meinen Gast.«

Der Wirt stellte nach kurzer Zeit einen schäumenden Krug auf den Tisch.

»Jetzt trink erst einmal, Greisinger!« Noch immer etwas widerwillig prostete Korbinian Greisinger seinem Spender zu und ließ in einem endlosen Zug das Gebräu durch die Kehle fließen.

»Es ist ein paar Jahre her, dass ich mit deinem Meister über die Notwendigkeit von kürzeren, leichteren und genaueren Waffen verhandelt habe. Leider war er uneinsichtig und hat die Zeichen der Zeit nicht erkennen wollen. Dein ehemaliger Lehrbub hat diese wohl besser gedeutet.«

»Ja, mit meinem Schnapphahnschloss! Der Drecksack!«, schrie Greisinger. »Die Geschäfte sind halt immer weiter zurückgegangen. Und der Alte hat letztes Jahr vor Gram darüber ins Gras gebissen. Sein Sohn hat den Laden übernommen und als Erstes mich vor die Tür gesetzt. Es ist nicht nur einmal gewesen, dass er einen Zahltag hat auslassen müssen. Seit der Saukopf von Rehlinger ihn so schändlich im Stich gelassen hat, lag ein Fluch über der Werkstatt. Die Sache mit seiner Wunderwaffe geht doch nicht mit rechten Dingen zu. Warum geht er denn zu einem Alchemisten, um dort als Büchsenmacher zu arbeiten, frag ich Euch. Glaubt mir, da sind ganz andere Mächte im Spiel. Ich wollt ihm an seinem letzten Tag auf sein freches Maul hauen, und das kann ich Euch versprechen, dass ich noch nie mein Ziel verfehlt hab! Aber wie von Geisterhand gelenkt, bin ich abgeglitten. Da, schaut Euch meine verkrüppelte Pranke an! Das hab ich alles diesem Fotzenlecker zu verdanken.« Wie zum Beweis legte er seine Rechte auf den Tisch, deren drei mittlere Finger steif waren und wie die Krallen eines Greifvogels abstanden.

»Bringt noch zwei Humpen für uns beide«, orderte Castranova Nachschub. Er sah sich bereits auf einem guten Weg.

Korbinian Greisinger lehnte sich über den Tisch. »Draußen vor den Mauern in den Wäldern hat man ihn bei seinen geheimen Treffen gesehen. Es wird sogar erzählt, dass der Alchemist mit dem Teufel im Bunde steht und die Kugeln, mit denen er seinen Rotschopf schießen lässt, in der Freinacht mit dem Beelzebub persönlich gegossen hat.«

»Dummes Gerede. Dann würde jeder seine Kugeln beim Teufel bestellen, oder? Der Rehlinger hat einfach ein besseres Gewehr und andere, so wie du, neiden es ihm. Darum setzen die Leute diese Gerüchte in die Welt. Aber wie sieht es denn bei dir jetzt aus, Greisinger? Hast du eine neue Stelle gefunden?« Castranova wusste, wie er den Kerl in Verlegenheit bringen konnte.

»Äh … äh, es ist nicht so einfach, als Büchsenmacher unterzukommen, weil mir der Alte kein Zeugnis mehr ausstellen konnte, und es in Augsburg immer noch Probleme mit der Zunft gibt. Wenn sie mich nicht mehr in meinem Beruf arbeiten lassen, möcht ich ein Kanonier werden und gegen den Türken ziehen. Ich hab gehört, dass es da mutige und verwegene Leute braucht, wenn es darum geht, diesem Pack richtig Feuer unter dem Arsch zu machen.« Mit dem letzten Wort pfiff er durch seine Zahnlücke, nahm wieder einen langen Zug aus seinem Humpen und wischte sich mit seinem Ärmel den Schaum von den Lippen.

»Ja, möglich ist alles, aber ich würde mir an deiner Stelle nicht zu große Hoffnungen machen. Denk dran, dass du mit deiner verkrüppelten Hand weder einen Abzug ziehen noch eine Kugel in das Rohr legen kannst. Und der Jüngste bist du auch nicht mehr. Und da ist doch auch noch eine offene Rechnung, oder?«

Greisingers Züge zogen sich bei diesem Gedanken gefährlich zusammen, aber bevor er lospoltern konnte, legte Castranova ihm beruhigend eine Hand auf die Schulter.

»Ich merke, dass dich der Erfolg deines ehemaligen Lehrbuben mächtig ärgert und du ihm am liebsten eins auswischen möchtest, nicht wahr?«

Greisingers Miene entspannte sich etwas.

»Darum möchte ich dir einen Vorschlag machen. Für die Durchführung braucht es alles, was du mitbringst: Mut, Verwegenheit, Kraft und Verschwiegenheit.« Castranova hatte sein Opfer geschickt eingekreist und warf nun die Schlinge aus. »Wenn es dir gelingen sollte, diesen Auftrag erfolgreich zu vollenden, belohne ich dich mit zwanzig Gulden in die Hand.«

Greisinger machte große Augen, schluckte und fing an zu stottern »Wa… was? Zwanzig Gulden? Da… dafür habe ich mich beim Benzenauer ein ganzes Jahr schinden lassen müssen. Sagt mir, was ich dafür tun muss.«

»Langsam, langsam, und vor allem nicht hier, Greisinger, wo die Wände Ohren haben! Wir treffen uns in einer Viertelstunde unten auf der Brücke über den Hinteren Lech; dann sollst du erfahren, was es mit dem Auftrag auf sich hat. Aber bevor du einschlägst, schwöre mir, dass du darüber mit keinem Menschen auf der Welt sprechen wirst!«

Sein Gegenüber hob gierig die verkrüppelten Krallenfinger und streckte sie ihm entgegen. »Ich schwöre es bei Gott und allen guten Geistern. Ich wär doch schön blöd, wenn ich das jemandem verraten würde!«

Castranova hatte ihn so weit. Für Geld würde dieser Mensch alles aufs Spiel setzen.

Der Auftrag ist heikel, redete er immer wieder vor sich hin, nachdem ihm Castranova noch einmal die Bedingungen erklärt hatte. Das Wasser stand ihm bis zum Hals, das hatte er dem Castranova verschwiegen. Aber er wollte mit dem Geld in eine andere Stadt ziehen und sich dort etwas Neues aufbauen. Reisen, so wie der hohe Herr, das wollte er auch. Weg aus dieser Stadt, wo die Stadtbüttel ihn auf der Gasse mit Namen ansprachen, so oft hatte er im Turm gesessen. Wenn er sich nicht ab und zu als Tagelöhner ein paar Kreuzer dazu verdienen würde, könnte er sich nicht einmal mehr das Bett leisten, auf dem er jetzt lag und das er hier im Lechviertel, nicht weit von seiner alten Arbeitsstelle, bei einer Witwe angemietet hatte. In der Zunftherberge, wo alte, ausgediente, ledige Gesellen bis zu ihrem Lebensende kostenlos eine Bleibe fanden, hatten sie ihm den Zutritt verweigert. Er hatte auch nichts anderes erwarten können. Aber alles sollte sich ändern. Er war wild entschlossen, so schnell wie möglich diese Waffe in seine Hand zu bringen.

Er würde sich als Bettler verkleidet »Untern Waeschen« auf die Lauer legen und aus sicherer Entfernung die Eingangstür des Goldschmieds bewachen. Es würde nicht lange dauern und er wüsste genau, wann der Rehlinger aus dem Haus ginge, und vor allem, wann er seine Pistole bei sich trug. Dass er sich die Waffe erst einmal selbst ganz genau anschauen wollte, musste er dem Castranova ja nicht auf die Nase binden. *Dann wird sich ja herausstellen, um was für eine Wunderwaffe es hier geht.* Der Greisinger schlenderte zufrieden in seine Herberge. Jeden Samstagabend, so hatte er es mit Castranova verabredet, wollte er im »Roten Ochsen« auf ihn warten. Bald würde der Winter über das Land ziehen, er brauchte schnell warme Kleidung, aber auch einen zerschlissenen Umhang und einen Almosenschein.

55

Augsburg, Apostel Simon und Judas* 1586

Otto hatte die Hoffnung auf ein Gespräch mit dem Goldschmied fast aufgegeben. Raymund hatte das große Schießen gewonnen und sicherlich stand in der Werkstatt von Altenstetter alles kopf, wer konnte es ihm verdenken? An einem grauen Herbsttag grübelte Otto an seinem Schreibpult vor sich hin. Er blickte von seinem Fenster hinunter auf den Fronhof, wo der Wind mit dem Laub spielte, das die Bäume bereits abgeworfen hatten. Seine Stimmung war trüb wie das Wetter. Wie konnte Raymund vor den Nachstellungen …

Es klopfte. »Ein Herr Altenstetter wartete auf Euch, Herr Dekan«, meldete ein Bote.

Endlich, Otto ließ alles stehen und liegen und eilte hinunter ins Parlatorium.

»Otto von Gemmingen«, stellte er sich vor, »ich freue mich, dass Ihr meiner Einladung nachgekommen seid, Meister Altenstetter.« Sie schüttelten sich förmlich die Hände.

»Ich entschuldige mein allzu spätes Erscheinen, aber mein Betrieb fordert seit Wochen meine ständige Anwesenheit. Was habt Ihr auf dem Herzen, von Gemmingen? Wenn es um meine vom Rat angemahnte Konfessionszugehörigkeit gehen sollte, so lasst mich gleich erklären, dass ich regelmäßig die Predigten in Sankt Anna besuche. Auch wenn meine Wohnung im Domviertel liegt, werdet Ihr doch nichts

* 28. Oktober

dagegen haben, wenn ich mit den Protestanten verkehre.« Otto kam gar nicht dazu, etwas zu antworten, aber nun war ihm klar, warum Raymund nicht mehr in den Dom zu den Gottesdiensten kam. Der Goldschmied zog seine silberne Taschenuhr heraus. »Ihr wisst, dass ich gebraucht werde und wenig Zeit habe.«

Otto setzte sich ihm gegenüber. *Er wird in mir nur den Katholiken sehen,* dachte er sich, *andererseits hat dieser Mensch etwas an sich, was es mir einfach macht, sofort mit der Wahrheit herauszurücken.*

»Mir ist nicht wichtig, wo Ihr die Predigt besucht. Es geht um etwas völlig anderes, Altenstetter.« Mehrere Augenblicke herrschte Stille zwischen den Männern, in der Otto nervös die Finger verschränkte und der Goldschmied ihn fragend anstarrte.

»Ich habe lange mit mir gekämpft und bin schließlich zu der Überzeugung gelangt, dass es wichtiger ist, das Leben eines Menschen zu schützen als mein Ansehen.«

»Ihr redet in Rätseln von Gemmingen, erklärt Euch, damit ich folgen kann.«

»Es geht um das Leben Eures Gesellen Raymund.«

»Was habt Ihr mit dem Rehlinger zu schaffen?«

»Es ist eine längere Geschichte. Habt ein wenig Geduld und ich werde sie Euch erzählen, Altenstetter.« Otto atmete tief durch.

»Im Pestjahr '63 zog ein Student mit seiner hochschwangeren Geliebten von Italien über die Alpen, um mit ihr in Augsburg ein neues Leben zu beginnen. Die Ärmste verstarb in Schongau am Sumpffieber, ein Arzt rettete das Ungeborene. Der Student ritt mit dem hilflosen Kind, das zu sterben drohte, von Dorf zu Dorf und suchte verzweifelt eine Amme, doch blieben fast alle Türen aus Angst vor dem

Schwarzen Tod verschlossen. Gottes Vorsehung wollte es, dass ein Torhüter verstorben war und der Student dadurch in einem Dorf Einlass bekam. Schließlich legte er den Säugling vor eine Kirchentür und überließ ihn seinem Schicksal. Das Dorf war protestantisch und zudem ein Zufluchtsort für Schwenckfelder. Der rothaarige Junge wuchs behütet bei der Familie Rehlinger in Leeder auf. Abergläubische Katholiken versuchten ihn und seine Schwester für alles Unglück, Krankheit und Hunger verantwortlich zu machen. Er musste das Dorf verlassen und begann eine Lehre zum Büchsenmacher in Augsburg. Von da an solltet Ihr die Geschichte kennen. Ich bitte Euch, das was ich Euch jetzt gestehe, für Euch zu behalten, denn das Wissen darum würde meinen Widersachern in Dillingen in die Hände spielen.«

»Ihr braucht nicht weiterzusprechen, von Gemmingen«, unterbrach der Goldschmied ihn. »Eure Augen und Eure Locken, selbst Eure Bewegungen verraten Euch als den Studenten, der seinen Sohn damals ausgesetzt hat. Aber wer sind Eure Widersacher?«

»Der Großinquisitor und seine Schergen, die das Land mit Blut und Tränen überziehen. Selbst Bischof Marquard ist ein treuer Vasall des Kardinals. Es geht darum, diese Herrschaft der Verfolgung und des Terrors zu beenden, das Volk durch Bildung vom Aberglauben zu erlösen. Ich kann dies ermöglichen, wenn ich als Nachfolger zum Bischof gewählt werde. Daher muss meine Vaterschaft geheim bleiben.«

»Das kann nicht der Grund sein, warum Ihr mich herbestellt habt.«

Otto stand auf, weil er den folgenden Worten Nachdruck verleihen wollte. Er schämte sich, diesen Mann, der ihn und seine katholische Kirche zutiefst verachtete, um etwas Persönliches zu bitten. »Ich habe einen Informanten in Dillingen, der mir zuverlässig über Maßnahmen der Inquisition berichtet. Es wird in allernächster Zukunft Anklage erhoben gegen Raymunds Schwester wegen Hexerei. Zu verdanken hat sie dies den Altgläubigen in Leeder, die keine Ruhe geben. Ihr selbst wurdet letztes Jahr aufgrund einer anonymen Anklage vorgeladen, dabei ging es auch um Raymund, dem vorgeworfen wurde, mit dem Teufel im Bunde zu stehen. Die Inquisition vergisst nichts, ihre Mühlen mahlen langsam, aber stetig. Raymund ist in großer Gefahr. Während es in Leeder unverbesserliche Himmler sind, wird ihm hier in der Stadt sein Erfolg von Neidern streitig gemacht. Ich bitte Euch, Altenstetter, Raymund muss für eine Zeit lang das Land verlassen. Auch wenn ich es ihm gegenüber nicht zeigen darf, ich liebe ihn, wie ein Vater seinen Sohn liebt. Ich kann ihn nicht mehr schützen und Ihr könnt es auch nicht.« Otto kam ins Stocken. Seine Stimme versagte ihm, er drehte sich weg und verbarg sein Gesicht mit beiden Händen.

David Altenstetter sagte eine Weile nichts. Dann sprach er: »Eure Ehrlichkeit und Euer guter Wille beeindrucken mich. Ich unterstütze Euch in allen Reformen, die Euch wichtig sind, denn ich bin der festen Überzeugung, dass nur Wissen und Bildung die Menschen auf den richtigen Weg führen. Dass Ihr gegen die eigene Kirche einen fast aussichtslosen Kampf führen müsst, ist der Tatsache geschuldet, dass die Mächtigen das einfache Volk seit jeher klein und dumm gehalten haben. Daran gibt es nichts zu deuteln. Die Bibel in der Sprache des Volkes gehört unter das Volk, das gesprochene Wort von der Kanzel gibt nur die Meinung eines irdischen Predigers wieder, nur das Geschriebene zählt.«

»Ihr habt ja recht, aber wir stehen uns näher, als die Umstände es glauben machen«, entgegnete Otto, atmete tief durch und setzte sich wieder auf seinen Stuhl. »Aber was passiert mit meinem Sohn?«

»Ich glaube, dass ich Raymund besser kenne als Ihr, von Gemmingen. Er ist unerschrocken, beherzt, trotzig und geht, wenn es sein muss, mit dem Kopf durch die Wand. Er wird sich von einer Anklage der Inquisition nicht einschüchtern lassen. Ich sehe aus eigener Erfahrung ein, dass diese Situation für ihn gefährlich, vielleicht lebensbedrohlich werden könnte. Um ihn aber zu überzeugen, für eine Zeit das Land zu verlassen, müssen andere Gründe her. Ich habe ihm bereits angeboten, an meiner statt eine Delegation des neuen Orators an die Hohe Pforte zu begleiten, weil mich Geizkofler persönlich darum gebeten hatte. Damit konnte ich ihn nicht locken, denn seine größte Sorge gilt Helena, eigentlich seine Schwester, die sich irgendwo in den Stauden versteckt hält. Er liebt sie und hegt Pläne, mit ihr im nächsten Jahr nach Italien auszuwandern. Niemals würde er sie freiwillig zurücklassen.«

»Wenn diese Anklage gegen ihn erst einmal auf dem Tisch liegt, wird es zu spät sein. Dann kann er die Stadt nicht mehr verlassen. Man kennt ihn wie einen bunten Hund, seit er auf der Rosenau gewonnen hat.«

»Ich werde mir etwas überlegen, um ihn mit dieser Delegation nach Konstantinopel zu schicken, aber ich möchte, dass Ihr mir dafür ein Versprechen gebt.«

»Soweit es in meiner Macht steht, werde ich alles tun, was Ihr von mir verlangt, Altenstetter, wenn es das Leben meines Sohns rettet.«

»Wenn Raymund gesund zurückkehrt und dieses ganze Inquisitionsverfahren beendet sein wird, legt Eure Bedenken ab und gebt ihm das zurück, worauf er ein Anrecht hat, nämlich seinen Vater; wenn er schon, noch nicht einmal geboren, seine Mutter verloren hat. Er ist von einem edlen und ehrlichen Wesen und hat es verdient. Seid versichert, dass man nicht ein Freund der Kirche sein muss, um ein treuer Diener Gottes zu sein.«

Otto war sehr bewegt, stand auf und umarmte den Goldschmied wie einen alten Freund.

»Ich verspreche es dir, David. Gott, der Allmächtige, wird uns beistehen!«

»In Gottes Namen, Otto, so sei es!«

56

Konstantinopel, Herbst 1586

Die Abreise des Orators Eitzing hatte sich immer wieder verschoben, nun sollte es am 2. November so weit sein. Je näher dieser Tag kam, umso unwohler fühlte sich Alfons Pauli, denn er hatte sich hier in der Stadt gut eingelebt. Sein Zimmer im Deutschen Haus war sauber und frei von Ungeziefer. Er konnte sich frei bewegen, wohin er wollte, die Haare waren ihm wieder gewachsen und am Hafen gab es immer wieder Möglichkeiten, ein wenig Geld zu verdienen, alles vom Feinsten. Die Suche nach Heinrich Lauber hatte er aufgegeben. Wenn der Orator mit seinen Beziehungen nichts erreicht hatte, wie sollte es ihm gelingen, in dieser pulsierenden Stadt unter den Tausenden von Hüten, Kippas, Tüchern oder Turbanen, diesen verfluchten Lauber zu entdecken. Vor Wochen hatte er nochmals einen Versuch unternommen, indem er den Spruch, den man ihm eintätowiert hatte, mit Kreide an alle möglichen Hauswände geschrieben hatte.

VENI STERMINIO SUPERFUIT, stand nun an jeder Hausecke. Gebracht hatte es nichts.

Auf was er gar nicht mehr verzichten wollte, war das Hamam, das er fast jeden zweiten Tag besuchte. Früher auf den staubigen Straßen des Reiches konnte er sich oft den ganzen Sommer nicht waschen, er hatte viel nachzuholen.

Für die Bewohner des Deutschen Hauses war der Besuch kostenlos. Alles war sehr praktisch. Während man in den heißen Dämpfen saß oder massiert wurde, wurden sogar die Kleider gewaschen und getrocknet, sodass man das Hamam duftend und wie neugeboren verließ.

Nach dem Abschaben der Haut und den verschiedenen Bädern war es auch heute Cenabi, ein junger Syrer, den er von seinen vielen Besuchen schon kannte, der ihn massierte. Alfonso fühlte sich wie ein Herr, als er auf dem warmen Steintisch lag und die wohltuenden Hände auf seinem Rücken spürte.

»*Quis haec tibi compunxit?**«, hörte er plötzlich eine dunkle Stimme.

»Was meinst du? Ich verstehe dich nicht«, antwortete Alfonso, setzte sich auf und sah undeutlich einen großen Kerl im nebligen Dampf stehen.

* Wer hat dir das gestochen?

»Ah, du sprichst deutsch? Wer dir diese Tätowierung gestochen hat, will ich wissen«, kam es aus dem Nebel.

»Ein Medicus hat sie stechen lassen. Es ist eine Nachricht aus Augsburg für einen Heinrich Lauber. Kennst du ihn vielleicht?«

Alfonso wartete vergeblich auf eine Antwort, denn der Mensch war bereits im Dunst verschwunden.

57

Vor den Toren Augsburgs, 6. Dezember 1586

RAYMUND WAR AN diesem Nikolaustag mit schönen Erinnerungen an seine Kindheit aufgewacht. Heute wollte er Helena eine besondere Freude machen. Dafür hatte er bei Catherina Altenstetter um süßes Gebäck gebettelt. Wie alle zwei Wochen machte er sich um die Mittagszeit mit seinem Pferd und seiner Waffe auf den Weg zu ihr. Es würde ein schwieriger Besuch werden. Diese Anhörung in Schongau, der Helena sich stellen wollte, ging ihm nicht aus dem

Kopf. *Wegen Hexerei, wie absurd das war.* Er wollte ihr dieses Unternehmen ausreden. Es war viel zu gefährlich, auch wenn die Els versprochen hatte, ihr dort beizustehen. Was hörte man alles über Anklagen und Folterungen Unschuldiger, er mochte gar nicht daran denken.

Raymund trabte auf seinem Pferd durch das Gögginger Tor. Leicht war die Spur des Postreiters im Schnee zu verfolgen, der nur kurze Zeit vorher in dieselbe Richtung geritten sein musste. Auch wenn Helena ihn nie darum gebeten hatte, wusste er nur zu gut, dass sie so schnell als möglich aus dem Herrschaftsbereich des Herzogs und des Hochstifts fliehen wollte, um einer Verfolgung zu entgehen. Es war sein großer Traum, mit Helena nach Italien zu ziehen. Die Werkstatt von David Altenstetter warf einen beträchtlichen Gewinn ab, den dieser großzügig an seine Angestellten weitergab. Es kam aber nicht nur auf das Geld an. So eine Flucht musste gut geplant sein, und jetzt im Winter? Es war aussichtslos. Im nächsten Frühjahr wollte er mit Marco zusammen in Brescia eine Werkstatt eröffnen. So lange würde Helenas Unterschlupf sicher noch halten, wenn sie nur nicht zu dieser Anhörung ginge. Er atmete tief ein. Italien, das gelobte Land, das er bisher nur aus Erzählungen kannte. Onkel Hieronymus hatte von Venedig, Florenz und den sagenhaften Bauwerken dieser Städte erzählt, von Malern, Architekten und Musikern geschwärmt, die sich dort an den Höfen mit ihrer Kunst beweisen konnten und nicht einem streng katholischen und asketischen Fürstbischof unterstanden. Raymund hatte David in sein Vorhaben bereits eingeweiht. Der reagierte sehr verständnisvoll, hatte er sich doch selbst Sorgen gemacht wegen einer Untersuchung, seine Religionszugehörigkeit betreffend. Die Beziehungen, die David zu den Fürstenhöfen der Sforza und Medici unterhielt, so hoffte

Raymund, würden es ihm ermöglichen, in Italien einen Neuanfang zu schaffen.

Sein Pferd schien den Weg allein zu finden. Der Winter war in diesem Jahr schon Mitte November mit aller Macht über das Land gekommen. Es hatte die ganze Nacht geschneit und manche Wege waren nur noch an den Weiden zu erkennen, die rechts und links in regelmäßigen Abständen gepflanzt waren.

»Herr, ich bitte um eine milde Gabe.« Ein winselnder Bettler, der mutterseelenallein weit außerhalb der Stadtmauer an einer alten Scheune saß, holte ihn aus seinen italienischen Träumen. Die Kapuze des Bettlers hing ihm tief ins Gesicht, mit seiner knorrigen Hand streckte er ihm flehend die hölzerne Schüssel entgegen.

Der arme Kerl! Man muss ihn aus der Stadt geworfen haben, sonst würde er nicht an dieser Straße sitzen, sondern vor irgendeiner Kirche oder einem belebten Platz, ging es Raymund durch den Kopf.

»Habt Erbarmen mit mir und erleichtert Euer Gewissen.«

Der Bettler tat ihm leid. Ohne Zögern stieg Raymund vom Pferd, öffnete seinen Beutel und wollte eine Münze herausnehmen, als der Bettler katzenartig zu einem Sprung ansetzte, mit seiner Linken ein Messer zog und geradezu auf ihn zuflog. Es ging alles so schnell, er konnte sich zwar im letzten Moment noch zur Seite drehen, aber die spitze Klinge hatte sich in seinen Arm gebohrt. Noch bevor er sich wehren konnte, lag er im Schnee und im nächsten Augenblick saß der Bettler schon auf ihm. *Schnell, das Messer,* dachte er sich und zog es sich mit einem beherzten Ruck aus seinem Arm. Seltsamerweise schmerzte es kaum. Dabei hatte er dem Bettler die Kapuze vom Kopf gerissen.

»Gib mir die Pistole, Rotschopf, sonst bring ich dich um!«,

schrie ihn ein altbekanntes Gesicht mit Zahnlücke und hasserfüllten Augen an und packte ihn am Hals.

»Greisinger, du Drecksack, lass mich los!«

Raymund spürte die kalten Krallenfinger in seinem Nacken, beide Daumen drückten ihm mit aller Kraft die Kehle zu. Greisingers Knie umklammerten ihn und machten ihn fast wehrlos. Den stinkenden Atem unmittelbar vor seiner Nase, griff er in höchster Not nach seiner Pistole. Es gelang ihm, die Waffe zu ziehen und im allerletzten Moment drosch er dem Mistkerl mit dem eisernen Schaft auf den Kopf. Endlich wurde es ihm leichter zu atmen, die rohe Gewalt schien gebrochen. Raymund hustete heftig, japste nach Luft und befreite sich schließlich, indem er den benommenen Greisinger von sich herunter in den Schnee wälzte. Jetzt erst spürte er einen stechenden Schmerz, als er bemerkte, wie sein Arm warm wurde vom Blut, das sich unter dem Mantel ausbreitete.

Helena wird mich verbinden, aber in drei Stunden wird es dunkel sein. Ich muss mich beeilen, dachte er und schleppte den Bewusstlosen von der Straße weg. Er warf ihn auf die Reste von Heu und Stroh, die er schnell in der offenen Scheune mit den Füßen zusammengeschoben hatte, und überließ ihn seinem Schicksal.

Verrecke, Greisinger, oder auch nicht, das soll der liebe Gott entscheiden. Entweder schickt er dir einen Retter oder er lässt dich hier erfrieren.

Raymund stieg auf sein Pferd. Die Weiden mit ihren langen, laublosen Zweigen, die vorher noch den Eindruck gemacht hatten, als würden sie sich schützend über ihm zusammenrecken, sahen nun aus, als warteten sie darauf, jeden Augenblick auf ihn herunterzupeitschen.

»Es war Notwehr und schon das zweite Mal, dass er mich umbringen wollte. Er hat mich jahrelang schikaniert und keine Gelegenheit ausgelassen, um mich vor allen anderen zu erniedrigen und bloßzustellen. Was wisst ihr denn davon, steht angewurzelt auf einem Fleck und seht nur das, was hier vorbeikommt!«, schrie er wie von Sinnen die Bäume an. Als das Pferd erschrocken wieherte, wurde ihm plötzlich bewusst, dass er laut gesprochen hatte. »Du kannst nichts dafür, mein Guter.« Beruhigend streichelte er den Hals seines Rappen. »Komm, bring mich zu Helena, Schwarzer.« Obwohl er jeden Herzschlag in seiner Wunde spürte, biss er die Zähne zusammen und ritt im Galopp nach Südwesten.

58

Leeder, am Fest Jesu Namen* 1587

Von den Marianischen war nur noch ein kleines Häuflein übrig geblieben. »A guats nuis Johr«, erklang es jedes Mal, sobald sich die Tür zur Gunkelstube beim Keggelbauern öffnete.

---

* 3. Januar

»O a guats«, kam es im Chor von den bereits Anwesenden zurück.

»Mei, was des neie Johr bloßig alls bringe wead?«, stöhnte die Mesnerin, während sie ihre beiden Hände am heißen Becher wärmte.

»Wia goht's bei dir im Stall, Keggel?«, fragte sie.

»Du woasch halt, was Noat duat, Mesnerin. Seit du g'räucheret hoscht isch nix mea verreckt, dia blond Hex isch ja o nimma im Dorf«, antwortete der Keggelbauer.

»I hao o nix mea g'heard, dass es Malescht gibt. Des bedeited doch, dass dia an eiserm Unglück schuld war«, meldete sich die Schmelzerin.

»Wea woaß, wo se dia versteckt hand?«, fragte Vitus Linder in die Runde.

»Ins Schloss setzt dia Hex koan Fuaß mea, dafier sorgt scho die neie Herrin. Do weht ietzad a andrar Wind, do doba«, verkündete Magnus Huetter mit großer Geste, als mit einem Mal die Tür aufgestoßen wurde und ein scharfer Wind in die Stube pfiff.

»Lützerin, was isch passiert?«, fragte die Keggelbäuerin. »Du bisch ja käsweiß.«

»Mei Lina isch verschwunda … geschtern … am hellliachta Dag«, stammelte die Halblützerin und ließ sich auf die Bank fallen. »Dr Schlosskutschar hot oberhalb vom Hofgarte ihr Stroahbubbe g'funde, do schauget na!« Sie zog die Puppe aus ihrer Manteltasche und legte sie auf den Tisch.

»Am Hofgarte?« fragte die Keggelbäuerin ungläubig.

»Mei Lina war doch im ganze Dorf dahoam.« Sie bekreuzigte sich und fing an zu weinen. »Und do war no ebbas.«

Alles starrten wie gebannt auf die Halblützerin und es wurde totenstill.

»Nebe dera Bubba war a … toate Krähe … und dear hot oaner … de Grind ragrissa.«

»Des isch a furchtbars Zoache! Erzengel Michael hülf! Dann hot des Mädla dr Deifl g'holt«, unterbrach die Mesnerin die Stille; lähmendes Entsetzen befiel die Gesichter der Marianischen und niemand wagte, der Mesnerin zu widersprechen.

Die Halblützerin drückte zärtlich die Strohpuppe an ihre Wange und ihr leises Schluchzen ging allmählich über in lautes Schreien. »Die Bruat do doba, dia sind schuld! Mei Lina hot doch neamand ebbas dau.«

Sie versuchten, die Halblützerin zu trösten. An eine Andacht war nicht mehr zu denken.

59

Konstantinopel, 25. Januar 1587

»BALD WIRD HIER am Hof einer der bedeutendsten Künstler des Abendlandes eintreffen. Ein begnadeter Goldschmied aus Augsburg. Der Finanzminister Zacharias Geizkofler aus der kaiserlichen Kanzlei in Prag hat uns zugesichert, dass der im Sommer erwartete Orator den Erbauer dieses Wunderwerks im Geleit haben wird. Ich wünsche, dass alle, die im Waffenbau tätig sind, in der deutschen Sprache geschult werden und sich für den Empfang bereithalten. Dem Meister soll es an nichts fehlen. Wir werden ihm seine Gefangenschaft versüßen, mit allen Mitteln, die uns zur Verfügung stehen.«

Safiye hatte die Wesire und alle Verwalter des Diwans vorgeladen, um ihnen diese Ankündigung zu machen. Durch die schwarze Verschleierung hindurch funkelten ihre blauen Augen. Selbstbewusst hatte sie ihre Linke an das glänzende Gewehr gelegt, das sie nicht mehr abzulegen schien.

»*Dışarı!*[*]«, fiepte der Palasteunuch und machte eine eindeutige Bewegung dazu. Folgsam verbeugte sich die Schar der Getreuen und trat den Rückzug an. Nur Berkel blieb vor der Prinzessin stehen und senkte den Kopf.

»*Ciccino*[**], welch eine Überraschung, ich habe nicht mit dir gerechnet.«

»Hochverehrte Prinzessin, die Umstände erfordern es, Euch um den Gefallen zu bitten, dessen Erfüllung Ihr mir schon …«, er räusperte sich, »… beim ersten Mal in Aussicht gestellt habt.«

»Alles, was du willst, *Ciccino*«, sprach sie und reichte ihm einladend ihre Hand.

Er flüsterte ihr sein Begehren ins Ohr.

Sie seufzte tief. »Ja, ich weiß, ich habe es versprochen, aber erst wenn der Sultan aus Prag zurück ist … und nicht für immer.«

---

* Türkisch: Raus mit euch!
** Italienisch: Kleiner Schatz.

60

Augsburg, 2. Februar 1587

RAYMUND DÖSTE IN seiner Kammer vor sich hin. Er war noch einige Male an der Scheune vorbeigeritten. Dort, wo er den Greisinger abgelegt hatte, gab es keine Blutspuren, nichts. Der Gedanke, was mit ihm wohl passiert sein mochte, ließ ihm keine Ruhe. Beim letzten Büchsenmachertreffen hatte er sich im »Roten Ochsen« umgesehen, vom Sprücheklopfer keine Spur. Wo war dieser Kerl?

Am späten Abend kam David in seine Kammer gestürmt, was bis dato nie vorgekommen war und einen wirklich wichtigen Grund haben musste.

»Deine Italienpläne kannst du fürs Erste begraben, Raymund. Komm bitte herunter in das Kaminzimmer!«

Raymund schreckte auf.

»Um Himmels willen, was ist denn passiert?«, rief er, zog sich die Hosen an, warf sich die Jacke über die Schultern und folgte David mit klopfendem Herzen die Treppen hinunter.

Unten legte David seinen Arm um Raymunds Schultern. »Setz dich bitte! Hör mir gut zu, Raymund! Du musst so schnell wie möglich die Stadt, besser noch das Reich verlassen. Ich komme gerade von einer Ratssitzung. Es wurde davon gesprochen, dass es eine Anklage gegen dich geben soll. Dieser italienische Kundschafter und Aushorcher Castranova will dir an den Kragen, wobei ich mir sicher bin, dass es ihm eigentlich nur um deine Pistole geht.«

»Anklage? Wegen was denn?«, fragte er, aber sein schlechtes Gewissen hatte bereits eine Antwort parat.

Raymund hatte sich gerade an den großen Tisch gesetzt, als David sich zu ihm herunterbeugte und ihm tief in die Augen blickte. »Mord!«

Raymund erstarrte.

»Man hat wohl in den westlichen Wäldern die zerfetzte Kleidung von deinem alten Freund Greisinger gefunden. Sie behaupten, dass du ihn erschlagen hast und wilde Tiere ihn verschleppt hätten. Durch einen Zettel mit dem Namen Castranova, den man in dem Mantel gefunden hat, kam die Sache ins Rollen. Dieser behauptet nun, dass der Greisinger für ihn unterwegs war, um dich zu überreden, deine Pistole zu verkaufen.«

Raymund durchfuhr ein kalter Schauer. Er atmete tief durch und begann zu erzählen.

»Bruder David, glaubt mir! Die Sache ist ganz anders gewesen. Ich wollte am Nikolaustag zu Helena reiten, als mich weit vor der Stadtmauer ein Bettler aufhielt. Kaum dass ich vom Pferd gestiegen war und ihm Almosen in seinen Teller legen wollte, sprang er mich an und hat mir mit einem Messer in den Arm gestochen, dann ist er mir an die Gurgel gegangen. Da erst habe ich gesehen, dass es der Greisinger war, als Bettler verkleidet. Er wollte mich umbringen und hat nicht aufgehört, mich zu würgen, da habe ich ihm den Schaft der Pistole auf den Kopf geschlagen. Den Bewusstlosen habe ich in eine Scheune gezogen und seinem Schicksal überlassen. Als ich am anderen Tag zurückgeritten bin, war die Scheune leer. Darum habe ich gedacht, dass er aufgewacht ist und sich selbst hat retten können.«

David Altenstetter setzte sich, legte die Stirn in Falten und strich sich über den Bart. »Und du hast gedacht, dass es ein Überfall war, der Greisinger eine Abreibung bekommen hat und dich in Zukunft in Ruhe lassen würde, oder?«

»Genau so war es!« Er wollte doch den Greisinger nicht umbringen, in seinem Kopf hämmerte es.

David Altenstetter räusperte sich, was ganz selten vorkam und ihn für einen kurzen Augenblick unsicher wirken ließ.

»Jetzt kommt mir auch in den Sinn, dass es der Greisinger gewesen sein muss, der drüben an der Ecke zum Schein tagelang gebettelt hat und nur darauf aus war zu sehen, wann ich mit der Waffe aus dem Haus gehe«, sinnierte Raymund.

»Vor den Mauern werden immer wieder Wölfe gesichtet. Gut möglich, dass sie den Bewusstlosen in die westlichen Wälder geschleppt haben. Die Causa könnte für dich noch sehr unangenehm werden, wenn sie einen Schädel finden sollten und an ihm irgendwelche Spuren entdecken, die von dem Schlag mit der Waffe herrühren könnten. Dieser Italiener Castranova ist gefährlich; er wird alles daransetzen, um hinter das Geheimnis deiner Pistole zu kommen, und er hat das Geld dazu, sich Zeugen und Meinungen zu kaufen. Es wird das Beste sein, wenn du das Land verlässt und wartest, bis Gras über die Sache gewachsen ist.«

»Das kann ich nicht, David. Was passiert mit Helena? Sie braucht mich. Wer beschützt sie, wenn ich nicht mehr da bin?« Er versuchte, die Verzweiflung zu unterdrücken, die sich in ihm breitzumachen drohte.

»Mach dir um deine Schwester keine Sorgen, sie ist stark und klug; selbst ich weiß nicht, wo sie sich versteckt hält. Sie werden sie nicht finden, aber du solltest jetzt in ihrem Sinne an dich denken, Raymund! Dein Leben ist wichtiger, es bedeutet eure gemeinsame Zukunft. Welchem Zweck sollte es dienen, wenn sie dich anklagen und wegen Mordes verurteilen?« David Altenstetter stand auf und suchte seine Nähe. Raymund spürte die vertrauensvolle Hand Davids auf seiner Schulter. »Ich habe einen Plan für dich. Du gehst mit der Delegation. Die Schiffe sind noch nicht weit. Es nimmt dich aus der Schusslinie, in einem halben Jahr bist du zurück und kannst mit Helena und Marco nach Italien ziehen.«

Raymund drehte sich fragend um, eine ganze Reihe von Einwänden schwirrten ihm durch den Kopf: »Aber dann habe ich nicht einmal mehr Zeit, mich von Helena zu verabschieden.«

»Ich verspreche dir, mich um Helena zu kümmern, sollte sie in Gefahr geraten.«

Raymund sah in die Augen Davids und spürte dieses tiefe Vertrauen, das ihm entgegenströmte und von dem er noch nie enttäuscht wurde. Er nickte stumm.

61

Augsburg, Mariä Lichtmess* 1587

Otto hatte Hunderte von Kerzen geweiht. In einer langen Schlange warteten die Menschen, das Licht aus seinen Händen zu empfangen, das gesegnete Licht. Dann war Raymund an der Reihe, er konnte zwar nicht mit ihm sprechen, aber er sah in seine Augen, es waren Giovannas Augen, so hell und strahlend. Es war dieser unwiderstehliche Blick, der ihm so vertraut war und ihn mitnahm in diese Zeit des großen Glücks und der Wärme. Dann folgte er den Lichtern der Gläubigen, die diese mit nach Hause nahmen. Sie beteten und sangen. Die Lichterprozession wollte nicht mehr aufhören, hinaus aus dem Dom mitten durch die Stadt, aber wohin? Er wusste, dass Raymund nur wenige Schritte vor ihm war. Die Menschen gingen nicht in die Häuser mit ihren Kerzen, sie zogen hinaus aus der Stadt, dick eingepackt wie zu einer langen Reise.

»Raymund, Raymund, wo willst du hin?« schrie er, aber der Zug war nicht aufzuhalten. Eine Lichterkette, so weit das Auge reichte. Dann sah er es von Weitem. Ein Feuer. Es musste ein riesiges Feuer sein, es kam näher, wurde größer und heller, heißer und glühender. Sie alle schienen in dieses Feuer zu laufen. »Raymund, verlass mich nicht! Nein, nein, nicht weiter, haltet ein!«, schrie er aus Leibeskräften. Otto schreckte auf. Er war schweißgebadet.

---

* 2. Februar

62

Lechsgemünd, 3. Februar 1587

David hatte ihn am Morgen in einen Schlitten gesetzt und diesen auf dem schnellsten Weg auf der rechten Lechseite bis an die Mündung fahren lassen. Da stand er nun am Ufer, unweit der Stelle, wo der Lech in die Donau mündete, mit dem Brief in der Hand und den wenigen Habseligkeiten, die er eilends eingepackt hatte. *Raymund Rehlinger, ein gesuchter Mörder? Ein schändliches Ende am Galgen? Es war doch Notwehr. Es kann nicht sein, nein, nein, nein!* Er atmete tief und eine dampfende weiße Wolke strömte aus seinem Mund, so bitterkalt war es. Konstantinopel, er konnte es immer noch nicht glauben. *Die alte Holzbrücke über die Donau ist gottlob passierbar. Wenn ich jetzt hinübergehe, gibt es kein Zurück mehr.* Er kämpfte innerlich mit etwas, was er doch nicht besiegen wollte.

Es war ein unvergleichlicher Anblick, die fünf großen Schiffe lagen majestätisch hintereinander. Auf jedem war das Reichsbanner gehisst, der schwarze Doppeladler auf gelbem Feld. Hier galt also das Recht des Kaisers, die Gebietshoheit war aufgehoben. Ab hier konnte er von der Augsburger Justiz nicht mehr belangt werden. David hatte ihm noch einen Brief zugesteckt, der den Goldschmied Simon zurück nach Augsburg beorderte. An seiner statt sollte er nun als Büchsenmacher und Goldschmied das Geschenk, das der Kaiser in Auftrag gegeben hatte, an den Sultan nach Konstantinopel begleiten und dort persönlich überbringen. Raymund wusste, dass er David blind vertrauen konnte. Dann sollte es so sein. Es war nicht einfach, unter all den umherlaufenden Menschen, die richtige Auskunft zu bekommen. Schließlich wurde er an den Freiherrn Casteletto verwiesen, der die Delegation bis zum Eintreffen des Orators befehligen sollte.

Raymund händigte Casteletto das Schreiben aus und kurz darauf stieß er mit Simon fast zusammen.

»Du kannst gleich mit dem Schlitten wieder zurückfahren, Simon, ich übernehme für dich!«

»Raymund, was sagst du da? Ist etwas Schlimmes passiert? Wie kommst du überhaupt an diesen gottverlassenen Ort?«

»David wird dir alles erzählen, mir würdest du es nicht glauben. Aber nimm es als ein Geschenk, den restlichen kalten Winter in der warmen Werkstatt verbringen zu dürfen, und frag nicht länger!«

»Das ist ja eine Überraschung!« Simon sah ihn ungläubig an und Raymund hatte den Eindruck, dass ihm der plötzliche Sinneswandel ihres Meisters nicht ganz ungelegen kam. »Dann komm mit! Was das Geschenk an den Sultan betrifft, ich habe es Casteletto übergeben, der es im ersten Schiff, wo der Orator logiert, eingeschlossen hält. Ein kleiner Teil der Mannschaft ist schon an Bord. Der Orator mit seinem Gefolge soll in Wien dazustoßen. Du wohnst in meiner Koje auf dem zweiten Schiff des Hofmeisters, zusammen mit dem Jesuiten. Der Apotheker, der Sänger und die Musiker werden erst später zusteigen. Der Hofmeister ist neugierig, aber lustig, er heißt Knotzer. Das wird bestimmt fidel werden.«

Raymund nickte nur.

»Das soll ein Mensch verstehen! Die meiste Zeit habe ich als Goldschmied an der Uhr gesessen und jetzt darf sie der Büchsenmacher übergeben«, wunderte sich Simon so laut, dass Raymund es noch hören konnte.

»Büchsenmacher und Goldschmied. Auch wenn ich dir natürlich nicht das Wasser reichen kann. Ganz unbeteiligt war ich ja nicht an der Uhr!« Raymund fühlte sich unwohl dabei, aber meinte, das erklären zu müssen, ohne sich dabei zu loben.

»Komm, lassen wir das!« Simon begleitete Raymund hinunter auf das Schiff und machte ihn mit allen wichtigen Dingen vertraut, dabei packte er seine eigenen Sachen zusammen. »Jedes der fünf Boote ist innen in vier Räume aufgeteilt, davon sind zwei zum Schlafen. Es gibt sogar einen Abort, der direkt hinaus ins Wasser führt.«

»Ich werd schon zurechtkommen«, unterbrach Raymund ihn. »Jetzt mach, dass du nach Hause kommst, und sag Marco einen Gruß. Der Kutscher braucht mit dem Schlitten vier Stunden, da müsst ihr euch beeilen, dass ihr beizeiten zurück in der Stadt seid.«

Bereits an Land wandte sich Simon noch einmal um: »Fast hätte ich es vergessen, Raymund! Es gibt einen Brief von David an den Sultan; er liegt unter meinem Strohsack, nimm ihn mit, wenn ihr die Schiffe verlasst!«

»Fahren wir denn nicht mit dem Schiff bis Konstantinopel?«

»Was glaubst du denn?« Simon lachte und irgendwie klang es schadenfroh. »Die letzten Wochen sind auf dem Landweg. Dafür werden in Wien im hintersten Boot vierundzwanzig Kutschen und über fünfzig Pferde geladen. Gott segne dich, Raymund! Komm gesund wieder!«

Sehr aufmunternd ist das nicht, dachte Raymund. Er winkte Simon zu, bis das Pferdegespann mit dem Schlitten hinter der Brücke verschwunden war. Dann wurde ihm bewusst, dass er von nun an auf sich selbst gestellt war. Es war eine andere Welt, die sich hier auftat. Er merkte schnell, dass sich alle hier bewusst waren, an einer wichtigen Mission teilzunehmen. Eine kaiserliche Delegation war etwas ganz Besonderes und einen Augenblick lang ertappte er sich dabei, selbst hochmütig zu werden. Nein, er wollte demütig bleiben und einfach nur seine Pflicht erfüllen. Dass er sich nicht mehr persönlich von Helena hatte verabschieden können, schmerzte ihn sehr. Er nahm sich vor, jeden Tag zu beten, dass Gott sie beschützen möge.

Er hatte Marco vor der Abfahrt gebeten, Helena eine Nachricht zu überbringen, und ihm dabei verraten, wo sie sich versteckt hielt. Er war sehr gespannt auf ihre Antwort, denn in dem Brief hatte er ihr feierlich versprochen, dass er sie bei seiner Rückkehr heiraten würde, um mit ihr und Marco zusammen nach Italien zu ziehen. Sie hatten Großes vor. Raymund setzte sich auf sein Bett, öffnete die Tasche und nahm seine Pistole in die Hand. Er wollte mit David versuchen, beim bayerischen Herzog ein Patent auf die Pistole mit dem wendelnutförmigen Lauf zu erwirken. Das war ein schwieriges Unterfangen, weil sowohl die Goldschmiedezunft als auch die Büchsenmacher diesem Begehren zustimmen mussten. Bis dahin hatte David ihm versprochen, keinen der bereits hergestellten Läufe zu verkaufen. Jeder, der einen solchen Lauf besaß, könnte diesen zwar nachbauen, das erforderliche Ziehmesser herzustellen, war aber nicht einfach. Er musste lächeln. Sorgfältig legte er die Waffe unter seinen Strohsack.

Die Tür in den Schlafraum öffnete sich.

»Dionisius Knotzer, ich freue mich, du bist der Neue«, ertönte eine freundliche Stimme. »Casteletto hat mir schon davon berichtet, dass es bei den Goldschmieden einen kurzfristigen Wechsel gegeben hat. Diese Uhr, die ihr da in eurer Werkstatt gebaut habt, ist wirklich außergewöhnlich. Ich habe so etwas Schönes mein Lebtag nicht gesehen.«

»Raymund Rehlinger, Büchsenmachergeselle und Goldschmiedlehrling. Die Freude ist ganz meinerseits. Ja, diese Uhr ist einmalig und ich habe selber viele Stunden an der Herstellung mitwirken dürfen. Es freut mich sehr, wenn sie Euch gefällt.«

»Wenn sie *dir* gefällt, sag einfach Dionis«, entgegnete der Hofmeister. Raymund schüttelte ihm die Hand. Knotzer war wohl nur wenig älter als er und in edlen Zwirn gekleidet; ganz in den Farben des Orators, Schwarz, Grün und Rot.

»Also dann Dionis! Was glaubst du, wann wir wieder zurück sein werden von dieser Reise?«

Er hätte lieber nicht fragen sollen. Dionisius Knotzer schaute ihn fast mitleidig an. »Weißt du denn, auf was du dich da eingelassen hast? Ich glaube nicht. Bis Ofen wird alles ruhig verlaufen, aber wenn wir auf türkischem Boden reisen, kann alles passieren. Es gab auch schon Überfälle. Am gefährlichsten wird die Strecke von Griechisch Weißenburg nach Adrianopel. Dort geht es über die Berge. Insgesamt über hundert Meilen durch unwegsames und unfreundliches Gebiet. Man rechnet für die ganze Strecke achtundsechzig Tage. Wenn die Delegation es bis Konstantinopel schaffen sollte, *inschallah*, wirst du deine Rückreise alleine organisieren müssen, da hilft dir niemand. Aber lass dich nicht ins Bockshorn jagen. Übermorgen sind wir in Regensburg, da erwarten wir einige Mitreisende aus dem Fränkischen und werden in zwölf Tagen Wien erreichen. Noch was anderes: Bist du lutherisch oder päpstisch?«

»Äh …« Diese Frage traf Raymund ziemlich unvorbereitet. Ja, er war, seit er bei David arbeitete, regelmäßig in die lutherische Kirche Sankt Anna gegangen, auch um den Benzenauern bei den Barfüßern aus dem Weg zu gehen. Aber einmal im Monat besuchte er zusammen mit David die alte Witwe Eiselin. »Lutherisch«, erwiderte er nach einigen Augenblicken.

»Das ist schade, denn der Orator und sein Gefolge sind bis auf wenige Ausnahmen päpstisch. Da wirst du dich irgendwie anpassen müssen.«

»Ich war früher oft im Dom zum Gottesdienst mit meinem Freund Jos, der ist katholisch«, antwortete Raymund.

»Vielleicht können wir dich ja auf dieser Reise konvertieren, *inschallah*. Der Jesuit, der des Herrn Orators Beichtvater ist, wird jedenfalls das Seinige dazu beitragen.« Knotzer lachte wieder laut und rollte die Augen.

»Was bedeutet denn dieses *inschallah?*«, fragte Raymund.

»Die Muselmanen meinen damit *so Gott will*. Es ist immer gut, ein paar Brocken Türkisch zu sprechen, das hilft dir!« Dionis ging wieder hinaus.

Inschallah! *Ich werde diese Reise irgendwie hinter mich bringen! Jetzt gilt es nur: vorwärts und durch.* In zwölf Tagen in Wien, dann noch zwei Wochen auf der Donau und sechs Wochen auf dem Landweg. Wenn er noch mal so viel Zeit für die Rückreise rechnete, könnte er im Sommer wieder in Augsburg sein, machte sich Raymund selbst ein wenig Mut.

Wenig später beobachtete er vom Deck aus das Ablegen der fünf gewaltigen Schiffe. Die Leinen wurden von den Pollern an Land gelöst und von hilfreichen Händen zurück an Bord geworfen. Die Eisbrocken auf der Donau polterten, wenn sie auf den Bug trafen. Langsam setzte sich ein Schiff nach dem anderen in Bewegung. Im Abstand von vielleicht zweihundert Schuh fuhren sie hintereinander her. Jeweils zwei Rudergänger standen am hinteren Ende und steuerten. Die Geschwindigkeit war die des Flusses.

Der Pfarrer von Marxheim hatte ihnen noch seinen Segen mit auf den Weg gegeben. »Wenn ihr Glück habt, erreicht ihr noch vor Einbruch der Dunkelheit Ingolstadt«, hatte er ihnen zum Abschied hinterhergerufen. Raymund zog sich die Wollmütze tief ins Gesicht. Es überkam ihn ein eigenartiges Gefühl des Ausgeliefertseins. *Ich entferne mich immer weiter von Helena.* Nicht nur im Kopf, auch in seinem Bauch fühlte sich etwas seltsam an. Das Ruderboot aus Kinderzeiten auf dem Wildbadweiher war etwas völlig anderes gewesen als dieses Schiff auf dem großen Strom.

63

Dillingen, Sankt Agatha* 1587

PASCHALIS BRACHTE EINIGE Schriften hinunter zu den Juristen. Das Verhältnis zum Kardinal wurde immer schwieriger, in letzter Zeit hatte er das Gefühl, dass er für ihn zu einem Objekt geworden war. Manchmal starrte ihn der alte Mann an, als wäre er nicht von dieser Welt. Er machte ihm Angst. Wenigstens hatte er ihm endgültig erlaubt, den blu-

---

* 5. Februar

tigen Anlässen fernzubleiben. Dafür verfasste er nun die gesamte Korrespondenz des Kardinals, schrieb die Anklagen und versah sie mit kunstvollen Initialen. Auch wenn ihm das Schreiben Freude bereitete und ihn für manche Widerwärtigkeit entschädigte, fand Paschalis, dass vierzehn Jahre Buße für die sündhafte Zeit bei der Santafiora ausreichend waren. Beinahe pausenlos sann er darüber nach, bei welcher Gelegenheit er das Weite suchen könnte. Er wollte zurück nach Italien, die Sehnsucht danach wurde jeden Tag größer.

»Die Hausmännin wurde gestern eingesperrt. Bei der langen Liste an Anklagen gegen die Hebamme können wir schon bald nach Meister Franz aus Nürnberg rufen. In Rettenberg ist endlich Ruhe eingekehrt. Dafür gibt es deutliche Anzeichen aus Schwabmünchen, wo man jetzt ein neues Nest von Hexen entdeckt hat, das dringend ausgeräuchert werden muss. In Oberstdorf warten wir auf die Bestätigung der Todesurteile, nachdem alle Unholde unter der Folter gestanden haben. Aus Bobingen, Zusmarshausen, Dinkelscherben und Wehringen haben uns Rechtshilfeersuchen erreicht, die ich Euch zur Bearbeitung weiterleite.« Paschalis hörte nur widerwillig den Gesprächen zu, die Pater Coelestis mit den Juristen führte, um die Maßnahmen für die laufenden Prozesse zu erörtern. Er blätterte in den einzelnen Akten und schob diese weiter an Balthasar von Hornstein, den führenden Juristen des Kardinals.

»In die Rehlingersache scheint nun doch Bewegung zu kommen. Es gibt ein Schreiben aus Schongau, in dem sich die kleine Hexe dahingehend äußert, Zeugnis ablegen zu wollen bei freier Wahl eines Verteidigers und freiem Geleit.«

»Dieses freche Weibsbild! Freies Geleit und einen Anwalt! Pah … Die Rehlingerin wird immer dreister«, ereiferte sich von Hornstein.

»Ich lasse mich dort nicht mehr vorführen, Hornstein. Nach Schongau fahren wir, wenn es zu einer nachrichterlichen Untersuchung kommt. Lass dies dem Landrichter Hörwarth ausrichten, Paschalis!«

»Und wie gehen wir gegen die Hebamme vor? Schließlich erwartet man von uns, dass wir zu allererst im eigenen Stall ausmisten und für Ordnung sorgen.«

»Seine Eminenz hat befohlen, in Dillingen mit eiserner Faust zu verfahren, um den umliegenden Dörfern und Gauen ein brennend leuchtendes Beispiel zu geben, wie mit den Teufelsbuhlen umzugehen sei.« Balthasar von Hornstein kramte in seinen Unterlagen, um das entsprechende Papier vorzulegen, fand es aber nicht. »Paschalis, schreib dem Amtmann Kainz, dass wir bei allen Befragungen der Hausmännin, seien sie nun gütlich oder peinlich, mit am Tisch sitzen werden. An diese Hinrichtung wird man noch lange denken!«

Paschalis notierte alles auf seiner Tafel und verbeugte sich. Mit einer abfälligen Geste schickte ihn Coelestis hinaus.

64

Leeder, zwei Tage nach Sankt Agatha 1587

»Wia goht's dr Lützerin?«, fragte die Keggelbäuerin an diesem Samstagabend in die Runde.

Es folgte betretenes Schweigen.

Die Schmelzerin fand als Erste Worte und seufzte: »Mir hand fünf Messa lesa lau beim Engelschalk. Dea hot g'moand, dass des idda so oafach wär, weil d'Lina no it beir Kommunion war. D'Lützerin isch schier am Verzweifla.«

»Wenn jemand wia vom Erdboda verschluckt wead, so wia d'Lina, dann hilft koa Mess und koa Roasekranz, i kenn mi idda aus in dr schwarze Kunscht, woaß dr Deifl, wea do no helfa kennt.« Die Mesnerin bekreuzigte sich.

»Dia kloi Hex kann's it g'wese sei, dia hot dia neie Herrin mitsamt ihra Kräha vertrieba«, meldete sich Vitus Linder.

»Du hosch doch koa Ahnung, Veit! Entfernung spielt do koa Rolla, a Hex isch so schnell wia dr Wind. Wo si dia au immer rumtreibt, dia hot ihr Macht vom finschtere Fürscht, deam muass se zu Dienschte sei und dea braucht sei Opfer«, ereiferte sich Theo.

»Du moinsch, dass d'Lina des Opfer war?«, fragte die Schmelzerin entsetzt. »I hau Angscht vor em Deifl, i sag's uib, wia's isch. Es braucht an Heilige, dea uns dean aus em Dorf naustreibt.«

Dass die Mesnerin, die alle als unerschrocken kannten, wie versteinert am Tisch saß, erschütterte die Marianischen zutiefst.

65

Wien, 15. Februar 1587

Ein Meer von Fahnen und bunten Wimpeln begrüßte sie von Weitem. Als die Matrosen die Leinen warfen und die Schiffe hintereinander an die Kaimauer gezogen wurden, spielten Bläser und Trommler auf. Jubelndes Volk hatte sie bereits zahlreich am Verlauf der ganzen Strecke willkommen geheißen, in Wien schien jedoch die ganze Stadt auf den Beinen, um die kaiserliche Flotte in Empfang zu nehmen. Der Bassist Wunni Göschler aus Nürnberg, der in Regensburg zugestiegen war, schmetterte schon einmal einen feierlichen Hymnus. Er schlief in der Koje neben Raymund. Wenn er nicht schlief, war er keine Sekunde ohne sein »*minimanimuni*« unterwegs, mit dem er seine Stimme warm hielt. Ein wenig eigenartig war er, dieser Sänger.

»Bis in Wien alles verladen und verstaut sein wird, sollte es drei Tage dauern«, verkündete Dionis. Raymund kam dies recht. Er brannte darauf, sich die Stadt anzuschauen.

»Gibt es von hier einen Boten nach Augsburg?«, fragte er den Hofmeister, der gerade von seinem ersten Landspaziergang zurückkam.

»Willst wohl den ersten Liebesbrief verschicken. Und wir sind noch keine zwei Wochen unterwegs«, spottete Dionis. »Dein Weibchen scheint aber genauso fleißig zu sein. Schau mal, was ich für dich habe, Raymund!«

Er konnte es kaum fassen. Es war die kunstvolle und ausladende Handschrift Helenas. Sie musste den Brief Marco mitgegeben haben. Wie wäre es sonst möglich, dass er bereits in Wien angekommen war?

»Was für ein Glückstag«, jubelte Raymund und zog sich voller Erwartung in seine Kajüte zurück, wo er sich auf das Bett setzte und feierlich den Brief öffnete.

Herzinniglich Geliebter,
Marco hat mir von Deinem Schicksal erzählt. Du wirst diese Reise gut überstehen, dafür bete ich und denke zu jeglicher Stunde an Dich. Wenn Du zurückkommst, wird sich alles aufklären. Die E, der ich über alles berichte, ist im festen Glauben, dass der Greisinger noch lebt und man Dir mit einer bösen Lüge ans Fell will. Viel gefährlicher für Dich aber sind der Inquisitor und die bösen Menschen aus dem Dorf. Hab keine Angst um mich. Die E und der Himmel beschützen mich. Ich warte auf Dich, mein Bräutigam.
In herzlicher und zärtlicher Umarmung
Deine Helena.

Er konnte es nicht glauben, dass Helena so schnell auf seinen Abschiedsbrief geantwortet hatte. Zufrieden und glücklich ließ er sich auf seine Pritsche fallen und sinnierte über die Zeilen nach.

Ich warte auf dich, mein Bräutigam! Sie war der schönste und wertvollste Schatz, den es auf Erden gab. Schließlich las er den Brief noch einmal und stutzte.

Wenn der Greisinger noch leben sollte, was ja auch seine Vermutung war, wie konnte Castranova ihn dann des Mordes anklagen lassen? Was steckte da für ein Plan dahinter? Die Pistole würde er deshalb trotzdem nicht bekommen. Dass

David so aufgeregt reagiert hatte, was überhaupt nicht seine Art war, kam ihm ebenfalls seltsam vor. Er durchschaute noch nicht, was hier gespielt wurde. Jedenfalls wollte er Helena eine Antwort schreiben, noch bevor sie Wien verließen.

Kaum hatte er diesen Entschluss gefasst, wurde die Tür aufgerissen und ein stattlicher junger Mann, kaum älter als er, stand plötzlich vor ihm, zog seinen Hut und verneigte sich.

»Lubenau, Reinhold aus Königsberg. Ich bin der Apotheker des Orators.«

»Ich heiße Raymund Rehlinger und komme aus Augsburg. Ich bin der Büch... äh der Goldschmied und werde ein Geschenk an den Sultan überbringen.« Raymund stand schnell auf und schüttelte ihm die Hand. Er fand es vornehmer, sich Goldschmied zu nennen, obwohl er noch keinen Gesellenbrief hatte und die Zunftregularien vorschrieben, dass es erst nach fünf Jahren möglich war, einen zweiten zu erwerben.

»Es sind noch zwei Betten frei, wir sind fast komplett. Such dir eins aus!«

Reinhold Lubenau warf sein Bündel auf eine der Matratzen und setzte sich. »Ich bin erst im letzten Moment zu dieser Gesellschaft gestoßen und möchte eigentlich bis ins Heilige Land und noch weiter reisen, vielleicht bis nach Indien.«

»Ins Heilige Land? Du bist aber mutig. Von vielen, die dorthin aufbrechen, hat man niemals wieder etwas gehört.«

»Vielleicht, weil es da so schön ist, dass niemand mehr von dort weg möchte?«

»Das mag der Grund sein, trotzdem bin ich froh, dass ich so schnell wie möglich wieder zurück in die Heimat reisen kann, wo meine Verlobte auf mich wartet.«

»Das ist ein triftiger Anlass heimzukehren. Ich kann tun und lassen, was ich will. Nach mir kräht kein Hahn, wenn mir was passieren sollte. Aber zuerst gilt es, wohlbehalten in Konstantinopel einzutreffen.«

Ein netter Kerl, fand Raymund sofort. Er würde den Apotheker fragen, ob man von einem Schlag auf den Kopf sterben müsse oder auch wieder aufwachen könne. Dafür würden sich in den nächsten Tagen sicherlich Gelegenheiten bieten.

66

Dillingen, Sankt Matthias* 1587

DA SITZEN SIE wieder, Hornstein und Coelestis, dachte Paschalis verächtlich, als er in die Schreibstube trat. *Ihr ganzer Lebensinhalt besteht nur aus: Hexen, Hexen, Hexen.* Warum sollte die Welt plötzlich voll davon sein? Es war doch eigenartig, dass überall dort, wo die Hexenjäger auftauchten, sich die Hexen rasant vermehrten. In Rom gab es nur eine, die gute Hexe Befana, die den Kindern Geschenke brachte. Hier

* 24. Februar

konnte jede Frau zur Hexe werden. Angewidert übergab Paschalis Hornstein das Schreiben von Richter Hörwarth.

»Der Herzog hat der Hexe tatsächlich einen Anwalt und freies Geleit gewährt. Die Rehlinger haben anscheinend mächtige Fürsprecher in München. Das wundert mich, wenn man sieht, mit welcher unnachgiebigen Härte Albrecht gegen die protestantischen Grafen im Süden seiner Herrschaft vorgeht.« Balthasar von Hornstein schien verdutzt. »Vielleicht spielen da auch politische und wirtschaftliche Bedenken mit, weil man es sich mit den mächtigen protestantischen Kaufmannsgesellschaften in Augsburg nicht verderben will«, fügte er hinzu und Pater Coelestis schlug erbost mit der flachen Hand auf den Tisch.

»Ich habe die Nase voll! Mit mir nicht mehr, Hornstein! Da könnt Ihr hinschicken, wen Ihr wollt. Eine gütliche Befragung, noch dazu mit einem Anwalt, können die Schongauer selber leiten. Ich komme mit dem Nachrichter und einem Zeugen aus Leeder. Dann wird die Hex reden und anschließend brennen. Alles andere ist Zeitverschwendung.«

Paschalis sah Hornstein fragend an, dieser zuckte nur mit den Achseln.

»Die Antwort wird wohl noch etwas Zeit brauchen, Paschalis.«

Schongau, dachte Paschalis und lächelte, *liegt ganz weit im Süden des Bistums.*

67

Auf der Donau, März 1587

Jeden Tag legten sie um die anderthalb Meilen* zurück und es gab immer etwas zu sehen: weite Landschaften, Herden wilder Pferde oder jagende Wasservögel. Sein Freund Reinhold hielt alles in seinem Tagebuch fest und schrieb fast Tag und Nacht.

»Komm mit an Deck, wir legen an«, rief Raymund ihm jeden Abend zu und stürmte nach oben. Das tägliche Zeremoniell, wie die Schiffe bei Einbruch der Dunkelheit alle hintereinander am Ufer vertäut wurden, faszinierte ihn immer wieder. Dann wurden am Ufer Tische und Bänke aufgestellt und es wurde gegessen, getrunken und gefeiert. Die Gesandtschaft übernachtete entweder auf den Schiffen, in den Herbergen der Stadtkommandanten oder in Karawansereien. Raymund wunderte sich immer wieder, welch ein eigenartiges Völkchen sich da zusammengefunden hatte: Juristen, Notare, Handwerker, Söldner, Musiker, Pferdeknechte und Flößer. Er genoss diese Gesellschaft, die so vielfältig gemischt war. So lernte er interessante Menschen kennen und verbrachte ungezwungene Tage mit unzähligen Partien Wurfzabelspiel mit seinem Apothekerfreund, vielen Gesprächen und Dionis' Witzen.

Dann hörte der Spaß auf. Raymunds Stimmung und die der ganzen Delegation änderte sich schlagartig, als sie durch das ungarische Land kamen und die ersten schrecklichen

* Eine deutsche Meile entsprach circa 7.532 Metern.

Spuren des Krieges am Ufer vorbeizogen. Fassungslos stand er an der Reling und musste mit ansehen, wie ganze Dörfer in Schutt und Asche lagen. Überall standen verkohlte Häuser und sogar Kirchen; tote Tiere und aufgespießte Köpfe von Menschen begleiteten sie stundenlang. Der beißende Geruch von versengtem Holz und Verwesung wehte über die Schiffe hinweg und legte sich wie eine unheilbringende Wolke auf die ganze Gesandtschaft. Jeder hing seinen eigenen Gedanken nach und Raymund hatte das Gefühl, dass sich Angst breit machte.

»Was sind das für unmenschliche Wesen, die so etwas tun?« Reinhold stand neben ihm und war ebenso tief getroffen ob der fürchterlichen Massaker, die hier angerichtet worden waren.

»Im Krieg ist ein Menschenleben nichts wert«, erklärte Dionis im Vorbeigehen, dem der Anblick vertraut zu sein schien. Doch selbst ihm war das Scherzen vergangen. Hatten sie die zivilisierte Welt verlassen? Raymund war mit einem Mal klar, dass es keine Postreiter mehr gab, somit keine Briefe und keine Nachricht von Helena. Beklemmung überkam ihn.

68

Schongau, vier Tage vor Sankt Josef* 1587

GERHILD MAIERIN WAR aus dem »Sternen« nicht mehr wegzudenken. Die Leute sahen in ihr den guten Geist des Hauses. Mit ihrer nun sechzehnjährigen Tochter Maria war sie für den kränkelnden Semmer unverzichtbar geworden. Maria half abends in der Küche, während Gerhild in der Wirtsstube ausschenkte, bediente und kassierte. Am Morgen putzten sie und richteten die Zimmer her. Das gute Auskommen und die Gabe, Dinge zu sehen, die anderen verborgen blieben, waren für Gerhild Beweis genug, dass Gott nicht nur diejenigen beschützte, die ihren Glauben in der Kirche öffentlich zur Schau trugen. Der sonntägliche Gottesdienst war unumgänglich, jedoch vermied sie alle freiwilligen Messen und Andachten. Zu nahe war ihr noch der Schrecken ihres Prozesses, den sie vor zehn Jahren überstanden hatte.

»Was darf ich Euch bringen?« Gerhild Maierin wandte sich den zwei Frauen zu, die sich hinten in der Stube an einem Ecktisch niedergelassen hatten. Die beiden würden im Haus übernachten, der Wirt hatte sie eingelassen und ihnen ein Zimmer zugewiesen. Sie sahen aus wie Mutter und Tochter und waren anscheinend weit gereist. Die Jüngere der beiden schätzte sie wenig über zwanzig Jahre. Das edle Gesicht, die blonden Haare und die blauen Augen waren zum Malen schön. Die Ältere hatte schlohweißes Haar, das sie unter einer Haube versteckte, und rote Wangen. Beide

* 19. März

schienen in inniger Verbindung zueinander zu stehen, redeten vertraulich und ruhig miteinander und strahlten Wärme und Zufriedenheit aus. Sie wurden von einem grimmig dreinschauenden Kutscher begleitet, dessen strähniges Haar ihm tief ins bärtige Gesicht fiel. Er saß teilnahmslos in gebührendem Abstand an der anderen Seite des Tisches.

»Für uns alle eine dicke Suppe und bringt meinem Loisl ein frisches Bier! Habt Ihr noch Apfelsaft in den Fässern?«, fragte die Ältere und schaute Gerhild in die Augen.

Gerhild stand auf einmal wie neben sich. Sie hörte die Stimme der Frau mit einem Echo versehen und konnte sich gar nicht mehr von ihr abwenden. Sie spürte die unglaubliche Kraft, die von ihr ausging und von der sie gleichsam angesogen wurde. Der freundlich lächelnde, aber unbeirrbare Blick löste bei ihr eine tiefe Entspannung aus. Diese Frau konnte in ihr Innerstes schauen. Sie sahen sich sekundenlang an, dann erwachte Gerhild wie aus einem Traum.

»Ja, ja, die Suppe und ein Bier, und ganz bestimmt gibt es noch Saft. Ich lasse euch sofort einen Krug davon bringen«, erwiderte Gerhild hastig. Immer noch in Gedanken rief sie in die Küche nach der Suppe und schickte den Schankknecht in den Keller hinunter, um das Gewünschte zu besorgen.

Wer mag dieses sonderbare Pärchen sein? Zwei Frauen allein auf den Straßen. Gerhild kam ihre Reise von Dillingen in den Sinn. Sie sahen aus wie einfache Leute. Die konnten es sich normalerweise nicht leisten, mit einem Kutscher zu reisen.

Als sie die Suppe und die Getränke auf den Tisch stellte, nahm die Fremde ihre Hand.

»Hab keine Angst vor mir, Weib! Es gibt Dinge zwischen Himmel und Erde, die den meisten Sterblichen verborgen sind, aber nicht allen. Ich weiß, dass du eine Sehende bist.

Aber du siehst nur das Gute. Mir ist auch das Böse offenkundig und ich sehe es deutlich vor mir. Auch dich haben sie verfolgt und wollten dich brennen sehen. Deine Seele ist rein und makellos. Sei ohne Furcht und Sorge. Deine Unschuld war dem Himmel ein Eingreifen wert. Du bist in Sicherheit, andere müssen sich vorsehen. Es wird nicht mehr lange dauern, und diese Stadt wird man nicht mehr wiedererkennen, denn er wird kommen und ihr werdet ihm bald begegnen. Versuche, all denjenigen zu helfen, die schuldlos sind, denn er ist böse, verschlagen und mächtig. Viel Leid und Wehklagen wird in der Stadt zu hören sein, bis ein Fremder erscheinen wird. Er wird deine Hilfe benötigen. Du wirst spüren, wenn es so weit ist. Öffne ihm die Tür! Es ist dein Auftrag. Er wird ihn hier in euren Mauern stellen und ihm die hässliche Maske herunterreißen.«

Fassungslos hörte Gerhild Maierin dieser geheimnisvollen Frau zu, sie spürte, wie ihr das Blut aus dem Kopf wich. »Wer seid Ihr, gute Frau?«, fragte sie schließlich schüchtern zurück.

»Mein Name ist nicht wichtig; er wird morgen in aller Munde sein. Kümmere dich nicht darum! Bete, dass Gott endlich Einhalt gebietet und uns von dem Bösen erlöst! Herr, gib uns unser tägliches Brot, segne diese Speisen und lass uns dereinst teilhaben am ewigen Mahl, Amen.«

Der Kutscher bekreuzigte sich und fing als Erster an, gierig die Suppe aus der Schüssel zu schlürfen, während die junge Frau sich nah an ihre Begleiterin lehnte, um von der anderen Seite an den Suppentopf zu gelangen.

Gerhild drehte sich langsam um und versuchte, ihrer gewohnten Arbeit nachzugehen. Die Gedanken ließen sie nicht mehr los. Sie wusste nicht mehr, ob sie alles richtig verstanden hatte.

Das Böse zieht ein in die Stadt. Es wird Weinen und Wehklagen geben. Ich soll einem Fremden die Tür öffnen? Aber wer mag das sein? Neugierde und Angst überfielen sie gleichzeitig. Das ruhige Leben mit ihrer Tochter im »Sternen« schien bald ein Ende zu finden.

69

Buda, 16. März 1587

An diesem kalten Nachmittag stand Raymund mit Reinhold an Deck, auf dem ein scharfer Wind pfiff, und beobachtete mit ihm das Geschehen an Land, das langsam an ihnen vorbeizog. Der Grenzübertritt in Gran, wo des Kaisers Macht zu Ende war, hatte sie mehrere Tage aufgehalten.

Der erste leibhaftige Türke, den Raymund aus der Nähe zu sehen bekam, war der Beylerbey, der türkische Statthalter, der sie zusammen mit einer Hundertschaft an türkischen Reitern und Kriegern empfangen hatte und erst nach langwierigen Verhandlungen, genauester Prüfung aller Papiere und der Übergabe von Geschenken hatte weiterfahren lassen. Innerhalb von kürzester Zeit waren sie von Kriegsvolk und Janitscharen umlagert gewesen. Raymund beeindruckte, dass sie trotz der Kälte mit nacktem Oberkörper ritten. Sicherlich wussten sie, dass sie so der Delegation ihren Mut und ihren Kampfeswillen beweisen konnten.

»Dieser Kerl ist seltsam. Glaubst du, dass er auf uns aufpasst?«, fragte Raymund den Apotheker. Ihm war während der letzten Tage aufgefallen, dass immer derselbe türkisch gekleidete Krieger in gebührendem Abstand neben den Schiffen her ritt. Auch heute beobachtete er den einsamen Reiter, der sie anscheinend nicht aus den Augen ließ.

»Vielleicht ist es ein Bote, der jeden Abend unsere Position weitergeben muss. Mag sein, dass man uns beschützt oder den richtigen Zeitpunkt abwartet, um uns zu überfallen.«

»Du machst mir nicht gerade Mut. Wenn ich daran denke, was wir für Schätze an Bord haben; ein Überfall würde sich wahrlich lohnen. Ich werde jedenfalls ab jetzt immer meine Pistole bei mir tragen, sobald wir das Schiff verlassen.«

Dionis gesellte sich zu ihnen. »Schaut nicht so griesgrämig, es dauert nicht mehr lange und wir erreichen Buda, *inschallah!* Sechsunddreißig Meilen seit Wien ist nicht schlecht. Wir werden dort sicherlich einige Tage liegen, denn Sinam Bassa wartet auf seine Geschenke. Mein Gott, Buda ist vortrefflich, eine Stadt, die in allen Farben schimmert und glänzt. Es wird euch dort gefallen. Die Stadt ist für ihre Bäder bekannt. Wascht euch und eure Kleidung, wenn ich eine Empfehlung geben darf.« Dionis sog zweimal kurz Luft in seine Nase, grinste verschmitzt und verschwand wieder.

Reinhold und Raymund schauten sich betroffen an und mussten beide laut lachen, denn Dionis hatte wohl recht mit seiner Bemerkung, dass ihnen ein reinigendes Bad sicher guttäte.

Hinter der nächsten Flussbiegung konnten sie in der Ferne die Türme von Buda sehen. Es war ein erhabener Anblick, mächtige Befestigungsanlagen, Kirchen und schlanke Minarette tauchten auf, je näher sie kamen. Zwanzig türkische Ruderboote, geschmückt mit bunten Fahnen und Wimpeln, kamen flussaufwärts, um sie zu begrüßen.

Für Raymund verging die Zeit wie im Flug und bereits nach einer guten Stunde erreichten sie die Anlegestelle. Die breite Donau war an beiden Ufern mit wuchtigen Steinen befestigt worden. Auch hier schien es ihm, als wenn man sich lange auf ihren Besuch vorbereitet hatte. Nicht nur eine Hundertschaft an berittenen Soldaten des Stadtkommandanten Sinam Bassa hatte sich zum Empfang aufgestellt, der Platz am Hafen war voll mit offiziellen Vertretern des Sultans in bunten Kleidern mit mächtigen Turbanen. Wie Raymund schon von Dionis erfahren hatte, war anscheinend das Wichtigste die Geschenkübergabe. Jeder Kontrollpunkt erwies zwar dem Orator die höchsten Ehren, aber gleichzeitig erwarteten die Türken dafür großzügige Präsente. Raymund konnte es kaum erwarten. Endlich, nach langem Hin und Her mit Verbeugungen und Danksagungen auf allen Seiten, wurden die Schiffe freigegeben. Raymund wollte mit Reinhold so schnell wie möglich von Bord. Er holte seine Pistole unter seinem Bett hervor, steckte sie in den Gürtel und ging mit seinem Freund froh gelaunt an Land. Zum ersten Mal hatten seine Lust und die Freude, etwas Neues zu entdecken, das Bekümmernis um Helena und die Vorbehalte gegen die lange Reise in den Hintergrund gedrängt. Schnell wühlten sie sich durch die neugierige Menge am Hafen und begannen, Buda zu erkunden.

Eine Burg thronte über der Stadt und ihre dicken Mauern umschlossen sie wie riesige Arme.

»Ich werde das Gefühl nicht los, dass uns jemand hinterherläuft.« Reinhold schaute sich immer wieder besorgt um.

»Ach was, sei nicht so bange, Reinhold, schließlich habe ich meine Pistole dabei, damit schieße ich einem Türken auf fünfzig Fuß den Turban vom Kopf.« Er nahm sie aus dem Gürtel und drehte sie mehrmals um die Abzugsschlaufe, was Reinhold sehr beeindruckte.

»Ich muss immer noch an die Gräueltaten denken, die wir vom Schiff aus beobachtet haben.«

»Ja, aber das hier sind Händler, Kaufleute und Einwohner, vermutlich viele Ungarn darunter, die sich den neuen Verhältnissen angepasst haben. Sie sehen nicht gerade traurig aus. Und ich habe daheim gesehen, wozu auch Christenmenschen fähig sind. Ich glaube nicht, dass unsere Soldaten zimperlicher wären.«

»Ich wollte auch so mit einer Waffe umgehen können, das würde mir auf meiner weiteren Reise sicherlich hilfreich sein.«

»Wenn du aus dem Heiligen Land zurückkommst, das verspreche ich dir, dann werde ich dir ebenfalls eine machen«, gelobte Raymund ihm ohne weiteres Nachdenken. Immer tiefer drangen sie in das Gewirr der Gassen ein, die voll waren mit Menschen und Tieren. Schafe, Ziegen und Kühe hatten auf den Straßen ihre Notdurft hinterlassen.

»Hier stinkt es ja wie auf einem Misthaufen.«

»Besser als Verwesung«, erwiderte Raymund. Aus den Läden, an denen sie vorbeischlenderten, drangen eigenartige und fremde Gerüche, alle fußlang gab es Dinge, die er noch nie gesehen hatte, und er sah sich um, was er Helena mitbringen konnte.

»Lass uns den Besuch im Badehaus auf morgen verschieben«, schlug er Reinhold vor. »Ich finde es so interessant, am Abend durch die Straßen zu laufen.« Tatsächlich schien sich trotz des kühlen Wetters das ganze Leben auf der Straße abzuspielen.

»Wenn du es noch eine Nacht neben einem stinkenden Apotheker aushalten kannst, gerne.« Reinhold schnüffelte unter seinem Arm, zog seine Mundwinkel nach unten und lachte laut.

An einem größeren Platz kam ein geschäftstüchtiger Türke mit langem Bart und weißem Fez aus seinem Laden und pries ihnen seine Speisen an. Sie verstanden kein Wort, nach den Tieren aber, die reihenweise enthäutet vor seiner Tür hingen, musste es sich wohl um Hammelfleisch handeln. Er ließ ihnen kaum die Möglichkeit, sein Angebot abzulehnen, so setzten sie sich vor seinen Laden. Sofort wurde heißer Tee serviert, den ein Dreikäsehoch kunstvoll in hohem Bogen ausschenkte. Vor ihren Augen säbelte der Türke das gebratene Fleisch in kleine Stücke und verpackte es mit Zwiebeln und einem scharfen Gewürz in warme Teigtaschen. Reinhold biss herzhaft hinein und sagte nichts mehr.

»Selbst wenn ihr Apotheker immer genau wissen wollt, was die Ingredienzien sind, hier weißt du sicher nicht, was du alles gegessen hast.« Raymund grinste und nahm ebenfalls einen großen Bissen. Er sah sich um, wie es den Einheimischen gelang, die Soße nicht bis zum Ellenbogen laufen zu lassen.

»Sag mal, Reinhold, was ich dich schon immer fragen wollte: Kann man von einem Schlag mit diesem Pistolengriff auf den Kopf sterben?« Er deutete auf seine Waffe im Gürtel.

»Zeig mal her! Das ist Eisen, oder? Wem willst du denn eins überziehen?«, fragte Reinhold erstaunt.

»Von Wollen ist keine Rede mehr, das habe ich bereits getan. Der Kerl, dem ich diesen Schaft auf den Schädel geschlagen habe, ist mir an die Gurgel gegangen, es war Notwehr, aber es gibt keinen Zeugen.«

»Ich bin zwar kein Medicus, aber so viel weiß selbst ich, dass es schon sehr dumm zugehen muss, dass man von einem Schlag stirbt. Meistens weckt ein Kübel Wasser die Lebensgeister, und zurückbleibt höchstens eine dicke Beule.«

»Das klingt interessant und bestätigt meine Vermutung, dass der Kerl noch lebt.« *Wenn aber der Greisinger gar nicht tot war, warum wollte mir dieser Castranova einen Mord in die Schuhe schieben?* Raymund kaute an seinem Fladen, der exotisch, aber vorzüglich schmeckte. Wer hatte ein Interesse daran, ihn auf diese Reise zu schicken? Er beschloss, den letzten Funken seines schlechten Gewissens, das ihn manchmal überkam, endgültig auszulöschen, schob die noch verbliebene Ecke des Fladenbrots in den Mund und wischte sich mit seinem Taschentuch die Reste aus dem Gesicht. In dem Moment, als er den Becher nehmen wollte, zog ihm jemand von hinten seinen Hut vom Kopf. Er drehte sich sofort um, doch der Hut und der Dieb waren bereits im Gewirr der vorüberziehenden Menschen untergetaucht.

»Das fängt ja gut an. Die Diebe hier interessieren sich sogar für einen alten Hut.« Reinhold holte sich sofort seinen eigenen vom Kopf und griff sich mit der anderen Hand an seinen Beutel.

»Eigenartig, dass jemand für so einen alten Hut riskiert, dass ihm die Hand abgehackt wird. Das passiert nämlich mit Dieben hier, und das ohne irgendein Verfahren, so hat Dionis es erzählt.« Raymund nahm die Sache nicht so wichtig, holte seinen Beutel heraus und bezahlte mit Reichsgeld, was ihren Gastgeber in freudiges Erstaunen versetzte, er grinste über beide Ohren und verbeugte sich immer wieder.

»*Inschallah!*«, rief Raymund ihm im Gehen zu und erregte damit bei ihm und allen Umstehenden Aufmerksamkeit. Als sich ein größerer Platz vor ihnen öffnete, hielt Raymund inne. Nur wenige Fuß von ihnen entfernt hatte sich ein Tumult entwickelt. Zwei Reiter trieben die Leute auseinander, die schreiend zur Seite wichen. Dann wurde Raymund bewusst, dass die Berittenen direkt auf sie zugaloppierten. Bevor Raymund nach seiner Pistole greifen konnte, hatte ihn einer der beiden am Kragen gepackt und schleifte ihn mehrere Fuß mit. Er fand keinen Halt mehr, sah noch, wie Reinhold verzweifelt seine Hand nach ihm ausstreckte, und erhielt einen Schlag auf den Kopf. Sein letzter Gedanke war, dass er nun ungewaschen ins Paradies kommen würde, dann wurde es stockdunkel.

Ein Wasserstrahl, der in sein Gesicht klatschte, weckte ihn aus der Ohnmacht. Hustend rang er nach Luft. Er war mit einem Bein an die Wand gekettet. Es stank bestialisch nach Moder und Notdurft und … sein Schädel schmerzte. Am liebsten hätte er seine Augen gar nicht geöffnet. *Also stirbt man nicht durch einen Schlag auf den Kopf,* war sein erster Gedanke. Verschwommen sah er Männer, die sich unter höhnischem Gelächter entfernten.

»Da schaust du, was, Rehlinger? Hättest mir deine Pistole schon nach deinem ruhmreichen Sieg auf der Rosenau verkaufen sollen! Hättest dir viele Unannehmlichkeiten ersparen können.« Gehässiges Lachen hallte von den Wänden wider.

Raymund war schlagartig hellwach. »Meine Pistole, wo ist meine Pistole?«, schrie er. Aufgeregt griff er an seinen

Gürtel. Sie war weg. Er blickte in die grinsende Visage von Castranova.

»Deine Pistole? Pah, vergiss sie! Die brauchst du jetzt nicht mehr, Rehlinger! Du bist jetzt mein Gefangener. Dein Leben ist nun in meiner Hand. Jede Gegenwehr ist zwecklos, jede Flucht endet mit dem Tod. Das sind unsere Spielregeln.« Castranova hatte sich vor ihm aufgerichtet und seine Arme in die Hüften gestemmt.

»Aber, Ihr seid …? Wir haben alle gedacht, dass Ihr für den Dogen in Venedig unterwegs seid.« Raymund war so erstaunt, dass er nicht wusste, was er sagen sollte.

»Und ihr habt euch alle getäuscht. In Wahrheit bin ich seit dem Debakel von Lepanto für die Hohe Pforte auf der Suche nach den neuesten Erkenntnissen im Waffenbau. Dein Leben wird davon abhängen, ob du mit den türkischen Waffenschmieden zusammenarbeiten willst.«

Langsam fügten sich in seinem malträtierten Kopf die einzelnen Bausteine wieder zusammen.

»Jetzt verstehe ich! Ihr habt mich des Mordes anklagen lassen, nur damit mich David Altenstetter auf diese Delegation schickt, um mich hier im Türkenland gefangen zu nehmen. Was für ein hinterhältiger Plan! Dass man Euch nicht trauen kann, habe ich schon immer vermutet, nun habt Ihr es selbst bewiesen. Der Greisinger kann gar nicht tot sein und läuft wahrscheinlich putzmunter in Augsburg herum. Für dieses Unrecht werdet Ihr büßen, und wenn es in der Hölle ist.« Nach und nach wurde Raymund bewusst, was das für ihn bedeutete. Helena würde verzweifelt auf ihn warten und er könnte ihr nicht einmal eine Nachricht zukommen lassen.

Castranova lachte spöttisch. »Wer hier in welcher Hölle braten wird, das werden wir sehen. Du bist hier der Ungläubige, merk dir das, Rehlinger! Allah wird mich dafür reich belohnen, dass ich dir deine Waffe genommen habe, mit deren Hilfe wir einen weiteren Schritt machen, den Armeen deines Kaisers ebenbürtig zu werden.« Castranova öffnete seine Tasche, zog Raymunds Pistole hervor, drehte sie und streichelte über das Metall.

Raymund empfand es trotz des Verlusts als große Genugtuung, dass die Türken nicht ohne die einzigartige Maschine, die er mit Altenstetter und Marco gebaut hatte, hinter das Geheimnis des gedrehten Laufs kommen würden. »Macht Euch keine falschen Hoffnungen. Ich werde niemals etwas vom Geheimnis meiner Pistole verraten.«

»Wenn sie dir erst einmal deine roten Locken abrasiert haben, du als Arbeitssklave durch die Stadt getrieben wirst und jeden Tag weniger zu essen bekommst, wirst du bald zur Vernunft kommen.« Er steckte die Pistole demonstrativ wieder in die Tasche. »Solltest du deine Sturheit aufgeben, wovon ich überzeugt bin, wende dich an den Dolmetsch. Und noch etwas, Rehlinger: Das Leben eines Sklaven ist nichts wert, also sei demütig!« Castranova drehte sich schwungvoll herum, sodass der Kaftan ihm den Staub ins Gesicht wirbelte, und stolzierte hinaus.

Raymund sah sich um. Er war allein in einer Art Pferdestall, aber es gab Platz für Dutzende weitere Gefangene, worauf die überall in den Mauern kniehoch eingelassenen Ringe schließen ließen. Es half nicht zu jammern. Er ballte seine Fäuste, versuchte, seine Schmerzen zu vergessen und über einen Plan nachzudenken.

70

Leeder, 9. April 1587

Helena stand mit Georg Mayer vor dessen Haus und winkte noch lange der Kutsche hinterher, die langsam zwischen den Häusern des Unterdorfs verschwand. Erst jetzt bei ihrem Abschied bekam sie schmerzlich zu spüren, wie sehr ihr die Els ans Herz gewachsen war.

»Ich habe ihr alles zu verdanken, Georg, und ich habe so ein eigenartiges Gefühl, dass ich sie nie mehr wiedersehen werde!« Sie umarmte den Vertrauten und weinte hemmungslos.

»Sei unbesorgt, Helena! Du wohnst ab jetzt in meiner Hütte. Komm und erzähl mir, was sich in Schongau zugetragen hat.« Er nahm sie bei der Hand und führte sie hinein.

Sie setzten sich, und es dauerte eine ganze Weile, bis Helena sich beruhigt hatte.

»Die Els hat zugestimmt, dass ich dem Gericht freiwillig eine Anhörung unter rechtlichem Beistand und freiem Geleit anbiete. Als die Vorladung aus Schongau kam, hat sich die Els mit ihrem ganzen Ansehen und dem Respekt in das Verfahren eingebracht. Die Dominikaner waren nicht dabei. Die Els meinte, sie selbst sei der Grund dafür. Der Richter hat die anonyme Anklage vorgelesen, in der man mir so unglaubliche Dinge vorgeworfen hat wie Hexerei, Teufelsbuhlschaft und Schadenzauber. Ich war der Verzweiflung nahe, aber die Els hat mich nur angelächelt und genickt. Dann stand sie auf und hat zwei Zeugen gefordert, aber es gab keine. Sie würden sich damit den Artikeln zweiundsechzig bis achtundsechzig der Cautio Criminalis Carolina widersetzen, erklärte die Els, der Richter kam ins Grübeln. Mit ihrem Argument, dass ich Bürgerin eines Reichsrittergutes sei und damit die Zuständigkeit der herzoglichen Gerichtsbarkeit zweifelhaft, hat sich das Gremium zu Beratungen zurückgezogen. Nach einer halben Stunde verlas der Richter den Beschluss. Ich war ganz ruhig, aber dem Richter zitterten die Hände. Die Els hat ihn unentwegt angestarrt, so als könne sie seine Gedanken beeinflussen. Sie haben mich laufen lassen unter der Auflage, dass ich mich nicht mehr aus Leeder wegbewege. Außerdem wollen sie im Dorf Nachforschungen über die Anklagepunkte anstellen.«

»Du kannst beruhigt sein, Helena. Sie werden nichts finden und keiner wird es wagen, gegen dich auszusagen, auch wenn diese Marianischen den Schlossherrn hassen. Die Bauern nagen alle am Hungertuch, und wem könnte daran gelegen sein, den Gutsbesitzer gegen sich aufzubringen und sich noch mehr ins Unglück zu stürzen.« Georg nahm ihre beiden Hände und streichelte sie.

»Es wird ihnen nicht lange verborgen bleiben, dass ich jetzt bei dir und nicht mehr im Schloss wohne. Dann werden sie sich erst recht die Mäuler fransig reden. Das Schlimme ist, dass ich von Hans keinerlei Unterstützung erwarten kann. Der steht viel zu sehr unter dem Einfluss seiner Frau. Ihr wäre es am liebsten, wenn man mir wegen Hexerei den Prozess machen würde. Meine einzige Hoffnung ist, dass Raymund bald zurückkommt und mich hier wegholt.«

»Wenn du so redest, erinnerst du mich an deine Mutter, die damals alles unternommen hat, um aus Kempten fliehen zu können. Die erste Gelegenheit hat sie dann beim Schopf gepackt und ist mit mir auf und davon. Sie war damals noch jünger, als du es jetzt bist, Helena.« Georg lächelte sanft, als er das sagte.

Helena nahm ihren ganzen Mut zusammen und fragte: »Sag mir, Georg, hast du ein Geheimnis mit Mutter gehabt?«

Georg wurde verlegen, stand auf und ging hin und her. »Ich habe deine Mutter geliebt, aber ich konnte ihr das, was sie wollte, einfach nicht bieten. In der Nacht, als wir gemeinsam aus Kempten geflohen sind, ist sie in meinen Armen eingeschlafen. Wenn du so willst, war ich ihr erster Mann, ein zweites Mal habe ich mit vielen Ausreden verhindert. Sie war aufgeweckt und lebenslustig wie ein junges Fohlen. Es war sehr schwer für mich. Aber ich bin ihr stets ein guter Freund geblieben. Meine Familie war Caspar. Ich glaube, sie hat es mir nie richtig verziehen, dass ich sie damals abgewiesen habe.«

»Sie hat immer gut von dir gesprochen und nie ein böses Wort über dich verloren. Ich wünschte mir, noch mehr von meiner Mutter zu haben. Die Els hat mir erzählt, wie Mutter bei ihr angeklopft hat. Ohne die Els hätte Mutter wohl keine Kinder bekommen. Sie hat mich nicht nur zwei Jahre lang bei sich versteckt und vor dem Inquisitionsverfahren bewahrt, sondern mir schon vorher das Leben geschenkt.«

»Eine große und wissende Frau. Aber jetzt bist du hier und sicher, Helena. Ich beschütze dich, bis Raymund zurückkommt. Ich habe es deiner Mutter versprochen.«

Helena umarmte Georg und küsste ihn auf die Wange.

71

Konstantinopel, 26. April 1587

SULTAN MURAD III. saß auf seinem Thron im dritten Saal des Diwans, der rote Mantel, innen mit Hermelinfellen gefüttert, war weit geöffnet. An seinem Turban steckten die Federn von weißen Pfauen, am goldenen Gürtel prangte sein Wappen. Wie eine Statue, unbeweglich, das Kinn auf seinen rechten Arm gestützt, die Augen geschlossen, wartete er auf das Ende der Musik. Zur Rechten standen die Wesire, Berater und die Leibgarde; zu seiner Linken Haseki Safiye und der schwarze Palasteunuch. Die kaiserliche Delegation marschierte im Rhythmus; sie wurde angeführt vom neuen Orator Pezzen, es folgten dessen Adjutant und ein Dutzend Diener, die die Geschenke vor sich hertrugen. Als sie vor dem Thron angelangt waren, beendeten die Musiker das für unbedarfte Ohren schwer zu ertragende Getöse und der Sultan schlug die Augen auf. Auf ein geheimes Zeichen stürzten sich mehrere Leibgardisten auf den Orator und zwangen ihn, auf Knien den Mantel des Sultans zu küssen. Die Zeremonie wurde fortgesetzt mit der Übergabe der Geschenke. Jeweils trat ein Diener vor, stellte das Präsent vor die Treppen zum Thron, während der Orator dem Dolmetsch erklärte, welche Bedeutung dem Geschenk zukomme und wer es geschaffen habe. Der Dolmetsch lief daraufhin zum Sultan und übersetzte. Gelangweilt ließ dieser das Prozedere über sich ergehen. Safiye zeigte dafür umso mehr Interesse und begutachtete jedes einzelne Stück. Dann wurde eine Prunkuhr enthüllt und Safiye erkannte sofort, dass der Erbauer ihrer Waffe diese Uhr gefertigt haben musste. Die Verzierungen und Girlanden, sie waren eindeutig dem Meister der Waffe zuzuschreiben. »Bitte den Orator nach der Zeremonie zu mir«, befahl sie dem Eunuchen. »Wo ist der Erbauer dieser Uhr? Er sollte in eurer Delegation mitreisen, so war es mit Geizkofler vereinbart«, fuhr die Prinzessin dann den Orator an.

»David Altenstetter ist kränklich und hat seinen besten Gesellen mit auf die Reise geschickt. Leider wurde dieser in Buda entführt und ward nicht mehr gesehen. Es gibt ein Schreiben von Meister Altenstetter, das ich Euch gern überlasse.«

Safiye war sehr verärgert, schnappte dem Orator den Brief aus der Hand und zerriss ihn vor seinen Augen, ohne ihn gelesen zu haben.

72

Buda, Sommer 1587

»Du jetzt arbeiten für Allah? Du jetzt arbeiten für Allah?« Er konnte es nicht mehr hören. Jeden Tag kam dieser aufgeblasene Dolmetsch am Abend zu ihm, immer mit derselben Frage. Dieses gehässige Grinsen in seinem breiten Gesicht. Er hätte ihn am liebsten angespuckt. Aber er schüttelte nur den Kopf, immer wieder, jeden Tag. Er wollte stark bleiben und sich nicht dem Willen dieser falschen Schlange Castranova beugen müssen.

So waren inzwischen wohl zehn Wochen vergangen. Er hatte jedes Zeitgefühl verloren. Vom Sonnenaufgang bis zum Untergang war er gezwungen, an verschiedenen Baustellen Steine zu schleppen und unzählige Karren voller Dreck durch die Gassen zu ziehen. Wenn er an sich hinabsah, erschreckte ihn sein eigener Körper. Er war kahl geschoren, ausgemergelt, verdreckt und der Hunger ließ seinen Magen verkrampfen. Des Nachts lag er in Eisen. Das Schlimmste war das Ungeziefer, das biss, stach und ihm den Schlaf raubte.

Als sie ihn eines Morgens losketten und auf die Straße treiben wollten, konnte er nicht mehr aufstehen. Kraftlos blieb er im Stroh liegen, bereit zu sterben. Er hatte kein Gefühl mehr in den Beinen und spürte die Schläge der Knüppel so, als wären sie bereits Erinnerung.

Wenn sie mich totschlagen, hat die Qual ein Ende. Dann hielt er inne. *Was für ein eigensinniger Gedanke. Ich lebe doch nicht nur für mich allein. Sie erwarten mich sehnsüchtig, nicht nur Helena, sondern auch David und Marco.*

Ein Fußtritt riss ihn zurück ins Hier und Jetzt. Der Dolmetsch stand vor ihm und stellte ihm die altbekannte Frage.

Raymund setzte sich mit einem Stöhnen auf. »Gebt mir das Versprechen, dass ihr mich zurück in die Heimat lasst, dann werde ich euch helfen.«

»Gefangene müssen arbeiten. Warum du hast nicht früher eingesehen? Quälerei umsonst gewesen«, erwiderte sein Gegenüber. »Du bist Büchsenmacher. Dein Gewehr sehr gut, ich selbst gesehen. Büchsenmacher arbeiten in Szolnok. Ich werde Beylerbey melden.« Mit diesen Worten ließ ihn der Dolmetsch allein. Raymund hatte das Gefühl, gebrochen zu sein. Aber was hatten sie gebrochen, seinen Starrsinn? Vielleicht ... Doch nicht seinen Glauben an sich selbst.

Seltsamerweise hatten sie ihn einige Tage in Ruhe gelassen, und langsam kehrte sein Überlebenswille zurück. Er war ganz nah daran gewesen, die Hoffnung sinken zu lassen. Aber sie war ein hohes Gut und in der Lage, ihm den Weg zurück zu Helena zu weisen. Er würde die Hoffnung zu seiner Begleiterin machen und sie niemals aufgeben.

Seit seinem Zugeständnis bekam er reichlich zu essen und sogar Wein zu trinken. Anscheinend wollten sie, dass er zu Kräften kam. Es würde sich etwas verändern, das war ihm klar geworden. Eines Morgens machten sie ihn los und trieben ihn zu Fuß mit zwei anderen spanischen Gefangenen nach Osten, der aufgehenden Sonne entgegen.

73

Leeder, Sommer 1587

Seine Frau lief einige Male nervös auf und ab, fuchtelte mit beiden Armen, blieb stehen und blickte ihn mit funkelnden Augen an. »Du lässt dir diese Demütigung durch deine Schwester bieten? Sie wohnt bei dem alten Prediger, der schon deine Mutter mit seinem Gewäsch vernebelt hat. Solange dieses Geschöpf hier im Dorf lebt, wird niemals Ruhe einkehren, glaub mir! Sie muss weg von hier.«

»Ich verstehe nicht, warum du dich über Helena so ereiferst. Sie hat die gerichtliche Auflage bekommen, dass sie nicht von hier fortgehen darf, und daran wird sie sich halten«, erwiderte Hans Jakob ruhig.

»Merkst du denn nicht, wie die Stimmung im Dorf gegen uns gerichtet ist, weil viele Leute glauben, dass sie für das ganze Unglück, die Missernten, die toten Kälber und Kinder verantwortlich ist? Du brauchst die Bauern, auch wenn das Gut kaum noch Erträge abwirft, ernähren sie uns. Deine Schwester ist eine Bedrohung für uns alle. Sie schadet mit ihrer Schwenckfelderei dir und unserer Zukunft. Geht das denn nicht in deinen Schädel?« Viktoria Tradel schlug mehrmals mit der flachen Hand an ihre Schläfe, drehte sich weg und verschränkte ihre Arme.

Hans Jakob ging auf sie zu und legte seine Hände auf ihre Schultern.

»Ich werde zu gegebener Zeit die notwendigen Schritte veranlassen, glaub mir, Viktoria. Das Gut und unsere gemeinsame Zukunft liegen mir am Herzen. Nimm meine verrückte Schwester doch nicht so wichtig. Sie wartet auf die Rückkehr ihres Bastards und wird dann mit ihm das Weite suchen.«

Viktoria schüttelte ihn ab. »Sie stürzt uns alle ins Verderben und du schaust weg, um nicht die Entscheidungen fällen zu müssen, die für uns notwendig sind. Was bist du für ein jämmerlicher Leimsieder! Aber wie du willst, Hans, dann werde ich mich eben selbst dieser Sache annehmen. Lass nach dem Moosmüller schicken!«

74

Szolnok, Sommer 1587

NACH DREI TAGEN erreichten sie Szolnok. Die gewaltige Festung lag am Zusammentreffen zweier Flüsse auf einer Insel mit hohen Mauern und Türmen, uneinnehmbar. Über eine schwer bewachte Zugbrücke wurden sie hineingeführt, alle an den Füßen zusammengekettet. Um sich vom Schmerz an den blutig gescheuerten Fußgelenken abzulenken, sah

Raymund sich die Anlage genauer an. Die Insel hatte eine Moschee, ein Badehaus, einen Palast und alles, was die Besatzung zum täglichen Leben brauchte. Die Häuser waren aus Stein, die Straßen gepflastert, die Dächer aus Blei. Diese Stadt war reich, auf den Mauern standen Vierzigpfünderkanonen und schwere Kartaunen. Die Türken ließen sich die Verteidigung etwas kosten. An eine Flucht von hier war nicht zu denken. Man brachte sie in das größte Gebäude im Nordwesten der Festung, mehrere Stockwerke hoch mit großen Fenstern. Es war offensichtlich kein Gefängnis, trotzdem wirkte es bedrohlich. Raymund versuchte, dem Wechsel aus dem stinkenden Gefängnis in Buda hierher etwas Gutes abzugewinnen. Aber würden sie ihn wirklich laufen lassen, wenn er sein Geheimnis preisgeben würde? Beim Anblick der gewaltigen Bollwerke kamen ihm Zweifel. Würde er nicht dem Christentum großen Schaden zufügen, wenn er den Türken mit der Waffe zu einem militärischen Vorteil verhelfen würde? Aber waren sie überhaupt in der Lage, die notwendigen Mittel zur Verfügung zu stellen? Eisen, Kohle, Zink, und, und, und … Sollte er wirklich?

75

Dillingen, neun Tage vor dem Michaelsfest* 1587

»In nomine Patris et Filii et Spiritus Sancti, Amen.«

Paschalis hatte dem Kardinal den Stock abgenommen, damit dieser am Ausgang der Kirche mit der rechten Hand in den Weihwasserkessel greifen konnte, um sich zu bekreuzigen. Sie kamen von der Laudes** und Paschalis empfing die weiteren Befehle für den Tag, während der Alte neben ihm auf den blankgescheuerten Steinplatten ins Refektorium schlurfte.

»Der Wagen soll angespannt eine Stunde vor Mittag im Hof auf Uns warten, hörst du, Paschalis? Schick einen Boten ans Rathaus, der Henker soll mit der Hinrichtung warten, bis Wir eingetroffen sind, und es soll gefälligst eine Gasse freigemacht werden. Dieses Schauspiel möchten Wir Uns nicht entgehen lassen.«

Paschalis kritzelte alles fein säuberlich auf Papier. Der alte Mann widerte ihn an. Nun hatte er sich auch noch angewöhnt, von sich im Plural zu sprechen. Es gab keine Demut mehr, sie war vollends aufgebraucht. Er würde den Stadträten diese Nachricht überbringen und war froh, dass ihm dieses grausame Schauspiel erspart bleiben würde. Kurz darauf überbrachte er dem Amtmann Kainz die Wünsche seiner Eminenz. Die Stimmung im Rathaus schien ziemlich aufgeheizt.

»Richte dem Herrn Kardinal aus, dass uns das neue Verfahren in den Ruin treibt. Wir können uns bald keinen Henker mehr leisten. Wir sind kurz davor, die Hexen nicht mehr einzusperren, sondern aus der Stadt zu werfen, sollten sich wei-

* 29. September
** Morgengebet.

tere innerhalb der Mauern finden. Dann kann sie verfolgen, wer will, oder der Teufel soll sie selber holen. Hast du verstanden?«

Paschalis hatte mitgeschrieben, innerlich war es ihm eine Freude, das zu hören, aber er wusste, dass der Kardinal darüber toben würde.

Paschalis wartete auf den Kardinal, den der Kutscher nach der Hinrichtung zurück in die bischöfliche Residenz brachte. Er schien in Hochstimmung zu sein, denn bereits beim Aussteigen fing er an zu erzählen.

»Du hättest sehen sollen, Paschalis, wie Meister Franz das, was von der Hausmännin übrig war, an den Pfahl hängte und die abgeschlagenen Gliedmaßen vor ihren Rumpf warf. Dann steckte er den Holzstoß an drei Seiten an und alsbald schlugen die Flammen über ihr zusammen. Mehrere Weiber berichteten anschließend, dass sie gesehen haben wollen, wie der Teufel mit einem letzten Schrei aus der Hexe ausgefahren sei.«

Paschalis zeigte keine Regung und hielt dem Kardinal stattdessen die Antwort des Stadtschreibers hin.

»Das Volk lernt aus dieser Grausamkeit. Es wird nicht das letzte Schauspiel gewesen sein, Paschalis. Der Kampf geht so lange weiter, bis die letzte Hexe in die Hölle gefahren ist«, sprach der, während er das Schreiben öffnete.

»Sacrilegium! Was erlaubt er sich?«, zischte der Kardinal außer sich vor Wut und schlug das Kreuzzeichen. »Er macht sich selbst schuldig damit, dieser Kainz, und handelt nicht nur gegen Uns, sondern gegen die gesamte heilige Kirche. Er sollte vorsichtig sein und daran denken, dass Wir auch vor einem Amtmann keine Scheu haben, wenn der Leibhaftige von ihm Besitz ergriffen haben sollte!«

Paschalis nickte. Er verachtete diese Welt. Und er verachtete sich dafür, dass er in ihr gefangen war.

Augsburg, anno 1587, den 2. Juli / zwischen 12. und 1. Uhr / nachmittag / hat sich inn der Lufft ein grosses ungeheures Gewülckh zusammen gehausset / gleichsam als ob ein schweres Wetter / mit Hagel / Donner / und Blitz anziehen und sich herfür thon wolte / Inn sollichem begibt sich augenscheinlich / das sich ganz scheulich und schröcklich ein greulicher Wölckh / geformiert wie ein Schwanz eines grossen Drachen / oder Lindwurms / hat sehen lassen. Wellicher jetzt auff die Rechte / bald auff die Lincke Seyten sich gekrümmet / und gewunden / Ja sich zu letzt / unden herab verkleinert / ganz scharpff unnd spitzig gemachet hat / Ist also nahend bey einer halben Stund lang gestanden / und hernach allgemach verschwunden.

Wetterbericht aus dem Jahr 1587

76

Leeder, vier Tage vor dem Rosenkranzfest* 1587

»Hand ihr's g'heard, hand ihr's g'heard? In Augschburg dunda isch a riesiger schwarzer Drache mit Blitz und Donner vom Himmel rag'stiega und isch mit seim Riassl rum und num und hin und her, a ganze Stund lang. D'Leit sind all uff Knia ganga und hand si auf d'Bruscht klopfed«, haspelte die Schmelzerin atemlos und hatte noch nicht die Tür hinter sich geschlossen.

»Eisar Hergott stroft die luthrisch Bruat in Augschburg dunda«, erwiderte die Mesnerin und bekreuzigte sich.

»Simmer froa, dass es eis it droffa hot, jetzt komm hock di her«, antwortete die Lehnerin.

»Tod und Deifl, Drache, Hex und Ketzar. Gibts denn it amol ebbas Erfreuliches zum vermelde?«, seufzte Theo fragend in die betrübte Runde.

Niemand wollte ihm antworten.

»Simmer all beinand?«, fragte endlich die Keggelbäuerin und legte ein Schreiben auf den Tisch. »Es kommt alls no schlimmer, sag i uib. Jetzt standed mir all do wia dr Ochs vorm Berg. Des hammer davo. Zeugenanhörung in der Sache Helena Rehlinger.«

Ehrfurchtsvoll wurde der Brief mit dem roten fürstlichen Siegel weitergereicht. Die Marianischen sahen sich gegenseitig mit betroffenen Mienen an. Pfarrer Engelschalk, der

* 7. Oktober

als Anlaufstation für die Boten aus Schongau diente, hatte ihn am Vortag vorbeigebracht.

»Ja, was bedeited des dann? Mei, i kanns doch sowieso nimma leasa«, jammerte die Mesnerin.

»Do isch dann nix mea mit hindarum, do muss dann ebbar nastanda und saga, was Sach isch!«, erklärte die Schmelzerin.

»Anscheinend hot's a Anhörung geba z'Schongau. Jetzad suachd ma Zeugen. Die kloi Hex isch mea im Dorf und wohnt jetzt beim Meyer, weil se der oage Bruder zum Deifl g'haut hot«, sagte die Keggelbäuerin.

»Aber wenn oaner vo eis gega de Schlossherr aussaga duad, dann kann er sein Gmiashandel zuamacha«, warnte Theo vom Hauserbauer.

»I hau nix mea zum Verliera. I ka sowieso ziemapacka. Wia soll i iber de Winter komma? Dia Müllerei bringt nix mea ein, i hau ab, na ins Unterland, do gibt's no richtige Sommer. Beata hülft au nix mea. Der Deifl hebed zu seina Ketzar. Dia Macht, dia eis beherrscht, druckt eis no all d'Auga zua.« Der Moosmüller Magnus Huetter war eher ein stilles Mitglied der Marianischen-Gemeinde. Kaum meldete er sich zu Wort. Deshalb war es plötzlich so leise geworden, dass man eine Nadel hätte fallen hören, als er flüsterte: »I mach's. Und do gibt's no ebban, der will, dass dia Hex auffliaga duad, der hot mir an Batza Geld versprocha.«

»Wenn d'moinsch! Überleg dir des guad, do muascht scho weit reise, bis as Wetter besser weard«, warnte die Lehnerin und der alte Linder rümpfte die Nase.

»I moin, dass es des Beschte isch, wenn mir eis ganz raushalta deand. Dea Karre fährt vo ganz aloi, do brauchet mir bloßig zuaschauga. No a paar Johr und mir beated mea in der Kiacha.«

»Send froah, dass es no so muatige Leit wia de Magnus gibt, Reschpekt!«, bemerkte die Mesnerin und murmelndes Zustimmen ließ die Schmelzerin schließlich den Rosenkranz anstimmen, die obligatorischen Fürbitten hatten sie heute über all der Aufregung vergessen.

77

Augsburg, 3. Adventssonntag* 1587

»WIR WISSEN JETZT also, dass Don Alfonso in Konstantinopel angekommen ist«, begann Otto das Gespräch, nachdem er Oktavian vor dem Dom begrüßt hatte.

Gemeinsam gingen sie hinüber in seine Wohnung.

»So hat es mir der Orator Eitzing nach seiner Rückkehr berichtet. Das Schlitzohr Pauli hat wohl eine ganze Zeit lang im Deutschen Haus gelebt und es sich gut gehen lassen, nachdem ihn der Orator aus der Gefangenschaft freigekauft hatte. Es war vereinbart, dass Don Alfonso mit der

* 13. Dezember

Delegation zurückkehrt. Nun, es kam ganz anders. Bei der geplanten Abreise aus Konstantinopel war er anscheinend nicht mehr auffindbar. Von Rico gibt es keine Spur.«

»Mission gescheitert, Don Alfonso verschwunden und Rico vermutlich lange tot. Es wird einsam um uns«, stellte Otto ernüchtert fest. »Und die Not wird immer größer. Auch Raymund müsste längst zurück sein. Altenstetter versucht, über den Geizkofler zu erfahren, warum es kein Lebenszeichen von ihm gibt.«

»Vielleicht sollte ich noch einmal zu Giacomo nach Babenhausen. Der letzte Besuch ist schon wieder fünf Jahre her. Damals hat er mir versprochen, dass er sich bemühen will, aus Italien jemanden für besondere Aufgaben kommen zu lassen.« Oktavian zwinkerte mit einem Auge.

78

Schongau, Sankt Sebastian* 1588

»Hiermit eröffne ich die Zeugenvernehmung gegen die Beschuldigte Helena Rehlinger, wohnhaft in Leeder. Die Benannte ist angeklagt folgender Vergehen und Verbrechen: Häresie, Ketzerei, Schadenzauber, Hagelwetter und sonstige Hexerei.« Hanns Hörwarth und zwei Ratsmitglieder waren erschienen, dazu ein Schreiber. Sie saßen hinter einem langen Tisch im kleinen Gerichtsaal des Rathauses.

»Aufgerufen ist als Zeuge der Moosmüller Magnus Huetter aus Leeder.«

Kaum hatte der Ratsherr den Huetter aufgerufen, stand dieser auf: »Dia Hex hot mi ruiniert«, polterte er los. »Jedes Johr hand mir weaniger Koara g'mohla. Letschte Sommer hammer koa oanzigs Kearele ghet. Jetz isch Feierobad. I muass mei Mihle aufgeah. Ends Monat ziag i naa ins Unterland.«

»Antworte auf meine Fragen, Huetter: Was hast du uns zu den erwähnten Vorwürfen zu erzählen?«

»I kenn dia Hex vo kleinauf. Vor genau fünfazwanz'g Johr hot des Unglück ang'fanga. Iberall sind d'Leit an der Pescht g'storba, aber doba im Schloss hot's Zwilling gea. Des hot jeder sofort g'seache, dass der Rothoorig a Deifl sei muass, weil dea neamands gleichg'seache hot. Es hot it lang daured und sei Schweschter isch o in dean beasa Strudel neikomma. Die hot's dann scho bald mit deam roata Deifl trieba. Ma hot

* 20. Januar

öfters beobachtet, wia se im Holz dussa beinanderg'flackt sind. Wenn se im Dorf rumg'schlicha sind, dann wars meischtens zu ar Zeit, wenn de Baura d'Kia verreckt sind. Zwoa Kräha fladdred ständig um se rum, dia horchad aufs Wort. Des woas ja jeder, was des bedeited.«

»Was kannst du uns über Ketzerei im Ort berichten?«

»Im Schloss doba sind se protestantisch, aber hindarum treffed se anander hoimlich und do globed d'Leit, dass es mit em Deifl zuagot. Der Oberketzar hoaßt Schwenckfelder; die Alte saged, dass dea frianer selber lang im Dorf g'wesa isch. Jedenfalls kommed se jetzt vo iberall, verstecket si bei eis, bringed verbotene Biachar mit und redet g'schwolla daher.«

»Hat jemand diesen geheimen Treffen beigewohnt?«

»Mei, ma redt halt viel, aber i kenn koan, der do amol derbei g'wesa wär. Mir Katholische treffed eis selber all Monat im Stille und beated de Roasekranz.«

Hörwarth schaute fragend in die Richtung der Ratsherren und des Schreibers, der ihm vermeldete, alles auf Papier zu haben.

»Ich fasse zusammen: Schadenzauber, tote Viecher, schwarze Vögel und ein angeblich rothaariger Teufel, mit dem sie in Unzucht lebt!«, resümierte Hörwarth und klang wenig überzeugt.

»Das wird eng für die Rehlingerin«, warf einer der Ratsherren ein.

»Nicht so schnell, mein Guter! Ich möchte daran erinnern, dass laut Artikel siebenundsechzig der Carolina nur zwei übereinstimmende Aussagen von Zeugen mit einwandfreiem Leumund als Beweis anerkannt werden. Uns fehlt ein zweiter Zeuge, meine Herren. Du bist entlassen, Huetter, die Sitzung ist geschlossen.«

»Es gibt no ebban im Dorf, der des bestätige kennt«, vermeldete der Huetter kleinlaut beim Hinausgehen.

»Warum hat sich dieser Zeuge noch nicht gemeldet?«, fragte der Richter. Magnus Huetter zuckte mit den Schultern, zog den Kopf ein und verschwand.

79

Augsburg, zwei Tage nach Christi Himmelfahrt* 1588

»OTTO, MACH LANGSAM, ich muss dringend mit dir reden«, wurde er zu seiner Überraschung von hinten angesprochen.

Otto drehte sich um. »David, hoffentlich hast du endlich gute Nachrichten von Raymund.«

»Lass uns irgendwo hingehen, wo wir ungestört sind, damit ich dir in Ruhe alles erzählen kann.«

Otto erkannte sofort an Davids gedämpftem Tonfall, dass es sich um nichts Erfreuliches handeln konnte. Gemeinsam gingen sie in das Domkonvikt. Auf dem Weg dorthin hatte

---

* 26. Mai

Otto böse Vorahnungen, dass mit Raymund etwas passiert sein könnte.

»Ich muss dir schlimme Kunde überbringen«, sagte David, als sie sich in der geräumigen Wohnung des Dekans an einen Tisch gesetzt hatten.

»Orator Pezzen hat mir aus Konstantinopel einen ausführlichen Bericht zukommen lassen, in dem es um Raymunds Verbleib geht. Sein Verschwinden in Buda war offensichtlich eine von langer Hand geplante Entführung, die hier in Augsburg durch die Falschanklage gegen ihn ihren Anfang genommen hat.«

Otto fuhr in die Höhe und schlug die Hände vors Gesicht. »Mein Gott, der arme Junge! Das ganze Unternehmen wurde eingefädelt, um ihn und seine Waffe in türkische Gewalt zu bringen?«

»Alles sieht danach aus. Vielleicht ist es auch die Rache des Sultans, der unbedingt wollte, dass ich selbst das Geschenk des Kaisers an die Hohe Pforte begleiten sollte. Das bedeutet, dass Raymund jetzt an meiner statt in türkischer Gefangenschaft schmachtet.« David Altenstetter senkte betroffen den Kopf.

»Was wollen die Türken von ihm?«

»Sie werden ihn dazu zwingen, alles herauszurücken, was er an Neuerungen im Waffenbau kennt. Und glaub mir, Raymund ist für die Türken ein Volltreffer, denn er besitzt eine Pistole, die an Präzision im ganzen Reich nicht zu übertreffen ist.«

»Werden sie ihm Gewalt antun?«

»Sie sind unberechenbar. Niemand kann es sagen.«

»Und wenn wir Lösegeld anbieten?«

»Der Orator schreibt, dass Raymund an einem unbekannten Ort sei, wo er als Gefangener im Waffenbau arbeiten muss. Ein Kontakt wäre nur über die Hohe Pforte möglich, dort gibt man sich aber bedeckt. Lösegeld würden sie höchstens akzeptieren, wenn er für sie wertlos geworden ist, das heißt, wenn sie alles Wissen aus ihm herausgepresst haben. Das haben die Nachforschungen des Orators ergeben.«

»Welch grausame Zeiten, die es zu überstehen gilt. Im ganzen Land wütet die Inquisition, es brennen die Scheiterhaufen, und mein Sohn ist in türkischer Gefangenschaft. Mein Gott, welche Last willst du mir noch aufbürden?« Otto seufzte lange.

80

Schongau, drei Tage nach Johannis* 1588

DURCH EINEN OHRENBETÄUBENDEN Lärm schreckte Landrichter Hörwarth an diesem Montagmorgen von seinem Schreibpult auf. Er ging ans Fenster, öffnete es einen Spalt und traute seinen Augen nicht.

* 24. Juni

Aufgeregte Bauern hatten einen ganzen Karren voller Hagelkörner vor den Eingang seines Amtshauses gekippt.

»Laune der Natur, päh! Da habt Ihr Eure Laune der Natur!«, schrie einer der Rädelsführer herauf. Ein anderer Bauer steckte seine Mistgabel in den Eisberg und trommelte mit seinen Fäusten an die Tür.

»Dean Sermon hau i letschts Johr scho vo am Rotsherrn g'heard, wia mir's Koare auf de Felder verfaulet isch und er g'moint hot, des isch halt Schicksal. Aber i sag ui, des isch koa Schicksal, des goht mit em Deifl um und seine Hexa, dia iberall in de Dörfer hocked und Wetter mached.«

»Mir kommed vo Denklinge, Bruck und Soyen. Bei eis in Soyen liegt der Hagel knöchelhoch.«

»Alles isch kaputt, bei mir auf em Feld stoht koi Halm mea!«

»Mir hot's drei Henna im Hof derschlaga!«

»Der Schäfar vo Sachsenried selber hot's Lebe lossa miassa und d'Hälfte von seine Schof sind hie!«

»Brennet endlich dia Wetterhexa, bevors no amol a Unglück gibt!«

»Was muass no alles passiera, dass die Bruat der Deifl holt?«

Das Geschrei der Männer wollte nicht enden. Gefährlich stachelte sich die aggressive Menge gegenseitig immer weiter an. Schon flogen die ersten knödelgroßen Eisbälle an die Hauswand, Scheiben splitterten, Mistgabeln und Schaufeln wurden bedrohlich geschwungen.

Der Richter hatte sich den Wochenbeginn anders vorgestellt. Hörwarth eilte zu seinem Stadtschreiber Ulrich Krampf hinunter und schickte ihn in Begleitung von vier bewaffneten Bütteln hinaus vor die Tür. Sie sollten die Leute beschwichtigen. Er selbst spähte weiter durch das Fenster auf das Geschehen.

»Hört auf mit dem Unsinn, Leute! Wir verstehen eure Sorgen und werden uns so schnell als möglich mit den Ursachen für dieses schreckliche Unwetter befassen. Welche Dörfer sind denn betroffen?«, fragte Ulrich Krampf in das Durcheinander hinein.

»Der Himmel war a ganze Stund lang schwarz. Do hosch koin Vogel mea g'heard. Dann isch es losganga, zerscht mit kloine Kigala, dann mit solche Kugla.« Der Bauer nahm einen der Eisbrocken aus dem Karren und zeigte sie dem Schreiber.

»Ang'fanga hot's z'Leeder, dann über Denhausa bis naufwärts nach Bruck und Soyen, vo Sachsenried bis num uf Altenstadt.«

»Dia Hexa vom ganze Gei hand ziemeg'spannt«, bekam er von einem anderen zu hören.

»Ich kann nichts anderes tun, als den Bürgermeister und den Rat darüber zu informieren, Leute.«

Die Bauern ließen sich nicht besänftigen und schrien weiter durcheinander:

»Hear mir doch auf mit em Birgarmoaschter!«

»Dea Birgarmoaschter und sei Rat tauged doch nix. Hol da Richter raus!«

»Ja, dea Hörwarth muass her!«

»Bringed des Pack in de Feichelturm und mached eane de Prozess!«

Ulrich Krampf gab den Bütteln das Zeichen zum Rückzug, er hatte Angst, dass die Bauern ihm an den Kragen gingen. Hörwarth öffnete schließlich sein Fenster.

»Über dieses schreckliche Unglück, das über eure Dörfer, Häuser, Vieh und Felder gekommen ist, werden wir eine Untersuchung einleiten und die Schuldigen, welchen Standes und Ansehens sie auch seien, zur Rechenschaft ziehen.«

»Gnua Palaver, Hörwarth! Hear auf mit deam dumma G'schwätz«, schrie es ihm aus der Menge zu.

»Eisre Kinder hungred und du mäschtescht dein fetta Wanscht!«

»Mir zinded dir dei Hitta a, wenn du idda bald ebbas gege dia Hexebruat unternimmsch!«

Hörwarth war klar, dass er sich nur mit konkreten Zusagen den Bauern gegenüber aus dieser Bedrängnis würde befreien können.

»Brenned dia Hexa!«

»Hol de Einäugige vo Dillinge, dea ruumt auf mit dera Hexerei!« Ein Raunen ging durch die Reihen. Immer mehr Leute stimmten dem Zwischenrufer zu.

»Ja, der Kardinal soll's richta, wenn sonsch nix mehr hülft!«

»Hol den Dominikaner!«

»Den Inquisitor, ja, den Inquisitor!«

»Dea Einäugige, ja, bringed den Einäugige in d'Stadt!«

»Hört mir gut zu! Zuerst einmal ist es Sache des inneren Rates, sich darum zu kümmern. Da es um ein Malefizverbrechen geht, werde ich mit den Herren sprechen und die herzogliche Kanzlei in München zu Rate ziehen. Wenn ihr darauf besteht, werde ich nach Dillingen schreiben lassen und kirchlichen Beistand einholen. Ich verspreche euch, dass alle Verdächtigen arretiert werden. Wer Aussagen machen kann, Beobachtungen zu melden hat oder Hexenweiber kennt, soll dies beim Schreiber zu Papier bringen lassen. Alle anderen sollten nach Hause gehen und um die Gnade und Hilfe des Himmels beten, dass er uns in dieser schwierigen Zeit helfen möge.«

Die Zusage Hörwarths, den gefürchteten Inquisitor einzuschalten, war die richtige Reaktion. Sie sorgte für reichlich Gesprächsstoff unter den Bauern und konnte die erhitzten Gemüter etwas besänftigen.

Schließlich löste sich die Versammlung vor dem Amtshaus auf und eine Handvoll aufgeregter Bauern drängte sich anschließend im Vorraum der Schreibstube, um die verdächtigen Weiber anzuzeigen. Als wieder Ruhe auf der Gasse eingekehrt war und die Disputationen sich in die umliegenden Gasthäuser verlagert hatten, ließ sich Richter Hörwarth die Liste zeigen, auf der fein säuberlich neun Namen notiert waren:

Weißin Agnes aus Peiting, Zeitzlerin Apollonia aus Dienhausen, Riegerin Catharina und Riegerin Zeule aus Bruck, Schwaigerin Babett, Baderin Anna, Leutterin Margareth, Heßin Katharina aus Soyen und Rehlingerin Helena aus Leeder.

Betroffen legte er das Blatt auf den Tisch und bekreuzigte sich dreimal.

»Die Rehlingerin, also doch! Wer hat ihren Namen auf die Liste gesetzt?«, fragte er den Schreiber. »Die waren zu zweit. Leute aus Leeder. Sie war vornehm gekleidet, hat das Wort geführt und geschrieben. Er war eher ärmlich und hat nur immer genickt«, antwortete Krampf.

»Da weht den Lutherischen ein eiskalter Wind entgegen. Das Bauernvolk braucht seine Opfer. Mit der Gemütlichkeit ist es jetzt vorbei. Diese Sache wird uns für lange Zeit beschäftigen, Krampf.« Er erinnerte sich an die Auseinandersetzungen mit dem Dominikanerpater Coelestis, der ihm vorgeworfen hatte, nicht konsequent genug gegen den Rehlinger gewesen zu sein. Schon damals hatte er ihm mit dem Kardinal gedroht.

Vielleicht hätte er bereits früher härter durchgreifen sollen. In diesem Fall musste er auf der sicheren Seite sein, auch wenn es ihm widerstrebte. Die Ausmaße dieser Anschuldigungen übertrafen alles bisher Dagewesene. Er kam wohl nicht mehr an der Inquisition vorbei.

»Schlimme Zeiten kommen auf uns zu, mein lieber Krampf. Schreib dem Bürgermeister, dass er für all diese Weiber einen Haftbefehl veranlassen soll. Gleichzeitig schick einen Boten nach Dillingen und bitte den Bischof, in Gottes Namen, um die persönliche Unterstützung des Inquisitors. Ich werde selbst die Hofräte in München konsultieren. *Et ne nos inducas in tentationem, sed libera nos a malo!**« Hörwarth ließ sich erschöpft in einen Sessel fallen. Er hatte Schweißperlen auf der Stirn und atmete schwer.

»Wie Ihr befehlt, aber gestattet die Frage: Geht es Euch nicht gut? Ihr seid so blass? Soll ich den Bader holen?«

»Lass es gut sein, Krampf, nur eine kurze Konfusion. Sich für das Ende das Schlimmste vorzustellen, hilft oft dazu, den Anfang besser zu überstehen. Ich habe bis jetzt noch kein peinliches Verfahren führen müssen, aber glaub mir, Krampf, in diesem Fall wird das Ende für alle angeklagten Weiber der Scheiterhaufen sein.«

Richter Hanns von Hörwarth erhob sich schwerfällig, klopfte seinem Schreiber auf die Schulter und verließ das Amtshaus. Selbst für die Kinder, die fröhlich mit den Eisbällen spielten, hatte er keinen Blick mehr übrig. Er stapfte mit einem unguten Gefühl über die dahinschmelzenden Hagelkörner in einen trügerisch blendenden Sommertag hinaus. Auf sein Gefühl, ja, darauf hatte er sich immer verlassen können.

---

* Und führe uns nicht in Versuchung, sondern erlöse uns von dem Bösen.

81

Szolnok, im Sommer 1588

Über ein Jahr war bereits vergangen. Raymund hatte sich alles ganz anders und vor allem viel schneller vorgestellt. Ein erster Lichtblick war ein Pferdeschmied gewesen, der ihm nach zwei Tagen den Eisenring von seinem Knöchel abgeschlagen hatte; dann war wochenlang gar nichts mehr geschehen. Die Türken waren zwar in der Lage, schwere Geschütze zu gießen, doch von Hakenbüchsen oder gar Pistoletten hatten sie keinen blassen Schimmer. Dem Oberaufseher versuchte er mit Händen und Füßen zu erklären, welche Materialien er für seine Waffe benötigen würde. Der reagierte meist mit Schulterzucken. Viele Bezeichnungen von Werkzeugen waren gar nicht zu übersetzen. Allmählich begriff Raymund, dass die Türken in Szolnok verzweifelt versuchten, eine Waffenschmiede aufzubauen, und diese hauptsächlich von Gefangenen betreiben lassen wollten. Die Werkzeuge und die Ausstattung hingen um hundert Jahre hinter Betrieben her, wie sie es zu Dutzenden in Augsburg gab. Der Kanijeli Pascha, der Statthalter der Provinz, hatte ihm bereits am ersten Tag ausrichten lassen, dass die Dauer seiner Gefangenschaft von seiner Leistung abhängig sei.

Je schneller es mir gelingt, meine Pistole in Serie herzustellen, desto kürzer wird die Knechtschaft. Raymund wiederholte es sich immer wieder. Zum Zeichen ihres guten Willens behandelten sie ihn nicht mehr wie ein Tier, sondern wie einen Menschen. Statt in einem riesigen Stall durfte er allein in einer eigenen Kammer schlafen. Man gab ihm Kleidung und Schuhe. Sie gestatteten ihm, seine Haare wachsen zu lassen und an den gemeinsamen Mahlzeiten teilzunehmen. Fast hätte er behaupten können, dass es ihm an nichts fehlte, wenn nicht die Sehnsucht nach Helena an ihm genagt hätte. Nicht zu wissen, wie es ihr ging, war das Schlimmste für ihn. Er hatte sogar Papier organisiert. All seine Versuche, einen Brief an Marco nach Augsburg zu schicken, endeten an der Zugbrücke. Nichts, aber auch nicht das kleinste Stück Papier konnte unbemerkt die Inselfestung verlassen. *Mein Gott, schick mir Hilfe! Lass den Albtraum schnell enden und bewahre mich vor dem Bösen!* Zum Bau seiner Pistole fehlten ihm schlicht die Mittel, die Werkzeuge und das Material. Er kämpfte seine aufkommende Verzweiflung nieder.

82

Schongau, ein Tag nach Sankt Lukas* 1588

VERZWEIFELTE HILFERUFE UND herzzerreißendes Wimmern drangen immer wieder aus den anderen Zellen, und das Tag und Nacht. Helena hatte lange geglaubt, dass alles nur ein böser Traum sei und sie irgendwann daraus erwachen würde. Doch sie war eine Gefangene. Langsam machte sich das Entsetzen breit, von dem sie nie geglaubt hatte, dass sie es durchleben würde. Ohnmacht, Hilflosigkeit und das Gefühl, nichts mehr in der eigenen Hand zu haben, füllten sie aus. Sie wusste nicht mehr, wie lange sie schon hier war, jedes Zeitgefühl war verschwunden. Nur am Geläut der Kirchen konnte sie Sonntage und Werktage unterscheiden.

Diese Schmach, mit Gewalt gefesselt und auf einem offenen Karren durch das Dorf gezogen zu werden, dem Gespött der Bauern ausgeliefert, den flehentlichen Händen Georgs entrissen. Wie war es möglich gewesen, dass man sie überhaupt verhaften und zusammen mit einem Dutzend alter Weiber in dieses kalte Gefängnis hatte sperren können? Sie hatten ihr die Anklage vorgelesen und sie dann allein gelassen. Es konnte nicht richtig sein. Durch eine Öffnung, kaum größer als eine Schießscharte, gelang es der Sonne, einen schmalen Lichtstrahl in ihre armselige Behausung zu werfen. Aber Helena hatte wenig Freude am Licht, sie ekelte sich vor ihrem eigenen Aussehen. Man hatte ihr die Kleider weggenommen, die Haare abgeschnitten und sie in einen Rupfensack gesteckt. Sie

* 18. Oktober

hätte sich am liebsten am ganzen Körper gekratzt, so juckte es. Das Schlimmste aber war, dass sie nicht wusste, wie es weiterging. Die Ungewissheit, ob man sie foltern und damit brechen würde. Schon am ersten Tag hatte man sie gezwungen, im Keller der Fronveste* die Folterwerkzeuge anzuschauen: Daumenschrauben und Streckgalgen. Bei der Vorstellung, dass man sie dieser Tortur unterziehen könnte, hatte sie einen Schreikrampf bekommen. Sie hatte Angst wie noch nie in ihrem Leben. Sie war nicht so stark, wie die anderen glaubten. Die Schmerzen würden sie schnell zu einem Geständnis zwingen. Das wäre ihr Todesurteil. Vor Kälte zitternd saß sie auf einem Haufen Stroh, mit einem Bein an die Wand gekettet, und versuchte, sich vom stinkenden Kübel ihres eigenen Unrats fernzuhalten. Ihre Tränen waren längst versiegt. Sie haderte mit ihrem Unglück, sie war doch eine Rehlingerin, ihre Familie mächtig und einflussreich. Es hätte niemals so weit kommen dürfen. Der Vater hätte sich an den Herzog gewandt und alles in Bewegung gesetzt. Aber ihr eigener Bruder hatte sie im Stich gelassen und Augsburg war weit entfernt.

Wenn doch die Els meine Nachricht bekommen würde. Raymund, ja der würde mich hier herausholen, wenn es sein müsste, auch mit Gewalt. Raymund, mein Liebster, wo bist du nur? Er hatte ihr versprochen, noch vor dem letzten Winter wieder zurück zu sein. Seit anderthalb Jahren gab es kein Lebenszeichen, keinen Brief und keine Nachricht mehr von ihm. Sie wollte nicht daran denken, dass ihm etwas zugestoßen sein könnte. Dann hielt sie inne. Es war ein Klopfen aus der angrenzenden Zelle, das sie aus den Gedanken riss.

»Wer bist du?«, rief sie.

»Es gibt einen winzigen Spalt zwischen dem dritten und vierten Stein vom Eingang aus.«

---

* Burg, Verlies, Gefängnis.

Sofort versuchte Helena, dorthin zu gelangen, und tatsächlich sah sie in der Entfernung ein Auge. »Ich bin Babett, Schwaigerin aus Soyen. Sie haben mich nach dem Hagel eingesperrt. Wie heißt du?«

»Helena, ich bin eine Rehlingerin aus Leeder. Bei uns hat es nicht gehagelt. Ich weiß nicht, warum ich hier bin, vielleicht, weil ich zwei zahme Krähen habe.«

»Ja, das reicht schon aus, aber oft ist es so, dass sie dich anklagen, weil sie bei einer Verurteilung mit deinem Besitz rechnen«, antwortete Babett und Helena grübelte über diese Behauptung.

»Glaubst du, dass du deswegen hier bist?«, fragte Helena.

»Vor einem Jahr habe ich meinen Mann verloren, seitdem lebe ich mit meinen zwei kleinen Kindern, den Mägden und Knechten allein auf dem Hof. Mit den Feldern und Äckern ein ganz schönes Vermögen.«

»Haben sie dich gefoltert?«, fragte Helena.

»Ja, einmal; ich habe alles gestanden, aber am nächsten Tag widerrufen. Die Schmerzen sind das eine, aber diese geifernden Blicke …« Helena hörte Babett schluchzen und zuckte zusammen.

»Lass uns später weitersprechen, ich höre den Schließer.«

Schritte und Schlüsselgeklimper drangen durch die Zellentür, dann öffnete sich ihr Verlies. Der Turmwärter hatte während all der Zeit kein einziges Wort mit ihr gesprochen. Wie jeden Tag stellte er ihr eine hölzerne Schüssel mit einer dünnen Suppe und einen Kanten Brot vor die Füße. Den Kübel leerte er alle drei Tage.

»Bitte, bitte, kannst du mir nicht einen Gefallen erweisen und ein Stück Papier mit einem Schreibstift besorgen? Es muss doch möglich sein, mit einem Anwalt zu sprechen!«, flehte sie.

Der Alte schaute sie zwar mitleidig an, schüttelte aber den Kopf und drehte sich weg. Die Tür fiel ins Schloss und sie war wieder allein.

Helena setzte sich wieder auf das Stroh. Die Gedanken an ein Verhör machten sie fast wahnsinnig.

Mein Gott, schick mir Hilfe! Du kennst meine Unschuld, bewahre mich vor dem Bösen! Wie sollte sie diesem Gefängnis entkommen? Sie zog die Knie an den Körper, presste die Augen zusammen und hielt sich die Ohren zu, damit sie das Wimmern aus den anderen Zellen nicht hören musste. Die Tage waren lang, die Nächte bitterkalt und sie wollten nicht enden. Wenigstens konnte sie jetzt mit jemandem sprechen.

83

Konstantinopel, November 1588

Safiye hatte sich Orator Pezzen kommen lassen. Sie stand mit ihrem Palasteunuchen im Audienzsaal. Ihre Enttäuschung darüber, dass bei der Geschenkübergabe der neuen

Delegation aus Wien vor einem Jahr der versprochene Augsburger Künstler nicht mit dabei gewesen war, hatte sich gelegt. Die Uhr des Meisters hatte dazu beigetragen, auch wenn sie ohne ihn in den Palast gekommen war. Es war Liebe auf den ersten Blick. Sie war ein Wunderwerk und überragte alle anderen Geschenke. Der Sultan hatte sie ihr überlassen. Die Uhr war mit denselben fantastischen Tieren und Girlanden geschmückt wie ihre Waffe. Die Farben leuchteten auf geheimnisvolle Weise, selbst nachts genügte ein Kerzenschimmer, um das Werk zum Strahlen zu bringen. Die Stunden waren durch Tierkreiszeichen dargestellt, der Zeiger und die Säulen waren mit Gold eingefasst und in der Frauenfigur, die auf dem Deckel thronte, glaubte sie sich selbst zu erkennen.

»Ihr könnt den Orator hereinlassen«, befahl sie den beiden Türhütern. Bartholomäus Pezzen kam in Begleitung seines Adjutanten, verneigte sich vor ihr und trat zwei Schritte zurück.

»Ihr habt uns bei Eurer Ankunft ein wunderbares Geschenk des Augsburger Künstlers Altenstetter überbracht, Orator. Die Vereinbarung war, dass der Meister selbst das Werk überbringen sollte. Woran ist das Unternehmen gescheitert?«

»Verehrte, hochgeschätzte Prinzessin! Es freut mich, dass Ihr die Kunst der deutschen Meister so bewundert. David Altenstetter, so wurde es mir vom kaiserlichen Hof mitgeteilt, steht seit Längerem wegen ungeklärter Religionszugehörigkeit unter Beobachtung der Inquisition. Ein Verlassen des Landes nach Konstantinopel hätte man ihm in dieser Situation als Flucht ausgelegt, was eine Schließung seiner Werkstatt zur Folge gehabt hätte. Er hat seinen fähigsten Mitarbeiter an seiner Stelle auf diese Reise geschickt und es ist für uns alle ein unerhörter Vorgang, dass Raymund Rehlinger in Buda mit Gewalt entführt und verschleppt wurde.«

»Jede kaiserliche Delegation steht unter dem besonderen Schutz des Sultans. Die Entführung eines einzelnen Teilnehmers, wie sie in Buda geschehen ist, wurde weder von uns befehligt, noch hatten wir davon Kenntnis. Der Verbleib des Rehlingers, sollte er sich auf unserem Staatsgebiet aufhalten, wird schnellstens aufgeklärt werden.«

»Dafür war nun mehr als ein Jahr Zeit, verehrte Prinzessin. Ihr werdet verstehen, dass ich Euren Beteuerungen, zumal Euer Reich straff von der Hauptstadt aus geführt wird und es keinen Ort gibt, der sich dieser strengen Hierarchie entziehen könnte, keinen Glauben schenken kann.«

»Hätte ich Euch gerufen, um nach dem Verbleib des Künstlers zu fragen, wenn ich bereits um das Verschwinden seines Stellvertreters und dessen Hintergründe gewusst hätte?«

»Sollte dem Rehlinger irgendetwas zugestoßen sein und sich sein Verbleib nicht in Kürze aufklären, wird das die diplomatischen Beziehungen unserer Länder schwer belasten. Das kann ich Euch im Namen des kaiserlichen Hofs in Prag übermitteln.« Der Orator verbeugte sich, drehte sich um und verließ den Saal.

Safiye hatte den dringenden Verdacht, dass irgendjemand dort oben im besetzten Ungarn sich den Befehlen des Sultans widersetzte. Das konnte nicht geduldet werden.

»Ruft mir den Aga, den Beylerbey und den Dolmetsch!«, rief sie den Türhütern zu. Im selben Moment wurde ihr schmerzlich bewusst, dass ihr Lieblingsdolmetsch gar nicht in der Stadt war.

84

Schongau, zwei Tage nach Allerseelen* 1588

Die Nächte wurden immer kälter und Helena konnte sich nur notdürftig mit einer Decke davor schützen.

»Du bist doch auch unschuldig. Glaubst du noch an Gott und die Kirche, Helena?«, fragte Babett durch den Spalt.

»Ich glaube fest an Gott und das Evangelium, aber nicht an die Kirche. Bis heute habe ich streng nach den Geboten gelebt und nichts Böses getan. Es ist eine himmelschreiende Ungerechtigkeit, dass wir hier eingesperrt sind.«

»Dreimal können wir widerrufen, dann nehmen sie keine Rücksicht mehr und beantragen das Urteil aus München.« Wieder hörte sie Babetts Wimmern. Wie verzweifelt musste sie sein? Helena mochte nicht daran denken, wie es ihr ergehen würde.

Auf einmal hörte sie Gemurmel vor der Tür und gleich darauf drehte sich der Schlüssel.

»Ihr habt eine Viertelstunde«, vernahm sie die tiefe Stimme des Gefängniswärters, dann trat ein großer weißhaariger Mann im schwarzen Priestergewand in die Zelle. Er kniete sich neben sie und legte seinen Zeigefinger auf den Mund, so, dass der Schließer es nicht sehen konnte. Die Tür fiel ins Schloss.

Erst jetzt erkannte sie ihn. Im letzten Moment unterdrückte sie einen Aufschrei. »Georg, wie kommst du …? Hast du Neuigkeiten von Raymund?«

---

* 2. November

Helena richtete sich auf und drückte ihren Kopf an seine Brust. Georg umarmte sie.

»Mein Gott, wie haben sie dich zugerichtet?« Er strich ihr sanft über die Haarstoppeln.

»Die Els war bei mir. Sie ist in größter Sorge um dich. Man spricht davon, dass der Moosmüller schon im Januar gegen dich ausgesagt haben soll. Nach dem Hagelwetter gab es dann den erforderlichen zweiten Zeugen.«

»Das habe ich diesem Miststück von Tradel zu verdanken. Der Huetter bringt doch sonst nicht das Maul auf. Bestimmt hat sie ihn bestochen. War die Els nicht bei dieser Anhörung dabei?«

»Eine weitere Verteidigung durch sie ist nicht mehr möglich, das haben die Dominikaner verhindert. Sollte es zu einer peinlichen Befragung kommen, dann wärst du verloren. Von Raymund habe ich nichts gehört.«

»Was ist bloß mit ihm geschehen? Mein Liebster, er muss doch wissen, was sie mit mir hier vorhaben. Bring mich hier raus, Georg, ich bitte dich, um alles in der Welt.« Helena packte ihn mit aller Energie, die sie noch hatte, an den Schultern und schüttelte ihn verzweifelt.

»Wir werden gemeinsam alles daran setzen. Es gibt einen Plan, aber es wird nicht einfach werden. Um das Gefängnis lebend verlassen zu können, gibt es nur einen einzigen Ausweg, sagt die Els …« Helena legte ihren Finger auf die Lippen. »Psst, die Wände haben Ohren.«

Georg senkte die Stimme: »Du musst schwanger sein. Eine Schwangere darf weder im Gefängnis sitzen noch der Folter unterzogen werden. Das sind die Vorschriften der Constitutio Criminalis Carolina, an die sich jedes Malefizgericht zu halten hat. Man muss dich in ein Spital bringen. Von da aus wird es einfach sein, eine Flucht zu planen. Die Els hat mich beauftragt, dir das auszurichten. Sie hat mir eine Salbe mitgegeben, solltest du wunde Stellen haben.«

Helena verspürte einen Hoffnungsschimmer.

»Du bist der Engel, den ich vom Himmel erbeten habe. Die gute Els. Ich wusste, dass ihr mich nicht im Stich lassen würdet. Aber wie um Gottes willen soll ich hier ohne Mann schwanger werden?«

»Das wissen Weiber doch am besten. Ich komme jetzt jede Woche. Wenn deine fruchtbare Zeit ansteht, bringe ich dir die notwendige – nun ja – Flüssigkeit körperwarm in einer Schweineblase, so hat es mir die Els erklärt. Wie ich das in meinem Alter anstellen soll, weiß ich auch noch nicht. Um alles andere musst du dich selbst kümmern.« Helena hatte zwar bei der Els allerhand über den weiblichen Körper, Wehen und Geburtsschmerzen gelernt, aber sie zuckte dennoch zusammen. Sie versuchte, sich krampfhaft vorzustellen, wie das zu bewerkstelligen sei.

»Sollte das wirklich die einzige Rettung sein, dann werde ich es tun. Gleichwohl wird aber der Verdacht der Vaterschaft auf dich fallen.«

»Ach, Helena, ich bin ein alter Mann. Keiner wird auf die Idee kommen, dass ich etwas damit zu tun haben könnte.«

In diesem Moment wurde die Tür aufgestoßen und der Turmwärter platzte herein.

»Der Sand ist durchgelaufen, Herr Pfarrer. Ich muss Euch bitten herauszukommen. Der Hex könnt Ihr sowieso nicht mehr helfen.«

Georg erhob sich. »Nicht so voreilig, mein Herr! Die Gefangene hat das Recht auf regelmäßigen geistlichen Beistand. Ab jetzt werde ich jede Woche kommen.« Er beugte sich noch einmal zu Helena herunter und führte den Mund nah an ihr Ohr. »Du bist auf der Liste der Beschuldigten die

Letzte. Anscheinend gehen sie danach vor. Da aber jede peinliche Untersuchung der Genehmigung aus München bedarf, kann es noch lange dauern, bis du an der Reihe bist. Halte durch, wir beten Tag und Nacht für dich.«

»So, jetzt ist Schluss, Hochwürden!«

Helena musste mit ansehen, wie der Wärter ihren Engel unsanft an der Schulter packte und ihn rückwärts aus der Zelle zog. Im Hinausgehen warf Georg ihr einen aufmunternden Blick zu, dann war sie wieder allein. Sie fuhr sich mit beiden Händen durch ihre Stoppelhaare.

»Hast du Besuch bekommen?«, fragte Babett, nachdem die Tür wieder geschlossen war.

»Es war ein Geistlicher, er kommt aus Leeder, Babett. Er rät mir, wie auch immer, schwanger zu werden, dann dürften sie mich nicht mehr gefangen halten.« Lange Zeit war Stille.

»Ich wüsste nicht, wie das gehen sollte, aber ich wünsche es dir so, Helena. Versprich mir eins: Wenn du hier herauskommst, geh zu meinem Bruder Andreas Schwaiger, er ist der Wirt in Erbenschwang und sag ihm, dass ich unschuldig bin und nur unter der Folter gestanden habe.«

»Ich verspreche es dir, Babett, aber noch ist es nicht so weit.« Sie setzte sich wieder auf das Stroh.

Gott im Himmel, ich vertraue auf deine Fügung, du lässt mich nicht im Stich. Endlich gibt es einen Funken Zuversicht. Georg, mein Engel, er hatte Caspar so nahegestanden wie kein anderer. Er wird es nicht zulassen, dass sie mich umbringen. Durch den Fensterspalt in der Wand sah sie auf einen Ausschnitt der herbstlich bunten Lechauen und seufzte.

Freiheit lernt man erst dann zu schätzen, wenn sie einem genommen ist. Raymund, mein Liebster, unser gemeinsames Leben hat noch nicht einmal richtig begonnen und nun soll in mir ein Kind wachsen, das nicht von dir ist. »Aber ich weiß, wenn du in meiner Haut stecken würdest, du würdest ebenso handeln«, flüsterte sie.

85

Augsburg, vier Tage nach Sankt Martin* 1588

DER SCHNEE LAG bereits vier Fuß hoch. Domdekan Otto von Gemmingen bahnte sich nach dem Gottesdienst mühsam einen Pfad über den Domplatz zurück in seine Wohnung. David Altenstetter hatte dort auf ihn gewartet.

»Otto, stell dir vor, sie haben Raymunds Helena in Schongau inhaftiert, wegen angeblicher Hexerei. Wir dürfen es nicht zulassen, dass sie gefoltert wird. Von Marco weiß ich, dass sie sich bei der Wahrsagerin in Ettringen versteckt gehalten hat. Sie steht wohl noch immer mit ihr in Verbindung. Kannst du nicht deinen Einfluss in Dillingen geltend machen? Wenn Helena etwas zustoßen würde, könnte ich Raymund nicht mehr unter die Augen treten.« David sah Otto flehend an.

* 11. November

»Einfluss, David, habe ich so gut wie gar keinen! Du weißt, dass ich alles in meiner Macht Stehende tue, um das grausame Hinschlachten von unschuldigen Frauen zu verhindern. Aber bei der herrschenden Konstellation von Bischof und seinem willfährigen Vollstrecker bin ich hilflos. Es ist beinahe unmöglich, jemanden den Fängen der Inquisition zu entreißen.« Otto legte dem Goldschmied in einer verzweifelten Geste die Hand auf die Schulter. Sekundenlang standen sie schweigend, dann spürte Otto, wie ein Ruck durch den Goldschmied ging.

»Ich glaube, ich habe eine Lösung, Otto! Der Geizkofler muss her. Er steht in meiner Schuld und geht beim Kaiser ein und aus. Schließlich sollte ich die Delegation mit einem Geschenk nach Konstantinopel begleiten. Er wird Raymund irgendwie freibekommen, aber der Malefizprozess gegen Helena Rehlinger muss dem Herzog schnellstens entrissen werden und in Reichsobhut gelangen.«

»Und dann? Glaubst du wirklich, dass die abgeordneten Richter des Kaisers eine protestantische Ketzerin, hinter der die Inquisition her ist, gegen den Willen des Bischofs laufen lassen werden?«, fragte Otto.

»Wir dürfen es gar nicht so weit kommen lassen«, schlug David vor.

»Was meinst du damit?«

»Nun, wenn der Prozess verlegt wird, wird man sie aus dem Gefängnis holen, aber sie darf nie in Augsburg ankommen. Wir müssen sie vorher verschwinden lassen, verstehst du?«

In Otto dämmerte es langsam. »Ich denke, dass ich verstanden habe, David«, antwortete er.

Die beiden umarmten sich zum Abschied und David verließ das Domkonvikt.

Otto ließ sich an seinem Schreibtisch nieder und stützte sich auf beide Arme.

Es läuft auf eine Entführung hinaus. Ein Frauenkloster, ja, das könnte die Lösung sein. Mutter Barbara, die Äbtissin der Zisterzienserinnen in Oberschönenfeld, wird mir sicherlich diesen Gefallen tun, oft genug habe ich für ihre Buchmalerinnen das teure Papier aus Ravensburg organisiert. Der Klosteralltag wird für das junge Weib wie eine Befreiung sein, wenn sie den Fängen der Inquisition entrissen ist. Otto lehnte sich zurück. Er hatte einen Plan, und er wollte sofort alles Nötige unternehmen, um diesen in die Tat umzusetzen.

86

Dillingen, Tag der unschuldigen Kinder* 1588

»Wir werden für längere Zeit im Süden des Hochstifts zu tun haben. Wetterhexereien, Schadenzauber, tote Viecher und allerhand Teufelsbuhlen warten auf uns. Vierzig Weiber

* 28. Dezember

wollen examiniert und abgeurteilt werden. Der Schongauer Landrichter hat schon im Sommer um unsere Hilfe gebeten. Richte dich auf eine längere Reise ein, Paschalis. Am Tag nach der Erscheinung des Herrn reisen wir ab.«

Paschalis biss sich auf die Lippe. Es war so weit, das war das Zeichen. Er kannte Schongau; schon als sie auf dem Weg von Rom nach Dillingen gewesen waren, hatten sie dort Halt gemacht. Von dort wäre es nicht mehr weit nach Italien. Er hasste bereits das Wort *Inquisition*, diese perfide Organisation, er hatte genug von angeblicher Wahrheitsfindung. Paschalis hätte es am liebsten hinausgeschrien, laut und mächtig, nur ein einziges Mal, so, dass es dröhnend von den Wänden hallte ... Es war ihm nicht vergönnt. Er musste immer nur zuhören, zuhören und mitschreiben. Es war Zeit für einen letzten Punkt. Paschalis hatte noch zehn Tage Zeit, um all seine Sachen zusammenzupacken.

87

Schongau, drei Tage nach Epiphanias* 1589

SELTEN WAREN SIE so feierlich empfangen worden. Weit vor der Stadt läuteten ihnen alle Kirchenglocken entgegen. *Das verschneite Schongau bietet schon aus der Ferne einen wunderschönen Anblick,* dachte Paschalis, als der schwarze Wagen, der auf Schlittenkufen montiert war, an diesem kalten Spätnachmittag der Stadtmauer näher kam. *Die letzte Station meines langen Kreuzwegs,* hoffte Paschalis inständig, als sie durch das Stadttor fuhren.

Der Wagen hielt vor der Stadtkirche, vor deren Portal sie der Stadtpfarrer begrüßte. Unter den Klängen des *Lucis creator optime lucem dierum proferens*** schritt der Großinquisitor neben dem zufrieden lächelnden Pfarrer an Paschalis' Arm durch den Mittelgang der Kirche. Coelestis und sein Confrater folgten ihnen.

Die Kirche war zum Bersten gefüllt. *Ob die Menschen wissen, was sie sich mit uns in die Stadt geholt haben?*, fragte er sich. Paschalis hatte den Stock des Kardinals an sich genommen, damit er mit der Rechten die Gläubigen segnen konnte. Sein Ruf, innerhalb von kurzer Zeit eine Stadt vom Teufel säubern zu können, hatte sich schnell im ganzen Land verbreitet. Jetzt war er leibhaftig gekommen. Sein entstelltes Antlitz sorgte immer noch für Entsetzen. Paschalis zählte mehrere Frauen, die beim Anblick des Kardinals in Ohnmacht gefallen waren und hastig aus der Kirche getragen wurden.

---

* 6. Januar
** Du bester Schöpfer des Lichts, der du das Licht der Tage hervorbringst.

Im Altarraum angekommen, stellte sich der Inquisitor vor die Kommunionbank, schob langsam die schwarze Kapuze nach hinten und drehte sich um.

»*Dominus vobiscum!*[*]«, rief er den Menschen zu und ein verhaltenes »*Et cum spiritu tuo*[**]« erklang zurück, weil viele erst jetzt die leere Augenhöhle und das vernarbte Gesicht sehen konnten. Das letzte schummrige Licht der Dämmerung, der weiße Atemdampf der Anwesenden und die flackernden Kerzen machten aus dem Kardinal ein Wesen wie aus dem Jenseits, ein nie gesehenes Beispiel an Hässlichkeit.

Paschalis stand in geringem Abstand hinter ihm und wusste, wie sehr der Alte es genoss, seine entstellte Fratze ohne seine Augenklappe zur Schau zu stellen und den Menschen damit einen Schauer über den Rücken laufen zu lassen.

»Euer Land leidet unter teuflischen Zauberinnen, die euch die Ernte verderben, das Vieh töten, Totgeburten erleiden lassen und kraft der vom Bösen gegebenen Macht Schaden zufügen.«

Zustimmendes Gemurmel erklang.

»Aber glaubt ja nicht, dass ihr daran unschuldig seid! Denn der Teufel findet keinen Gefallen an einem frommen und gottesfürchtigen Volk. Liederlicher Lebenswandel, Sünde und Missachtung der Gebote Gottes haben das Böse angezogen und den Nährboden geschaffen, den es braucht, um sich bei euch einzunisten.«

Ein leises Jammern und Seufzen ging durch die Reihen, die Menschen senkten betreten die Köpfe.

»Schämt euch eurer Vergehen! Kehrt um, tut Buße und betet für eure Seelen, denn nicht hier auf Erden findet ihr euer Heil, sondern dereinst in der Ewigkeit! Jedoch ewige Verdammnis wird den erwarten, der sich verweigert und durch

---

* Der Herr sei mit euch!

** Und mit deinem Geiste.

Hochmut, Geiz, Wollust, Völlerei und Faulheit den Herrn beleidigt.« Der Kardinal erhob seine Rechte und steigerte seine Stimme bedrohlich, während im Kirchenschiff ängstliches Wimmern zu hören war.

»Euer Rat und der Stadtrichter haben in Zeiten schwerster Bedrohung durch das Böse nach der heiligen Inquisition gerufen. Wir, die Wir vom Stellvertreter Gottes auf Erden persönlich ermächtigt sind, diesen Kampf zu führen, versprechen hiermit, dass Wir mit eurer Hilfe die Sünderinnen, deren Leiber sich die Heerscharen der Hölle bemächtigt haben, durch das reinigende Feuer erlösen. Betet für uns alle, die wir als Werkzeug des Himmels den Höllenmächten entgegentreten und sie in die Schranken weisen werden. *Angelis suis mandavit de te*«, sang der Kardinal krächzend zum Abschluss seiner Ansprache und »*ut custodiant te in omnibus viis tuis**«, antwortete die Gemeinde.

Der Pfarrer stimmte den Schmerzhaften Rosenkranz an, und auf sein Zeichen geleitete Paschalis den Kardinal zu einem Lehnstuhl, in den er sich erschöpft setzte. Dort verbarg er sein Gesicht unter der Kapuze. Paschalis hatte den Eindruck, dass diese Auftritte für den Kardinal immer beschwerlicher wurden.

Nur wenige Schritte weiter den Marktplatz hinunter herrschte im »Sternen« geschäftiges Treiben. Gerhild, ihre Tochter Maria und die anderen Bediensteten hatten alle Hände voll zu tun, um die fünf Zimmer herzurichten, die die geistlichen Herren aus Dillingen beziehen wollten. Der Semmerwirt scheuchte das Personal herum und schrie nervös durch das ganze Haus. Der Pfarrer hatte ihn erst einen

* Er hat seinen Engeln befohlen, dass sie dich behüten auf allen deinen Wegen.

Tag vorher mit der fadenscheinigen Begründung, dass er im Pfarrhaus nicht genügend Betten habe, gebeten, die ungewöhnlichen Gäste aus Dillingen zu beherbergen. In der Stadt wurde offen darüber getratscht, dass der Pfarrer mit seiner Haushälterin im Konkubinat lebte.

»Kehr nicht immer den ganzen Dreck in die Ritzen, Maria!«, tadelte Gerhild ihre Tochter.

»Je mehr Staub und Unrat zwischen den Böden liegt, umso weniger hört man die Bretter knarren«, erwiderte Maria, doch Gerhild reagierte nicht darauf.

»Was hast du denn, Mutter?«, fragte Maria besorgt, als sich Gerhild auf die Bank neben dem Ofen sinken ließ, in den sie gerade Holz nachgelegt hatte.

»Ich habe Angst vor diesen Leuten. Die Weissagung der Els, dass das Böse ins Haus kommen werde, lässt mich nicht mehr ruhig schlafen. Ich solle jemandem die Tür öffnen, der ihm die Maske herunterreißen wird. Der Inquisitor ist da. Schon bald werden sie drüben in der Fronveste mit den peinlichen Befragungen anfangen. Die armen Weiber sind alle verloren und werden noch viele andere Unschuldige mit ins Feuer reißen, weil sie alles gestehen werden, was man ihnen in den Mund legt. Wir müssen Angst haben, dass eine von uns denunziert wird, schließlich sind wir verdächtig, weil wir nicht regelmäßig zu den Gottesdiensten gehen.« Gerhild schnäuzte in ihr Taschentuch, wischte sich die Tränen von den Wangen und nahm ihre Tochter in den Arm. »Du kannst dir nicht vorstellen, wie furchtbar diese Erniedrigungen und seelischen Schmerzen sind, Maria. Ich habe alles am eigenen Leib miterlebt. Und dabei bin ich noch nicht einmal gefoltert worden.« Gerhild wusste, dass mit dem Inquisitor, wie schon damals mit dem Henker, all die schrecklichen Erinnerungen zurückkommen würden.

»Denk nicht mehr daran, Mutter. Lass uns von hier weggehen. Das Verderben verfolgt uns und holt uns anscheinend immer wieder ein.« Maria gab ihr Trost und Rückhalt. Inzwischen war ihre Tochter eine junge Frau und genauso groß wie sie. Gerhild war immer darauf bedacht, dass sie ihre Weiblichkeit, vor allem ihre langen Haare, unter einem Kopftuch vor den lüsternen Männerblicken in der Wirtsstube versteckte. Es gab nicht wenige, die hinter ihr her waren, aber Maria wollte von den Jüngeren nichts wissen. Gerhild vermutete, dass der frühe Verlust des Vaters dafür verantwortlich war. Seit sie bei Gerhilds Hexenprozess mehrere Wochen getrennt gewesen waren, verband sie ein enges Band, das bisher niemand zu durchschneiden vermocht hatte.

»Reisen können wir erst wieder, wenn es Frühling wird. Ohne männliche Begleitung ist es aber unmöglich. Wenn es nach mir ginge, würde ich am liebsten das Pfaffenland verlassen und da hinziehen, wo auch der Kaiser sein Recht verloren hat«, sagte Gerhild und stand auf. »Aber komm, jetzt machen wir noch das letzte Zimmer fertig und hoffen, dass wir möglichst wenig mit dem blutrünstigen Dominikaner zu tun haben werden.«

Als sie die Betten des letzten Zimmers mit der Nummer fünf bezogen, hörten sie von unten Stimmen.

»Für Eure Eminenz, hochwürdigster Herr Kardinal, und Euren Begleiter haben wir die schönste Kammer ausersehen. Meine Mägde stehen Euch Tag und Nacht zu Diensten. Möge Eure geschätzte Anwesenheit die Gnade des Herrn über dieses Haus bringen«, verkündete der Wirt untertänig und Gerhild wurde speiübel.

»Wirt, ich pflege in der Abgeschiedenheit meines Zimmers zu speisen. Mein Adlatus kümmert sich um alles. Ich möchte, dass außer ihm niemand unsere Kammer betritt.« Seine Stimme ging Gerhild durch Mark und Bein.

Auch der Semmer zuckte zusammen und buckelte vor dem Kardinal. »Sehr wohl, wie Eure Eminenz wünschen. Würden Eure Eminenz die Güte haben, mir nach oben zu folgen?«

Sie kamen die steile Treppe herauf, allen voran der humpelnde Wirt, danach der gebrechliche Inquisitor, gestützt auf seinen Begleiter und zuletzt die restlichen Mitglieder der Delegation. Gerhild und Maria waren oben am Treppenabsatz stehen geblieben.

»Schnell, schnell macht die Zimmer auf und übergebt den Herren die Schlüssel«, haspelte der Wirt atemlos. Sie taten wie befohlen.

»Nimm du den Fünfer«, flüsterte Gerhild ihrer Tochter zu. »Ich kann es nicht. Schau ihm nicht in die Augen, versprich es mir!«

Maria nahm den Schlüssel und stellte sich mit tief gesenktem Kopf vor die offene Tür der Kammer, in der zwei Betten standen. Als der Adlatus den Kardinal an ihr vorbei ins Zimmer führte, verlor dieser durch einen Luftzug sein Taschentuch. Maria und der Adlatus bückten sich gleichzeitig danach und stießen mit ihren Köpfen zusammen.

»Oh, es tut mir so leid, mein Herr!« Maria war so schnell wieder in der Senkrechten wie ihr Gegenüber, griff sich an die Stirn und hatte einen schwarzen Lockenkopf vor sich, aus dem sie zwei große braune Augen anstrahlten.

»Paschalis, du Tölpel, was ist denn schon wieder? Nun mach schon, bring mir mein Taschentuch!«, grummelte der

Dominikaner ungeduldig, der bereits voraus in die Kammer gegangen war.

Der Adlatus tat so, als würde er es nicht hören, legte sanft beide Hände an Marias Wangen, schüttelte mehrmals entschuldigend den Kopf und folgte seinem Herrn mit dem Taschentuch in der Hand durch die Tür, die von innen mit einem lautem Knall ins Schloss fiel.

»Paschalis«, flüsterte Maria und vergaß für einen Augenblick alles um sich herum. »Was für ein wunderbarer Name. Du hast nichts gesagt, aber deine Augen und deine zarten Hände haben mir alles verraten.« Der Kardinal, den sie nur von hinten gesehen hatte, war ihr gleichgültig. Ihr Herz klopfte ungestüm.

88

Emmenhausen, 20. Januar 1589

»Otto, mein Freund, willkommen!« Oktavian empfing ihn an der Tür.

Otto hatte sich an diesem kalten Wintertag mit einem Schlitten hinauf nach Emmenhausen bringen lassen.

»Wenn du dir das nur gut überlegt hast, Oktavian, deine schöne Stelle in der Stadt gegen die eines Landarztes zu tauschen«, sagte Otto und schüttelte sich den Schnee vom Mantel.

»Komm herein in die warme Stube! Krankheit gibt es überall und die Leute sterben in der Stadt genauso wie auf dem Land. Und hier bin ich mein eigener Herr und brauche mir von den eingebildeten Stadtvätern nicht ins Handwerk pfuschen lassen. Schau dir an, was sich alles an Leiden bei mir versammelt.« Oktavian führte Otto die Treppe hinauf an seinem Behandlungszimmer vorbei, in dem schon einige Patienten warteten.

Eine der Bediensteten nahm Otto den schweren Mantel ab.

»Nichts Neues? Kein Lebenszeichen von Rico? Alfonso weiter verschwunden?«, fragte Otto. Oktavian schüttelte resigniert den Kopf. »Als wenn sich alles gegen uns verschworen hätte. Ich glaube, dass wir mit Rico nicht mehr rechnen können. Zu viel Zeit ist vergangen.« Sie setzten sich an das wärmende Feuer und Oktavian fuhr fort: »Was hältst du denn davon, wenn wir den Inquisitor vor einen Untersuchungsausschuss laden?«

Otto rieb sich die Hände an den wärmenden Flammen.

»Das kannst du vergessen, Oktavian! Er hat die gesamte Rechtsabteilung der bayerischen Universität auf seiner Seite. Jede Folter und jedes Urteil ist juristisch belegt. Warum sollten sie ihn vorladen, wo er doch nur das ausführt, was sie vorher in Ingolstadt unterschrieben haben?«

»Dann bleiben uns noch zwei Dinge: Du musst selbst nach Rom reisen, Otto, und dem Papst unsere Zustände schildern. Er muss den Kardinal suspendieren, bevor noch mehr unschuldiges Blut vergossen wird.«

»Auch das ist sinnlos. Wir sind selbst schuld, weil wir viel zu lange gewartet haben. Unter Gregor hätte das vielleicht noch Aussicht auf Erfolg gehabt. Sixtus war 1557 selbst apostolischer Inquisitor in Venedig und wurde wenig später zum Konsultor der römischen Inquisition ernannt. Er ist ein Despot und regiert mit grausamer Härte. Am Tag seiner Inthronisierung hat er angeblich ohne Prozess Dutzende von Banditen hinrichten und auf der Engelsbrücke als Abschreckung aufhängen lassen. Er hat sogar den Tod des eigenen Neffen zu verantworten und ist der Sämann, der den Boden für Erminios Werk bereitet hat. Jetzt hält er schützend seine Hand über ihn. Von diesem Papst haben wir nichts zu erwarten.«

»Also dann der letzte Ausweg.«

»Was meinst du?«, fragte Otto.

Oktavian übergab ihm einen Brief mit dem Fuggerschen Siegel.

»Giacomo schreibt aus Babenhausen, dass er für uns eine Lösung gefunden hat. Ich soll ihn an den Iden des März nochmals besuchen.«

»An den Iden des März?«, wiederholte Otto. Er hatte sofort begriffen.

»Du kennst ihn, er würde das niemals schriftlich machen.«

»Ein bezahlter Mörder? Das fünfte Gebot?« Otto wunderte sich, wie leicht ihm die Worte über die Lippen gingen.

»Die Fugger haben beste Verbindungen im ganzen Reich. Ich denke, dass sie auch für das schmutzige Geschäft ihre Leute haben. Halte du dich da raus, Otto! Ich regle das und fahre hinauf nach Babenhausen.«

»Mach das, Oktavian, und vor allem schildere ihm, wie Erminio im ganzen Land wütet. Einen Mörder zu töten, ist keine Sünde, im Gegenteil, es werden zahlreiche unschuldige Seelen dadurch gerettet. Ich will dich nicht länger aufhalten, deine Patienten warten auf dich. Es muss schnell etwas geschehen. Ich zähle auf dich, Oktavian.«

Mit wehender Soutane lief Otto die Treppen hinunter, nahm seinen Mantel und verließ Emmenhausen. Die Fahrt nach Augsburg dauerte normalerweise mehrere Stunden. Die beiden Rappen zogen den Schlitten im schnellen Trab auf der schneebedeckten alten Via Claudia, sodass die Hoffnung bestand, noch vor Einbruch der Dunkelheit zurück zu sein. Als sie an Schwabmünchen vorbeikamen, ließ Otto den Kutscher das Gefährt anhalten. Eine schwarze Rauchsäule stand wie ein mahnendes Zeichen über der Stadt. Kerzengerade strebte der Rauch in den Himmel, kein Windhauch veränderte seine Form. Otto stieg vom Schlitten, kniete sich in den Schnee und betete.

Herr, vergib ihnen, denn sie wissen nicht, was sie tun. Sie haben wieder eine Unschuldige ins Feuer geschickt. Wie lange sollen die Scheiterhaufen noch brennen? Gott sei ihrer armen Seele gnädig.

89

Schongau, am Vorabend von Pauli Bekehrung* 1589

»BEI DER WEISSIN in Peiting haben sie alles gefunden, was die Hex zum Wettermachen benutzt hat, auch allerhand Salben und Zauberkräuter. Sogar eine Hostie soll sie aufbewahrt haben. Die Büttel machen schon das Maul auf, wenn du ihnen einen Batzen zusteckst.«

Gerhild stellte zitternd zwei Humpen auf den Tisch. Selbst wenn sie es nicht hören wollte, sog sie wie im Zwang die Nachrichten auf, die man sich am Stammtisch erzählte.

»Und sie hat alles zugegeben.«

»Geschrien hat sie, dass man es bis auf den Markt gehört hat, als man sie aufgezogen hat. Dazu hat sie noch ein halbes Dutzend anderer Unholde verraten. Bald werden die Stadtoberen nicht mehr wissen, wohin mit dem Hexenpack.«

»Die Dominikaner bringen alles ans Tageslicht.«

»Der Kardinal weiß, wie er aus den Teufelsweibern ein Geständnis herauskitzelt.«

»Fünf Hexen sind anscheinend schon überführt. Sie haben zugegeben, Wetter gemacht und den verheerenden Hagel heruntergehext zu haben. Auf dem Peißenberg sollen sie immer wieder Hexensabbat gefeiert haben. Und da sollen einige andere Weiber auf Besen hinaufgeflogen sein, die sich da oben von ihren Buhlteufeln haben besteigen lassen. Jedenfalls fährt der Niederhofer Kreuzbauer ständig mit seinem Karren und einem Ratsdiener herum und sammelt die Teufelshuren ein.«

---

* 25. Januar

»Den Kögl haben sie mit den Protokollen nach München geschickt. Der wird sich anständig den Ranzen vollhauen, bis die Herren Hofräte die Todesurteile unterschrieben haben.«

»Das kostet die Stadt einen Batzen Geld, weil jeder seine gierige Hand aufhält.«

Die Stammtischbrüder im »Sternen« lachten und redeten sich die Mäuler wund.

Gerhild hatte genug gehört, drehte sich angewidert weg und bekreuzigte sich. Sie fühlte mit diesen armen Geschöpfen und war doch hilflos. Dreimal in der Woche frühmorgens beobachtete sie, wie sich noch im Dunkeln die unheimliche Prozession der in Weiß gekleideten Dominikaner zur Frühmesse hinüber in die Kirche begab, wo sie den Segen Gottes erbaten, dann zogen sie weiter in die Fronveste. Während sie unschuldigen Frauen unsagbare Schmerzen bereiteten, musste Gerhild zusammen mit Maria durch die Zimmer gehen, die Nachttöpfe der Geistlichen ausleeren und die Betten machen. Außer in der Nummer fünf. Dort kümmerte sich der Adlatus um alles, nachdem er den Kardinal zur Verhandlung begleitet hatte. Mit Unbehagen beobachtete Gerhild, wie Maria jede sich bietende Gelegenheit suchte, Paschalis über den Weg zu laufen, in der Hoffnung, dass er sie endlich ansprechen würde; aber er sagte nichts, nicht ein Laut kam über seine Lippen, jedoch schaute er sie mit einem Blick an, an dem man verschmachten konnte.

»Das hässliche Scheusal schmückt sich mit einem Mann, dessen Schönheit ihresgleichen sucht. Aber warum spricht er nicht?«, fragte sie Maria.

»Vermutlich hat man ihm verboten zu reden.«

»Das Schauen aber nicht. Das sieht doch ein Blinder, wie er dich mit seinen Blicken auszieht«, bemerkte Gerhild besorgt. Sie fand es unerträglich.

Herr im Himmel, wann schickst du endlich den Befreier? Ich kann es nicht mehr erwarten, dass er dieses Töten beendet. Bald werden die ersten Scheiterhaufen brennen. Voller Überdruss goss sie den Inhalt mehrerer Nachttöpfe in einen Kübel, um ihn nach unten zu tragen und bei den Pferden auf den Misthaufen zu schütten.

90

Szolnok, Winter 1588/1589

»WANN SEIN FERTIG Pistole, *Effendi?*« Ali kam angewackelt und fuchtelte aufgeregt mit beiden Armen.

»Jetzt frag mich nicht jeden Tag, Ali. Wenn der Lauf gezogen ist, sehen wir weiter. Je öfter du mich störst, desto länger dauert es.« Raymund war gerade dabei, die Schraubstöcke zu kontrollieren, die den Rohling in Form halten sollten. Inzwischen hörten eine Handvoll Leute auf sein Kommando, darunter ein Kanonier und ein Büchsenmacher. Es war ein großer Kampf, all die Bohrungen exakt auf die eiserne Schlossplatte zu setzen, die das Kernstück der Waffe war.

»Bei all seinem verdorbenen Charakter hat der Greisinger da einen genialen Einfall umgesetzt«, murmelte er und drehte den Mechanismus der Pistole aus Langeweile um seinen Finger, um den Dolmetsch ein wenig zu ärgern.

»Du arbeiten wie griechische Bauer. Du niemals werden frei, wenn nicht schneller sein.« Der Dolmetsch schnaubte unzufrieden.

»Ja, ich will alles tun, damit sich die Zugbrücke endlich für mich öffnet, *inschallah*«, erwiderte Raymund verärgert.

»Nun haben dich bauen lassen Maschine, Pascha will sehen Resultat, morgen!«

Raymund blickte auf. »Morgen? Der Dolmetsch ist heute wohl etwas ungehalten; da hat der Pascha anscheinend schlecht geschlafen?«

Ali war zwar nur das Sprachrohr des Paschas, aber so wie er sich benahm, war der Pascha wohl ungeduldig geworden.

»Es ist nicht meine Schuld, dass der Kanijeli Pascha sich so lange geziert hat, mir den Bau der Lauffräse zu gestatten. Wenn ihr mir meine Pistole zurückgeben würdet, dann könnte ich euch demonstrieren, was es damit auf sich hat und wie der Lauf gezogen werden muss.«

»Pistole sein in Palast von Sultan Murad. Du nie mehr wiedersehen. Jetzt an dich denken! Was du brauchen, damit alles funktioniert, *Effendi?*«

»Dieses widerwärtige Dreckstück Castranova hat mit meiner Erfindung bei Hofe große Verdienste erworben, das ist mir klar«, sagte Raymund verärgert.

»Ich nicht verstanden, was du wollen«, meldete sich Ali.

»Das Rundeisen muss unter der Blauflamme gut durchgeschmiedet sein und langsam abkühlen, veranlasse das bei den Schmieden! Die Spindel soll noch einmal nachgeschärft werden; und stelle warmes Öl bereit, damit wir jederzeit schmieren können, hast du verstanden? Ich selbst werde das Eindrehen an der Kurbel beaufsichtigen.«

Der Dolmetsch verbeugte sich respektvoll vor ihm und verschwand. Sie hatten Raymund zur Aufgabe gemacht, seine Pistole nachzubauen. Es begeisterte sie, dass sie so handlich und leicht zu laden war. Niemand kannte diese Fertigungsmethode, die er und Marco für den Lauf entwickelt hatten. Die Türken nieteten die Gewehrläufe wie eh und je zusammen und benutzten immer noch alte Luntengewehre, bei denen jeder zweite Schuss eine Fehlzündung war. Es war ein Leichtes, die dicken, eingebildeten Generäle der Türken zum Staunen zu bringen. Seit er ihnen einen Schnapphahnschlossabzug gebaut hatte, der die Lunte überflüssig machte, galt er in Szolnok als ein Zauberer, sie redeten ihn sogar mit *Effendi* an, was so viel bedeutete wie Herr.

Wenn ich ihnen auch noch mein Geheimnis des gedrehten Laufs verrate, werden sie mich bald wieder nach Hause lassen, redete er sich immer wieder ein. Er atmete tief durch und machte sich an die Arbeit.

91

Schongau, Sankt Blasius* 1589

ES WAR BITTERKALT, aber Helena war zu sehr abgelenkt, als dass sie die Kälte gespürt hätte. Sie hing mit dem Kopf über dem Eimer und würgte immer wieder. Selbst wenn sie den Ekel vor sich selbst nicht längst verloren hätte, er hätte sie nicht daran gehindert, innerlich jauchzend in den Kübel zu erbrechen. Denn zusammen mit der seit zwei Monaten ausgebliebenen Blutung konnte dieses Erbrechen nur eins bedeuten: Sie war schwanger.

Sie wischte sich mit dem Ärmel den Mund ab, krallte sich an den Mauerspalt und schrie, so laut sie konnte: »Babett, hörst du? Es ist ein Wunder, ein Wunder! Schwanger!« Sie konnte es kaum fassen, aber nach dem ersten Fehlversuch schien jetzt die Methode der Els gefruchtet zu haben.

»Ich freue mich so für dich, Helena«, klang es von der anderen Seite. Helena lehnte sich erschöpft an die Mauer.

»He, Wärter, sperr die Tür auf! Du musst mich freilassen, hörst du!«

Draußen rührte sich nichts. Sie hatte vergessen, dass der Turmwärter erst gegen Mittag kommen würde. Die Zeit schien noch langsamer zu vergehen. Endlich vernahm sie die vertrauten Geräusche, und die Tür ging quietschend auf.

»Wärter, ich bin in anderen Umständen, melde dem Rat, dass er mir die Hebamme schicken soll. Mach schnell und verlier keine Zeit!«

---

* 3. Februar

Der riesige Kerl schaute sie zuerst grinsend an. Als er laut loslachen wollte, blieb es ihm im Hals stecken.

»Stell dich nicht so an, sonst lass ich den Verdacht auf dich fallen«, rief sie ihm zu.

Wie versteinert stand er mit großen Augen in der Türöffnung. Die Schüssel glitt ihm aus der Hand und krachte auf den Boden. »Aber … aber … das ist doch unmöglich! Heilige Mutter Gottes, ein Teufelsbalg! Der Gottseibeiuns! Welcher Buhle hat dich denn geritten?«, haspelte er mit zitternder Stimme und bekreuzigte sich. Es war das erste Mal in den vergangenen Wochen, dass er mit ihr sprach.

»Nimm das Wort nie wieder in den Mund, hörst du, sonst beschuldige ich dich, mir das Kind gemacht zu haben.« Dann kam ihr der rettende Gedanke und sie musste innerlich lachen: »Hast du noch nie etwas von der unbefleckten Empfängnis gehört?«

Helena hatte ihn anscheinend völlig verwirrt, er hob die Schüssel auf, füllte sie erneut aus dem großen Eimer und stellte sie ihr vor die Füße. »Ich … ich … ich sag nichts mehr, bei den Pforten der Hölle, das ge… ge… geht nicht mit rechten Dingen zu!« Kopfschüttelnd wandte er sich von ihr ab, knallte die Tür zu und verriegelte sie. Helena schickte Dankgebete zum Himmel, sie war erhört worden. *Jetzt müssen sie mich aus dem Gefängnis holen.*

92

Augsburg, 6. Februar 1589

OTTO STÜRMTE IN die Werkstatt von David Altenstetter. Den Zettel, den ihm ein Bote aus Dillingen von Pater Guntram hatte überbringen lassen, hielt er so fest, dass er das Papier zerknüllte.

»David, David!« Otto klopfte an das Fenster. »Wir müssen jetzt schnell etwas unternehmen, bevor es zu spät ist.«

Der Goldschmied kam eilends aus dem Haus.

»Hier, lies!«

»... habe ich von der herzoglichen Juristenkanzlei in München die Nachricht erhalten, dass einer peinlichen Befragung Helena Rehlingers die Zustimmung erteilt wurde. Sie werden in den nächsten Tagen damit beginnen.«

»Oh, mein Gott! Die Verlegung des Prozesses habe ich lange schon beantragt, aber noch keine Antwort aus Prag bekommen. Was sollen wir tun?«

»Kennst du die Frau, bei der sich Helena versteckt gehalten hat?«

»Die Els. Du hast recht. Ich fahre hinauf nach Ettringen und berichte ihr. Wenn ihr jemand helfen kann, dann ist sie es. Sie muss mit nach Schongau kommen, sie hat Helena schon einmal vor dem Zugriff bewahrt.«

»In Gottes Namen, mach dich auf, David!«

93

Schongau, Sankt Apollonia* 1589

VOR DER SITZUNG berichtete Richter Hörwarth den Dominikanern, den Vertretern des Rats und dem Nachrichter Meister Abriel die Neuigkeit aus dem Feichelturm, die sich schon wie ein Lauffeuer in der Stadt verbreitet hatte. Nur die Dominikaner hatten noch nichts davon gehört.

»Die Hebamme hat bestätigt, dass die Rehlingerin in anderen Umständen ist. Die für morgen geplante peinliche Befragung wird deshalb auf unbestimmte Zeit verschoben. Die Gefangene wird ins Heilig-Geist-Spital verbracht und dort verwahrt.«

»Ungeheuerlich! Im Gefängnis? Wie soll das möglich sein? Das ist doch eindeutig, dass sie von ihrem Buhlteufel geschwängert wurde. Ich schlage vor, dass wir sie und ihren Satansbalg sofort ins Feuer schicken«, ereiferte sich Pater Coelestis und erntete zustimmendes Kopfnicken von den anderen Geistlichen, die aufgebracht diskutierten.

»Wie Euch allen wohl bekannt sein dürfte, darf eine Schwangere weder gefangen gehalten noch einer peinlichen Befragung unterzogen werden. So sind die Gesetze der Carolina, an die wir uns hier halten. Der Schließer hat zu Protokoll gegeben, dass sie regelmäßig von einem Geistlichen besucht worden sein soll, was sagt Ihr dazu, Eminenz?«

Kaum hatte der Richter ausgeredet, stand der Kardinal auf und schlug mit seinem Stock auf den Tisch. »Schluss jetzt! Höre ich richtig, Hörwarth? Ihr wollt erlauben, dass die

* 9. Februar

Hexe ihren Balg austrägt? Von wem anders als von Satan oder einem seiner Teufel sollte diese Frucht denn stammen, frage ich Euch? Aha, ein Priester soll es gewesen sein, das würde Euch wohl in den Kram passen.« Es war totenstill geworden. Der Großinquisitor redete meist nicht viel, umso wichtiger wurden seine Worte genommen. »Sucht Ihr ein deutlicheres Zeugnis der Besessenheit? Das gibt es nicht! Schafft sie her und Ihr könnt Satan selbst ins Antlitz blicken.« Er setzte sich, nachdem er den Richter mit seinem verbliebenen Auge voller Hass angesehen hatte.

Hörwarth hob demonstrativ seine Rechte und legte sie auf das dicke, in Schweinsleder gebundene Buch vor ihm auf dem Tisch. »Ich darf doch annehmen, dass Euch die Grundlagen der Gesetzgebung hinreichend bekannt sind. Kommen die Richter ihrer Sorgfaltspflicht nicht nach, indem sie vorschnell durch Überfahrung zur Tortur der Inquisition schreiten, drohen ihnen laut Artikel einundsechzig obrigkeitliche Sanktionen.«

Der Kardinal verzog keine Miene.

»Zudem möchte ich Eure Eminenz daran erinnern, dass wir für die verbliebenen Angeklagten nun die Erlaubnis zur peinlichen Befragung erhalten haben, aber immer noch, wie in den Artikeln zweiundsechzig bis achtundsechzig beschrieben, nach dem Prinzip *Audiatur et altera pars** verfahren wird. Der Wärter hat zu Protokoll gegeben, dass die Delinquentin etwas von der unbefleckten Empfängnis erzählt haben soll.«

»Ein Vergleich mit der Heiligen Gottesmutter! Das ist Blasphemie! Allein schon durch diese Aussage hat die Hexe ihr Leben verwirkt. Sie gehört verbrannt, wenn sie das gesagt hat, aber vorher sollte man ihr die Zunge herausreißen!«, schrie Coelestis mit hochrotem Gesicht.

»Sie wird ihre Strafe erhalten, wenn ihre Schuld festge-

* Auch die andere Seite soll gehört werden.

stellt ist«, fuhr Richter Hörwarth unbeeindruckt fort. »Der Kögl ist gestern zurückgekommen. Die Todesurteile für die Weißin, die Zeitzlerin, die Riegerin, die Baderin und die Leutterin sind von München bestätigt. Die Vollstreckung soll innerhalb einer Monatsfrist geschehen. Meister Abriel wird hiermit der Auftrag dazu erteilt.«

Die Mienen hellten sich bei dieser Neuigkeit schlagartig auf, der Richter erntete mit einem Mal viel Zustimmung und die schwangere Rehlingerin war vorerst vergessen.

Einer der beisitzenden Räte stand auf. »Was geschieht denn mit den denunzierten dreißig Weibern, die noch inhaftiert sind. Wir haben keinen Platz mehr, und wenn wir so langsam weitermachen wie bisher, sitzen wir in zwei Jahren immer noch in diesem kalten Kellerloch.«

»Euer Land soll von der Invasion des Bösen befreit werden und Eure Bauern sollen wieder ruhig schlafen können. Da müsst Ihr Euch an die eigene Nase fassen. Uns geht die Verfahrensweise auch viel zu lange, aber auch die letzte Hexe will gerichtet sein. Solange die Weiber so störrisch sind, immer wieder widerrufen und wir für jede peinliche Befragung die Genehmigung aus München abwarten müssen, zieht sich das Prozedere in die Länge«, erwiderte Coelestis, der sich offenbar etwas beruhigt hatte.

»Hat jetzt jeder seine Meinung kundgetan? Dann können wir endlich unseren Plan für heute erfüllen. Wir erneuern die peinliche Befragung der Katharina Heß, die nach dem letzten Verhör widerrufen hat. Bringt sie herunter!« Hörwarth hatte genug von den leidigen Disputen, die seine Prozessführung betrafen. Als die Büttel die Delinquentin die Treppen herunterschleiften und der Henker die Wehrlose auf die Streckbank band, wurde es still, und nur das Wimmern der alten Frau war im Raum zu hören.

94

Leeder, 20. Februar 1589

Die Felder waren immer noch schneebedeckt und die Straßen zogen sich als schmutzige, braune Bänder durch die Landschaft. Otto ließ sich in einem Wagen nach Leeder fahren. Er fand keine Ruhe mehr. Sollte Raymund zurückkehren und erfahren, dass Helena ein Opfer der Inquisition geworden war? Otto wollte es sich gar nicht vorstellen. Er betete inständig, dass Davids Vorhaben gelingen möge, aber zur Untätigkeit verdammt zu sein, konnte er einfach nicht ertragen. Während einer Visitationsreise vor mehr als fünfzehn Jahren hatte der Pfarrer von Denklingen ihm den Namen Georg Mayer genannt, der in Leeder Prediger und Lehrer war. Ihn wollte er aufsuchen, vielleicht konnte er von ihm Neuigkeiten über Helena erfahren.

Die Menschen waren misstrauisch Fremden gegenüber, das spürte Otto am eigenen Leib. Der Kutscher versuchte mehrmals, sich nach dem Weg zu erkundigen, aber die meisten suchten das Weite, als sie den Wagen kommen sahen. Erst als Otto ausstieg und eine alte Frau nach Georg Mayer fragte, bekam er die Antwort, dass dieser in einem kleinen Haus im Oberdorf lebe.

Kurz darauf klopfte Otto und ein alter, aber rüstiger Mann öffnete ihm.

»Georg Mayer?«, fragte er.

»Der bin ich. Und was verschafft mir die Ehre?«

»Otto von Gemmingen.« Otto erkannte an der Reaktion seines Gegenübers, dass ihm der Name nichts sagte. »Ich komme wegen Helena Rehlinger«, begann er das Gespräch.

Der Mann richtete sich auf. Er kämpfte mit den Tränen, bis er Worte fand.

»Sagt mir zuerst, woher Ihr kommt und in welcher Sache Ihr hier seid.«

Da waren sie, die Vorsicht und die Angst. Otto spürte, dass dieser Mann mit Helenas Schicksal eng verbunden sein musste. Er wollte das Vertrauen dieses Mannes gewinnen.

»Ich komme aus Augsburg und bin ein Freund von David Altenstetter. Sein Lehrling ist unglücklich in türkische Gefangenschaft geraten.« Georg Mayer schlug die Hände vor den Mund.

»Raymund, mein Raymund, der gute Junge! Was sagt Ihr da? Wo ist er und wie geht es ihm? Setzt Euch und erzählt mir alles!«

»Ich kämpfe täglich dafür, dass das Morden von Unschuldigen beendet wird. Mit David zusammen habe ich einen Plan, um Helena Rehlinger aus dem Gefängnis zu befreien. Ihr Bruder Raymund wurde von Türken in Buda entführt. Wo er gefangen gehalten wird, weiß niemand.«

Einige tiefe Atemzüge vergingen, bis Georg Mayer weitersprechen konnte.

»Wenn nur nicht alles schon zu spät ist! Ich habe getan, was ich konnte. Die Els hat mich angeleitet und ich habe, *semine meo**, Ihr versteht wohl, versucht, das Meinige dazu beizutragen. Helena wurde schwanger, aber ich konnte sie nicht mehr besuchen, weil der Verdacht nun auf mir und dem Schließer lag. Ich kenne nicht den neuesten Stand in Schongau.«

---

* Durch meinen Samen.

Otto dachte einen kurzen Moment nach, dann erfasste er die Dimension des Gesagten. »Das ist großartig. Eine Schwangere dürfen sie weder im Gefängnis halten noch foltern. Vielleicht bringt uns das die notwendige Zeit. Der Prozess soll nämlich nach Augsburg verlegt werden. Unterwegs wird sie entführt werden, so haben David und ich es geplant, mit Gottes Hilfe.« Georg sah Otto in die Augen.

»Seid Ihr denn auch ein … Bruder von uns?«

»Ich bin Dekan am Dom zu Augsburg.«

»Ein katholischer Priester also soll helfen! Eure Leute haben meine Helena ins Gefängnis gebracht, diese verbohrten Abergläubigen aus dem Dorf, und der Inquisitor ist drauf und dran, dieses unschuldige Mädchen einen grausamen Tod sterben zu lassen.« Georg sah ihn verächtlich an.

»Es tut mir unendlich leid, dass im Namen der Kirche Verbrechen begangen werden und Menschen leiden. Ich habe es schwer, mich zu verteidigen, und glaubt mir, dass ich selbst mit allen Mitteln gegen diesen Mörder kämpfe. Aber es gibt eine Hoffnung: Jemand will ihn aus dem Weg räumen.«

»Und Raymund?«, wollte Georg wissen.

»Altenstetter steht mit dem kaiserlichen Hof in Verbindung. Er wird alles versuchen, um Raymund freizukaufen.«

»Der gute David. Er ist einer von uns«, erklärte Georg stolz.

»Ein wunderbarer Mensch, der das Herz am rechten Fleck hat.«

»Schwenckfelder.« Georg seufzte.

»Ich bewundere euren tiefen Glauben und …« Weiter kam Otto nicht mehr.

»Ihr wisst doch gar nicht, wovon ich rede!«, unterbrach ihn der alte Mann aufgebracht. »Caspar Schwenckfeld war ein Heiliger. Er hat das Evangelium gelebt wie kein anderer. Gottesliebe ist Nächstenliebe, das war sein Credo, dem er sein ganzes Leben geweiht hat. Der Geist Gottes lebt in uns, und alles, was ihr an sogenannten Sakramenten hinzugefügt habt, dient nur dazu, euch das einfache Volk gefügig zu machen. Ihr lebt nicht das Evangelium, sondern wollt es zu euren Zwecken benutzen, nämlich eure Macht zu erhalten und zu vergrößern. Ihr lasst euch für Ablassbriefe die Vergebung der Sünden bezahlen und droht mit ewiger Verdammnis. Ihr habt eine Schreckensherrschaft errichtet, die weit von den Worten Jesu entfernt ist. Schwenckfelder sind keine Ketzer, wir sind gläubige Christen, die nicht an die Kirche glauben, sondern an Jesus und das Vorbild, das er uns gegeben hat. Ihr tragt euren Glauben vor euch her, wir tragen ihn in unserer Seele.«

Otto trafen diese Worte mitten ins Herz. Seine Antwort fiel verhalten aus: »Meine Kirche schützt den Glauben wie eine Burg. Die Mitglieder fühlen sich in ihr geborgen. Gottes Gnade ruht auf dem, der Gutes tut. Menschlichkeit und Toleranz sind tief verwurzelt in einem wahren Christen, ob er nun die Sakramente empfängt oder nicht. Ich lasse nicht nach, für Gerechtigkeit und Nächstenliebe zu kämpfen, und daher sollten wir uns einig sein, alles zu tun, um Helena und Raymund zu befreien.«

»Ihr seid ein ungewöhnlicher Katholik, von Gemmingen! Ich bitte Euch, tut Euer Möglichstes. Unser gemeinsamer, einziger Gott wird es Euch vergelten!«

Otto verabschiedete sich von Georg Mayer. Er hatte sich von einem sogenannten Häretiker die Grundpfeiler des Christentums erklären lassen müssen. »Gottesliebe ist

Nächstenliebe«, wiederholte er immer wieder. Diese Begegnung würde ihn noch lange beschäftigen, das wusste er.

95

Babenhausen, vier Tage vor Sankt Josef* 1589

PIACEVOLE HATTE STRÄHNIGES Haar und ein wettergegerbtes Gesicht. Seelenruhig stand er an die Wand gelehnt, strich sich mit der linken Hand über den schwarzen Bart und hörte gelassen die Worte des Medicus.

»Die Delegation der Dominikaner residiert im Gasthof ›Sternen‹ in Schongau. Den Kardinal erkennst du daran, dass er nur noch ein Auge hat und schwere Narben von Verbrennungen im Gesicht. Alles muss sehr schnell gehen. Jeder Tag kostet unschuldige Menschen auf grausame Weise das Leben. Fast jede Woche werden Weiber verbrannt.« Oktavian schrieb nur zwei Worte auf ein Stück Papier und reichte es dem Hünen weiter.

Piacevole nahm den Zettel und nickte. »Also hat er den Tod

---

* 19. März

verdient. Die Hälfte im Voraus, den Rest nach der Ausführung. Das sind meine Bedingungen.« Die sanfte, gutmütige Stimme passte weder zum Aussehen noch zum Beruf eines gedungenen Mörders.

»Du verschweigst deine Auftraggeber, auch wenn es dir selbst an den Kragen gehen sollte, schwör es, Piacevole!« Jakob Fugger ging einen Schritt auf ihn zu, um das Gesagte zu unterstreichen.

»Kleingläubiger, der Ihr seid! Ihr könnt Euch auf mich verlassen.« Er hob seine Rechte wie zu einem Schwur.

»Du erledigst den Auftrag innerhalb von zwei Wochen. Wenn du bis zum Osterfest nicht zurück bist, hetzen dich meine Söldner zu Tode. Wenn es sein muss, durch das ganze Reich, hast du verstanden?«

Der Riese blieb sichtlich unbeeindruckt und hakte lässig beide Daumen in seinen Gürtel.

»Wovor habt Ihr Angst, Fugger? Seht Ihr diesen Dolch? Ich habe damit Hunderte schnell und zuverlässig ins Jenseits befördert. Sie kamen nicht mehr dazu, auch nur einen Laut von sich zu geben.« Er zog mit fast unsichtbarer Bewegung seine blinkende Waffe heraus und legte sie auf einen Tisch, der wenige Fuß entfernt stand.

»Vertrauen gegen Vertrauen!« Jakob Fugger öffnete seinen Beutel und zählte dem Bärtigen zehn Rheinische Gulden in die Hand.

»Schongau, Sternen«, las der Italiener laut den Zettel vor, den er in der anderen Hand hielt, und ließ ihn mit dem Geld in seinem Wams verschwinden.

»Ich darf mich empfehlen, meine Herren.« Piacevole nahm den Dolch vom Tisch, setzte seinen Hut auf und verabschiedete sich mit einer tiefen Verbeugung.

»Wie bist du an den geraten?«, fragte Oktavian.

»Der Leiter unseres Kontors in Florenz hat ihn mir mit bester Empfehlung geschickt. Piacevole ist in seinem Fach eine Berühmtheit. Er ist im ganzen Reich tätig, spricht mehrere Sprachen und soll auch schon für den Heiligen Stuhl gewirkt haben. Du kannst sicher sein, dass der Kardinal das Osterfest nicht mehr erleben wird.«

»Otto wird die Auferstehung auf eine ganz besondere Weise feiern. Mit der Fahrt des Dominikaners in die Hölle steht ihm der Weg offen an die Spitze der Diözese. Glaubst du, dass Otto der nächste Bischof von Augsburg werden kann?«, fragte Oktavian.

»Ich gehe fest davon aus. Der bayerische Herzog wird dem Votum des Domkapitels nicht widersprechen, und dort hat Otto sicher Fürsprecher. Er könnte der Stadt und dem Hochstift keinen besseren Dienst erweisen, als das Amt zu übernehmen.«

»Es freut mich, dich so überzeugt sprechen zu hören, Giacomo. Das tröstet ein wenig darüber hinweg, dass wir Rico wohl nie wiedersehen werden. Wenn es uns nur gelingen könnte, dieses Scheusal aus dem Weg zu räumen!« Oktavian fasste seinen Freund an beiden Schultern und hielt dessen Blick fest.

»Piacevole wird es richten, er hat es ja nur mit einem Krüppel zu tun. Aber dann liegt noch viel Arbeit vor uns allen. Wir brauchen ein grundlegend neues Schulsystem, Aberglauben kann nur durch die Vermittlung von Wissen ausgerottet werden. Otto ist nicht allein in seinem Kampf, denn ich werde ihn nach Kräften unterstützen. Die Kirche kann aber nur stark sein, wenn sie einig ist. Das wird ein weiter Weg werden. Wir Fugger setzen alles daran, die Gegenreformation voranzubringen. Glaub mir, Oktavian, wenn ich etwas tun kann, was dieser Sache nützt, so werde ich es tun!«

»Ich danke dir, Giacomo! Gott beschütze dich!« Sie verabschiedeten sich herzlich voneinander und Oktavian ritt gestärkt und frohen Mutes zurück nach Augsburg. Er wollte Otto sofort von der frohen Kunde in Kenntnis setzen.

96

Schongau, drei Tage vor Palmsonntag* 1589

»DER LANDRICHTER IST uneinsichtig und stur. Ich war der festen Meinung, dass wir an Ostern wieder zurück in Dillingen sind, Paschalis. Aber er erkennt nicht, dass der Teufelsbalg der Rehlingerin das Problem ist. Sie muss brennen, bevor sie das Grauen austragen kann. Damit tun wir ihr noch den großen Gefallen, dass wir ihr die Tortur ersparen. Heute werden gleich vier Hexen erlöst. Es wird die sechzehnte Hinrichtung sein, aber vorher werde ich mit dem Nachrichter über die Rehlingerin sprechen. Es gibt schließlich ein Gesetz, das über der Carolina steht.«

---

* 26. März

Paschalis hörte sich teilnahmslos die Gedanken des Kardinals an, während er ihm beim Ankleiden half. Der Kardinal war zufrieden, wenn er ihm am Ende ein Lächeln schenkte. Seine eigenen Gedanken waren hingegen weit weg. Er dachte nicht mehr an Flucht, sondern nur noch daran, dass der Alte am Abend möglichst bald einschlafen würde. Jede Nacht besuchte er sie und machte sie glücklich. Maria hatte verstanden, dass ihm keine Stimme gegeben war. Dafür war er sich der unbezahlbaren Fertigkeiten, die ihm die Santafiora beigebracht hatte, umso mehr bewusst. Maria dankte es ihm still und bescheiden, wie es ihre Art war. Er konnte ihr nur durch seine Zärtlichkeit zeigen, wie sehr er sie liebte, aber zum ersten Mal in seinem Leben erfuhr er dieses unbeschreibliche Gefühl, nicht benutzt, sondern geliebt zu werden.

Helena stand am geöffneten, vergitterten Fenster und erstarrte. Ohrenbetäubender Lärm lähmte sie.

Ich wollte doch nur die Frühlingssonne hereinlassen. Sie hielt sich mit beiden Händen die Ohren zu. Drüben vor dem Rathaus hatten sich die Pifferbrüder aufgestellt und trommelten aus Leibeskräften. Von überall liefen die Leute zusammen und es war bereits das vierte Mal, seit sie hier ins Spital verlegt worden war.

»Schnäx und Bäx, zünd an die Hex,
Erde, Feuer, Wasser, Wind,
dass dich hol der Deifl g'schwind!«

Die Kinder plärrten unten auf der Gasse und alles drängte vor das Rathaus. Helena zitterte.

»Schon wieder eine Urteilsverkündung, wie schrecklich«,

flüsterte sie. »Die Armen können froh sein, wenn der Henker ihnen vorher den Kopf abschlägt.«

»Schau's dir nur gut an! Es dauert nicht mehr lange und du fährst selber auf dem Karren raus auf die Köpfstatt!«

Helena fuhr zusammen. Irgendjemand hatte zu ihr aus dem Gewirr der Gasse heraufgerufen. Es gelang ihr nicht, den Rufer auszumachen. Vielleicht hatte sie es sich nur eingebildet. Manchmal spielte ihr die Wahrnehmung einen Streich, was sie auf die lange Gefangenschaft schob, dennoch war sie beunruhigt.

Ich werde noch verrückt, wenn sich nicht bald etwas ändert. Vier Monate haben sie noch Zeit, mich hier herauszuholen. Solange du in mir bist, kann uns nichts passieren. Sie strich liebevoll über ihren Bauch. Körperlich ging es ihr gut. Sie hatte die kalten Monate in einem richtigen Bett geschlafen. Das Zimmer, in dem sie untergebracht war, lag im Leprosentrakt des Spitals. Sie verriegelten zwar die Tür, aber die Schwestern behandelten sie gut. Sie bekam jede Woche frische Wäsche, ihre Haare waren nachgewachsen und auch ihre Wunden waren verheilt. Und da war noch etwas: An den Sonntagen brachte ihr die Magd vom nahe gelegenen Semmerwirt ein Körbchen, in dem Gebratenes, Würste und Früchte lagen. Georg hatte das wohl veranlasst. Von ihm selbst hatte sie seit Wochen nichts mehr gehört.

Es wird ihm doch hoffentlich nichts zugestoßen sein? Ich hätte ihm so gern den Brief an Raymund übergeben. Vielleicht wussten sie ja inzwischen, wo er sich aufhielt. Der Lärm von der Gasse wurde weniger.

Mein Engelchen, klopfst du wieder? Ohne dich würde ich vielleicht selbst schon heute auf dem Wagen sitzen und hinausgefahren werden. Ich verspreche dir, wenn ich heil hier herauskomme, dich so zu lieben, wie Mutter mich und

Raymund geliebt hat. Mit beiden Händen rieb sie über den Unterleib und verfolgte gleichzeitig die Geräusche, die vom Rathausplatz herüberdrangen. Mit einem Mal wurde es in der ganzen Stadt still. Das war der Moment, in dem das Urteil verlesen wurde, sie die Frauen auf den Wagen hoben und mit ihnen hinaus in Richtung Altenstadt fuhren.

Als sie das Armesünderglöckchen läuten hörte, schlug sie das Fenster zu, kniete sich ans Bett und betete.

Es klopfte an der Tür und wie immer erschrak sie sich zu Tode. Helena atmete auf, als eine der Schwestern ihr ein Blatt überreichte. *Raymund … Es muss von Raymund sein,* ging es ihr sofort durch den Kopf. Es war kaum lesbar, was dort stand; *die Finger, die das geschrieben haben, müssen alt und zittrig sein oder … von der Folter gezeichnet.* Ein Schauer lief ihr über den Rücken.

> *Sie fahren mich heute hinaus und das Leiden hat ein Ende. Ich möchte nicht von der Erde gehen, ohne Dir zu danken für Deinen Zuspruch und Deine große Hilfe in dieser schlimmen Zeit. Deine Erzählungen über Deinen Glauben haben mir viel Trost und Hoffnung gegeben. Bete für mich, auf dass ich eingehe in das ewige Licht. Ein letzter Wunsch: Schick nach meinem Bruder Andreas Schwaiger in Erbenschwang. Er soll sich meiner beiden verwaisten Kinder annehmen. Sag ihm, dass ich unschuldig sterbe und die Inquisition alle Geständnisse unter unsäglichen Schmerzen erpresst hat. Möge Dir dieses Schicksal erspart bleiben. Vergiss mich nicht. Babett*

Helena musste sich setzen; der Gedanke, dass Babett gerade jetzt auf diesem Wagen stand und in Todesangst auf den

Henker wartete, erschütterte sie bis ins Mark. Sie kannte von Babett nur die Stimme und gesehen hatte sie nur ein einzelnes Auge, doch hatten sie oft und tiefgründig miteinander gesprochen über Religion, das Kinderkriegen und die Kirche. *Die armen Kinder, sie werden hoffentlich bei ihrem Bruder unterkommen. Ich werde die Schwestern bitten, dass jemand nach Erbenschwang reitet. Ich bin es ihr schuldig. Gott sei ihrer armen Seele gnädig.*

97

Schongau, Karfreitag 1589*

»WER LÄUTET DENN am heiligen Karfreitag die Sturmglocke?« Richter Hörwarth wunderte sich, aber aus dem hektischen Klang schloss er, dass irgendetwas Wichtiges passiert sein musste. »Vielleicht hat sich ja wieder eine der Hexen selbst gerichtet? Die ganze Stadt hat ja keinen anderen Sermon als nur noch Hexen und Teufel«, grummelte er vor sich

* 31. März

hin. Er beeilte sich, nach unten zu kommen, wo ihn ein Ratsbüttel aufgeregt erwartete.

»Herr Richter, auf der Straße von Altenstadt hat man einen Toten gefunden. Er wurde anscheinend aus dem Sattel geworfen, der Kopf ist völlig verdreht. Bauern haben das Pferd hierhergebracht. Und jetzt haltet Euch fest: Auf dem Sattel ist ein geistliches Wappen eingepunzt, es könnte sogar das des Papstes sein.«

»Vielleicht ein wildes Tier, vor dem das Pferd gescheut hat, wer weiß? Wo ist der Tote jetzt?«, fragte er den Büttel.

»Sie haben ihn im Heilig-Geist-Spital aufgebahrt.«

»Dann schauen wir uns die Leiche doch einmal an. Hol den Medicus dazu! Sollte es wirklich ein Kleriker sein, muss alles genauestens untersucht werden.«

Hörwarth eilte ins Spital.

»Wie kam der Mensch zu Tode? Ein Sturz vom Pferd?«, fragte Hörwarth den Medicus.

»Genickbruch und mehrere kleine Verletzungen. Ein scheuendes Pferd wirft den Reiter nach hinten ab. Es gibt aber keine Verletzungen am Rücken oder Hinterkopf. Für mich sieht es fast so aus, als wenn er kopfüber eine steile Treppe hinuntergestürzt wäre. Auch der verdrehte Kopf spricht dafür«, erläuterte der Medicus. »Seltsam, dass er dann auf der Straße gefunden wird. Ein päpstlicher Legat auf der Salzstraße von Kempten her? Warum kam er nicht aus Richtung Süden? Wir wollen die Sache nicht unnötig wichtigmachen. Auf dem Zettel stand *Sternen* und *Schongau*, also lasst das Pferd und den Sattel zum Semmer bringen. Die Dominikaner sollen entscheiden«, erklärte Hörwarth dem Medicus und machte sich auf den Weg in den »Sternen«.

Es klopfte ungeduldig, die nur angelehnte Tür stand plötzlich sperrangelweit offen und der Laufbursche unversehens in ihrer Kammer.

»Maria, Maria, du sollst schnell zum Wirt runter …«

Sie zog schnell die Bettdecke über den blanken Busen.

»Schau, dass du verschwindest, du Saubub! Sag ihm, ich komm gleich!«, schrie sie den neugierigen Laufburschen an, der sie mit Stielaugen fixierte.

Am heiligen Feiertag, was ist denn da Schreckliches passiert? Sie werden doch nichts bemerkt haben? Maria stand beunruhigt auf. Ihr schlechtes Gewissen plagte sie.

Paschalis kann zwar nicht sprechen, aber sein Gehör ist zehnmal besser als das eines Normalsterblichen und er läuft leiser als eine Katze. Der Alte kann ihn nicht gehört haben. Es muss irgendetwas anderes sein. Seit zwei Wochen hatte sie ihre Tür nicht mehr abgesperrt, denn Paschalis kam jede Nacht zu ihr, sobald der Kardinal eingeschlafen war. Mit offenen Haaren hangelte sie sich schlaftrunken die Treppe hinunter.

»Na, bist du endlich wach! Zieh dich anständig an und weck den Pater Coelestis auf. Er soll schleunigst herunterkommen. Der Richter wartet in der Stube.«

Maria tat wie ihr geheißen und atmete hörbar auf, dass nicht ihr sündhaftes Verhältnis zu Paschalis der Grund für die morgendliche Aufregung war. Allzu gerne hätte sie gewusst, was den Tumult ausgelöst hatte, und so versteckte sie sich in der Küche, von wo aus sie durch den geöffneten Schankraum mithören konnte.

»Ein mit den päpstlichen Insignien ausgestatteter Legat ist auf dem Weg zu Euch ums Leben gekommen. Sein Sattel trägt das Wappen von Papst Sixtus. Man fand einen Zettel bei ihm mit den Worten *Schongau* und *Sternen*. Deshalb hat man den Toten und sein Pferd wohl hierhergebracht.« Maria erkannte die Stimme des Richters Hörwarth. Dann warf jemand etwas mit lautem Geräusch auf den Tisch.

»Das päpstliche Hoheitszeichen. Es muss ein geheimer Botschafter gewesen sein, denn alle offiziellen Nachrichten gelangen über Dillingen an uns«, sagte der Pater. »Hat man keine Depesche gefunden?«

»Ein scharfes Messer hat man gefunden und Geld, immerhin fast zehn Gulden, das bleibt im Stadtsäckel«, antwortete der Richter schroff.

»Ich werde den Kardinal in Kenntnis setzen, sobald er die Nachtruhe beendet hat. Gewährt dem armen Kerl seine letzte Ruhe auf dem Gottesacker und lasst den Sattel hier in der Herberge.«

Der Semmer nickte.

»Wollt Ihr Euch den Toten nicht noch ansehen, Pater? Vielleicht kennt Ihr ihn ja? Er sieht eher aus wie ein Tagedieb und nicht wie ein Legat.«

Die Herren wägten noch einiges gegeneinander ab, aber Maria hatte genug gehört. Vorsichtig schlich sie aus der Küche, nahm die Treppenstufen ganz nah an der Mauer, wo sie am wenigsten knarrten, und lief zurück in ihre Kammer im zweiten Stock.

98

Szolnok, Frühjahr 1589

»Verflucht, verdammt und feuchtes Pulver!« Wochenlang dieselben Probleme. Zweimal war das Roheisen nicht rein genug ausgeschmiedet gewesen, einmal hatte sich die Drehspindel so eingefressen, dass sie das fast fertige Rohr abschneiden mussten, und beim letzten Mal war das Gewinde in der falschen Richtung gedreht. Es hatte ihn manch verzweifelten Fluch gekostet. Vier Versuche waren notwendig gewesen. Immer wieder von vorn, dann hatte Raymund endlich das erwünschte Ergebnis.

Heute konnte er dem Kanijeli Pascha die fertige Waffe übergeben. Ein Glücksgefühl pulsierte in ihm, sein persönlicher Triumph, er hätte ihn am liebsten hinausgeschrien, aber er konnte ihn mit niemandem teilen. Der Pascha wollte die Waffe sofort ausprobieren. Euphorisch und ohne an Munition zu denken, verließ er mit einer ganzen Herde von bunt gewandeten Bücklingen das Gelände und stapfte die steile Treppe auf die Befestigungsanlage hinauf. Dabei schwenkte er die Pistole immer wieder freudig wie ein kleines Kind sein geliebtes Spielzeug. Sein Gewand schillerte im Sonnenlicht, als wäre es aus Diamantstaub gewirkt.

Raymund folgte der Prozession in gebührendem Abstand, nicht ohne vorher noch einige Kugeln aus der Schublade mitgenommen zu haben.

»*Cürüme bas*«, schrie es aufgeregt von der Mauer, was so viel hieß wie Rotkopf. Raymund hatte verstanden. Der

Pascha nannte ihn immer so, wenn er ungeduldig oder unzufrieden mit ihm war. Schon stürmte der Dolmetsch herunter und packte ihn am Arm.

»*Effendi*, die Kugel! Pascha kann nicht schießen.«

Raymund kletterte die Stufen hoch und wurde vom Pascha erwartet, der ungeduldig mit der Waffe fuchtelte.

»Sag ihm, dass ich ihm zeigen werde, wie man die Pistole benutzt.«

Der Dolmetsch übersetzte hastig, der verdutzte Pascha schürzte seine Lippen, rollte ungehalten mit den Augen und gab ihm trotzig die Waffe zurück. Raymund lud die Pistole schnell, schaffte um sich herum Platz, legte an und blickte den Dolmetsch fragend an.

Der Pascha deutete mit ausladender Geste auf einen Einmaster, der inmitten des Flusses friedlich segelte. Der Dolmetsch hatte sofort verstanden.

»Schießen auf Mast von Holk*«, erklärte er ihm.

»Was soll ich?« Raymund sah ihn fragend an, aber der Pascha gab ihm ungeduldig ein Handzeichen und hatte seinen eigenen Blick schon hinunter auf den Fluss gerichtet.

»Auf Eure Verantwortung!«, rief er. Als er anlegte, merkte er, dass das Ziel doch gut achtzig Fuß entfernt war. Niemals hätte er auf eine Schiffsbesatzung geschossen. Der Pascha blickte gespannt mit seinem Anhang hinunter auf den Fluss.

»Ihr wolltet es so, *inschallah!*« Raymund visierte die Segelstange an und drückte den Abzug. Die Zündung schlug in das Pulver und löste krachend den Schuss aus. Drei Fuß unterhalb der Spitze brach der Mast. Die Matrosen auf dem Schiff fluchten lauthals, der Pascha lachte, fletschte seine weißen Zähne und fiel Raymund freudestrahlend um den

---

* Kleiner, einmastiger Frachtsegler.

Hals, und sein Umhang schillerte im gleißenden Sonnenlicht. Alle Umherstehenden jubelten ihm zu, aber er dachte nur: *Dieser Schuss war für dich, Helena! Und jetzt so schnell wie möglich weg von hier! Der Anfang war geschafft.*

99

Augsburg, drei Tage vor Sankt Markus* 1589

»GIACOMO HAT ERFAHREN, dass Piacevole auf dem Weg nach Schongau zu Tode gekommen sein soll. Ich habe einen Brief von ihm bekommen.« Oktavian war zu Otto in die Dekanswohnung gekommen.

»Wie ist das möglich?«, fragte Otto entsetzt.

»Genickbruch, es sieht so aus, als wäre er im Suff vom Pferd gestürzt! Giacomos Leute haben sich in den Gasthäusern der Umgebung umgehört. In einer Taverne in Erbenschwang hat er vermutlich die letzte Nacht verbracht, und da soll der Wein in Strömen geflossen sein.«

---

* 25. April

»Giacomo hätte ihm keine Vorauszahlung leisten sollen! Er war unsere letzte Hoffnung«, stellte Otto verzweifelt fest.

Oktavian zuckte mit den Schultern. »Welche Macht beschützt diesen Wahnsinnigen? Hast du dich das nicht auch schon gefragt, Otto?«

»Er hat den Bösen auf seiner Seite, und der ist ein unangenehmer Gegner. Wenigstens scheint David Altenstetter Erfolg zu haben bei den Bemühungen um die Verlegung von Helenas Prozess hierher in die Reichsstadt. Es wäre ein ermutigendes Zeichen, wenn es uns gelänge, dem Kardinal die Rehlingerin zu entreißen!«

100

Schongau, Walpurgisnacht* 1589

GERHILD SASS MIT einer Kerze vor ihrem Büchlein, in dem sie zur Erbauung las, wenn sie nicht schlafen konnte. Sie fand keine rechte Andacht. Es war eine ungewöhnliche Nacht,

* 30. April

der fünfte Vollmond im Jahreskreis. Es fröstelte sie und sie spürte, dass sich Kräfte vereinigten, magische Kräfte. Etwas aus der geistigen Welt wollte sich ihr mitteilen, aber es war zu undeutlich. Gerhild blickte immer wieder auf, dann öffnete sie behutsam das Fenster. Der Mond stand über dem Ballenhaus und erhellte den Marktplatz. Es war totenstill und keine Menschenseele zu sehen. Dennoch fühlte sie etwas, das sie nicht zur Ruhe kommen ließ.

... bis ein Fremder kommen wird. Er wird deine Hilfe benötigen. Du wirst spüren, wenn es so weit ist. Öffne ihm die Tür! Es ist dein Auftrag. Er wird ihn hier in euren Mauern stellen und ihm die hässliche Maske herunterreißen.

Die Prophezeiung lag wie eine Last auf ihren Schultern. Dass ihre Unruhe heute besonders groß war, hatte nichts mit den Schauergestalten wie Irrlichtern oder den Hojemännla zu tun, an die viele in der Walpurgisnacht glaubten. Sie hielt nichts von diesem Unfug. Irgendeine Nachricht wollte zu ihr, das spürte sie deutlich. In der Kammer neben der ihren hatte Maria ihr tägliches Vergnügen mit Paschalis schon gehabt und beide schienen zu schlafen.

Ich muss nachschauen, es hilft nichts. Öffne ihm die Tür! Es ist dein Auftrag. Sie schlüpfte in ihre Röcke, nahm die Kerze und folgte dem unbändigen Drang. Sie hangelte sich die beiden knarrenden Treppen hinunter, an den Fremdenzimmern vorbei an die Eingangstür. Als sie vorsichtig den großen Schlüssel umdrehte, zitterte ihre Hand.

»Alle Heiligen im Himmel steht mir bei«, betete sie leise und öffnete die Tür zuerst nur einen Spalt. Gähnende Leere, da war nichts, niemand. Als sie weiter öffnete, quietschten die Scharniere und sie trat zwei Schritte hinaus. Der Mond warf sein Licht auf die gegenüberliegenden Häuserwände und die Kerze flackerte leicht. Gerhild war zugleich froh und enttäuscht. Ihre Visionen waren bisher immer verlässlich gewesen, heute ergaben sie kein klares Bild. Vielleicht hatte sie das Zeichen falsch gedeutet. »Wie viel Blut muss denn noch vergossen werden, bis er endlich kommt?«, fragte sie sich halblaut und war erstaunt, ihre eigene Stimme zu hören. Sie sog noch einmal die kühle Luft ein, drehte sich um und ging zurück ins Haus. Hinter sich versperrte sie die Tür.

Plötzlich erlosch ihre Kerze, aber es gab keinen Windstoß. Jemand musste sie ausgeblasen haben. Gerhild war starr vor Entsetzen. »Heilige …« Weiter kam sie nicht.

Von der Seite hielt ihr eine massige kalte Hand Mund, Nase und Augen zu. Ihr Kopf wurde mit Gewalt an eine Brust gedrückt. Erschrocken ließ sie die Kerze fallen.

»Hab keine Angst, Weib! Zeig mir die Kammer, in der der Inquisitor wohnt.«

Gerhild berührte sanft seine Hand und langsam löste sich sein Griff. Sie sah nichts, spürte nur seinen Atem im Nacken, aber das Ausmaß seiner Hand ließ sie erahnen, was für ein Hüne hinter ihr stehen musste.

»Bist du es, der ihm die Maske herunterreißt? Kommst du, um ihn zu töten? Dann sei willkommen!« Ihre Angst war verschwunden.

»Ja, ich bin es. Meine Mission geht heute zu Ende, wenn du mir hilfst.«

Gerhild drehte sich um. »Ich helfe dir, aber nimm mich und meine Tochter mit«, flüsterte sie.

Er antwortete nicht.

»Wohin du auch gehst.«

Er blieb stumm.

»Wir müssen hier weg, sie werden herausbekommen, wer dir die Tür geöffnet hat.«

Er regte sich nicht.

»Sie werden mir den Kopf abschlagen, weil ich dir …«

Er fuhr ihr mit seiner Pranke über den Kopf. »*Hai raggione* … Entschuldige, ich denke oft noch italienisch. Du hast recht! Nicht noch ein Haupt. Nehmt euch ein Pferd und kommt zum alten Einlass – nun lass mich mein Werk vollenden. Zeig mir die Kammer!«

Gerhild tastete nach seiner Hand und führte ihn die Treppe hinauf. Auf dem Treppenabsatz drängte sie sich an sein Ohr. »Er hat einen stummen Diener, er schläft im Bett auf der linken Seite des Zimmers, wenn er nicht noch bei Maria, meiner Tochter, liegt. Sie liebt ihn. Verschone ihn, bitte! Er ist unschuldig und selbst ein Opfer dieser grausamen Leute. Er würde keiner Fliege etwas zuleide tun.«

»Ich kann keinen Zeugen gebrauchen. Wenn er jetzt im Zimmer ist, muss ich ihn töten. Aber sei beruhigt: Er wird nichts davon spüren. Wir sehen uns vor der Stadtmauer.«

Gerhild fröstelte bei dem Gedanken, wie dieser Mann über das Töten sprach. Sie führte ihn vor die Nummer fünf, hastete mit ihrer Kerze in den zweiten Stock, packte ihre Habseligkeiten und klopfte bei ihrer Tochter.

Das Messer hat er sich für diesen Schnitt schärfen lassen. Nur eine Zunge muss es abtrennen, eine Verderben bringende, abscheuliche Zunge, eine brillante Zunge. Die Denunziationen werden aufhören, die Schreie der Gefolterten verstummen, wenn diese eine verstummt.

Es kann nicht so schwer sein, aus dem verhassten Mund mit der einen Hand die Zunge herauszuziehen und sie mit der anderen abzutrennen. Schreie kann ein Kissen ersticken.

Wenn er an seinem Blut erstickt, soll es so sein. Lautlos tritt er an das Bett. Das Mondlicht wirft ein scharfes Viereck auf einen Teil des entstellten Gesichts, auf den Nachttisch mit dem Brevier und dem roten Tüchlein. Er nimmt es wie selbstverständlich an sich und wundert sich über die eigene Ruhe. Während er betet, lauscht er auf den Atem des Kardinals. Als der *Engel des Herrn* zu Ende ist, greift er zu.

Der faulige Gestank erschreckt ihn mehr als die blutige Zunge in seiner Hand. Er betrachtet sie einen Augenblick, dann erst wundert er sich, dass nur pulsierendes Röcheln, aber kein Schrei zu hören ist. Er schaut hinab auf den Mund und sieht eine Hand. Er versteht nicht, warum eine Hand, so riesig, das halbe Gesicht bedecken kann, wo er doch in der einen das Messer und in der anderen die Zunge hält.

Schon bedeckt auch sein halbes Gesicht eine schwielige Pranke. Panik springt ihn an wie ein wildes Tier und schärft alle Sinne. Keine Handbreit vor ihm steht ein Riese. Die ledern gepanzerte Brust berührt fast seine Stirn. Daran wird das Messer abgleiten, und nur verwunden reicht bei diesem Gegner nicht. Der dröhnende Herzschlag muss sein eigener sein, denn ruhig und unüberwindbar steht der massige Kerl da und reagiert doch geschmeidig auf die kleinste Ausweichbewegung. Es drückt ihm die Luft ab, doch das Röcheln kommt vom Kardinal, dessen Mund hinter der Pranke weiter Blut ausstößt.

Er begreift, dass seine Tat mit unerhörter Schnelligkeit über ihn gekommen ist, dass er gegen den Racheengel des Herrn ohnmächtig ist, und lässt zuerst das Messer fallen und dann die Zunge. Als sie seine bloßen Füße trifft, schießt ihm ein unbeschreiblicher Ekel die Kehle empor. In seiner Angst, zu ersticken, reißt er den Kopf nach hinten und sieht dem anderen zum ersten Mal in die Augen.

Ruhig sind sie und entschlossen. Sie flammen nicht im gerechten Zorn, der ihn gleich treffen wird, sondern scheinen etwas zu fragen. Er weicht diesem Blick nicht aus, versucht, ihn zu ergründen. Güte findet er dort nicht, aber auch keine Bosheit. Er glaubt, darin einen brennenden Durst wahrzunehmen und seltsamerweise eine Art Traurigkeit. Paschalis verliert sich in diesem Blick und schlagartig weicht jede Angst aus ihm.

Die Hand des großen Mannes wandert von seinem Mund und legt sich ihm schwer auf die Schulter. Dann zieht der Riese ein merkwürdig gebogenes Messer aus dem Wams, und Paschalis weiß, dass es nicht ihm gilt. Die Augen des Riesen sagen ihm, was nun zu geschehen hat. Er tritt zurück und sieht, wie der andere die Tat vollbringt, derentwegen er gekommen ist. Das viel schärfere Messer in den viel geübteren Händen durchtrennt zuerst Erminios Kehle von einem Ohr zum anderen. Als würde er einem festgelegten Ritual folgen, das nur ihm heilig ist, schneidet er zuletzt den Kopf vollständig ab.

»Gib mir das rote Tuch.«

Paschalis versteht, was die Worte bedeuten, aber nicht, dass der andere sprechen kann, so sprechen kann. Tief ist die Stimme und unendlich weich – von lang zurückgehaltenen Tränen.

»Mutter, um Himmels willen! Was ist denn los?«

»Sei leise, Maria! Es ist so weit. Ich habe meinen Auftrag erfüllt. Der Rächer ist endlich da. Er ist dabei, uns vom Kardinal zu befreien. Und er nimmt uns dahin mit, wo es keine Inquisition und Verfolgung gibt.«

»Und Paschalis, was ist mit ihm?«

»Der wird schon über alle Berge sein.«

Maria fragte nicht weiter. Gerhild half ihrer Tochter zu packen, und gemeinsam gingen sie hinunter in den Stall. Es war eine wahrlich überirdische Eingebung gewesen, die Gerhild dazu gebracht hatte, den im Stall hängenden Prunksattel zu stehlen. Das päpstliche Wappen und das Italienisch des Hünen würden ihnen die Schlagbäume öffnen. Die Pferde kannten sie und beide Rösser waren ruhig geblieben, während sie sie losgebunden und gesattelt hatte. Nicht einmal der Stallknecht war wach geworden. Maria tat Gerhild leid; jetzt erst wurde ihr bewusst, wie schmerzlich dieser Verlust für sie sein musste. Ständig blickte sie zurück über die Schulter, mit tränenverschleierten Augen, und Gerhild musste sie immer wieder ermahnen weiterzugehen, als sie mit den Pferden im Mondschein an der Stadtmauer entlang bis zum alten Einlass schlichen. Dort wartete der blonde Hüne bereits. Er band die beiden Pferde an seinen Sattel, und so schnell sie konnten, ritten sie in Richtung Innsbruck. Sie sprachen kein Wort mehr. Als am Osthimmel der erste Dämmerstreifen sichtbar wurde, hatten sie das Hochstift verlassen.

101

Schongau, am Morgen danach

»Was ist denn heut los bei dir, Semmer? Wo sind denn deine Schankweiber? Wir brauchen endlich was in den Magen.« Bereits am Morgen hockten die vier grobschlächtigen Flößer am Stammtisch und nörgelten, weil sie längere Zeit auf dem Trockenen saßen.

»Der Teufel ist los, wenn ich's euch sag. Im Stall fehlen meine besten Rösser und der Stallknecht, der besoffene Hallodri, will nix gemerkt haben. Gerhild habe ich den ganzen Morgen noch nicht gesehen. Ich weiß auch nicht, wo sie ist. Der Laufbursche war schon oben bei ihr, aber sie ist nicht mehr in der Kammer. Weiß der Teufel, wo sie sich rumtreibt. Jetzt seid nicht so ungeduldig, ich hab nur zwei Hände. Ich bring euch gleich eure Milchsuppe.« Der Wirt lief hektisch in die Küche, brachte schimpfend die vier Schalen auf einem Tablett und hinkte damit an den Tisch.

»Jetzt tut mir den Gefallen und schreit nicht so laut, die hohe Geistlichkeit, Seine Eminenz, schläft anscheinend noch. Paschalis war bis jetzt nicht in der Küche, um für ihn die Morgenmahlzeit zu holen.«

»Der Kardinal wird schon lang in der Frühmess sein, Semmer«, bekam der Wirt zur Antwort. »Ja, ja, in der Walpurgisnacht sind schon manch seltsame Dinge passiert, zumal wenn es ein solcher Blutmond ist und er im Skorpion steht wie gestern. Waren wohl zu wenig Besen in der Stadt für so viel Hexen. Da werden sie halt mit deinen Rössern zur

Rumpelmess auf den Peißenberg geritten sein.« Sie lachten und schlugen mit den Fäusten auf den Tisch. »Da oben hat sich nämlich die Satansbrut versammelt. Aus dem ganzen Land sind sie gekommen. Das war ein Surren und Treiben am Himmel, dass man es bis ins Unterland gehört hat. Uhuuu … Und viele wollen in der Nacht das Wilde Gejäg gesehen haben.« Der älteste der Flößer machte große Augen und verzog sein warziges Gesicht zu einer Grimasse. »Ich hab geglaubt, dass es jetzt mit der Hexerei ein End hat in der Stadt, wo man doch schon Dutzende verbrannt hat.«

Die anderen drei sagten nichts und schlürften aus ihren Schalen.

»Psst, leise, wenn ich euch sag! Es kommen halt immer wieder Neue dazu. Der Feichelturm quillt über vor lauter Teufelsweibern. So was erzählt der Pater, wenn er abends nach drei oder vier Gläsern redselig wird, und der muss es wissen.« Der Semmer flüsterte, aber eigentlich war er stolz, immer auf dem neuesten Stand zu sein darüber, was in der Stadt passierte und geredet wurde. Er wackelte zurück in die Küche.

»So schnell wird der Kardinal nicht fertig werden bei euch in Schongau«, rief der Flößer ihm hinterher und setzte mit beiden Händen an, die Milchsuppe zu schlürfen.

»Heiliger Josef und alle Heiligen, warum ist denn die Milch rot? Da schaut's her! Der Semmer kann Milch in Wein verwandeln!«, schrie er im nächsten Augenblick.

»Wirt, komm raus, Sapradix! Hast du gar selber noch eine Hex im Keller hocken?«, rief ein junger Flößer nach dem Semmer.

»Was ist denn jetzt schon wieder?« Der Wirt humpelte verärgert aus der Küche zurück an den Stammtisch. Er fuhr mit dem Finger in die Schale und leckte daran. »Blut!«

Alle Blicke gingen fast gleichzeitig nach oben.

»Es blutet von der Decke, heilige Maria!«, presste der Semmer hervor.

Die Tropfen platschten einer nach dem anderen aus einer Ritze zwischen den Brettern in die Schüssel, dick und dunkelrot fielen sie, verfolgt von fassungslosen Augenpaaren. Nach einer langen Zeit der Stille wurde der Wirt kreidebleich und bekreuzigte sich.

»Mich trifft der Schlag! Barmherziger Gott! Es wird doch nicht …! Der Kardinal! Dort oben wohnt der Kardinal.«

Wie ein Lauffeuer hatte sich die Nachricht verbreitet. Man hatte den Medicus beauftragt, zusammen mit dem Henker Abriel die Leiche, die man hinüber in das Heilig-Geist-Spital gebracht hatte, zu untersuchen. Lüstern nach einer Sensation standen sie in der großen Halle des Spitals hinter einem weißen Laken, das man notdürftig aufgespannt hatte, um die neugierigen Blicke abzuhalten. Alle hatten sich versammelt: Coelestis und sein dominikanischer Confrater, der Bürgermeister, die Mitglieder des inneren Rates, die Schwestern des Spitals, Richter Hörwarth mit seinem Schreiber Krampf, der Stadtpfarrer und der Sternenwirt.

Nach einer halben Stunde schob der Medicus den Vorhang zur Seite. Ein Raunen ging durch die Menge.

»Den Kopf vom Rumpf getrennt und die Zunge herausgeschnitten. Kein schöner Anblick«, verkündete er. »Der Mörder wollte sein Opfer wohl ganz bewusst ausbluten lassen. Ein sauberer Schnitt und ein schneller Tod durch eine geschulte Hand. Das Taschentuch steckte in seinem Mund, als wenn man ihm … nun gut. *De mortuis nil nisi bene**. Wer nimmt es an sich?«

---

* Über Tote soll man nur Gutes sprechen.

»Gebt mir das Tuch!«, rief Coelestis und schob sich nach vorn.

Das Urteil des Medicus ließ keine Zweifel offen.

»Was für eine Schande für die Stadt! In unseren Mauern wird der ranghöchste Vertreter der heiligen Kirche nördlich der Alpen gemeuchelt. Wir werden über Jahre hinaus verschrien sein als Mörderstadt«, jammerte der Bürgermeister laut. Betroffenheit wich einem geschäftigen Gemurmel.

»Es gibt nicht einmal eine Spur vom Mörder«, entgegnete Hanns Hörwarth.

»Das wird sich bald ändern. Ich will wissen, wer gestern Nacht die Tore bewacht hat, und weckt den Nachtwächter auf. In einer Stunde sehe ich alle im Rathaus. Semmer, deine Wirtschaft bleibt bis auf Weiteres geschlossen. Wir müssen genau die Umstände aufklären und alle deine Leute befragen, wer etwas gehört oder gesehen hat«, ordnete der Bürgermeister an und klopfte dem niedergeschlagenen Wirt aufmunternd auf die Schulter. »Wir gehen sofort in den ›Sternen‹ und untersuchen den Fall. Wo ist eigentlich der Adlatus verblieben?«

Der Semmer zuckte nur mit den Schultern.

Pater Coelestis, der sich die Rede des Richters und des Bürgermeisters angehört hatte, stellte sich breitbeinig an den Ausgang. »Ist das alles, was Euch dazu einfällt? Die Ermordung eines Dieners Gottes gehört zu den abscheulichsten Taten, die mit unnachgiebiger Härte bestraft werden müssen. Die Grenzen müssen geschlossen werden. Keiner darf das Hochstift verlassen! Es müssen Truppen her!«

»Wir werden alles tun, um das Verbrechen aufzudecken, Pater. Das Vorgehen überlasst gefälligst der weltlichen Gerichtsbarkeit. Wir haben darin wohl mehr Erfahrung«, entgegnete der Bürgermeister zornig. »Kümmert Euch lieber um das Seelenheil des Verstorbenen und um eine würdige Beisetzung.«

»Wir könnten ihn in der Kirche aufbahren und so die Menschen Abschied nehmen lassen«, schlug der Stadtpfarrer kleinlaut vor.

»Ihn dem Pöbel auch noch zur Schau stellen! Das kommt nicht infrage. Wir werden so schnell wie möglich dieses ruchlose und verdorbene Hexennest verlassen und den Kardinal in einem Trauerzug nach Dillingen überführen. Bereitet einen Wagen dafür vor, das wird euch der Kardinal wohl noch wert sein.«

Der Bürgermeister runzelte die Stirn. »Wir lassen ihn auf Stadtkosten einsargen, es wird aber nicht einfach, einen Fuhrmann zu finden, der auf die Schnelle für einige Tage nach Dillingen fährt.« Das Stadtoberhaupt verständigte sich kurz mit den Ratsmitgliedern und verließ mit ihnen das Heilig-Geist-Spital.

»Vielleicht sind wir mit den Hexenprozessen zu weit gegangen? Ich war sicherlich kein Freund des Kardinals. Dass er nun von einem Verdingmörder abgestochen wurde, lässt unser ganzes Verfahren gegen die Teufelsweiber in einem merkwürdigen Zwielicht erscheinen. Hat ihn gar der Himmel vorzeitig abberufen?« Richter Hörwarth kratzte sich am Kopf. »Verfasse mir eilends eine Depesche, Krampf, und schicke den Kögl damit nach München. Die Hofräte sollen entscheiden, wie weiter in der Sache zu verfahren sei. Ich mache mir die Hände nicht mehr unnötig schmutzig.«

102

Augsburg, 2. Mai 1589

»David, David, stell dir vor, der Kardinal ist tot. Weiß der Teufel, wie es zugegangen ist, aber irgendjemand hat ihn umgebracht. Es war einer vom Fach, sauber den Kopf abgetrennt. Gestern Abend kam ein Bote mit der Nachricht.« David ließ sofort sein Werkzeug liegen und führte Otto in eine stille Ecke.

»Der Himmel ist auf unserer Seite, Otto! Deo gratias! Lass uns die Gunst der Stunde nutzen. Ich habe das Schreiben aus Prag hier und den Auftrag des hohen kaiserlichen Gerichts zur Überstellung der Gefangenen nach Augsburg. Ich könnte morgen nach Schongau reisen, würde Marco mitnehmen und übermorgen in aller Früh das Spital aufsuchen. Hast du für die Rehlingerin ein Versteck?«

»Mutter Barbara, die Äbtissin von Oberschönenfeld, hat mir versprochen, dass Helena im Schutz der Klostermauern sicher sei vor jedem weltlichen Zugriff. Sie könne dort in Ruhe ihr Kind gebären und aufziehen. Ein wenig Katholizismus wird ihr guttun. Es kostet mich einen Stapel Ravensburger Papier, aber das soll es uns wert sein. Die Schwierigkeit wird sein, dem hohen Gericht einen guten Grund zu nennen, warum du in Augsburg ohne die Gefangene erscheinst.«

»Das ist einfach. Ich werde sagen, dass wir ausgeraubt wurden und Straßenräuber die Gefangene entführt haben, was bei der Unsicherheit heutzutage auf den Wegen gar nicht so weit hergeholt ist. Ich schlage vor, dass du in Schwabmünchen in einem geschlossenen Wagen auf uns wartest und ich sie dir übergebe.«

»Ich bete darum, dass alles gelingen möge.« Otto schaute sich um, ob jemand mitgehört hatte.

»Dann übermorgen Nachmittag in Schwabmünchen!«

103

Mittenwald, Tag vor Apostel Philipp und Jakobus* 1589

Am Abend des nächsten Tages standen sie erschöpft und müde in Mittenwald auf dem Marktplatz vor dem Gasthaus zur Post. Die Grenze des bayerischen Herzogtums war erreicht. Endlich waren sie sicher vor unangenehmen Fragen.

»Wir verkehren nur in den besten Herbergen. Niemand wird einem Reichen unterstellen, dass er ein Mörder ist«, lachte der Hüne.

»Wie dürfen wir dich denn nennen?«, fragte Gerhild ihn. Sie hatten während des ganzen Tags kaum miteinander gesprochen.

* 3. Mai

»Nennt mich Berkel.«

»Das passt zu dir, Bärkel«, fand Gerhild. »Ein Bär von einem Mann.«

»Hat mit Bär nichts zu tun; *Berkel* bedeutet auf Türkisch *starke Hand*«, klärte er auf, während Maria das Pferd vom Gepäck befreite.

»Hör auf, ständig die Stumme zu spielen, Maria!«, tadelte Gerhild ihre Tochter, als Berkel mit den Pferden im Stall verschwunden war.

»Ich ertrage diesen Menschen nicht und schon der Gedanke, dass er Paschalis getötet haben könnte … Ich kann nicht weiter, reite du mit dem Mörder, wohin du willst!« Maria weinte bittere Tränen.

Berkel kam zurück aus dem Stall und rief schon von Weitem: »Es werden drei Kammern für uns vorbereitet.«

»Warum denn drei?«, fragte Gerhild erstaunt.

»Sein Pferd steht schon im Stall. Maria, du wirst erwartet. Der Mann kann zwar nicht reden, aber er ist nicht auf den Kopf gefallen. Ich habe ihm nur gesagt: Mittenwald, Gasthaus zur Post.«

Für einmal fehlten Maria die Worte. »Paschalis? Am Leben und hier in der Herberge?« Sie fiel dem Hünen in die Arme. »Oh, mein Gott! Wie bin ich dir dankbar!«, jubelte sie, lief in das Gasthaus und vergaß alles um sich herum.

»Nummer fünf!«, rief er ihr noch hinterher.

104

Schongau, Sankt Florian* 1589

Das Armesünderglöckchen läutet und hört nicht mehr auf. Sie trägt das Büßerhemd, ist an den Händen gefesselt und sie fahren auf einem Wagen durch das Maxtor hinaus, die Stadt ist wie ausgestorben. Als sich der Fuhrmann umdreht, schaut sie in die Augen ihres Bruders Hans. Sie schreit um Hilfe, aber ihr Bruder wendet sich unbeeindruckt ab und gibt dem Pferd die Peitsche. Als sie an der Köpfstatt ankommen, wartet der Henker schon. Die Büttel reißen ihr das Hemd herunter und zwingen sie auf die Knie.

»Du wirst sehen, es geht ganz schnell«, verspricht der Henker gönnerhaft.

»Gnade für das Kind«, ruft sie ihm zu und unter der schwarzen Kapuze erkennt sie die grinsende Fratze der Tradel. Mit dem Schlachtermesser holt sie aus und …

Helena schreckte auf. Es war immer wieder derselbe Traum, aber heute wurde er durch ein ungewöhnliches Geräusch beendet. Es war bereits hell. Jemand hämmerte vehement an die Tür. Alles, was außerhalb des täglichen Ablaufs war, ängstigte sie. Wurde sie abgeholt?

»Im Namen des Gesetzes werden wir uns Zutritt verschaffen«, dröhnte es von draußen.

Helenas Erleichterung, den bösen Traum überlebt zu haben, währte nur kurz. Sie wusste von den Schwestern, dass der Kardinal ermordet worden war. Hatte er vielleicht

---

* 4. Mai

noch den Befehl gegeben, sie und ihr Kind hinrichten zu lassen? Sie fröstelte. Der gebieterische Tonfall hatte sicher nichts Gutes zu bedeuten. Mühsam richtete sie sich auf und setzte sich an den Bettrand. Sie war nun bald im sechsten Monat. Ihr ganzer Körper zitterte.

»Wer ist da am frühen Morgen?«, rief sie schließlich und warf sich den Umhang über die Schultern. Die Tür öffnete sich und ein vornehm gekleideter, großer Herr mit grauem Bart und den Insignien der Freien Reichsstadt Augsburg am Revers stand im Raum, begleitet von einem Büttel, einem Ratsherrn aus Schongau, den sie bereits von der Anhörung mit der Els kannte, und zwei Schwestern. Auch den Büttel kannte sie irgendwoher.

»Wach auf, mein Seel! Spreche ich mit der Angeklagten Helena Rehlinger?«

Hatte sie sich verhört? Sie nickte. Hatte Georg jemanden geschickt, um sie herauszuholen? Dieser Mensch hatte zwar gütige Augen, aber sie war so oft getäuscht worden. In höchster Anspannung erwartete sie, was nun kommen würde. Scheinbar ungerührt öffnete der Mann eine Rolle und las daraus vor: »Kraft eines Beschlusses Seiner Majestät Kaiser Rudolfs II. wird hiermit kundgetan, dass der Malefizprozess gegen Helena Rehlinger ab sofort wegen schwerwiegender Verfahrensfehler aus der Verantwortung des bayerischen Kurfürsten Wilhelm V. in die Gerichtsbarkeit des Kaisers übertragen wird. Daher wird eine Verlegung der Gefangenen in die Reichsstadt angeordnet. Dies hat unverzüglich zu geschehen. Zieh dich an und schnür deine Sachen, Rehlingerin. Der Wagen wartet unten.«

Den Beschluss hörte sie nicht mehr, sie verstand erst wieder das Wort »Reise«, das ihr eine der Schwestern zuflüsterte, als sie wieder zu sich kam.

Eine Reise? Aber wohin? Georg, wo bist du? Wach auf, mein Seel! Ein Schwenckfelder? Ich habe es doch gehört. Vielleicht möchte er seine eigentlichen Absichten vor dem Schongauer Rat verbergen? Oder ist es womöglich doch eine Finte des Kardinals und sie bringen mich ohne Prozess auf den Richtplatz?

»Das Kind ist … Ich … ich … Gebt mir ein wenig Zeit.« Die Schwestern halfen ihr, das Wenige, das sie besaß, zusammenzupacken, zogen ihr ein einfaches Kleid über und begleiteten sie hinunter zum Wagen. Helena versuchte, aus der unaufgeregten Geschäftigkeit der Schwestern Zuversicht zu schöpfen. Es war kein Hinrichtungswagen. Aber auch das konnte zu einem bösen Spiel gehören.

Sie verabschiedete sich von den Schwestern. »Ich danke euch für alles, was ihr mir an Wohltaten erwiesen habt. Ich werde es nie vergessen, und sollte es mir verwehrt sein, so soll Gott es euch vergelten.« Ihr fiel noch etwas ein. »Der Brief! Habt ihr den Brief an meinen Raymund herausgenommen, den ich letzten Sonntag in das Körbchen gelegt habe?«, flüsterte sie einer Schwester ins Ohr.

»Die Maria vom Semmerwirt hat regelmäßig das Körbchen abgeholt. Vielleicht war er …«

Helena brach in Tränen aus. Die beiden Schwestern halfen ihr in den Wagen. Der Schongauer Ratsherr verabschiedete sich, nachdem er den Augsburgern ein Papier überreicht hatte. Dann fuhren sie los. Das Pflaster ließ den Wagen immer wieder holpern und hin- und herschwanken.

Helena zwang sich, nicht das Bewusstsein zu verlieren, hielt sich mit beiden Händen den Bauch und schloss ihre Augen. So konnte sie nicht sehen, wohin sie fuhren. Als sie nach einer Weile vorsichtig die Augen öffnete und aus dem Fenster sah, bemerkte sie, dass sie nicht in Richtung Altenstadt fuhren, sondern an der Stadtmauer entlang nach Norden.

Wo bringen sie mich hin? Das Augsburger Wappen, was bedeutet das? Vermutlich fahren wir nach Augsburg, weg aus dieser Stadt, in der so viel Unrecht und Grausamkeit herrschen. Ob Georg oder Raymund hinter der Verlegung steckten? Zuzutrauen wäre es ihnen. Meiner Verwandtschaft wäre es wohl egal gewesen, wenn man mich verurteilt und hingerichtet hätte. Wie soll ich Raymund nur die Geschichte mit dem Kind beibringen? Vielleicht geht der Prozess in Augsburg ja weiter? Der Ratsherr kann kein schlechter Mensch sein, sicher wird nun alles besser. Allmählich verkleinerten sich die Umrisse Schongaus in der Ferne.

»Die Stadt liegt hinter uns, das hätten wir geschafft«, wandte sich der hohe Herr plötzlich an sie. Er lächelte. Die Güte, die aus den Augen des Mannes sprach, ließ sie einen Rest an Zuversicht bewahren. Er beugte sich zu ihr und nahm fast väterlich ihre Hände. »Jetzt ist es Zeit für die Wahrheit.«

105

Emmenhausen, 4. Mai 1589

Oktavian hatte alles stehen und liegen gelassen, als der Bote ihm den Brief mit dem Siegel Ottos überbracht hatte. Nur zwei einzelne Worte standen da: *Sterminio fuit**. Was für ein Tag, dachte er sich. *Wer könnte das Scheusal aus dem Weg geräumt haben?* Oktavian ließ anschirren und sich nach Augsburg fahren. Er wollte diesen Tag, den sie alle so herbeigesehnt hatten, mit Otto verbringen. Alles Mögliche ging ihm auf der Fahrt durch den Kopf. Hatte Giacomo einen weiteren Mörder verpflichtet? Warum schrieb Otto in Anlehnung an Alfonsos Tätowierung *Sterminio fuit?*

An der Abzweigung nach Schwabmünchen stand ein geschlossener Wagen. Oktavian befahl dem Kutscher, langsamer zu fahren. Er glaubte, sich zu täuschen, aber nein … »Otto, was machst du denn hier?«, rief er.

Sein Freund Otto stand vor dem Wagen und machte den Eindruck, als würde er auf jemanden warten.

»Ich habe deine Nachricht bekommen und mich sofort auf den Weg nach Augsburg gemacht.«

Oktavian stieg aus dem Wagen und umarmte seinen Freund.

»Endlich, Oktavian!«

»Sag mir, was los ist, Otto!«

»Um es kurz zu machen, ich warte auf den Wagen von David Altenstetter. Er bringt Raymunds Schwester, so hoffe

* Das Verderben gibt es nicht mehr.

ich inständig, aus Schongau mit. Ich werde sie hier übernehmen und in Sicherheit bringen. Aber ich zeige dir jetzt etwas, was dich in höchstes Erstaunen versetzen wird.« Otto nahm ein Blatt aus der Tasche und reichte es Oktavian. Der starrte auf das Papier und brachte kein Wort mehr heraus. Sie sahen sich lange in die Augen.

»Mona?«, fragte Oktavian. »Ich weiß es nicht. Das Blatt habe ich heute Morgen von einem berittenen Boten bekommen. Nur Rico kennt diese Rose, aber gezeichnet hat sie ein begabter Buchmaler, ein wahrer Künstler.« Oktavian strich über die Zeichnung. Alles kam zurück: Das Castello, das *teatro anatomico*, Rico in Venedig, Don Alfonso und die vergebliche Suche über fünfundzwanzig Jahre hinweg. »Glaubst du, dass es eine Nachricht von Rico an uns beide ist? Ein letzter Gruß von Mona? Ist es das Zeichen, dass er nun seinen Frieden gefunden hat?«

»Ich hätte ihn gerne gesehen, nur noch einmal, aber er wird wissen, wie gefährlich das Unternehmen für ihn war, daher hat er wohl auch jedes Risiko vermieden.«

»Behalte das Blatt, Oktavian!«

»*Semper fidelis*, Otto! Ich lasse dich mit deinem nächsten Auftrag allein.«

»*Semper fidelis*, mein Freund.«

106

Auf dem Weg nach Augsburg, am selben Tag

»Fuhrmann, halt für einen Augenblick an, damit ich der jungen Rehlingerin in Ruhe etwas kundtun kann.«

Mit einem lauten »Brrrrr« brachte der Kutscher die beiden Pferde zum Stehen.

»Helena, wach auf, mein Seel! Ich bin David Altenstetter, Ratsherr in Augsburg und Goldschmied, und das ist Marco, du solltest ihn kennen. Er hat sich nur ein wenig verkleidet.« Er deutete auf den jungen Büttel, der neben ihm saß, die Augenbrauen in die Höhe zog und verschmitzt lachte.

Helena sah ihn mit großen Augen an. »Lobsinge seinen Namen!« rief sie aus und konnte es kaum fassen.

»David und Marco! Ist es möglich?«, entfuhr es ihr. Sie hielt ihre Hände vor den Mund und weinte. Nur allmählich fand sie die Worte wieder. »Ich … ich kann es nicht glauben«, schluchzte sie vor Freude. »Dem Himmel sei Dank! David, unser Glaubensbruder, wie oft hat Raymund von euren Konventikeln bei der Witwe erzählt.« Ein grenzenloses Glücksgefühl ergriff sie.

David nahm sie in die Arme.

»Wo bringt ihr mich jetzt hin? Wie konntet ihr mich aus dieser Hölle befreien?«

»Den größten Verdienst bei deiner Befreiung hat wohl die Els von Ettringen. Durch die Fürsprache des Reichspfennigmeisters Geizkofler habe ich schon vor einiger Zeit die Verlegung deines Prozesses in die Reichsobhut erreichen können. Vor drei Tagen wurde Erminio vom Berg, der Großinquisitor, in seinem Bett ermordet. Die Nachricht hat sich in Windeseile verbreitet. Ich habe den Auftrag des Rats, dich nach Augsburg zu bringen. Otto von Gemmingen, der Domdekan, wird dich in Schwabmünchen übernehmen und in einem Kloster verstecken. Wenn du so willst, war die Verlegung deines Prozesses ein Zugeständnis des Kaisers, da ich in der Delegation, in der ich eigentlich hätte mitreisen sollen, meinen Lehrling verloren habe.«

»Ein katholisches Kloster? In Gottes Namen, alles ist besser, als im Gefängnis auf die Hinrichtung zu warten.«

»Das ist unser einziger Ausweg und der Preis für deine Freiheit. Ich kann mir vorstellen, dass es dir schwerfallen wird, in Demut und Gehorsam unter den Schwestern zu leben, aber ohne die mächtigen Gegenspieler des Kardinals in der Kirche und unseren Einfluss auf den Kaiser hättest du dein Leben und das deines Kindes verwirkt. Es gibt jetzt kein Zurück mehr.«

»Ein Kloster also. Und all meine schönen Bücher, die bei Georg in Leeder auf mich warten?«

David schüttelte den Kopf. »Vergiss alles, was du in der Vergangenheit aufbewahrt hast, und denk an die Zukunft. Die Welt, die dich aufnimmt, ist päpstisch, ich weiß. Bete und singe mit den Schwestern nach deren Ritus und behalte Caspar im Herzen. Wenn Raymund wiederkommt, könnt ihr euch ein neues Zuhause wählen.« David drückte ihre Hände, die er noch immer umschlossen hielt.

»Was ist mit Raymund? Lebt er noch?« Vor der Antwort auf diese Frage hatte sie am meisten Angst. Altenstetter strich über seinen Bart.

»Raymund ist in türkischer Gefangenschaft, leider wissen wir nicht wo, aber wir versuchen alles, um ihn über den Orator freizukaufen.«

Was für die eine Hand sieben Monate, sind für die andere … Helena blieb vor Schreck beinahe das Herz stehen. »Die Prophezeiung!« Wie durch einen Nebel hörte sie Davids weitere Ausführungen.

»Und wann kommt Raymund zurück?«, wollte Helena wissen. Sie konnte ihr Zittern nicht unterdrücken.

»Sie werden ihm wohl in irgendeiner Waffenschmiede sein Wissen abpressen. Wenn er ihnen nichts Neues mehr bieten kann, werden sie ihn gehen lassen.«

»Wenigstens gibt es Hoffnung. Und was wird aus dem Prozess in Augsburg?«

»Dazu wird es nicht mehr kommen, dafür werde ich Sorge tragen. Du wirst vom Erdboden verschwunden sein, Helena. Damit dir das klar wird. Mach voran, Kutscher, damit wir bald in Schwabmünchen sind.« Sie hatte die Worte von David Altenstetter nur ungefähr verstanden.

Wenn die Wahrsagerin recht haben sollte … geht es darum, die Zeit bis zu Raymunds Heimkehr zu überstehen. Helena versuchte, ein verhaltenes Lächeln über die Lippen zu bringen, seit Monaten hatte sie keinen Grund dazu gehabt.

»Je unbeschwerter du es nimmst, desto leichter wird es dir fallen. Du bist zurück im Leben, du bist jung und trägst Verantwortung für dich und das Kind.«

Der Wagen setzte sich wieder in Bewegung. Ein lauer Frühlingswind wehte ihr um die Nase und Helena verspürte eine neue Freude am Dasein.

»Gebed Obacht, gebed Obacht, do voana weads eng. Vorgeschtern isch a ganz Fuhrwerk verunglückt und de Lech nakeiet. Alls war hie: Rösser und Menscha.« Zwei barfüßige, verwahrloste Bauernkinder schrien aufgeregt am Straßenrand und fuchtelten wild mit ihren Ärmchen. David reagierte sofort und gab dem Kutscher das Zeichen anzuhalten. Helena kannte die Gegend sehr gut.

»Dort oben, schau, da wo der rote Kirchturm steht, in diesem Dorf bin ich aufgewachsen, dort liegen unsere Bücher und Schriften.«

»Dort hat Caspar lange Zeit im Schutz deines Großvaters gelebt, nicht wahr? Ein begnadeter Ort, möchte man meinen, aber böse Menschen treiben dort ihr Unwesen. Sie werden nicht ruhen, ehe dort alle wieder katholisch sind. Das ist nicht mehr dein Zuhause, Helena.« David legte mitfühlend die Hand auf ihre Schulter. Helena seufzte.

»Am besten wird sein, wenn wir alle aussteigen und du die Pferde in großem Bogen um die Stelle herumführst!«, rief er dem Fuhrmann zu. Helena sah immer noch hinauf nach Leeder, all die Erinnerungen wurden in ihr wach. David half ihr beim Aussteigen. *Wie es wohl Georg geht?* Wie gern hätte sie ihn besucht. Gedankenversunken ging sie mit den anderen die schmale Straße entlang, während das Fuhrwerk über die angrenzende Wiese ruckelte. Die beiden Knaben folgten ihnen lange, bis David einige Münzen in ihre ausgestreckten Hände legte.

Schließlich gelangten sie an die Stelle, wo ein Teil des Wegs die steile Böschung in den Lech hinuntergerutscht war.

»Bleibt ihr beide zurück! Marco, pass auf Helena auf, es ist zu gefährlich. Wer hier den Halt verliert, ist erledigt. Die Rottleute werden das bald wieder in Ordnung bringen. Vielleicht war es ein schweres Gefährt, das da abgestürzt ist. Da reicht es, wenn ein Wagenrad aus der Spur kommt, die Ladung verrutscht und alles in die Tiefe zerrt.«

Helena beobachtete aus der Ferne, wie David an den Rand ging und die Abbruchstelle betrachtete. Vorsichtig beugte er sich vor und zog ein rotes Tuch von einem Ast. Dann drehte er sich schnell und angewidert weg und fuhr sich mit der flachen Hand über das Gesicht. Helena hatte das Gefühl, als wollte er den Blick vor etwas Schrecklichem verbergen. Schweigend bestiegen sie wieder die Kutsche.

Helena blickte versonnen über ihre Schulter zurück auf das langsam verschwindende Heimatdorf. Bald war von dem alten Backsteinturm nur noch ein schmaler roter Strich zu sehen.

107

Augsburg, Sankt Bonifatius* 1589

OTTO HATTE SICH mit David Altenstetter vor dem Rathaus getroffen.

»Der Reichspfennigmeister hat mich zur Audienz geladen und ich möchte, dass du unbedingt bei diesem Gespräch dabei bist, Otto. Er wird nicht sehr erfreut sein, dass wir die Gefangene nicht überstellt haben.«

---

* 5. Juni

Otto fühlte sich unwohl bei dem Gedanken, denn schließlich war er es, der Helena bei den Zisterzienserinnen untergebracht hatte. »Wichtig ist, dass Helena in Sicherheit ist, und wie ich von der Mutter Äbtissin gehört habe, geht es ihr gut und auch die Frucht ihres Leibes wächst. Niemand wird auf den Gedanken kommen, dass sie bei den Nonnen in *clausura* lebt. Wir haben ihr das Leben gerettet, alles andere wird sich fügen, wenn nur genügend Zeit verstrichen ist.« Otto hoffte inständig, dass es so kommen möge.

David sah sich um und flüsterte ihm ins Ohr: »Die Rehlingerin war anscheinend nicht die Einzige, die nicht das vorgesehene Ziel erreicht hat. Wusstest du, dass die gesamte dominikanische Delegation mitsamt dem Sarg des Kardinals in den Lech gestürzt ist?«

»Was sagst du da? In den Lech gestürzt? Mein Mitleid hält sich in Grenzen. Er hat nichts anderes verdient. Kein Begräbnis, keine Trauerfeier und auch kein Grab. Der Teufel soll ihn holen. Aber wie konnte das passieren?«

»Ein Drittel der Straße ist kurz vor dem Römerkessel weggebrochen. Als wir an die Stelle kamen, haben uns ein paar Kinder davor gewarnt. Ich habe hinuntergesehen. Es war ein grauenvoller Anblick. Ein Haufen blutiger Pferdeleiber, Leichenteile und Holzstücke. Niemand hat das Unglück überlebt. Der Lech führt zurzeit so viel Wasser, dass er binnen Kurzem alles mitgerissen haben wird. Dieses Tuch habe ich an einem Ast gefunden. Nimm es an dich.«

Otto fand keine Zeit, etwas zu erwidern, da der lange Geizkofler bereits auf sie zueilte.

»Gott zum Gruß die Herren und meine Hochachtung, Altenstetter! Seine Majestät, der Kaiser persönlich, lässt Euch ausrichten, dass der von Euch hergestellte Prunkpokal bei ihm großen Gefallen gefunden hat.«

David nickte und ging nicht weiter darauf ein. »Darf ich Euch den Domdekan Otto von Gemmingen vorstellen?«

Geizkofler begrüßte Otto, noch bevor sie das Rathaus betraten. Otto war die Anwesenheit dieses Menschen unangenehm und er war froh, dass David gleich auf Raymund zu sprechen kam.

»Ihr könnt Euch wohl vorstellen, warum ich Euch um eine Audienz gebeten habe, Geizkofler?«, fragte der Goldschmied, während sie ein Zimmer betraten, auf dessen Tür der schwarze Reichsadler prangte.

»Ich weiß es schon, Altenstetter, jetzt geht es um Euren Lehrling. Kaum, dass ich Euch die Verlegung der Rehlingerin eingefädelt habe, kommt Ihr mit dem nächsten Anliegen. Dass Euch die Gefangene abhandengekommen ist, ist der ganzen Sache nicht gerade zuträglich.«

»Langsam, Geizkofler«, erwiderte David in scharfem Ton. »Für den Überfall könnt Ihr mich wohl nicht zur Verantwortung ziehen, es treibt sich allerhand Gesindel auf den Straßen herum. Wir können froh sein, dass sie uns am Leben gelassen haben. Und was Raymund betrifft: Ihr wart es doch, der mich inständig darum gebeten hat, die Delegation zu begleiten. Ich weiß nicht, wer an der Hohen Pforte an mir interessiert ist. Nun hat es meinen Lehrling erwischt, der dafür büßen muss, dass Ihr Euch in Prag von den Türken habt über den Tisch ziehen lassen. Ich erwarte, dass Ihr jede Anstrengung unternehmt, um ihn freizukaufen.«

Der Reichspfennigmeister fuhr sich mit der Hand über die Stirn. »Ich muss Euch etwas gestehen, Altenstetter: Ihr habt eine glühende Verehrerin in Konstantinopel! Das hat mir der inzwischen leider verstorbene Orator von Eitzing erzählt. Safiye, die Favoritin des Sultans, besitzt eine Waffe aus Eurer Werkstatt, die sie aus Piratenhand erhalten haben soll. Sie ist richtiggehend verliebt in das Stück. Deshalb wollte sie Euch um jeden Preis am Hof haben. Die persönliche Geschenkübergabe war nur ein Vorwand. Auf diese List sind wir bedauerlicherweise hereingefallen. Euer Lehrling muss nun die Suppe auslöffeln, die wir ihm damit eingebrockt haben. Aber ich kann Euch versichern, dass der jetzige Orator Pezzen höchste kaiserliche Order hat, die Freilassung Raymunds mit allen zur Verfügung stehenden Mitteln voranzutreiben.«

Otto hatte mit großem Interesse die Gespräche der beiden mitverfolgt: »Wer könnte denn die Freilassung erwirken und was steht den diplomatischen Bemühungen im Weg?«

»Wir stehen leider erst am Anfang und wissen noch nicht, in welcher Waffenschmiede sie ihn gefangen halten. Hinderungsgründe für eine rasche Freilassung könnten seine wertvollen Kenntnisse im Waffenbau, aber auch seine protestantische Gesinnung sein. Der Orator hat die Weisung, sich zuerst um katholische Gefangene zu kümmern, und Pezzen hatte den Rehlinger bereits während der Reise als Lutherischen kennengelernt.«

»Wie kann die Konfession ausschlaggebend sein, wenn es darum geht, einen unschuldig in türkische Hände geratenen Christenmenschen zu retten?«, ereiferte sich Otto.

»Ihr verteidigt einen Gefangenen mit lutherischer Gesinnung, Hochwürden? Welchen Grund habt denn Ihr, Herr Dekan, Euch als katholischer Geistlicher in dieser Sache so vehement einzubringen?« David deutete Otto mit einem winzigen Kopfschütteln an, nichts von Raymund zu erzählen. Er hatte sofort verstanden.

»Toleranz, Herr Geizkofler, ist ein unschätzbares Gut. Ihr solltet es mit Eurem Kaiser halten, was das betrifft. Von ihm hört man, dass er gegenüber anderen Konfessionen keine

Berührungsängste haben soll. Ist Euch nicht bekannt, was im Römerbrief steht: Aber jedem, der Gutes tut, wird Gott seine Herrlichkeit, Ehre und Frieden schenken. Denn vor Gott sind alle Menschen gleich.«

Der lange Geizkofler lachte gequält.

»Alle Menschen gleich, nun ja, wenn ihr meint. Ich werde mich von Euch nicht auf theologisches Glatteis führen lassen, Herr Dekan. Dann wird es nur über das Geld gehen, wenn sich der Rehlinger nicht zu einer Konversion überreden lassen sollte. Wir werden einen Gesandten nach Konstantinopel schicken, der mit allen Vollmachten ausgestattet ist. Es gibt ja immer noch den jährlichen Gefangenenaustausch, jedenfalls wird er dann auf dieser Liste stehen. Zusammen mit dem Orator werden wir den Jungen freibekommen. Mehr kann ich nicht tun. Wenn es um den Preis geht, müsst Ihr einen solventen Geldgeber finden. Nach meiner Erfahrung wird der Türke erst ab einem vierstelligen Guldenbetrag weich.«

Otto wandte sich David zu. »Nun gut, dann geht es wieder einmal um den schnöden Mammon. Giacomo muss helfen, sonst wüsste ich keinen, der so viel Geld hat.«

»Na dann, der Giacomo!«, erwiderte Geizkofler. »Ich kenne zwar keinen Giacomo, aber das soll nicht meine Sorge sein! Jetzt habt Ihr eine Aufgabe für die nächste Zeit. Habe die Ehre, meine Herren! Ich muss leider drängen, denn es warten noch andere wichtige Leute.« Der große Mann verabschiedete sich, und Otto hatte den Eindruck, dass dem Reichspfennigmeister diese Angelegenheit lästig war, nachdem es nur um einen protestantischen Gefangenen ging.

»Giacomo ist mein alter Freund Jakob Fugger von Babenhausen, musst du wissen, David.«

»Dann warte lieber noch, Otto! Beim Fugger vorstellig zu werden, bedeutet immer auch, sich auf ein Gegengeschäft einzulassen. Raymund ist wegen mir in diese Gefangenschaft geraten. Ich werde die tausend Gulden irgendwie aufbringen.«

»Es soll mir recht sein, David. Behüte dich Gott!«

108

Szolnok, Sommer 1589

RAYMUND WAR VON seinem einfachen Zimmer über der Werkstatt in eine geräumige Wohnung mit Blick auf die Theiß umgezogen. Nach einem anstrengenden Tag stand er an seinem Fenster und ließ die Gedanken schweifen. Er sog den Geruch des Flusses ein, der alles, was auf ihm trieb, mitnahm. Wenigstens der Blick in die Freiheit tat seiner Seele gut. *Die Türken haben doch jetzt alles, was sie wollen. Die Pistole ist an Treffsicherheit nicht zu überbieten. Drei Drehspindelkurbeln habe ich ihnen installiert, die Herstellung eines neuen Laufs dauert weniger als zwei Stunden und am Tag werden bis zu fünfzehn Waffen fertiggestellt.* Der Dolmetsch erzählte ihm, dass der Pascha die erste Waffe, mit der er auf den Mast geschossen hatte, mit ins Bett nehme und damit zum Sultan gehen und sie ihm als Wunderwerk aus seiner eigenen Werkstatt vorführen wolle. Er konnte ihnen nichts mehr bieten, all sein Wissen war verbraucht. Und dennoch machten sie keine Anstalten ihn freizulassen. Er blickte den Schiffen hinterher, die flussabwärts trieben, um kurz vor Weißenburg in die Donau einzulaufen. Seine Sehnsucht war alles, was er den Seglern mitgeben konnte. *David wird Himmel und Hölle unternehmen, um mich freizubekommen. Er steht doch mit dem Kaiser in besten Geschäftsbeziehungen. Könnte es sein, dass Castranova meine Entführung auf eigene Faust durchgeführt hat, um die Waffe gewinnbringend an diesen schillernden Pascha zu verscherbeln?* Es klopfte an seine Tür.

»Überraschung, *Effendi!*«, erklang die hohe Stimme des Dolmetsch. »Dürfen wir eintreten? Der Pascha lässt dir ein Präsent zukommen. Du solltest es nicht zurückweisen«, flötete er.

Raymund drehte sich um und rief: »Dann komm herein, *inschallah!*« Kaum dass er es ausgesprochen hatte, trat der dicke Dolmetsch in die Wohnung. Hinter sich zog er eine verschleierte Frau her, die einen Kopf größer war als er. Mit einem Schwung drehte er sie um ihre eigene Achse und schon stand sie mitten im Zimmer.

»Pascha sehr zufrieden mit dir, *Effendi.* Er macht zum Zeichen von Anerkennung Leyla zum Geschenk. Sie ab heute dir gehört. Du machen kannst, was du willst, und sie dir alle Wünsche erfüllen.« Der Dolmetsch machte eine eindeutige Handbewegung, grinste vielsagend über das ganze Gesicht, drehte sich um und ließ ihn mit der großen schwarz Verhüllten allein.

Raymund ging auf sie zu, und während er durch den schmalen Schlitz in zwei ängstliche braune Augen starrte, stieg ihm ein Duft in die Nase, wie er betörender nicht hätte sein können.

»Sprichst du meine Sprache?«, fragte er etwas verlegen.

Er bekam keine Antwort.

»Ich heiße Raymund. Hab keine Angst, Leyla, ich tu dir nichts.« Behutsam legte er seine Hand auf ihr Haupt und zog den Schleier langsam über ihr Gesicht nach hinten. Lange, schwarz gelockte Haare fielen über ihre Schultern. Ein junges Mädchen mit ebenmäßigem, wunderschönem Antlitz und dunkler glatter Haut stand vor ihm. Ihre Lippen presste sie zusammen. Plötzlich fiel sie vor ihm auf die Knie, neigte demutsvoll das Haupt, nahm seine Hände und flüsterte etwas.

Er verstand nur »*Effendi!*« und zog sie wieder zu sich hoch.

Mit einem Mal griff sie an die Kordel, mit der ihr Umhang an der Hüfte zusammengeschnürt war, entknotete sie und ließ das schwarze Gewand von den Schultern auf den Boden gleiten. Da stand sie in aller Schönheit und Anmut, wie Gott sie geschaffen hatte. Sie hielt ihre Arme links und rechts am Körper, um ja nichts zu bedecken.

Raymund musste zugeben, dass er von dieser wohlriechenden Schönheit bezaubert war. Er bemerkte, dass zum ersten Mal ein Lächeln über ihre Lippen glitt. Er rang nach Worten, aber eigentlich war es egal, was er sagen würde.

»Du bist wunderschön, Leyla, und du bringst mich in einen schlimmen Gewissenskonflikt.« Er wollte stark bleiben und atmete tief ein.

»Es gibt etwas, was ich von dir lernen könnte, nämlich deine Sprache.« Leyla zuckte mit den Schultern und sah ihn fragend an.

Er sammelte ihr Gewand auf und drückte es ihr entschuldigend in die Hand.

109

Konstantinopel, September 1589

SIE STANDEN IMMER noch schwankend an der Anlegestelle der großen Frachtschiffe im Hafen Santa Sophia und hatten zum ersten Mal seit sechs Wochen wieder festen Boden unter den Füßen. Berkel fiel auf die Knie und küsste die Pflastersteine. Ein undurchdringliches buntes Gewirr von Menschen aller Hautfarben in den verschiedensten Kleidern empfing sie. Soldaten, Sklaven und Händler mit Pferden und Lasteseln wuselten geschäftig über den Kai. Es war so laut, dass man kaum das eigene Wort verstehen konnte.

»Wir sind dir unendlich dankbar, dass du uns auf diese lange Fahrt mitgenommen hast, Berkel.« Maria umarmte den großen Mann, küsste ihn auf die Wange und ließ sich selbst von seiner markanten Nase nicht davon abhalten.

»Ist schon gut, Maria. Ich habe es für Gerhild getan. Es tut mir sehr leid, dass sie die Reise nicht überlebt hat. Sie war eine so mutige und starke Frau.«

»Sie hat dein Erscheinen vorhergesehen; sie sah vieles, was anderen verborgen blieb. Mutter hat nie jemandem von dieser Gabe erzählt und unter den Ungerechtigkeiten sehr gelitten, die man ihr in Dillingen angetan hat. Ich hätte es ihr so gewünscht, dass es ihr vergönnt gewesen wäre, mit uns noch einige Jahre in Frieden und Freiheit zu leben. Das Schlimmste für mich ist, dass sie kein richtiges Begräbnis bekommen hat, weil man sie dem Meer übergeben musste.«

Auf dem Schiff, das sie in Venedig bestiegen hatten, hatte es keinen Arzt und erst recht keine Arzneien gegeben. Hilflos hatten sie zusehen müssen, wie Gerhild tagelang von einem Fieber immer schwächer wurde. Eines Morgens war sie einfach nicht mehr aufgewacht. Paschalis nahm Maria in den Arm.

»Jetzt hab ich nur noch dich, mein Liebster. Ich weiß, dass du mich nie mehr verlassen wirst.«

Paschalis nickte und drückte sie fest an sich.

»Pass gut auf Maria auf, mein stummer Held. Geht zum Deutschen Haus und nehmt dieses Schreiben mit. Folgt einfach der Straße am alten Hippodrom vorbei, linker Hand liegt ein altes Kloster. Dort residiert der Vertreter des Kaisers. Ich kenne den Orator Pezzen gut, er wird sich um euch kümmern.«

»Kannst du nicht auch den Brief der Rehlingerin an dich nehmen? Der Name Raymund Rehlinger ist nur noch schwer zu lesen. Ich habe es im letzten Körbchen gefunden, das die Schwestern aus dem Heilig-Geist-Spital mir zurückgegeben hatten. Wenn jemand herausfinden könnte, wo sich der Gesuchte aufhält, dann doch jemand, der im Palast des

Sultans ein und aus geht.« Maria drückte Berkel das Papier in die Hand.

»Ich nehme ihn mit mir, aber ich kann dir nicht versprechen, dass das Schreiben jemals seinen Empfänger finden wird. Ich muss so schnell wie möglich in den Sultanspalast und mich zurückmelden. Wenn ihr Hilfe braucht, könnt ihr mich dort jederzeit finden. Jetzt lauft immer den Händlern hinterher, jeder kennt das Deutsche Haus.«

Kurz darauf war ihr Beschützer im Gewirr des Hafens verschwunden.

110

Oberschönenfeld, Sommer 1590

Helena hatte es sich nicht vorstellen können, in einem katholischen Kloster unter Nonnen zu leben. Aber sie lernte eine neue Welt kennen, die sie in großes Erstaunen versetzte und manches Vorurteil gegenüber der Kirche revidieren ließ. Katholisch sein war nicht immer geprägt von zur

Schau gestellter Pracht. Das feudale Papsttum hatte keinen Eingang in dieses Kloster gefunden. Die Bescheidenheit der Schwestern, ihr tiefer Glaube und ihre Güte begeisterten Helena. Alle hier hatten sich freiwillig zu diesem einfachen und von Gebet und Arbeit bestimmten Leben entschlossen, nun ja, Helena musste lächeln, fast alle.

Die Äbtissin Mutter Barbara hatte sie niemals nach ihrer Religionszugehörigkeit gefragt. »Umfange die ganze Welt in einer einzigen Umarmung deiner Liebe. Allen öffne dein liebendes Herz. Für sie trage deine Bitten vor Gott.« Die Worte der Äbtissin bei ihrem Eintreffen in Oberschönenfeld würde sie nie mehr vergessen, dabei hatte sie damals als Schwangere die Toleranz der Gemeinschaft gehörig auf die Probe gestellt. Seit der Geburt ihrer Tochter war es mit der Stille im Kloster vorbei, trotzdem kümmerten sich die Nonnen rührend um sie und das Neugeborene, sie fühlte sich richtiggehend verhätschelt. Sogar während der Gebetszeiten gab es eine Kindsmagd, die auf die Kleine aufpasste. Ihr Mädchen war jetzt schon über ein Jahr alt. Es machte ihr so viel Freude. Nur das Warten … das Warten fiel ihr immer noch schwer.

Oft dachte sie an den Moment, als der Geistliche sich ihr als Raymunds Vater offenbart hatte. Ja … es waren dieselben Augen und die Locken gewesen, auch wenn sie bereits ergraut waren, sie seufzte. An diesem Tag war so viel über sie hereingebrochen, dass sie die Dinge erst viel später begreifen konnte. Sie hätte ihn noch so vieles fragen wollen über Raymunds Mutter und woran sie gestorben war. Er musste sie sehr geliebt haben und hätte er nicht Zutritt in Leeder bekommen, Raymund hätte nicht überlebt.

»Er wollte, dass ich dich Giovanna nenne, mein Engelchen.« Sie beugte sich über das Bettchen und küsste das schlafende Kind zärtlich auf die Stirn.

111

Szolnok, Dezember 1590

Raymund lag auf seinem Bett, er hatte Feuer gemacht, da es draußen bitterkalt war. Sie kamen mit der Produktion der Pistolen kaum mehr nach. Kanijeli Pascha ließ die Gefangenen in zwei Schichten arbeiten. Raymund war nur noch damit beschäftigt, die Waffen einer Endkontrolle zu unterziehen. Um alles andere kümmerten sich die Büchsenmacher, die er im Laufe der Zeit in die Prozesse eingearbeitet hatte. Die Türken verehrten ihn, die Gefangenen verbeugten sich vor ihm, er kleidete sich in edle Stoffe und trug Schuhe aus weichem Ziegenleder. Leyla kochte für ihn und machte den Haushalt. Sie hatte ihn nach kurzer Zeit ihre Sprache gelehrt, wodurch er sich endlich nicht mehr als Sklave fühlte. Er hatte Leyla die Freiheit geschenkt, sobald sie ihm die Worte dafür beigebracht hatte. Sie blieb freiwillig bei ihm. Er hätte eigentlich glücklich und zufrieden sein können. Es fehlte ihm an fast nichts, und trotzdem war die Insel ihm ein Gefängnis. Das höchste Gut wurde ihm vorenthalten: die Freiheit. Er hatte Sehnsucht nach seiner Heimat, nach der väterlichen Güte Davids und vor allem nach Helena. Immer öfter kamen ihm die Worte der Wahrsagerin auf dem Augsburger Schießfest in den Sinn.

Was für die eine Hand sieben Monate, sind für die andere sieben Jahre. Die Macht des Propheten … Sollte daran wirklich etwas Wahres sein, dann müsste ich noch vier Jahre ausharren. Der Gedanke war für ihn schwer zu ertragen, und er versuchte, ihn zu verdrängen. Es klopfte an der Tür:

»Leyla friert und möchte bei ihrem Herrn schlafen!«, hörte er sie schüchtern sagen. Er hatte ihr erzählt, dass seine Verlobte auf ihn wartete und er deshalb mit ihr nicht das Bett teilen wollte. Sie hatte damals nur gelacht und war mit schwingenden Hüften davongetänzelt.

»Ich weiß, Leyla, du würdest alles für mich tun. Aber kannst du dir nicht vorstellen, dass es bereits eine Frau gibt, die auf mich wartet?«

»Die meisten Männer haben mehrere Frauen, es ist normal.«

»Bei euch Türken vielleicht, aber ich möchte zurück in meine Heimat. Ich bin nur zur Arbeit hier oder als Gefangener, wie auch immer du es sehen willst. Und außerdem bin ich müde.«

»Der *Effendi* ist immer müde und Leyla ist traurig.«

Sie tat ihm leid. Es war schwer für ihn, sie zurückzuweisen, aber er war davon überzeugt, dass seine Liebe zu Helena ihm dabei helfen würde, stark zu bleiben. Heute war es besonders schwer, wenn er daran dachte, dass er vielleicht noch Jahre hier verbringen musste. Er wollte weg, die Trennung verzehrte ihn, aber alle Gespräche, die er mit dem Pascha führte, wurden schnell und vehement abgebrochen, sobald er seine Freilassung ansprach.

»Du bist ein wertvoller Schatz, wir werden dich nicht weggeben«, waren die Worte, die ihm der dicke Dolmetsch immer wieder als Antwort des Pascha überbrachte. Was wäre, wenn sie ihn nie wieder freilassen sollten? Wie lange würde Helena auf ihn warten? Nichts zu erfahren und nur von der Hoffnung zu leben, quälte ihn.

112

Augsburg, Sankt Thomas von Aquin* 1591

DIE SEHNLICHST ERWARTETE Nachricht aus Dillingen war gekommen. Otto eilte in den Dom und ließ die Sterbeglocke läuten. Schon auf dem Weg hinunter hatte er den Eindruck, als würde man ihn bereits als Nachfolger sehen. Die Erleichterung war an jeder Ecke spürbar. Was hatte dieser Bischof Marquard nicht alles an Leid und Unrecht zu verantworten. Er hatte den Kardinal unterstützt und damit das Blut von Hunderten Unschuldigen an den Händen. Otto setzte sich in seine Bank und betete; ja, er betete für sich und die Aufgabe, der er sich stellen würde. Otto bemerkte, dass nur wenige Gläubige an diesem Montag in den Dom kamen, um des Verstorbenen zu gedenken.

»Von Gemmingen, ein Herr Altenstetter wartet auf Euch vor dem Südportal«, wurde er von einem Kanoniker aus seinen Gedanken gerissen.

Er eilte durch das Kirchenschiff hinaus in die Kälte.

»David, wie schön, dich zu sehen«, rief er ihm zu und bemerkte, dass dieser sehr beunruhigt war.

»Otto, sie haben an der Hohen Pforte den Loskauf von Raymund für meine tausend Gulden abgelehnt. Der Geizkofler hat mir das geschrieben. Jetzt werden wir an deinem Freund Fugger nicht mehr vorbeikommen.«

»Du weißt, David, dass ich nach dem Tod des Bischofs als Nachfolger gehandelt werde. Ich kann erst nach mei-

---

* 28. Januar

ner Wahl zum neuen Bischof meinen Freund Giacomo um eine höhere Summe anbetteln. Jetzt muss zuerst seine Familie dafür sorgen, dass ich im Domkapitel eine ausreichende Mehrheit hinter mir habe.«

»Die Zeit sollte dann auch noch verstreichen dürfen. Ich wünsche dir von Herzen, dass du diese Abstimmung für dich entscheiden kannst, Otto, für die Kirche, das geschundene Volk und … für Raymund.«

113

Konstantinopel, Februar 1591

»Wer hat also den Goldschmied entführen lassen, den uns der begnadete David Altenstetter mit dieser Tischuhr geschickt hat? Wer hat den Auftrag dazu erteilt und mit welchem Recht?« Safiye hatte sich den Kanijeli Pascha zu einem Vier-Augen-Gespräch kommen lassen und bedrohlich vor ihm Aufstellung genommen.

»Wenn Ihr den Rehlinger meint, hochverehrte Prinzessin, er ist kein Goldschmied, sondern ein begnadeter Büchsenmacher, und steht seit fast drei Jahren in meinen Diensten in Szolnok. Ich habe ihn nicht entführen lassen, sondern ihn für eine beträchtliche Summe diesem Sklavenhändler Castranova abgekauft. Der Rehlinger arbeitet jetzt in meiner Waffenschmiede, die dem Sultan zu Ruhm und Ehre gereicht.«

Die Prinzessin zögerte mit ihrer Antwort.

»Castranova also, nun sehe ich deutlicher, was hier gespielt wird. Dieser Castranova hat bereits vor einigen Jahren unseren Waffenmeistern eine Wunderwaffe angeboten, deren Herkunft er ihnen verheimlicht hatte. Er wollte dafür ein Vermögen erpressen. Die Entführung des Mitglieds einer kaiserlichen Delegation zum eigenen Vorteil wird Herrn Castranova den Kopf kosten. Damit wird auch der Orator zufrieden sein, aber gleichzeitig werden wir diesen begnadeten Büchsenmacher, so wie du ihn bezeichnet hast, noch einige Zeit in unseren Diensten halten. Das Ganze unter strengstem Stillschweigen. Wäre das in deinem Sinne, Kanijeli Pascha?« Der Pascha nickte eifrig und verbeugte sich tief.

»Dann schafft mir den Betrüger nach Konstantinopel! Meine Henker sollen ihn einen Kopf kürzer machen!«

114

Babenhausen, Sankt Andreas* 1591

Seit seiner Wahl zum Bischof von Augsburg im vergangenen März hatten sich die Dinge überschlagen. Es war so viel zu erledigen; die Wunden zu heilen, die der Kardinal hinterlassen hatte, war nicht einfach. Der Rückbau der bischöflichen Festung in die alte Residenz in Dillingen, das Vertrauen der Menschen in die Kirche zurückgewinnen und … Raymund. Er musste sich eingestehen, dass er sehr viel Zeit hatte verstreichen lassen und sich viel zu wenig um ihn gekümmert hatte. Er wusste, dass er am Leben war. Doch wie konnte er ihn aus dieser Gefangenschaft befreien? Dann die protestantischen Dörfer Emmenhausen und Leeder. Die Heimat Raymunds rekatholisieren? Wollte er das wirklich? Es plagten ihn Zweifel.

Gern hatte Otto Giacomos Einladung angenommen, das Andreasfest mit einer Visitationsreise zu verbinden und ein paar Tage in Babenhausen zu verweilen. Er hatte fast alle Gemeinden im Hochstift besucht, und nun wollte er das Kirchenjahr bei seinem alten Studienfreund abschließen, denn der 30. November fiel auf den Vorabend des ersten Adventssonntags, und er hatte Wichtiges mit dem Fugger zu besprechen.

Noch hallten ihm die Vivat-Rufe der Menschen vor der Kirche in den Ohren, die ihn begeistert empfangen hatten, als er und Giacomo im Kaminzimmer des Schlosses beisammensaßen.

---

* 30. November

»Die Leute setzen große Hoffnung in dich, Otto.«

»Ich habe noch viel zu wenig erreicht, mein lieber Giacomo. Die Hexenverfolgungen haben zwar stark nachgelassen. Aus Schongau, dem Zentrum der Hysterie, wurde nach der Ermordung des Kardinals keine Hinrichtung mehr gemeldet. Richter Hörwarth hat der Regierung in München schriftlich die Ausrottung des Hexentums in seiner Stadt verkündet. Es hat ihm in die Karten gespielt, dass die Bauern in diesem Sommer nach langer Zeit wieder einmal mit der Ernte zufrieden waren und die Denunziationen schlagartig aufgehört haben. Trotz alledem, Aberglaube ist nur durch Bildung zu bekämpfen.«

»Ich bin deiner Meinung, dass es nun gilt, überall Schulen einzurichten und es jedem Bauernkind zu ermöglichen, lesen und schreiben zu lernen.«

»Eine große Tat, wenn sie gelingen sollte. Bis jetzt ist sie immer an der leidigen Streitfrage gescheitert, wer die Lehrer bezahlen soll«, entgegnete Otto. »Hier in Babenhausen kann jedes Kind ohne Bezahlung die Schule besuchen. Und das schon seit mindestens drei Generationen.«

»Und du möchtest jetzt, dass ich …?«

»Wir müssen die Gründe für die Abspaltung der Protestanten ernst nehmen, sonst wird eine Gegenreformation zum Scheitern verurteilt sein. So schwer es mir fällt, dies einzugestehen: In protestantischen Dörfern ist der Bildungsstand bei Weitem höher als in katholischen. Daher ist mein Plan, einen katholischen Katechismus herauszugeben, der hilft, dass in jedem Haus die Menschen zum Lesen und Beten angehalten werden.«

Otto spürte, dass sein Freund ihn verstanden hatte.

»Das wird eine große Herausforderung für die Kirche und ist mit immensen Kosten verbunden. Ich werde mich mit meinen Geschwistern der Sache annehmen und dich nicht im Stich lassen, Otto.«

Otto zögerte, seinen Freund mit einer zusätzlichen Forderung zu behelligen. »Das beruhigt mich, Giacomo, und ich danke dir dafür. Da gibt es noch eine andere Sache, die ich mit dir besprechen möchte. Du weißt, dass Raymund, der bei den Rehlingern in Leeder aufgewachsen ist, von den Türken gefangen gehalten wird. Er wird in irgendeiner Waffenschmiede zu Frondiensten gezwungen, aber wir wissen nicht einmal, wo.«

»Hm … Das tut mir sehr leid für dich, aber vor allem für deinen Sohn, Otto. Und was kann ich in dieser Sache tun?«

Otto atmete tief durch. »Es fällt mir schwer, Giacomo, deine Großzügigkeit erneut zu erbitten, aber es wird um ein Lösegeld gehen, das die Türken für seine Freilassung verlangen und das ich nicht aufbringen kann.«

»Wer soll denn die Freilassung verhandeln?«, fragte Giacomo.

»Der Reichspfennigmeister des Kaisers«, antwortete Otto.

»Eine Freilassung deines Sohnes soll am Lösegeld nicht scheitern. Nun, der alte Geizkofler ist ein schlauer Fuchs, ob er sich allerdings für einen Protestanten ins Zeug werfen wird, wage ich zu bezweifeln. Er ist dem Goldschmied Altenstetter etwas schuldig …« Giacomo überlegte einen Moment. »Vielleicht könnte ich ihm das Ganze schmackhafter machen, indem ich ihm anbiete, im Gegenzug das Ketzerdorf wieder zurück in katholische Hände zu bringen?«

»Du willst es kaufen?« Das Wort *Ketzerdorf* gab ihm einen Stich.

»Ich lasse Erkundungen einholen, ob der Rehlinger nicht auch Schulden hat. Es würde mich schon wundern, wenn er das Gut unbeschadet über diese Teuerung gebracht hätte.«

Es war ein Auf und Ab zwischen Glück und Verzweiflung. Sein Freund Giacomo hatte ihm die Zusagen gemacht, die er von ihm hatte hören wollen, aber Ketzer? Er hatte in dem Prediger Georg Mayer und seinem Freund David so bewundernswerte Menschen kennengelernt. Sie lebten das Evangelium in ehrlicher und tiefer Überzeugung. *Gottesliebe ist gleich Nächstenliebe*. Wie sollte er dies als Ketzerei abtun? Er würde Raymund retten und gleichzeitig seine Heimat zerstören, seine Freunde und Glaubensbrüder vertreiben lassen. Auf was hatte er sich da eingelassen?

115

Konstantinopel, September 1592

IM ZWEITEN HOF des Sultanspalasts war der Botschafter des Kaisers zu einer Audienz geladen, um die Antwort auf seine Liste mit neunundneunzig Gefangenen zu erhalten, deren Freikauf vorgesehen war. Bereits vor einigen Tagen hatte er sie eingereicht. Berkel, der Hofdolmetsch, übersetzte die

Konversation. Nach dem obligatorischen Verbeugungszeremoniell wandte sich ein Offizier mit wild wucherndem Schnurrbart als Wortführer an den Orator.

»Wir haben bereits vor zwei Jahren kundgetan, dass ein Gefangenenaustausch ausgeschlossen ist. Die Hohe Pforte beabsichtigt auch nicht, in nächster Zeit einem Freikauf von Gefangenen zuzustimmen. Die Gründe dafür liegen unter anderem in einem gesteigerten militärischen Interesse. Eure Liste enthält Namen von Waffenmeistern und Kanonieren, auf deren Wissen und Mitarbeit unsere Obristen und Generäle nicht verzichten können.« Der Offizier hatte in seiner glitzernden Uniform eine breitbeinige Pose angenommen.

Berkel verkniff sich ein Grinsen und übersetzte. Die verschleierte Prinzessin stand daneben und sagte nichts.

»Ihr setzt Euch über unsere Abmachung hinweg? Dann lasst wenigstens, wie es bisher guter Brauch war, die Gefangenen frei, die schon fünf Jahre ausgebeutet wurden und trotzdem überlebt haben.«

Der Offizier besprach sich kurz mit Safiye und richtete dann wieder das Wort an den Orator.

»Die Gefangenen werden ab sofort nicht mehr fünf, sondern mindestens sieben Jahre für den Sultan arbeiten. In zwei Jahren könnt Ihr wiederkommen, dann sprechen wir über die Überlebenden aus dem Jahr 1587.«

Der Orator wandte sich an Safiye, sein Kopf war rot vor Zorn: »Das ist ein Bruch von Vereinbarungen, die auf höchster Ebene geschlossen wurden, Prinzessin! Seine Majestät der Kaiser wird darüber nicht erfreut sein. Ist dies doch eine weitere Provokation, wie übrigens auch die Überquerung des Grenzflusses Kupa und der Angriff auf die Festung Bihać vor einigen Wochen durch Eure Truppen. Das alles bedeutet einen herben Rückschlag in den diplomatischen Beziehungen. Sollte diese Anweisung nicht nachverhandelt werden, verlange ich, mit dem Sultan persönlich zu sprechen. Ich vergeude meine wertvolle Zeit nicht mehr mit Stellvertretern. Es muss jetzt Schluss sein, *punctum!*« Der Botschafter war außer sich. Orator Pezzen, den Berkel stets als besonnen und umsichtig wahrgenommen hatte, war der Geduldsfaden gerissen. Er schrie alle Umstehenden an. Berkel übermittelte die Worte an den Offizier, der genüsslich seinen Schnurrbart in die Höhe zwirbelte. Die Prinzessin und die umstehenden Berater warteten scheinbar gelangweilt auf die Übersetzung und schienen wenig beeindruckt von dem Auftritt.

Beim Wort *Stellvertreter* allerdings zuckte Safiye sichtbar zusammen und machte eine herrische Handbewegung, was den Palasteunuchen sofort dazu veranlasste, die Audienz aufzulösen.

»Ihr habt Safiye beleidigt. Das wird sie Euch nicht vergessen. Davon abgesehen, wisst Ihr überhaupt, um welche Leute es der Prinzessin geht?«, fragte Berkel den verärgerten Orator, als sie gemeinsam den Palast verließen.

»Ich vermute, es geht um diesen Goldschmied Rehlinger aus meiner Delegation? Schon der Überfall in Buda war ein unglaublicher Akt der Barbarei. Wo wird er gefangen gehalten?«

»Das ist ein streng gehütetes Geheimnis. Er soll übrigens kein Goldschmied, sondern ein Waffenbauer sein. Ganz im Vertrauen, er soll das Wissen zu einer Wunderwaffe haben. Sie werden ihn um keinen Preis herausgeben, und jetzt schon gar nicht mehr. Macht eine neue Liste, wenn Ihr wenigstens die anderen auslösen wollt. Bei dem beißt Ihr auf Granit.«

»Für seinen Freikauf hat sich eine mächtige Allianz aus Kaiser, Kirche und den Fuggern zusammengetan. Wenn sich der Sultan hier unbeweglich zeigt, wird ihn das teuer zu stehen kommen. Die Grenzverletzungen zeugen von gesteigerter Respektlosigkeit, was die kriegerischen Auseinandersetzungen wohl eskalieren lassen wird. Das könntet Ihr bei Gelegenheit der machtgierigen Prinzessin ans Herz legen.« Der aufgebrachte Orator verabschiedete sich.

Berkel war sehr erstaunt, dass sich die beiden Mächte bei all den militärischen Problemen um diesen Büchsenmacher stritten. *Rehlinger, Rehlinger …* überlegte er, jetzt kamen die Dinge allmählich zusammen. *Der Brief von Maria ist für diesen Rehlinger gedacht.* Sein Interesse wuchs, diesen Menschen kennen zu lernen. *Safiye wird mir verraten, wo sie ihn gefangen halten. Bei der nächsten Gelegenheit.* Berkel lächelte.

116

Emmenhausen, 14. Oktober 1592

DA STAND ER, unendlich müde und verschwitzt vor dem zweiflügeligen, imposanten Eingangstor, hielt artig seinen speckigen Hut in der Hand und wartete, nachdem er an der Glocke geläutet hatte.

»Ich suche den Medicus Oktavian Honold, Gnädigste«, rief er der Bediensteten mit der schwarzen Haube zu, die im ersten Stock des Schlosses nach einer Weile verärgert aus einem Fenster blickte.

»Was willst du denn hier? Landstreicher bekommen von uns donnerstags zum Elfuhrläuten eine warme Mahlzeit und heute ist Mittwoch, also schleich dich!«

»He, he! So eine Behandlung muss ich mir nicht gefallen lassen, beim Hades!«

»Ich habe gedacht, *du* willst behandelt werden, und wenn ich dich so anschau, siehst du nicht gerade aus, als wenn du dir das leisten könntest. Der Medicus empfängt außerdem nicht am Mittwoch, selbst wenn du Geld haben solltest. Da musst du schon morgen wiederkommen«, rief sie mit verächtlichem Unterton herab.

»Was heißt hier, empfängt nicht am Mittwoch! Ich will mich ja gar nicht von ihm behandeln lassen. Ich bin Alfons Pauli und war für den Herrn Medicus in der halben Welt unterwegs. Richtet ihm das gefälligst aus, dann werden wir sehen, ob er mich empfängt.« Das Fenster schloss sich und wenige Minuten später öffnete sich die Pforte:

»Komm herein und warte im Empfangsraum auf den Doktor, aber wisch dir gefälligst deine dreckigen Schuhe ab!«

Die Bedienstete wich zurück, rümpfte die Nase und verzog ungeniert das Gesicht.

»Wenn der Herr nicht ausdrücklich darum gebeten hätte, dich ungepflegten, dahergelaufenen Landstreicher hereinzubitten, ich hätte dich zum Teufel gejagt.«

»Ihr müsst Euch nicht so anstellen, Gnädigste! Ich komme von einer langen Reise. Da riecht man halt nicht mehr wie ein

Strauß frischer Veilchen. Seife habe ich seit Monaten nicht mehr gesehen, aber ich habe mir in Eurem Brunnen eben noch Gesicht und Hände gewaschen«, entschuldigte er sich, während die Magd angewidert aus dem Zimmer drängte.

»Pfui Teufel, der stinkt wie ein Iltis, haltet genügend Abstand, Herr!«, rief sie dem Arzt zu, der ihr im Treppenhaus entgegenkam.

»Don Alfonso? Am Leben? Wie ist es möglich?«, rief Oktavian.

»Herr Medicus, Ihr habt mich vor dem Henker bewahrt, jetzt rettet mich vor dem Hungertod.«

»Helma, bring dem Mann etwas zu essen und zu trinken«, rief er der Magd hinterher und bat Alfonso an den Tisch.

»Ich kann nicht glauben, dass du lebst. Wo warst du denn all die Jahre? Setz dich, Alfonso, und erzähl mir deine Geschichte.«

Alfons Pauli seufzte laut und fing an: »Um es gleich zu sagen, Herr Medicus: Euren Heinrich Lauber habe ich nicht gefunden, das zu meinem Auftrag. Schon auf der Überfahrt nach Konstantinopel wurde das Schiff von Piraten überfallen und ich als Sklave verkauft. Nachts mit Hunderten Gefangenen angekettet, dem Ungeziefer, Ratten und Schlangen ausgesetzt, das könnt Ihr Euch nicht vorstellen. Auf dem Fischmarkt von Konstantinopel habe ich zwei Jahre lang die stinkenden Eingeweide wegputzen müssen, beim Hades. Jedem habe ich meinen Rücken mit der Tätowierung gezeigt, manch einer hat mir vor Rührung etwas in die Hand gedrückt. Endlich hatte ich so viel Geld, um einen Wärter zu bestechen, der mich zum Orator gebracht hat. Paul von Eitzing, ein wahrlich nobler Mensch, sein Mitleid hat mich gerettet. Er hat mich ausgelöst und fortan war ich frei. Alles habe ich unternommen, um diesen Kerl zu finden. Ich habe den Spruch von der Tätowierung in meiner Not an alle Wände Konstantinopels gekritzelt. Nichts und niemand hat sich gemeldet, auch der Orator kannte ihn nicht. Der gütige Eitzing wollte mich mitnehmen in die Heimat, aber im letzten Moment habe ich es mir anders überlegt. Warum sollte ich die Wärme, die Bäder und die schönen türkischen Frauen verlassen? Es ging mir so gut wie nie in meinem Leben. Mit Gelegenheitsarbeit habe ich immer genug Geld verdient, um mir die Annehmlichkeiten der Stadt leisten zu können. Jetzt bin ich fast siebzig und merke, dass meine Kräfte nachlassen. Ich weiß, dass ich es nicht verdient habe, aber ich bitte Euch, Herr Medicus, gebt mir auf meine alten Tage eine Beschäftigung, damit ich nicht verhungern muss.«

Rico hat irgendwie die Nachricht bekommen, das ist sicher. Vielleicht hat er es an den Wänden gelesen? Auf dem Fischmarkt? Oktavian konnte sich keinen Reim darauf machen. »Ich staune nur noch. Was für eine Geschichte, Alfonso! Ich gebe dir fünf Gulden als kleine Entschädigung für das erlittene Ungemach. Helma soll dir eine Wanne heißes Wasser bereitstellen, damit du dich waschen kannst.« Er sah ihn von oben bis unten an. »Sie wird dir auch neue Kleider geben, denn so kannst du wirklich nicht herumlaufen. Und ich werde meinen Freund, den Bischof, fragen, ob er nicht im Dom eine Beschäftigung für dich hat, als Vorbeter oder Sakristan. Dort bist du gut aufgehoben und kommst nicht auf krumme Gedanken.«

»Ich würde sogar die Fenster putzen im Dom …«, er lächelte, »damit mehr Licht in die katholische Kirche kommt. Ich bin an Eurer Seite und zu tiefstem Dank verpflichtet,

Herr Medicus«, stammelte Alfonso frohgemut, verbeugte sich und ließ sich von der Magd in den Waschraum bringen.

117

Szolnok, Januar 1593

Raymund konnte es nicht fassen. Der Dolmetsch hatte ihm ein Brieflein übergeben. Die Schrift war kaum noch lesbar, aber es war sein Name, geschrieben von Helenas schwungvoller Hand. Nach über fünf Jahren endlich ein Lebenszeichen. Wie konnte der Brief ihn erreichen? Gab es eine Möglichkeit, ihr zurück zu schreiben? Mit zitternden Fingern öffnete er den Brief, und dann kein Wort ... Nichts ... Kein einziges Wort, eine blonde Haarsträhne fiel heraus. Helenas Haar, warum hatte sie nichts geschrieben? Hatte man die Buchstaben weggekratzt? Durfte er nicht lesen, was sie ihm hatte sagen wollen? Es gab viele Gründe, er wischte sie alle weg, was jetzt zählte, war, dass Helena lebte und an ihn dachte so wie er an sie. *Ich werde ein Medaillon mit einem Glasdeckel schmieden lassen und dich stets um meinen Hals tragen.* »Hoffnung verlass mich nicht«, flüsterte er und küsste den Brief.

118

Dillingen, drei Tage nach Allerheiligen* 1593

»EIN HERBER RÜCKSCHLAG in unseren Bemühungen. Ein Gefangener kostet normalerweise fünfhundert Gulden. Giacomo hat das Zwanzigfache geboten.«

Otto empfing David Altenstetter in seiner neuen Residenz. Dieser hatte ihm gerade das neueste Schreiben des Orators vorgelesen. Die Stimmung war an einem Tiefpunkt angelangt.

»Sie geben ihn also selbst für eine fünfstellige Summe nicht frei. Dafür könnte man sogar eine kleine Stadt kaufen! Ich weiß mir keinen Ausweg mehr.« Otto starrte in den trüben Novembertag hinaus. Krähen umflogen in Scharen das bischöfliche Palais und belagerten mit lautem Kreischen die

* 1. November

kahlen Bäume. Früher hätte es ihn erheitert, heute sah er in ihnen bedrohliche, schwarze Todesvögel.

»Daran kannst du ermessen, was der Junge dort leistet. Wie ich ihn kenne, hat er den Türken eine ganze Manufaktur aufgebaut. Sie rüsten mächtig auf. Mit den handlichen Waffen wird vor allem ihre Kavallerie noch gefährlicher und tödlicher. Raymund ist dort kein kleiner Gefangener. Er wird wohl ein Heer an Handlangern und Büchsenmachern befehligen. Wenn selbst Drohungen aus Prag und das Geld von Jakob Fugger keinerlei Früchte tragen, dann kannst du dir vorstellen, wie wichtig er ihnen ist.« David starrte hinunter in den Fronhof.

Otto trat zu ihm ans Fenster. »Du kennst die Türken besser als ich, David. Ist tumbes Warten denn das Einzige, was uns bleibt?«

»Wenn nicht einmal der höchste Vertreter des Kaisers am Hof des Sultans darüber Auskunft erhält, an welchem Ort diese Waffenschmiede steht, unterliegt die ganze Sache wohl der allerhöchsten Geheimhaltung. Ich nehme an, dass Geizkofler sich loyal verhalten und die Sache in unserem Sinne betrieben hat.«

»Könnte es sein, dass man am Hof Raymund durch die Preisgabe seines Wissens an den Türken Verrat vorwirft und es gar nicht zu Verhandlungen gekommen ist?«, wandte Otto ein.

»Du meinst, dass uns der Geizkofler und der Orator belügen? Dagegen spricht die Mitwirkung Jakob Fuggers. Einen Fugger kann der Kaiser niemals auf diese Art zurückweisen, wo er doch selbst mit Unsummen bei ihm in der Kreide steht.«

»Wenigstens geht es Helena und ihrem Kind gut, wie mir die Oberin kürzlich berichtet hat. Dann hoffen wir auf ein Wunder und beten dafür!«

»Das müssen wir wohl, Otto! Der Herr sei gepriesen!«

119

Szolnok, Winter 1594/1595

Die Tage wurden wieder länger, aber die Sonne kämpfte sich heute nur mühsam durch den Nebel. Die Waffenschmiede von Szolnok war zur Pilgerstätte für Offiziere und Kriegsleute aus dem ganzen Reich geworden. Jede Woche verließ ein von Janitscharen schwer bewachtes Fuhrwerk die Festung, voll beladen mit Pistolen. Tag und Nacht wurde in der riesigen Werkstatt geschmiedet, gehämmert und gebohrt. Nur ausbleibender Eisennachschub erlaubte es den fast zweihundert Sklaven und Handwerkern gelegentlich, die Arbeit ruhen zu lassen.

Raymund war müde. Zunehmend lustlos zeigte er den neugierigen Besuchern die verschiedenen Arbeitsschritte, die zur Herstellung seiner Pistole nötig waren. Leyla hatte sich in ihre Rolle gefügt, auch wenn sie ihm die Zurückweisung übel nahm. Die schweren Stunden des Heimwehs und der Sehnsucht nach der Geborgenheit in Helenas Armen bedrückten ihn. Ihre Haarlocke trug er in einem Medaillon um den Hals. Noch nie hatte er es abgelegt. Der letzte Hoffnungsfunken, dass die Wahrsagerin mit ihren sieben Jahren recht behalten würde, hatte sich zerschlagen. Diese Zeit war um. Was konnte seinem Leben noch eine Wendung geben? Eine Flucht vielleicht? Wie weit würde er kommen zu Fuß? Wenn sie ihn erwischten, würden sie ihn töten. An Tagen wie heute schien es ihm egal. Oder warten und sich damit abfinden? Helena vergessen und mit Leyla …? Das konnte er nicht, noch nicht …

»*Allahu akbar, Sultan öldü, Allahu akbar, Sultan öldü, Allahu akbar, Sultan öldü!*« Der Ruf gellte durch die Gassen und wurde von den Straßenkindern über die Händler bis zu den Greisen, die vor den Häusern saßen, in Windeseile verbreitet. Sultan Murad III. war gestorben.

Der Kanijeli Pascha hatte Raymund persönlich mitgeteilt, dass während der einunddreißigtägigen Trauerzeit niemand arbeiten durfte, nicht einmal Sklaven und Gefangene. Die Kamine rauchten nicht mehr, die Öfen waren kalt, kein Hämmern und Klopfen. Über der Stadt lag eine eigenartige Stille. Es war zudem inzwischen Februar und bitterkalt, auf der Theiß trieben dicke Eisschollen. Leyla war gegangen. Ohne irgendein Anzeichen oder wenigstens ein Wort des Abschieds war sie eines Morgens einfach nicht mehr da gewesen. Er stand allein in seiner Wohnung und wurde sich bewusst, dass sie nur auf Befehl bei ihm war, was er immer vermutet hatte. Aber sie war frei in der Entscheidung zu gehen. Raymund machte es nichts aus, nun selbst das Holz für den Kamin in die Wohnung zu schleppen und zu kochen. Die Tage der Trauer vergingen ohnehin nur quälend langsam. Was sollte danach kommen? Sultan Murad hatte ihn wenigstens am Leben gelassen. Würde es noch schlimmer kommen?

Am neunundzwanzigsten Tag war plötzlich der Dolmetsch in seine Wohnung gestürmt und faselte etwas Unverständliches. Er war völlig aufgewühlt und fuchtelte wild mit den Armen. Unmittelbar hinter ihm trat ein Riese mit einer großen Nase und einem noch ungewöhnlicheren hellen Bart in den Raum. Er war in den Farben des Sultans gekleidet. Der Fremde schob den Dolmetsch zur Seite. »*Sayfasına gidin**«, sagte er mit tiefer Stimme, und allein seine

* Geh zur Seite!

Erscheinung flößte Raymund Ehrfurcht ein. »Raymund Rehlinger?«, fragte er und schaute ihn mit durchdringendem Blick an. Keiner der Türken, mit denen er Umgang pflegte, hätte sich das je erlaubt.

»Ben«, bejahte Raymund.

120

Oberschönenfeld, Winter 1594/1595

Es war kalt und der Schnee lag meterhoch im Klostergarten. Die Wohnräume des Klosters waren unbeheizt, nur in der Bibliothek und im Refektorium war es warm und gemütlich. Helena freute sich, dass sie sich bei den Tieren und im Spital nützlich machen konnte, so gut es ging. Giovanna war gewachsen und konnte mit ihren fünfeinhalb Jahren bereits lesen und schreiben. *Es muss eine Menge Georg in ihr stecken*, dachte sie sich, wenn sie wieder einmal nicht aufhörte, noch einmal *warum* zu fragen. Nicht einmal die Schwestern waren sicher vor ihrer Gier nach Wissen und sogar die

Bibliothekarin gestand Helena, dass sie manchmal mit den Fragen Giovannas überfordert sei. Die Zisterzienserinnen liebten die Kleine über alles. Eine Schwester hatte ihr ein Hüpfspiel gezeigt, das sie mit Kreide auf den Steinboden des Kreuzgangs gemalt hatte. »Mutter Barbara hat es erlaubt«, bekam Helena jedes Mal zu hören, wenn sie Giovanna für irgendetwas tadeln wollte. Die Äbtissin stand immer auf der Seite ihrer Tochter. Helena seufzte. Ihre Tochter wachsen und sich entwickeln zu sehen half ihr über ihre Zweifel, ihre Sehnsucht nach Raymund und die Unsicherheit hinweg. Helena glaubte immer noch fest an die Worte der Wahrsagerin. Sie selbst war nach sieben Monaten aus dem Gefängnis gekommen, die sieben Jahre waren ebenfalls vorbei. An jedem Abend, wenn die Nonnen zur Komplet zusammenkamen und für eine Gute Nacht und ein gutes Ende beteten, schlossen sie Raymund und seine baldige Rückkehr in ihre Gebete ein. Das machte ihr Mut und gab ihr Hoffnung.

121

Szolnok, Februar 1595

»DU KANNST RUHIG deutsch mit mir sprechen. Man nennt mich Berkel Aleman und ich komme aus Konstantinopel.«

Raymund verstand den Namen sofort. Der Hüne hatte einen Händedruck, der ihn an die Schraubzwingen in der Werkstatt erinnerte. Gleichzeitig bemerkte er, dass der Riese das Medaillon auf seiner Brust begutachtete.

»Sind das die blonden Haare aus dem Brief? Also ist er doch angekommen?«, fragte Berkel, legte seinen bunten Fellmantel ab, rieb sich die Hände und setzte sich auf einen der Stühle.

»Hast du mir diesen Brief geschickt? Woher hattest du ihn?« Raymund spürte, wie Berkel ihn musterte.

»Den Brief gab mir eine Magd aus Schongau mit, ich hatte dort vor einiger Zeit etwas zu erledigen ...« Der Hüne zögerte. »Du erinnerst mich an irgendjemanden, der ...«

»Erzähl mir von Helena, sie hat doch den Brief geschrieben«, unterbrach ihn Raymund.

»Ich weiß leider gar nichts darüber, aber bald kannst du es selber herausfinden.«

Raymund wusste nicht so recht, worauf Berkel hinauswollte, wunderte sich aber, dass der Hüne aufstand, über das ganze sommersprossige Gesicht grinsend in seine Tasche griff und eine Rolle herausholte. Feierlich begann er sie zu öffnen und vorzulesen:

»*Kraft meines Amtes und im Andenken an Sultan Murad III., dem ich seinen eigenen Nachfolger geboren habe, verfüge und bestimme ich, dass der Büchsenmacher Raymund Rehlinger aufgrund seiner großen Verdienste um den Waffenbau und seiner siebenjährigen mit Geduld ertragenen Gefangenschaft unter das von Sultan Mehmed erlassene Gesetz der Amnestie fallen soll und mit dem heutigen Tag die Freiheit erlangt.*

Safiye, oberste Frau und Beraterin, Mutter des Sultans.«

Raymund versuchte, das Gesagte in Gedanken zu wiederholen, aber nur die Worte *mit dem heutigen Tag* und *Freiheit* hallten in seinen Ohren nach. Er brachte keinen Ton heraus und hätte am liebsten geschrien vor Freude.

Der große Mann packte ihn. »Du bist frei, Rehlinger, hast du verstanden? Frei!«

»Gott im Himmel, ich danke dir! Deine Pläne sind unbegreiflich, du hast mich nicht vergessen!« Raymund vergrub sein Gesicht in den Händen und betete.

»Hör mal, Rehlinger! Ich wollte dir selbst die frohe Kunde überbringen und habe die lange Reise von Konstantinopel auf mich genommen, weil ich unbedingt diesen Büchsenmacher kennenlernen wollte, der mit seiner Pistole alle unsere Offiziere in Verzückung versetzt hat. Ich würde jetzt doch gerne einmal eine von deinen Wunderwaffen in die Hand nehmen.«

»Ich bin dir sehr dankbar. Das mit der Waffe machen wir später. Wo ist die Magd, die dir den Brief gegeben hat?«, wollte Raymund wissen, nachdem er sich wieder etwas gefangen hatte.

»Ist dir dieser Brief denn wichtiger als die Freiheit?«, gab Berkel etwas enttäuscht zurück. »Nun, ich habe zwei Frauen aus Schongau auf der Schiffsreise von Venedig nach Konstantinopel begleitet. Die Frauen hatten ihn dabei. Wer ihn geschrieben hat, haben sie nicht gesagt. Mehr weiß ich nicht darüber zu berichten.«

Raymund hing ihm an den Lippen. »Wo sind die Frauen jetzt?«

»Es waren Mutter und Tochter; Gerhild, die Mutter, ist auf der Reise gestorben und Maria, ihre Tochter, lebt mit ihrem stummen Mann irgendwo in Konstantinopel.«

»Berkel, lass uns sofort aufbrechen. Ich muss so schnell wie möglich ...«

»Der Landweg nach Westen ist so unsicher geworden, dass du unweigerlich zwischen die Fronten geraten würdest. Von den Kundschaftern, die fast täglich an der Hohen Pforte eintreffen, weiß ich, welche Gemetzel dort stattfinden. Es herrscht ein blutiger und grausamer Krieg. Nimm den langen Weg über Konstantinopel. Ich nehme dich mit.«

»Ich möchte mich nur noch vom Pascha verabschieden.«

Alles erbaut von Sklavenarbeit, ging Raymund durch den Kopf, als er mit Berkel die Villa des Kanijeli Pascha betrat und die Blicke über all die Waffen und Kostbarkeiten schweifen ließ, die an den Wänden hingen. Das Papier mit dem Siegel des neuen Sultans, das Raymund ihm entgegenstreckte, machte auf den Pascha so großen Eindruck, dass sein ehemaliger Herr vor ihm auf die Knie fiel. Wenn es ihm auch unangenehm war, empfand er es dennoch als Genugtuung, dass dieser ihm die Füße küsste.

»Du hast uns große Dienste erwiesen. Du gehst nicht als Gefangener, sondern als Freund der Türken«, verkündete ihm der Pascha feierlich, nachdem er sich erhoben hatte. »Lasst den Stallmeister rufen!«, rief er anschließend.

»Man hat mir bei meiner Gefangennahme meine Pistole abgenommen. Ich möchte sie zurück haben«, forderte Raymund.

»Dieser Betrüger Castranova hat versucht, mit deiner Pistole die Hohe Pforte zu erpressen. Man hat ihm dafür den

Kopf abgeschlagen. Such dir eine Pistole aus!« Er deutete auf die Wand. Dann flüsterte der Pascha dem Stallmeister etwas zu.

Raymund trat zur Waffensammlung an der Wand und lächelte, denn er wusste genau, welche der Pistolen die beste war, und griff zu. »Behalte sie. Der Friede sei mit dir«, entgegnete der Pascha. Raymund fühlte sich wie ein vornehmer Gast, als der Pascha ihn und Berkel mit unterwürfiger Geste ins Freie geleitete.

»Nimm dies für die Reise«, sagte der Pascha und überreichte ihm einen Beutel. »Und ich habe noch ein Geschenk für dich, Rehlinger.« Der Pascha deutete auf den Stallmeister, der einen weißen Araberhengst zu ihnen führte.

»Der soll für mich sein?«, fragte er bewegt. Er hatte so ein edles und schönes Tier noch nie gesehen und selbst Berkel pfiff anerkennend durch die Zähne.

»Dieses Pferd wird dich überall hinbringen. Nimm es und behandle es gut.«

»*Inschallah!*«, rief Raymund, als er die Zügel des Pferdes übernahm.

»Der aufgeblasene Pascha hat dir wohl einiges zu verdanken, Rehlinger«, bemerkte Berkel lachend, als sie die Pferde aus dem Hof der Villa führten.

Raymund kam sich vor wie ein König, als er an der Seite des hünenhaften Dolmetschs durch die Gassen ritt, und doch wurde er nachdenklich. Sie erreichten die Zugbrücke, die er vor über sieben Jahren, an eine Kette geschmiedet, betreten hatte. Heute empfing ihn die Freiheit. Die Narben der Wunden, und nicht nur die sichtbaren, würden bleiben, das wusste er.

Der Weg nach Konstantinopel war weit. Nach tagelangem Ritt wurde Raymund bewusst, was der Große auf sich genommen hatte, um ihm das Amnestieschreiben persönlich zu überbringen.

»Wie hast du meinen Aufenthaltsort herausbekommen? Das Reich ist so riesig und einen Rehlinger zu finden war sicher nicht einfach.«

»Um dich haben sie ein großes Geheimnis gemacht. Der Orator wollte dich schon vor einiger Zeit freikaufen, dabei fiel dein Name und ich habe mich an diesen Brief erinnert. Safiye, die Mutter des neuen Sultans, hat mir verraten, in welcher Waffenschmiede du eingesperrt warst. Sie war mir gegenüber immer großzügig.« Er lachte in seinen Bart hinein. »Je öfter ich dich anschaue, Rehlinger, desto bekannter kommst du mir vor.« Berkel schüttelte immer wieder den Kopf.

Nach zwei Wochen erreichten sie Konstantinopel. Berkel half ihm, im Hafen einen Frachtsegler zu finden, der ihn und sein Pferd nach Venedig bringen würde. Es war schwieriger als gedacht. Aber niemals hätte er Pegasus zurückgelassen. Er hatte ihn so genannt, weil die Geschichte des geflügelten weißen Pferdes ihn schon als Kind fasziniert hatte. Ein Griff in seinen Beutel hatte ihm und Pegasus schließlich die Passage verschafft. Als der Segler abgelegt hatte und schon fast außer Hörweite war, rief Berkel noch etwas: »Jetzt weiß ich es! O…« Die Kommandos der Seeleute und das Knattern der Segel übertönten alles. »Giovanna …« Wieder pfiff der Wind dazwischen. »… komm gut nach Hause!«

122

Dillingen, drei Tage nach dem Osterfest* 1595

»Stell dir vor, Giacomo, Raymund ist unter den Gnadenerlass des neuen Sultans gefallen. Schon im Februar soll er freigelassen worden sein. Orator Pezzen hat über den Geizkofler vor einigen Tagen Bericht gegeben.« Otto merkte, dass er zu laut gesprochen hatte, und zog Giacomo in ein ruhiges Nebenzimmer.

»Das sind gute Nachrichten, Otto, und das spart Geld, das wir anderweitig einsetzen können.« Giacomo grinste. »Auch ich kann dir eine erfreuliche Mitteilung machen. Die Rehlinger in Leeder sind am Ende. Das schlechte Wetter, die Anklage gegen seine Schwester wegen Hexerei und das leidige Ketzerproblem haben ihnen den Garaus bereitet. Niemand will mehr Handel mit ihnen treiben, an den Markttagen bleiben die Kunden aus und die Händler auf den Waren sitzen. Das Gut ist mit zweiundsechzigtausend Gulden verschuldet. Ich habe mit Hans Rehlinger verhandelt. Er zieht mit seiner Familie zurück in die Stadt; die Bauern, Leibeigenen und das Gesinde im Schloss werde ich weiterbeschäftigen. Ich werde seine Verbindlichkeiten auslösen und das Dorf in wenigen Wochen übernehmen. Das nächste protestantische Nest, das wir ausräumen. Mach dir schon einmal Gedanken, wen wir dort als katholischen Pfarrer einsetzen, Otto!« Sein alter Freund war stolz und zufrieden, mit solch wichtigen Neuigkeiten aufzuwarten.

---

* 29. März

»Ich werde eine Zeit lang in das Schloss ziehen, um selbst alle Umbaumaßnahmen zu leiten. Es soll ein neuer Pfarrhof gebaut werden. Das Grundstück liegt direkt unterhalb der Kirche, es wird dir gefallen.«

»Ich danke dir für deinen unermüdlichen Einsatz im Dienste der katholischen Kirche, Giacomo. *Semper fidelis*. Der Herr im Himmel wird es dir dereinst vergelten.« Otto erhob sich, ging um den Tisch herum, nahm gerührt Giacomos Hände und schüttelte sie lange. »Wie stellst du dir die Rekatholisierung vor?«

»Gerade das ist der Grund meines Besuchs bei dir, Otto. Wer nicht konvertieren will, muss das Gut verlassen, so sieht es das Gesetz vor. Es gibt eine kleine Gruppe von Marienverehrern, die sich den alten Glauben bewahrt hat und gelegentlich die heiligen Sakramente empfangen konnte, so wurde mir berichtet. Aber keiner aus dem Dorf ist meines Wissens gefirmt. Daher möchte ich dich bitten, nach Leeder zu kommen und allen Konvertiten das Sakrament der Firmung zu spenden.«

»Du meinst eine Zwangsfirmung?« Otto seufzte. Dies würde ein schwerer Gang werden.

123

Schongau und Leeder, Ende Juli 1595

Raymund hatte Berkel gedrängt, ihn in Konstantinopel zu Maria zu bringen. Die gute Maria. Was sie ihm über die Gefangenschaft Helenas in Schongau erzählt hatte, erschütterte und beschäftigte Raymund während der ganzen Reise. Wie war es nur möglich gewesen, dass gegen die Familie eines Reichsritters ermittelt wurde? Es war schrecklich, sich seine Helena in einem Verlies in Ketten vorzustellen. Womöglich hatten sie ihr die Haare abgeschnitten. Und dann diese Schwangerschaft. Wer konnte bei ihr gelegen haben? An wen hatte sie das verloren, was sie ihm als höchstes Gut bis zu seiner Rückkehr aufbewahren wollte? Er hatte die Els kennengelernt. Sie hatte immer schon schützend ihre Hand über Helena gelegt. Sie war kundig und zu vielem in der Lage, aber dazu? Jedenfalls war Helena durch die Schwangerschaft eine Verlegung ins Spital ermöglicht worden. Berkel hatte vermutet, dass mit dem Tod des Inquisitors die Verfolgungen nachlassen würden, aber es war nur eine Vermutung. Er betete, dass sie das alles überlebt haben möge. Aber die Wahrheit würde er erst in Schongau erfahren oder in Leeder.

Zwei Monate waren sie auf See gewesen und hatten an jedem gottverlassenen Hafen angelegt, um irgendwelche Waren auszutauschen. Jedes Mal beim Ablegen kamen ihm die Worte Berkels in den Sinn: *O … und Giovanna.* Wer waren wohl diese beiden? Seine anfängliche Ungeduld darüber, dass es nicht schnell genug gehen konnte, wandelte sich mit jedem Tag. Er spürte, dass er seine Zeit brauchen würde, mit diesem neuen Gefühl der Freiheit umgehen zu lernen. Selbst zu bestimmen, wie und wann er etwas machen wollte. Niemandem für irgendetwas Rechenschaft schuldig zu sein, sein eigener Herr zu sein. Schließlich empfand er auch das Anlegen in den Häfen als willkommene Gelegenheit, mit Pegasus auszureiten und die nähere Umgebung zu erkunden.

Nach den Zollformalitäten in Venedig schloss er sich einer Wagenkolonne in Richtung Augsburg an und erreichte Ende Juli Schongau. Dort trennte er sich von den Händlern und machte im »Sternen« einen letzten Halt. Maria hatte ihn gebeten, dem Semmer, falls er noch leben sollte, die beiden Pferde zu bezahlen, die ihre Mutter damals aus dem Stall entwendet hatte, abzüglich des Lohns, den er ihr und ihrer Mutter schuldete. Der Wirt staunte nicht schlecht, als Raymund ihm von Marias neuem Leben bei den Türken erzählte. Für die arme Gerhild wollte der Semmer ein Dutzend Messen lesen lassen. Im Heilig-Geist-Spital erfuhr Raymund endlich die sehnsüchtig erhofften Neuigkeiten über Helena. Sie sei wegen einer Prozessverlegung aus dem Spital von einem Augsburger Ratsherrn abgeholt worden, hieß es bei den Nonnen. Er konnte es kaum glauben, aber warum sollten ihn die frommen Schwestern belügen? Die Hoffnung, sie gesund wiederzufinden, wuchs schlagartig. Allerdings wussten die Schwestern nicht, wohin man sie gebracht hatte.

Am nächsten Morgen ritt er über die alte Rottstraße bis nach Denklingen und bog nach links ab. Der Kirchturm war das Erste, was er von seinem alten Dorf wiedererkannte. Majestätisch ragte er hinauf in den Himmel. Was würde ihn wohl erwarten?

Vielleicht sollte ich zu David nach Augsburg reiten. Er weiß bestimmt, was mit Helena geschehen ist. Gibt es über-

haupt noch jemanden, der mich freundlich aufnimmt? Wem kann ich vertrauen? Schließlich haben sie Helena denunziert und der Inquisition ausgeliefert. Aber wo sonst würde ich etwas über ihr Schicksal erfahren? Raymund beschloss, nach Leeder zu reiten und es bei Georg zu versuchen. Vielleicht lebte er ja noch.

»Ja, dr roat Raymund, wo komsch du denn her?«, begrüßte ihn der Torhüter. Sein nächster Satz ließ Raymund zusammenzucken. »Mir sind jetz fei all mea katholisch woara. Uiber Bruader hot miassa verkofe, dia sind mea auf Augschburg na. Im Schloss doba isch dr Fuaggar einzoga. Des isch a scheaner Gaul, an so an Schimmel hau i no nia g'seacha.«

Mit einer unguten Vorahnung ritt er den Bach entlang an den Höfen vorbei und bog beim Gasthaus links ab den Berg hinauf. Das Dorf war wie ausgestorben.

Das Schloss schien im Umbau zu sein. Handwerker klopften und werkelten im Inneren. Alle Fenster standen offen, es war in diesem Zustand nicht bewohnbar. Ein seltsames Gefühl überkam ihn, als er durch das offene Tor ging. Hinter dem Schloss sah er einen alten Mann vor dem Gesindehaus sitzen. Beim Näherkommen erkannte er, dass es der Kutscher Karl war.

»Karl, ich bin es, der Raymund«, rief er ihm zu.

Dem Kutscher fiel seine Pfeife aus dem Mund, so sehr hatte er ihn erschreckt. »Ja pfeilgrad! Raymund, dass du no lebscht! Dem Himmel sei Dank! Lass di anschaua!«

Raymund musste sich einmal im Kreis drehen. Karl fasste ihn immer wieder an den Händen und konnte sich nur langsam beruhigen.

»Jetzad sag mir, Raymund, wo du all die Johr g'wesa bisch?«

Raymund zeigte ihm seine Narben an den Füßen von den Ketten und erzählte ihm die Geschichte von der Gefangennahme bis zur Freilassung.

»Aber jetzt möchte ich wissen, was sich hier alles zugetragen hat, Karl. Weißt du, was mit Helena passiert ist und wo ich sie jetzt finden kann?«

Karl schnäuzte in sein Taschentuch und winkte ihn näher zu sich heran. »Mein Gott, Raymund. Es isch alles ganz furchtbar. Am beschta fahr mer hindre zum Georg, dea woaß no viel mehr.«

»Wohnt denn Georg nicht mehr im Dorf?«

»Hinda in der Miehle, dea ka ja nimma loffa. Isch halt au in meim Alter, und wea iber siebezg isch, dea hot bleiba kenna, au wenn a idda konvertiert. Hammer em gnädige Herrn Fugger z'verdanka!«

»Dann lass uns schnell in die Weldermühle fahren. Du hast doch noch deinen Wagen.«

»Ja, aber keine Rösser mehr.«

»Ich zeige dir meinen Pegasus, ich hab ihn vor dem Tor angebunden. Er lässt sich nicht einspannen, ist halt ein wilder Araber. Aber bis nach Welden trägt er uns beide.« Raymund eilte an die Straße und führte sein Pferd nach hinten.

»Huerebichl, ja des isch amol a Gaul. So a Arabarhengscht, ja mei, dea passt zu dir, Raymund.« Er tätschelte das Pferd.

Raymund half dem alten Karl in den Sattel und setzte sich dahinter.

»Was ist mit dem Gut passiert, Karl, die Fugger haben es also gekauft?«, fragte ihn Raymund, als sie oben auf der Anhöhe waren.

»Dia Tradel war beas, aber si isch g'stroft woara. Voar zwoi Johr isch se im Kindbett g'storba. Dia hot mit ihrem Lotterleaba des Dorf rag'wirtschaftet. D'Felder hand ja fascht nix mea eibrocht, dia Speicher wared leer, und trotzdeam hot sie fuaderweis französisches Porzellan und italienisches Glas ankarra lau. Mir sind gar nicht mehr mitkomma vor lauter Ausruuma und Einruuma. Auf de Märkt hat si kaum noch ein Händlar blicke lau, ja mei … Und dann die Teuerung. Dia Schulda sind immer weiter g'wachsa und dann hat si dia Herrin a Clavicimbel anschaffa lossa. So a Hallodri, a daherg'loffener Wandermusiker, hot si vornehm Fra Berger Sternfels anreda lau, hot se dann unterrichted. Iber an Monat hot dea si bei eis durg'fressa. Wia d'Herrin dann in andere Umschtänd war, hot dr Herr ean zum Deifl ghaut. D'Tradel hot kenna hinterher genauso wenig spiela wia vorher.«

Raymund musste trotz der tragischen Veränderungen lächeln. Karl war schon immer ein hervorragender Erzähler gewesen und schwer zu bremsen.

»Bleib du bei Pegasus, Karl! Es wird nicht lange dauern«, sagte er zu ihm, als sie die Mühle erreichten.

Er läutete an der Glocke. Der neue Pächter war bereits eingezogen. Wo Peter, sein Jugendfreund, wohl jetzt sein mochte? Nur das ehemalige Schwenckfelderhaus erinnerte ihn an die vergangenen Zeiten.

»Ich möchte gerne Georg Mayer einen Besuch abstatten«, erklärte Raymund höflich der Bediensteten, die ihm geöffnet hatte.

»Er wohnt hinten im Austrag, ums Eck«, antwortete sie. »Ihr könnt einfach reingehen, er hört fast nichts mehr.«

Raymund ging ums Haus, klopfte und trat ein. Ein Greis saß auf einem Stuhl, sah ihm aber mit wachem Blick entgegen.

»Raymund, dass ich das noch erleben darf! Wach auf, mein Seel!«, rief er ihm zu.

»Lobsinge seinen Namen!« Raymund kniete sich vor Georg. »Sag mir, Georg, dass Helena lebt!«

»Ja, sie lebt und wartet auf dich. Setz dich, ich hab nicht mehr lange, Caspar wartet schon auf mich. Wo bist du gewesen, mein Junge?«

Raymund fiel ein Stein vom Herzen und er erzählte seine Geschichte ganz nah an Georgs Ohr. Als er von seiner Gefangennahme berichtete, liefen dem alten Mann die Tränen über die Wangen.

»Aber jetzt berichte du, Georg, was ist mit Helena passiert? Ich weiß nur, dass sie sich bei der Els versteckt hat und anscheinend in Schongau gefangen gehalten wurde.«

Georg begann zu zittern.

»Da war diese Vorladung nach Schongau, bei der die Els sie verteidigt hat. Man hat Helena laufen lassen, mit der Bedingung, dass sie Leeder nicht verlassen dürfe. Sie hat bei mir im Haus gewohnt. Aber als der große Hagel kam, hat man sie zusammen mit einem Dutzend anderer Weiber abgeholt und in Schongau eingesperrt. Sie haben sie aus meinen Armen gerissen, es war der schlimmste Moment in meinem Leben. Der Huetter von den Marianischen hat sie denunziert. Die Tradel hat ihm dafür viel Geld gegeben. Ich bin zur Els nach Ettringen geritten, um mir Rat zu holen. Sie hat mir gesagt, was ich tun soll. Ich habe mich als katholischer Pfarrer verkleidet und Helena immer wieder im Gefängnis besucht. Dann hieß es bei den einen, es sei ein Wunder geschehen, bei den anderen, der Teufel sei im Spiel. Helena ist nämlich im Gefängnis in andere Umstände gekommen … Sie hat es von mir in einer Schweinsblase bekommen.« Der alte Georg stockte und ein Lächeln flog über seine Wangen.

Raymund schluckte, dann sagte er: »Du hast sie gerettet!« Dann drückte er Georgs zittrige Hände.

»Man hat sie dann ins Heilig-Geist-Spital gebracht und im Frühjahr drauf kam die Nachricht, dass der Prozess nach Augsburg verlegt worden sei. Die Herrschaft oben im Schloss hat sich in Augsburg erkundigt, aber Helena ist dort nie angekommen, sondern auf der Fahrt dorthin von Wegelagerern entführt worden. Unser Glaubensbruder David hat mir kurze Zeit später mitteilen lassen, dass Helena sich an einem geheimen Ort in Sicherheit befinden würde.«

Raymund atmete tief durch. Er musste jetzt nur noch zu David, das war das Wichtigste.

»Und wie konnte es mit dem Gut so weit kommen?«

»Die Tradel war schuld. Hans hätte viel früher eingreifen sollen. Nach ihrem Tod war es zu spät. Er musste den Medicus entlassen und das Personal im Schloss reduzieren, aber es hat nichts mehr genutzt. Die Kredite waren nicht mehr zu bedienen. Dann ging alles ganz schnell. Vor zwei, drei Monaten hieß es plötzlich, dass Jakob III. Fugger von Babenhausen das Gut übernommen habe und alles wieder katholisch werden soll. Er hatte schon längere Zeit auf den Kauf geboten.«

»Wie haben die Schwenckfelder reagiert?«, wollte Raymund wissen.

»Seit der Anklage wegen Ketzerei ist es still geworden. Die Herrschaft hat keine Fremden mehr hereingelassen. Wir haben uns zwar immer noch zum Gebet und Gesang getroffen, aber nicht mehr im Schloss, sondern meistens unten beim Hueber. Der Martt ist ja schon vor längerer Zeit ins Schwäbische zurück. Als das mit den Fuggern bekannt wurde, sind ihm seine Frau Agnes, die Hornung, der Müller und einige andere gefolgt. Der Richter Dreer, der Bäcker Essendeir und der Hueber sind konvertiert. Sie hätten sonst alles aufgeben müssen. Das war ein furchtbarer Tag, glaub mir, Raymund, und nicht nur für die Schwenckfelder, als die Schergen vom Fugger in die Häuser eingedrungen sind, unsere Bücher geraubt, sie auf einen Haufen geworfen und angezündet haben. Der neue Pfarrer hat vorher alles noch säuberlich aufgelistet. Da sind viele bittere Tränen geflossen.« Georg schnäuzte in sein Taschentuch.

Raymund litt mit den einfachen Leuten, denn er wusste, dass einer wie der Essendeir für den Kauf eines Buches einen Monatslohn bezahlt hatte.

»Die Alten hat der Fugger geschont, und so ist es mir gelungen, die wichtigsten Schriften vor dem Feuer zu bewahren. Nimm sie mit, Raymund, und behüte sie. Es sind viele Briefe von Caspar dabei und Bücher mit seiner Widmung!« Georg zeigte auf eine Kiste neben seinem Bett.

Raymund nahm ehrfurchtsvoll die Schriften heraus und legte sie auf den Tisch. Er war sich bewusst, welche Schätze Georg ihm anvertraute.

»Jetzt geh schon und mach dich auf den Weg nach Augsburg, deine Helena wartet, Raymund! Und es gibt noch jemanden, der sich auf dich freut. Er hat sich mir vor einigen Jahren vorgestellt. Es ist der Bischof von Augsburg. Er war an Helenas Rettung beteiligt und ist, wenn auch päpstisch, ein guter Mensch.«

Raymund zögerte einen Moment. »Wir haben dir so viel zu verdanken, Georg, Gott vergelte es dir im ewigen Leben!« Raymund umarmte den alten Georg, schnürte die Schriften zusammen und kehrte zurück zu Karl. Sie ritten zurück nach Leeder. Es dauerte eine ganze Weile, bis Raymund sprechen konnte.

»Dann ist es also so gekommen, wie die Marianischen es sich immer herbeigesehnt haben, und es sieht so aus, als ob der katholische Gott gesiegt hätte.«

»Dea alte Toategräbl, Gott hab ihn selig, hot scho recht ghet, wenn ea gset hot, dass es nur oan Herrgott gibt und dea koin Unterschied macht, in wela Kiache ma ganga isch, sondern nur, wia ma g'lebt hot.«

»Ja, mein lieber Karl, da hat der Totengräber weise gesprochen. Erstaunlich ist aber, dass der Gott der Türken so tolerant ist, dass in der riesigen Stadt Konstantinopel Muslime, Juden und Christen, egal, ob protestantisch oder katholisch, friedlich nebeneinander leben und die Bräuche der anderen respektieren.«

»Mei, davo simmer weit entfernt. Bei eis schlaged si d'Chrischta untereinander d'Köpf ein, Jude werded gnadelos verfolgt, Anderschgläubige und Unschuldige foltert ma und verbrennt se auf em Scheiterhaufa.«

Am Schloss ließ Raymund nochmals seinen Blick schweifen. Seine Wehmut mit all den Kindheitserinnerungen wurde verdrängt von einem tiefen Misstrauen. *Intoleranz und Bevormundung werden hier bald einziehen, unsere gelebte Freizügigkeit wurde uns zum Verhängnis,* ging ihm durch den Kopf.

»Wo sind eigentlich die ganzen Leute aus dem Dorf?«, wollte er wissen.

Karl deutete hinüber auf die Kirche.

»Dr Bischof isch do und duad alle, dia konvertiert sind, firma. Des goht scho drei Stund.«

»Komm, lass uns hinübergehen«, schlug Raymund vor.

»Do gang nur alloi num!«, antwortete ihm Karl.

Raymund ging hinüber zur Kirche, öffnete die Tür und spähte hinein. Niemand beachtete ihn. In einer langen Schlange warteten die Gemeindemitglieder darauf, dass der Bischof ihnen das Kreuzzeichen auf die Stirn machte. In bunte Gewänder gehüllt, mit großer Mütze und grauem Bart stand er da, mächtig und erhaben, den goldenen Stab in der Linken. Aber Raymund sah in ihm keinen Hirten, sondern einen Herrscher und Unterdrücker, der die Herde seinem Willen unterwarf. *Warum sollte dieser Mensch sich auf mich freuen?* Er hatte genug gesehen und ging zu Karl, der drüben mit Pegasus auf ihn wartete.

»Hosch dir's doch no andersch iberlegt, Raymund?«, witzelte der alte Mann.

»Dieses Schauspiel hat mir gereicht. Ich glaube, dass ich hier nichts mehr verloren habe. Meine einzige Sorge ist, dass es Helena gut geht und wir zusammen irgendwo hingehen können, wo Frieden und Nächstenliebe auch gelebt werden. Ich reite hinunter nach Augsburg. David wird mir bestimmt weiterhelfen. Von allen Menschen, die mir in meinem Leben begegnet sind, außer meiner Mutter, ist keiner edler, großzügiger, verständnisvoller und toleranter. Ich wünschte, so zu sein wie er.«

Raymund drückte den alten Karl an sich, saß auf und schickte sich an, loszureiten.

»Gottes Segen, Raymund! Ist dein David denn katholisch oder protestantisch?«, wollte Karl noch wissen.

»David ist Schwenckfelder«, rief er ihm zu und es schmerzte ihn, in dem Bewusstsein zu gehen, dass er Karl nie mehr wiedersehen würde. Er winkte ihm ein letztes Mal zu und ritt das Dorf hinunter. Neben dem Gasthaus sah Raymund deutlich die Stelle, an der sie die Bücher verbrannt hatten. Verkohlte Reste von schweinsledernen Einbänden und einige halb versengte Papierfetzen waren alles, was von den Schätzen übrig geblieben war. Es schmerzte ihn in der Seele. Er streichelte das Bündel mit den Schriften, das er in den Satteltaschen unter einer Decke versteckt hatte.

124

Konstantinopel, Sommer 1595

Paschalis durfte das tun, was er am besten konnte. Er arbeitete als Büchermaler und Übersetzer im Skriptorium des koptischen Klosters und konnte damit die junge Familie ausreichend versorgen. Der Orator hatte ihnen sehr geholfen. Sie wohnten in der Nähe des Deutschen Hauses. Maria hatte ihm zwei Kinder geboren. Die Erinnerung an die schlimme Zeit mit dem Kardinal verblasste mehr und mehr. Über die letzten Sekunden des Inquisitors im Zimmer Nummer fünf wurde nie mehr etwas geschrieben, gesprochen schon gar nicht. Im Nachhinein war er erleichtert, dass nicht er den tödlichen Hieb gesetzt hatte, sondern Berkel.

Paschalis hatte etwas gefunden, was er sein ganzes Leben lang gesucht hatte: das Glück, von Frau und Kindern geliebt zu werden, eine richtige Familie. Manchmal beobachtete er Maria, wie sie zum Himmel blickte, und er ahnte, dass sie Gerhild über den Wolken wähnte. Die beiden verband etwas, was selbst der Tod nicht trennen konnte.

125

Augsburg, 1. August 1595

»DER REHLINGER IST zurück, der Pistolen-Rehlinger ist zurück!« Kaum war er vom Roten Tor auf den Weinmarkt geritten, gab es schon einige Menschen, die ihn erkannten und ihm zuriefen. Es tat ihm gut, nicht vergessen worden und willkommen zu sein.

David Altenstetter mitsamt seiner Familie und den Angestellten stand bereits vor der Tür, als er »Untern Waeschen« eintraf. Es war ein Empfang, wie er schöner nicht hätte sein können. Alle umarmten ihn und klopften ihm auf die Schulter. Er schüttelte Dutzende von Händen. Als David vor ihm stand, schaute er ihm lange in die Augen, bis ihm die Tränen übers Gesicht liefen.

»Ich habe nie die Hoffnung aufgegeben. Gott sei's gedankt, dass du gesund bist, Raymund. Lasst uns ein großes Fest feiern und dankbar sein, dass der Herr dich beschützt und gerettet hat«, erhob David seine Stimme und alle klatschten in die Hände.

Raymund nahm ihn zur Seite. »Bruder David, ich kann nicht feiern, ohne zu wissen, was mit Helena ist und ob es ihr gut geht.«

»Sei unbesorgt! Sie ist in Sicherheit und wartet auf deine Rückkehr.«

»Dann lass uns dahin aufbrechen, wo auch immer sie sein mag! Ich habe lange genug gewartet.«

»Die Menschen wollen dich jetzt bei sich haben und ich

muss dich langsam auf die kommenden Ereignisse vorbereiten, Raymund. Da wird einiges auf dich zukommen.«

»Warum so geheimnisvoll, David?«, fragte Raymund beunruhigt.

David setzte sich mit ihm etwas abseits. »Du warst sicher oben in Leeder bei Georg und bist über die wichtigsten Dinge informiert. Helena geht es gut. Sie hat eine gesunde Tochter und lebt in einem Nonnenkloster, das Viertel einer Tagesreise von hier entfernt. Die Flucht aus den Fängen der Inquisition war nur möglich durch ein Dekret des Kaisers und die Mithilfe Ottos von Gemmingen, des Bischofs von Augsburg.«

»Dieser Bischof? Der soll sich auf mich freuen, hat Georg mir prophezeit. Ich habe es nicht verstanden, denn ich habe ihn gestern erlebt, wie er in Leeder die Leute gefirmt hat. Das ist ein widerlicher Despot, der unser Dorf denen gegeben hat, die Helena und mich ans Messer geliefert haben.« Raymund sprang erregt auf, doch David zog ihn zurück auf die Bank.

»Raymund, lass dir erklären: Dieser Mann ist zwar ein katholischer Priester, aber er steht uns näher, als du dir denken kannst. Ohne ihn wärst du nicht hier.«

»Was soll das heißen, David?«

»Er hat alles unternommen, um den Inquisitor auszuschalten und das Leben von Helena und Dutzenden weiteren Unschuldigen zu retten.«

»Ich weiß wohl, wer den Inquisitor umgebracht hat. Er hat mir eigenhändig aus Konstantinopel meine Entlassungspapiere überreicht. Er heißt Berkel Aleman und …«

»Und war der Freund deines Vaters, des Bischofs von Augsburg, Otto von Gemmingen.«

Raymund war starr vor Entsetzen. Ihm fiel ihm nur ein einziges Wort ein: *Pfaffenkind.*

Es wurde den ganzen Abend gefeiert, aber Raymund spielte die Wiedersehensfreude nur mit, in Gedanken war er weit weg. Wie sollte er diesem Vater begegnen, der ihn ausgesetzt und zweiunddreißig Jahre lang verleugnet hatte. Ein Repräsentant dieser Kirche, die Andersgläubige verfolgen und umbringen ließ, die Bücher verbrannte, die einfache Menschen sich mühsam mit dem Schweiß ihrer Arbeit erkauft hatten.

David erkannte seine Nachdenklichkeit. »Dein Zimmer war die ganze Zeit auf deine Rückkehr vorbereitet. In deiner Kiste liegen sogar noch deine Kleider und ein Brief von Marco aus Brescia. Schlaf dich aus, Raymund, morgen fahren wir zu deinem Vater.«

»In Gottes Namen, David!«

Am nächsten Morgen erwartete ihn David in der Werkstatt. Es war ein strahlend schöner Sommertag, Raymund hatte ein ungutes Gefühl und sein Herz klopfte bis zum Hals.

David spazierte mit ihm in die Sonne hinaus.

»Raymund, lass mich dir ein paar Dinge erklären. Dein Vater hat dich während all der Jahre in Leeder und in Augsburg nie aus den Augen verloren und er hat mir versprochen, dich als seinen Sohn anzuerkennen. Er hat alles in seiner Macht Stehende getan, um dich freizukaufen, selbst das Geld hatte er sich erbettelt. Es wurde über dich auf höchster Ebene verhandelt und dennoch ist es uns nicht gelungen, dich aus deiner Gefangenschaft zu befreien. Du warst für die Türken so wertvoll, dass sie jedes Begehren von unserer Seite abgelehnt haben.«

Raymund blieb unvermittelt stehen, blickte David vorwurfsvoll an. »Einen Bischof zum Vater! Das hat mir gerade noch gefehlt. Aber die Els hat es meiner Mutter ja prophezeit. Lass uns umkehren, David, ich will mit so einem Vater nichts zu tun haben.«

»Hör mich an, Raymund! Du solltest dich niemals zu einer Vorverurteilung hinreißen lassen. Dein Vater ist ein wunderbarer Mensch, durch seinen Aufstieg zum Bischof hat er für das Volk Dinge erreicht, die diesem bisher verwehrt waren: Schulbildung, überall neue Lehrer, die Heilige Schrift auf Deutsch. Er ist auf einem guten Weg. Hexenverfolgungen hat es seit dem Tod des Kardinals praktisch nicht mehr gegeben. Sicherlich ist er ein katholischer Bischof, und vieles, was er tut und predigt, hat Caspar verurteilt und missbilligt, aber schaue in den Menschen und du wirst Werte finden, die auch die deinen sind. Ihr seid euch ähnlicher, als du glaubst.«

Raymund konnte darauf nichts erwidern. Ein Zweispänner mit offener Kutsche hielt unmittelbar vor ihnen.

»Steig ein, Raymund, wir besuchen deinen Vater in Dillingen. Der Weg zu einem glücklichen Leben führt nur über einen Frieden mit ihm. Hab Vertrauen.«

126

Dillingen, fünf Tage vor Sankt Afra* 1595

Nach mehreren Stunden Fahrt flimmerten die Türme und Mauern von Dillingen in der Mittagssonne. Raymund konnte seine Gefühle nicht richtig einordnen. Es waren die aufmunternden Worte Davids, die gegen das kämpften, was er an Machtdemonstration in Leeder beobachtet hatte. Bald darauf überquerten sie die Donaubrücke und erreichten schließlich den bischöflichen Palast.

Bereits vor dem Eingangstor wurden sie erwartet. Ein Sekretär führte sie über ein ausladendes Treppenhaus durch breite Gänge in ein Vorzimmer und ließ sie allein. Alles war mit edlen Möbeln und Stoffen ausgestattet. Raymund dachte einen Moment daran umzukehren. »Sei kein Feigling und sag ihm die Meinung«, sagte er sich. Dann öffnete sich die Tür und der Mann stand vor Raymund, der noch vor zwei Tagen in Leeder den armen Leuten das Kreuz auf die Stirn gedrückt hatte.

Sie schauten sich eine Weile in die Augen. David hatte recht. Es gab etwas, was ihnen gemeinsam war, eine Art körperliche Verbundenheit, und es kam Raymund vor, als würde er sich selbst in der Zukunft sehen.

»Ich glaube, dass ich euch jetzt besser allein lasse«, sagte David verlegen und verließ das Zimmer.

Der Bischof kam einen Schritt auf ihn zu. »Raymund …«

Er konnte nur stumm nicken.

---

* 7. August

Otto von Gemmingen nahm seine Hände und drückte sie lange. »Ich bin dein Vater und bitte dich um Vergebung für alles, was du durch meine Nachlässigkeit und Schuld erdulden musstest.« Er senkte den Kopf und verharrte so. Es war ihm ernst, das spürte Raymund. Er strahlte Güte und Frieden aus. »Könntest du dir vorstellen, mich Vater zu nennen, Raymund? Ich möchte es von nun an bis zu meinem Ende für dich sein.«

Raymund war unwohl, aber er fühlte, dass dieser Mensch mit sich gekämpft hatte und eine Antwort verdiente. Schließlich holte er tief Luft. »Ich will Euch verzeihen, so wie es in dem Haus, in dem ich erzogen wurde, stets gepredigt und gelebt wurde. Caspar Schwenckfeld war ein Mann des Friedens und der Versöhnung, das Wort Rache existiert nicht bei uns. Wenn ich auch in der langen Zeit meiner Gefangenschaft immer wieder in Versuchung geriet, andere Menschen zu hassen, die mir Böses wollten, so ist es mir trotzdem gelungen, diesem Trieb zu widerstehen und allen meinen Widersachern zu verzeihen.«

Der Bischof schwieg lange.

Auch Raymund hing eine Weile seinen Gedanken nach. Er beschloss, einen Versuch zu wagen: »Erzählt mir von Giovanna!«, forderte er den Bischof auf.

»Woher kennst du ihren Namen, Raymund?«

»Euer Freund Berkel hat ihn mir zugerufen, als wir schon mit dem Frachtsegler abgelegt hatten, diesen und wohl auch euren Namen. Otto.«

»Ja, Giovanna …« Der Bischof seufzte und begann zu erzählen. Von seinem Studium in Bologna, seinen Freunden Rico, Giacomo und Oktavian und von den Besuchen im Badehaus. Die Zeit schien stillzustehen. Otto von Gemmingen beschrieb Giovanna so, dass Raymund seine Mutter leibhaftig vor sich sah, ihre Augen, ihre roten Haare, ihren Mund und ihre Hände. Raymund fühlte, dass er sie sehr geliebt haben musste. Als er von der Reise mit der Schwangeren über die Berge und der Ankunft in Schongau erzählte, senkte er den Kopf und faltete die Hände. Es ging ihm anscheinend immer noch sehr nahe. Er schilderte ihren letzten Wunsch, dass ihr Kind leben sollte, und seinen dramatischen Ritt durch die pestverseuchten Dörfer bis nach Leeder.

Raymund verstand in diesem Augenblick, dass dieser Mann die Größe besessen hatte, sich über Konfessionen hinwegzusetzen, um sein Leben zu retten, da er sehr wohl wusste, dass Leeder als Ketzernest verschrien war.

»Die weitere Geschichte kennst du ja, Raymund.« Er stand auf und atmete tief durch.

»Ich habe täglich für dich gebetet, dich all die Jahre nie aus den Augen verloren, an deinem Schicksal stets teilgenommen, und als Helena in die Fänge der Inquisition geraten ist, habe ich sie gemeinsam mit David entführt und versteckt. Helena gilt als verschollen. Eine Rückkehr in die bürgerliche Welt ist für sie nicht möglich. Sie existiert nicht mehr, Raymund, verstehst du das?« Er packte ihn an den Schultern.

»Ich habe es verstanden! Wenn das der Preis war, um ihr Leben zu retten, dann werde ich mit ihr das Reich verlassen müssen.«

»Gott hat euch beide aus der Gefangenschaft geführt, er wird euch beschützen und seine Hand über euch halten. Ich möchte, dass du mir beim Essen deine Geschichte erzählst, Raymund. Ich lasse ein Schreiben vorbereiten und es sofort nach Oberschönenfeld schicken, damit dort Helenas Entlassung vorbereitet werden kann.« Er öffnete die Tür und gab dem Sekretär Anweisungen.

»Oberschönenfeld auf dem Weg nach Memmingen?«,

fragte Raymund. Er war oft dort vorbeigeritten, als er Helena bei der Els besucht hatte.

»Nur zwei Wegstunden von Augsburg entfernt. Zisterzienserinnen, die dem Hochstift unterstehen. Die Äbtissin Barbara Elchinger hat Helena die ganzen Jahre versteckt.«

Sie gingen mit David, der vor der Tür gewartet hatte, hinunter ins Refektorium, wo man ihnen eine Mahlzeit servierte. Raymund konnte sich nicht zurückhalten, neben seiner Geschichte bei den Türken auch vom Wüten der Fugger in Leeder zu berichten. Der Bischof zeigte Verständnis.

»Ich möchte in Leeder eine Tafel anbringen lassen und damit an deine Familie und dein außergewöhnliches Schicksal erinnern.«

Raymund schüttelte den Kopf: »Ich brauche keinen Gedenkstein, wenn gleichzeitig alle Spuren meiner Familie und auch die von Caspar Schwenckfeld ausgelöscht werden. Das war doch das Ziel des Fuggers und seiner Leute, ist es nicht so?«

Der Bischof räusperte sich verlegen, Raymunds Satz blieb unwidersprochen. Niemand sagte etwas.

»Ich möchte nicht drängen«, unterbrach David die peinliche Stille, »aber wenn wir vor Einbruch der Dunkelheit zurück sein wollen, sollten wir bald aufbrechen. Ich warte unten am Wagen auf dich, Raymund«, sagte er und verschwand.

»Lass mich dir etwas auf den Weg geben, Raymund. Ich musste dich in einem protestantischen Dorf vor das Haus Gottes legen, weil alle katholischen Orte mich abgewiesen hatten. Man hat dich zu einem mündigen, aufrechten und standfesten Christen erzogen. Wenn ich auch als Bischof gezwungen bin, alle Protestanten als vom Weg abgekommene Schafe zu sehen, so respektiere und achte ich dich als meinen Sohn und wünschte, dass die Kirche manches von dem, was deine Überzeugung ist, überdenken würde.« Der Bischof drückte ihm einen Beutel voller Münzen in die Hand, umarmte ihn und wünschte ihm Gottes Segen. »Du wirst bald eine Tochter haben, Raymund. Sie trägt den Namen deiner Mutter. Damit wirst du wenigstens ihren Namen täglich auf den Lippen haben. Gib ihr die Liebe, die sie verdient, auch wenn du nicht ihr leiblicher Vater bist. Sie hat Helena vor dem sicheren Tod bewahrt. Wenn du jemals Hilfe benötigst, werde ich für dich da sein. Und schreib mir, sobald ihr sesshaft geworden seid.«

Ich verstehe, dass er gefangen ist in seiner eigenen Kirche und deren Zwängen gehorchen muss. Aber ich werde versuchen, den Bischof von ihm zu trennen und ihn nur als Menschen und Vater zu sehen.

Raymund nickte. »Auf Wiedersehen, Vater.«

Sie hatten fast zwei Drittel der Strecke zurück nach Augsburg in Schweigen zugebracht, als David das Wort an ihn richtete.

»Dein Vater liebt dich. Er mag in deiner Schuld stehen, aber ebenso stehe ich in deiner Schuld. Es ist deine freie Entscheidung, welchen Weg du jetzt einschlagen wirst. Ich werde dich in allem unterstützen, Raymund.«

»Helena gibt es nicht mehr in diesem Land, wie ich gerade erfahren habe. Ich denke, dass ich sie dringend in Sicherheit bringen muss. Vielleicht gelingt es uns, mit Marco in Brescia etwas Gemeinsames aufzubauen. Wer weiß, von Genua aus locken noch andere Ziele, Lissabon oder die Neue Welt. Ich wäre dir dankbar, wenn du mir einen zweiachsigen Wagen und ein Pferd mitgeben könntest, mein Araber lässt sich nicht einspannen. Ich nehme ihn trotzdem mit.«

»Das hört sich nach einem Abschied für immer an, Raymund.«

»Freiheit im Denken und Handeln ist noch wichtiger, wenn man Jahre darauf verzichten musste. Meine Heimat habe ich verloren. Helena und ich tragen unseren Glauben tief in uns. Wir werden einen Platz finden, an dem wir leben können, ohne verfolgt zu werden.«

David drückte ihm die Hand. »Ich unterstütze dich in allem und wünschte, selbst so mutig zu sein.«

127

Oberschönenfeld, vier Tage vor Sankt Afra 1595

AM NÄCHSTEN TAG stand der Wagen abfahrbereit. Raymund hatte David gebeten, niemandem von seinen Plänen zu erzählen, und so schien es, als würde er zu einer Tagesfahrt aufbrechen. Der Abschied von seinem Lehrmeister fiel entsprechend verhalten aus, aber alles, was er in seinen Augen lesen konnte, war Güte und Zuversicht.

»Bleib mir und Caspar treu, Raymund!«

»Ich verspreche es, Bruder David, und danke dir für alles!« Kurz darauf passierte er, getragen von einem unbeschreiblichen Glücksgefühl das Gögginger Tor in Richtung Memmingen. Pegasus, den er am Wagen angebunden hatte, tänzelte an seiner Seite, als wäre er genauso aufgeregt wie sein Herr.

Raymund konnte es gar nicht schnell genug gehen. Sicher, so dachte er sich, hatte der Bote gestern schon die Papiere an die Äbtissin überbracht. Wie würde es wohl sein, mit einem Schlag Vater zu werden und eine Familie zu haben? Ob Giovanna ihn als Vater annehmen würde?

Die Hütte, an der ihm der Greisinger aufgelauert hatte, stand immer noch und auch die Allee mit den Weiden. Hinter Westheim, so hatte es ihm David beschrieben, sollte er nach links in die Wälder abbiegen.

Kurz darauf lag das Kloster vor ihm. Eine mächtige Anlage, umgeben von einer Mauer, darum Wiesen, Äcker und Wälder. Vor der Klosterpforte hielt er an und stieg vom Wagen. Die Vorfreude nach all den Jahren der Trennung drohte, ihm die Brust zu zerreißen, und er war so aufgeregt, dass er seinen Herzschlag bis zum Hals spürte. Er zog an der Glocke.

Die Schwester an der Pforte lächelte. »Raymund?«, fragte sie.

Er nickte.

»Allen Heiligen und der Jungfrau sei Dank! Ihr könnt Euch nicht vorstellen, wie sehr Ihr erwartet werdet. Wir haben all die Jahre für Eure gesunde Rückkehr gebetet. Ich werde die beiden holen.« Die Schwester weinte vor Freude.

Er wollte gerade die drei Stufen hinaufgehen, die zum Eingang führten, als die Tür aufging und Helena ihm mit einem lauten Schrei entgegensprang. Er wirbelte sie in der Luft herum, bis sie sich endlich gegenüberstanden und in die

Augen sahen. Raymund sah sofort: Helena hatte ihre Jugend verloren, wie könnte es anders sein. Aber ihre Augen, ihre Stimme, es war immer noch seine Helena.

»Wach auf, mein Seel!«, flüsterte er ihr ins Ohr.

»Endlich, Raymund, endlich! Lobsinge seinen Namen! Du bist wieder da, so stark und schön, wie ich dich in meiner Erinnerung behalten habe!«

»Helena, mein Ein und Alles. Jetzt wird alles gut.« Er strich ihr übers Haar und drückte sie an sich.

»Ist das die Welt hinter der Mauer?«, flötete eine Kinderstimme hinter ihnen.

»Ja, Giovanna, das ist sie und dein Papa zeigt uns jetzt diese Welt, er hat auf uns gewartet.«

Raymund nahm das blonde Mädchen auf den Arm.

»Wo warst du denn so lange, Papa?«, fragte sie.

»Ich musste auf eine lange Reise gehen, Giovanna, aber von jetzt an werde ich immer bei dir bleiben, versprochen!« Helena wollte etwas sagen.

»Du brauchst mir nichts zu erklären, mein Engel, ich weiß über alles Bescheid«, sagte er rasch. »Gib mir das Gepäck.«

»In dieser Kiste sind Salben, Tinkturen und Kräuter, alles, was mir die Els gezeigt hat. Ich konnte den Nonnen und auch vielen Tieren helfen. In diesem Korb sind unsere Kleider. Die Schwestern haben sie für uns genäht.«

Raymund setzte die Kleine ab und hob die Sachen auf den Wagen. »Will sich denn keine der Schwestern von euch verabschieden?«, fragte er etwas erstaunt.

»Keine darf die Clausura verlassen, aber schau, Raymund, da oben stehen sie und winken.«

»Dann nichts wie aufgesessen!« Raymund half Helena und Giovanna auf den Wagen, setzte sich auf seinen Platz und nahm die Zügel. Im leichten Trab verließen sie das Klostergelände.

Die Schwestern winkten so lange hinter ihnen her, bis sie im Wald verschwunden waren.

»Giovanna also«, sagte Raymund.

»Ja, Giovanna! Dein Vater, den ich vor dir kennenlernen durfte, hat mich darum gebeten. Er ist ein feiner Kerl.«

»Der feine Kerl ist jetzt Bischof von Augsburg, er kämpft zwar gegen den Aberglauben, aber sein eigentliches Ziel ist es, das Land wieder katholisch zu machen. Deshalb sind wir beide immer noch auf der Flucht.«

»Bischof ... Er hat uns beiden das Leben gerettet. Wenn die Schwestern gewusst hätten, dass ich nun in die heilige Kirche einheirate!« Helena lachte ausgelassen.

»Wir werden versuchen, nach Brescia zu kommen. Marco erwartet uns. Ich habe ihm einen Brief geschrieben. Die Stadt gehört zum Herrschaftsbereich des Dogen von Venedig, dem eine tolerante Haltung in Religionsfragen nachgesagt wird. Sollten wir dort nicht geduldet sein, ist es von da aus nicht mehr weit nach Genua. Von dort fährt jede Woche ein Schiff in die Neue Welt, was meinst du?«

»Mit dir auf der Flucht zu sein, darüber mache ich mir keine Sorgen. Du hast schließlich beim Schießfest gewonnen und die Gefangenschaft überlebt. Was kann uns denn da noch passieren?«

»Hinten in der Kiste liegen alle Bücher und Schriften von Caspar, zum Teil Handschriftliches. Georg hat sie mir mitgegeben. Schon allein deshalb müssen wir weg von hier und die Schätze in Sicherheit bringen.«

»Georg ist der ...«

»Ich weiß«, unterbrach er sie und lächelte.

Giovanna setzte sich unterdessen auf seinen Schoß. Raymund war erleichtert, dass das Kind ihn nicht ablehnte. »Darf ich auch mal das Pferd halten, Papa?«

»Aber freilich, meine Kleine!« Raymund gab ihr die Zügel in die Hände.

»Hü!«, jubelte Giovanna aufgeregt.

»Ganz die Mama!« Er sah zu Helena.

Sie strahlte ihn mit ihren blauen Augen an und kuschelte sich an ihn.

»Caspar hätte seine Freude an uns gehabt.«

128

Dillingen, zwei Tage nach Mariä Himmelfahrt* 1595

»Der 7. Oktober wäre doch der geeignete Tag. Das Rosenkranzfest und der Gedenktag an die Schlacht bei Lepanto.« Sein Freund Jakob III. Fugger, der neue Herr von Leeder, war bei Otto vorstellig geworden, um mit ihm den Ablauf der anstehenden Feierlichkeiten zu besprechen. Die beiden Sekretäre schrieben fleißig mit.

* 15. August

»Soll dann am Patroziniumsfest gleichzeitig die Neuconsecrierung* der Kirche sein?«, fragte Otto.

»Und dazu die Einführung des neuen Pfarrers, die Einweihung des Pfarrhofs und die Weihe einer Marienstatue, die die Marianischen als Dankesgabe gestiftet und neben der Gastwirtschaft aufgestellt haben. Du wirst viel zu tun haben, Otto! Selbstverständlich wirst du bei uns im Schloss wohnen. Die Umbauten sind fast abgeschlossen. Ich denke, dass damit alles besprochen sein sollte.«

»Ich nehme deine Gastfreundschaft gerne an, Giacomo. Bevor ich es vergesse …« Otto zögerte. »Ich beabsichtige für Raymund eine Gedenktafel anzubringen und Eisenketten aufzuhängen, an der Stelle, wo ich ihn vor zweiunddreißig Jahren in höchster Not dem Allmächtigen anvertraut habe. Den Text habe ich vorbereitet, hier lies!« Otto nahm ein Blatt vom Schreibtisch und überreichte es Giacomo.

An dieser Stelle hat Gott sich einer Seele in höchster Not erbarmt. Nach dem Tod der Mutter wurde das hilflose Kind von Emanuel und Anna Rehlinger wie ein eigenes angenommen. Sie nannten es Raymund und erzogen es zu einem wahren und aufrechten Menschen in Christo. Ihm zu Ehren, seinem Retter und Befreier, hat er die Ketten, an die er in Buda und Szolnok sieben Jahre in harter Knechtschaft geschmiedet war, als freier Mann zurückgebracht.
Im Jahr P.CHR.N. 1595

Giacomo gab ihm den Zettel zurück und zog seine Augenbrauen zusammen.

* Neuweihe durch den Bischof.

»Du weißt, dass alles, was den Namen Rehlinger trägt, den Menschen im Dorf ein Übel ist.«

»Das mag sein. Mir ist diese Sache aber eine Herzensangelegenheit. Deine Leute haben im Dorf gewütet. Nicht alles, was die Rehlinger über Generationen hinweg geleistet haben, war schlecht. War es notwendig, jede Erinnerung an sie auszulöschen, ihre Bücher zu verbrennen und die Tauf- und Sterberegister zu vernichten? Ich denke nicht.«

Giacomo stutzte und sah ihn nachdenklich an. »Dann beauftrage ich einen Steinmetz mit der Ausführung. Und was ist mit den Ketten?«, fragte er.

»David Altenstetter sagte mir, dass er jemanden wüsste, der Raymund noch etwas schuldig sei und der jetzt bei einem Hufschmied arbeite. Ich glaube, er heißt Greisinger.«

»Es müssen riesige Ketten sein, die den Menschen Angst einflößen. Die türkische Bedrohung muss spürbar sein. Darum brauchst du dich nicht zu kümmern, Otto. Ich kenne den Altenstetter und werde das auf dem Rückweg in Augsburg für dich erledigen lassen.«

129

Leeder, Patrozinium* 1595

Auf Schritt und Tritt begleitete ihn der Gedanke, dass in diesem Dorf viel Unrecht geschehen war. Otto fühlte sich unwohl, machte aber gute Miene. Er wurde als Retter bejubelt und gefeiert, doch jeglicher Triumph prallte an ihm ab. Er hatte im Schloss übernachtet, in dem die Rehlinger Raymund ein Zuhause gewährt hatten. Wenn er die Augen schloss, stellte er sich vor, den Jungen durch das Treppenhaus rennen und im Hofgarten spielen zu sehen. Die Ernüchterung kam schnell zurück, denn Giacomo hatte die schlichte Ausstattung der Protestanten durch prunkvolle Statuen und wertvolle Bilder ersetzt. Damit jeder wusste, wer nun hier das Sagen hatte, hingen überall Fahnen mit dem Wappen der Fugger.

Die Feierlichkeiten waren zu Ende und Otto konnte ein wenig für sich sein. Sein Weg führte ihn noch einmal zur Kirche, die er durch den südlichen Eingang betrat. Im Vorraum fiel sein Blick zuerst auf die Ketten. *Viel zu groß, aber natürlich, das war ja beabsichtigt. Giacomo hat arg übertrieben.* Er trat näher, um die Inschrift zu lesen:

DEO. LIBERATORI ET. VINDICI
RAYMVNDVS RECHLINGERVS
EMANVELIS. F. JAC. N.

* 7. Oktober

ADVERSO. PROELIO
HONESTISS. ACCEPT. VVLNERIB.
AB. IMMANIBVS. BARBARIS
PVGNANDO. CAPTVS

COMPEDES. QVINQVAGINTA. PONDO
QVIB. VINCTVS. BVDAE. ET. ZOLNOK
DVRAM. SERVITVTEM
SEPTEM. ANNOS. SERVIIT

POSTLIMINIO. REDUX. DD
ANNO P. CHR. N. MDXCV

GOTT, DEM RETTER UND BEFREIER, ZU EHREN
HAT RAYMUND REHLINGER,
DER SOHN EMANUELS UND ENKEL JAKOBS,

Das ist die übliche Formel, aber warum nicht meine Geschichte vom Kind, das gerettet wurde?

NACHDEM ER IN EINEM UNGÜNSTIG VERLAUFENEN KAMPF
GEGEN UNMENSCHLICHE BARBAREN
TAPFER SEINE VERWUNDUNG GETRAGEN HAT
UND GEFANGEN WURDE,

Im Kampf verwundet – Das klingt natürlich besser …

DIE FÜNFZIG PFUND SCHWEREN KETTEN,
AN DIE ER IN BUDA UND SZOLNOK SIEBEN JAHRE
IN HARTER KNECHTSCHAFT
GESCHMIEDET WAR,

Natürlich hasst Giacomo die Türken; ihnen war die Kunstfertigkeit Raymunds wichtiger als das Fuggergeld!

ALS FREIER MANN ZURÜCKGEBRACHT.

Von wegen freier Mann! Er musste mit allen anderen Glaubensbrüdern das Dorf verlassen.

Otto begriff bitter, dass dies die Spielregeln waren. Er war einen so weiten Weg gegangen, innerhalb der Kirche, hatte versucht, das Richtige zu tun, Gott aufrichtig geliebt, um immer wieder an die Grenzen des Machbaren zu stoßen.

Sanft berührten seine Finger den Schriftzug mit Raymunds Namen. Er lächelte matt und verließ die Kirche.

Nachwort

Anno 1595

Die Steintafel in der Kirche Mariä Verkündigung in Leeder erzählt – entgegen mehrerer Genealogien, die die Existenz von Raymund infrage stellen –, dass Raymund ein Sohn von Emanuel Rehlinger war und ein Enkel Jacobus Rehlingers. Emanuel Rehlinger und Anna Dorn hatten vier oder fünf Kinder. Der jüngste Sohn Emanuels, Hans Jakob Rehlinger, der nach dem Tod seines Vaters 1577 das Erbe antrat, verkaufte am 18. Juli 1595 den gesamten Besitz, wohl in massiven finanziellen Schwierigkeiten, an den überzeugten Katholiken Jakob III. Fugger von Babenhausen. Dieser hatte mit seinen Brüdern den unermesslich reichen Vater Anton Fugger beerbt und sofort eine Rekatholisierung in Gang gesetzt. Unter Mithilfe der während der Gegenreformation wiedererstarkten katholischen Kirche wurden die ungeliebten Protestanten vertrieben und damit auch das Schwenckfeldertum in Leeder ausgerottet. Während all der protestantischen Jahre (ab 1527) war die ursprünglich mehrheitlich katholische Bevölkerung geduldet worden, und es ist überliefert, dass sowohl katholische als auch protestantische Untertanen ihre Religion ausüben durften. Letztere standen dem Altarssakrament distanziert gegenüber und interpretierten es offensichtlich unter dem Einfluss Caspar Schwenckfelds anders als von den beiden Konfessionskirchen intendiert. Zum anderen erwiesen sich volksreligiöse Bräuche wie Segensrituale, Prozessionen und Wallfahrten als so tief in der katholischen Bevölkerung verwurzelt, dass sich diese Riten, von den Schwenckfeldern zwar mit Skepsis und Ablehnung betrachtet, selbst über mehr als vier Generationen hinweg erhalten haben. Im Staatsarchiv Augsburg existiert noch der Bestallungsbrief des Fuggers für den katholischen Pfarrer Christian Specklin vom 25. Juli 1595, dem Jakobsfest. Der neue Pfarrer veranlasste, dass alle Untertanen sich einer Zwangsfirmung zu unterziehen hatten. In diesem Jahr 1595 wurde auch mit dem Neubau eines katholischen Pfarrhofs begonnen. Im September ließ Specklin, um seinen Intentionen Nachdruck zu verleihen, alle Schwenckfelderschriften und -bücher verbrennen, aber nicht ohne sie vorher detailliert nach Titel und Besitzer für den Bischof Johann Otto von Augsburg aufzulisten. Diese Listen befinden sich heute noch im Diözesanarchiv Augsburg. Aus ihnen geht hervor, dass sowohl einfache Leute wie der Bäcker Michael Essendeir und der Wirt Hueber (heutiges Gasthaus Luitpold) als auch beispielsweise der Richter Paul Dreer, dessen Bücher ebenfalls dem Feuer zum Opfer fielen, neben vermutlich vielen Ungenannten Anhänger Schwenckfelds waren. Wenn man bedenkt, dass damals der Wert eines einzelnen Buches ungefähr mit einem Monatslohn gleichzusetzen war, kann man ermessen, wie bitter dieser Akt der Zerstörung für die Betroffenen gewesen sein muss.

Selbst Seiner Heiligkeit Papst Clemens VIII. in Rom wurde am 17. Oktober 1597 in Form einer *relatio status* (schriftlicher Bericht über den Zustand der Diözese) die erfreuliche Nachricht vom Rückkauf des Ketzernestes in Leeder und die Wiedereingliederung in den Schoß der katholischen Kirche respektive der Diözese Augsburg durch die Fugger überbracht.

Das Wissen um die Schwenckfelder in Leeder geriet immer mehr in Vergessenheit. Die Gegenreformatoren leisteten ganze Arbeit; an die protestantische Vergangenheit sollte nichts mehr erinnern. Die Spuren der ungeliebten Rehlinger in Schriften und Büchern wurden getilgt, soweit es möglich war. Das umfangreiche Archiv Caspar Schwenckfelds, wenn es überhaupt in Leeder aufbewahrt wurde, ist wohl rechtzeitig in Sicherheit gebracht worden. Es wurde bei der Flucht der letzten Schwenckfelder aus Europa in den Jahren 1731–1737 mitgenommen und wird in der Schwenckfelder Library in Pennsylvania aufbewahrt. Nach eigener Durchsicht der Matrikel der Pfarrei Leeder im Diözesanarchiv des Bischöflichen Ordinariats Augsburg musste ich feststellen, dass diese erst im Jahre 1597 beginnen.

Die letzte Zeugin

Alle schriftlichen Aufzeichnungen vor 1597 waren, von wem auch immer, unwiederbringlich zerstört worden. Der einzige noch real existierende Hinweis auf das Schwenckfeldertum in Leeder ist die Notiz im pfarramtlichen Sterberegister von 1623:

Obivit Ursula Blesin vidua non confessa nec provisa quia non petivit, cum adhuc in oculto vera fecerit Lutheriana vel Schwenckfeldiana, ut parochus ab eius vicinis percepit. Sed si cum parocho illi agendum ut loquendum de fide vera fuit, tunc optimam se in verbis ostendebat catholicam. Requiescat si potest.

Am 9. August 1623 verstarb die Witwe Ursula Blesin, ohne eine Beichte abzulegen und nicht versehen mit dem Sterbesa-

*krament, nach dem sie nicht verlangt hatte, weil sie bis anhin sich an Lutherischen beziehungsweise Schwenckfelderischen Zeremonien beteiligt hatte, wie der Pfarrer von ihren Nachbarn erfuhr. Aber wenn sie mit dem Pfarrer zu tun hatte und zum Beispiel über den wahren Glauben reden sollte, hat sie sich in ihrer Wortwahl als beste Katholikin erwiesen. Sie ruhe – wenn es möglich ist – in Frieden.**

Klimaveränderungen, Aberglauben und Hexenwahn

Die zweite Hälfte des 16. Jahrhunderts gilt als die »kleine Eiszeit« in Europa. Massive Ernteausfälle durch Regen, lange Winter und kalte Sommer ließen die Menschen hungern und gingen einher mit einer Pestepidemie in Süddeutschland im Jahre 1563, die vor allem in Teil eins des Romanzweiteilers »Das Ketzerdorf – Der Aufstieg des Inquisitors« thematisiert wird. Klimakatastrophen, Hunger, durch Propaganda geschürte Furcht vor den Türken, religiöse Zerwürfnisse und andere Gründe trieben die Menschen in den Aberglauben und boten den Nährboden für die Verfolgung von Hexen, Minderheiten und Andersgläubigen. Die Hexenprozesse, die gegen Ende des 16. Jahrhunderts in Oberdorf, Schwabmünchen, Schongau sowie dem gesamten süddeutschen Raum stattgefunden haben, stehen laut Wolfgang Behringer, dem Verfasser des Werkes »Hexenverfolgung in Bayern«, in unmittelbarem Zusammenhang mit dem schlechten Wetter, damit verbundenen Ernteausfällen, der Pest und den Hungersnöten. Sie kosteten allein in einem regional begrenzten Gebiet Hunderte von unschuldigen Frauen das

* Die Übersetzung stammt von Ivo Stolz.

Leben. In dieser Zeit der Anspannung brachte ein katastrophaler Hagelschlag im Juni 1588 die Bauern im Raum Schongau gegen die Obrigkeiten auf. Bald darauf wurden dort Dutzende von Frauen der Hexerei angeklagt, gefoltert und ermordet. Der Prozess gegen die Dillinger Hebamme Hausmännin wurde von Zeitzeugen in seiner Grausamkeit detailliert geschildert. An die Opfer der Dillinger Hexenprozesse erinnert eine Gedenktafel des Rotary-Clubs, die am 12. Dezember 1994 im dortigen Schlosshof gegen den Widerstand des Bischöflichen Ordinariats enthüllt wurde.

Wetterphänomene, Sonnenverfinsterungen, Kometen und andere unerklärbare Vorkommnisse in dieser Zeit wurden als Strafe Gottes oder als Werk des Teufels betrachtet. Die Menschen waren den Naturgewalten vor allem durch Unwissenheit hilflos ausgeliefert. Der im Roman beschriebene große Komet von 1577 hat Furcht und Schrecken verbreitet, ebenso die Beschreibung eines Tornados über Augsburg am 2. Juli 1587.

Die Els von Ettringen war eine weit über die Landesgrenzen hinaus bekannte Wahrsagerin und Zauberin. Sie wurde auch bei zahlreichen Hexenprozessen um ihre Meinung gefragt, vor allem, wenn es darum ging, unnatürliche Krankheiten oder Wetterphänomene als Hexenzauber zu erklären.

Steinerne und andere Zeitzeugen

Auf der berühmten Landkarte aus dem Jahre 1568 von Philipp Apian, der für den Bayerischen Herzog die erste Landvermessung durchgeführt hatte, wurde der Ort noch als »Löder« bezeichnet. Deutlich ist auch die Mauer zu sehen, die Leeder als Wehrdorf ausweist. Dass die Kirche mit ihrem damals schon über 150 Jahre alten beeindruckenden Backsteinturm, der sicherlich nicht zu übersehen war, auf Apians Karte keine Berücksichtigung findet, mag ein weiterer Beweis dafür sein, dass selbst der bayerische Herzog den Ort für den Katholizismus als verloren ansah. Nur 66 Jahre nachdem die Fugger den Ort übernommen hatten, verkauften sie das Dorf anno 1661 an das Hochstift Augsburg. Das untere Schloss befand sich an der Stelle der heutigen Jugendstilvilla im Dorfzentrum, das obere Schloss der Rehlinger stand unweit der Kirche, an der Stelle, wo sich heute das neue Pfarrheim beziehungsweise der Parkplatz dafür befindet. Laut der Plansammlung im Bayerischen Staatsarchiv (Plan von 1730) handelte es sich um ein dreigeschossiges, großzügig angelegtes Gebäude mit Zwiebelturmerkern auf der Südseite. Das letzte in seiner Grundstruktur originalgetreu erhaltene Ritterschloss Süddeutschlands steht in Hopferau bei Füssen und dürfte am ehesten mit dem Rehlingerschloss vergleichbar sein. Beim Bau des neuen Pfarrheims im Herbst 2012 stießen die Arbeiter auf die Fundamente, Bauschutt und Scherben des alten Schlosses, das zu Beginn des 19. Jahrhunderts zum Abbruch freigegeben wurde. In Leeder noch erhaltene Gebäude aus der Zeit des 16. Jahrhunderts sind der riesige herrschaftliche Stadel, die teilweise erhaltenen Umfassungsmauern und gegenüberliegend der stattliche Gasthof »Luitpold«. Erhalten hat sich auch noch der Straßenname »Am Hofgarten«, der die damals zum Schloss gehörende, heute als Spielplatz genutzte Grünfläche neben der Grundschule von Leeder beschreibt. An der südwestlichen Ecke sind heute noch Reste des ehemals mit einer Mauer eingefassten Geländes erkennbar. Der aus dem Jahre 1595 stammende Pfarrhof musste in den Sechzigerjahren der Bauwut eines neuen Pfarrherrn und dem mangelnden Geschichtsbewusstsein der Nachkriegsgeneration weichen. Das bayerische Denkmalschutzgesetz von 1973 kam um wenige Jahre zu spät.

Für die Kirchen Bedrohung und Fluch; für Verfolgte, Andersgläubige und Geächtete die letzte Hoffnung: der Islam

Die ständische Sozialordnung des 16. Jahrhunderts war durch zahlreiche innere Schwierigkeiten (Bauernaufstände, Reformation, Rivalitäten einzelner Fürsten und viele weitere) bedroht, dazu kamen Klimakatastrophen, Hungersnöte und die Pest.

Viele Menschen flüchteten vor diesen Schwierigkeiten ins Osmanische Reich, das zu dieser Zeit eine nicht geringe Anziehungskraft auf Bauern, Handwerker und Soldaten ausübte. Sie hofften dort auf ein freieres Leben (religiöse Toleranz, Steuerfreiheit, keine Fronarbeit). Zahlreiche Berichte von Reisenden und auch Gefangenen aus dieser Zeit schildern völlig andere Umstände, als die, welche die Kirche ihren Gläubigen und die Herrscher ihren Untertanen in den schwärzesten Farben ausmalten. Die Tatsache, dass christliche Handwerker, Kanoniere und Büchsenmacher als Konvertiten zum Islam sich ihre Dienste frei von allen Zwängen abendländischer, christlicher Konvention in unvorstellbarem Luxus, mit großer Dienerschaft, oft mit mehreren Frauen, haben bezahlen lassen, wurde von den Obrigkeiten aus verständlichen Gründen unter Verschluss gehalten. Das verzerrte Bild der Türken im Abendland beinhaltete vor allem die von kirchlicher Seite verbreiteten tendenziösen Berichte über das Los der Christensklaven im Osmanischen Reich. Dabei wurde nicht differenziert zwischen den Leiden der christlichen Grenzvölker, die den Angriffen meist schutzlos ausgeliefert waren und aus deren Mitte tatsächlich Tausende in die Sklaverei geführt wurden, und der Lage der christlichen Untertanen des Osmanischen Reiches. Sie alle litten, so die Propaganda, unsägliche Qualen und mussten befreit werden. Unstrittig war, dass unzählige Christensklaven zu Arbeits-, Fron- oder Galeerendienst verurteilt wurden, wer aber einen Beruf hatte, eine besondere Begabung oder die nötigen finanziellen Mittel, konnte diesem Schicksal erfolgreich entgehen. Die Schlacht von Lepanto am 7. Oktober 1571 gilt als das blutigste Ereignis der gesamten weltweit verzeichneten Seefahrtsgeschichte. Als am Abend ein Gewitter das Massaker beendete, waren von den 250 osmanischen Galeeren nur noch 40 übrig, 29.990 Menschen wurden erschlagen oder sind an ihren Ruderbänken angekettet jämmerlich ertrunken. Die hoch effiziente Bewaffnung der Heiligen Liga von Papst, Spanien, Genua und Venedig gab den Ausschlag für den gewaltigen Sieg über das Osmanische Reich. Dies war die letzte Schlacht, in der ein Offizier eigenhändig mit dem Bogen auf den Feind schoss (der türkische Oberbefehlshaber Ali Pascha) und ferner die letzte Seeschlacht in der über 50 % einer Seite nur mit Pfeilen und Bögen kämpften. In der Konsequenz kam es auf der osmanischen Seite zu einer gewaltigen Aufrüstung. Im ganzen Abendland wurden Spione, Späher und verdeckte Ermittler ausgeschickt, die die besten Kanoniere, Büchsenmacher und Waffenschmiede in das Reich des Sultans locken sollten; bei jeder christlichen Gefangennahme wurde ausgebildeten Handwerkern und der Aufrüstung nützlichen Gefangenen eine Sonderbehandlung zuteil, viele lebten jahrelang in Saus und Braus und waren gar nicht an einer Rückkehr in die Heimat interessiert. Papst Gregor XIII. weihte das Blutbad der Jungfrau Maria und führte das Rosenkranzfest ein, das bis zum heutigen Tag am 7. Oktober gefeiert wird. Die »Türkengefahr« war nach dem Sieg bei Lepanto lange nicht gebannt und die Kirche nutzte diesen Umstand, um ihre eigenen Interessen zu wahren. Dabei spielte die politische Schwäche des Papsttums, einhergehend mit der Spaltung der Kirche, eine große Rolle. Die Kurie hoffte, diesem Machtverlust durch die Einigung der Gläubigen im Kampf gegen die Türken entgegenzuwirken. Aus diesem machtpolitischen Kalkül heraus begann sie eine rege Propagandatätigkeit in der christlichen Öffentlichkeit, die auf alle Gebiete des öffentlichen Lebens ausstrahlte. All diesen propagandistischen Maßnahmen der Kirche war eins gemeinsam: Das Türkenbild, das den verängstigten Menschen immer wieder in jedem Gottesdienst eingehämmert wurde, war ein grausames und bedrohliches, das mit der Realität wenig gemein hatte. Die Türken erschienen als die Zerstörer aller göttlichen Ordnung und als Feinde aller Christen. Das traurige Los der Christensklaven, das von den Kanzeln aus in erschütternder Weise beschworen wurde, bewegte die Herzen der Gläubigen und die »Türkenalmosen« flossen reichlich. Zacharias Geizkofler, der Reichspfennigmeister des Kaisers, trieb in den Jahren 1589 bis 1603 die unglaubliche Summe von zwölf Millionen Gulden an »Türkensteuer« ein.

Spurlos verschwunden

Umso wichtiger war es, das Andenken an einen Bürger aus dem eigenen Ort zu bewahren, der diese Widrigkeiten durch

Fürsprache und Gebet überlebt hatte und nach sieben Jahren Sklaverei wohlbehalten der beschworenen »türkischen Hölle« entkommen war. Die in lateinischer Inschrift gehaltene Steintafel, die wohl von kaum einem der damaligen Kirchgänger übersetzt werden konnte, schildert den Leidensweg und die durch Gott, dem Retter und Sieger, ermöglichte Rückkehr des Raymund Rehlinger als Freier in das vorhandene Rechtssystem (postliminio). Die Anbringung der wahrhaft bedrohlichen und in ihrer Größe überdimensionierten Ketten war eine drastische Mahnung an die Gläubigen bei jedem Gang aus der Kirche, dass irdisches Leid und Sklaverei nur durch Gott und die Kirche gelindert und beendet werden könnten. Die Eisenketten Raymund Rehlingers sind neben der Grabplatte seines Onkels Jakob unter der hölzernen Anzeigentafel und einer Straßenbezeichnung das Einzige, was im heutigen Leeder noch an die Rehlinger erinnert. Die Spur der Rehlinger, die sich weigerten zu konvertieren und den Ort 1595 verlassen mussten, war trotz großer Anstrengungen meinerseits nicht mehr auffindbar. Der Bäcker Michael Essendeir, dessen Bücher ebenfalls verbrannt wurden, sah sich wohl dazu genötigt, zum katholischen Glauben zurückzukehren, vermutlich hatte er Besitz, den er nicht verlieren wollte. Seine Bäckerei lag mit ziemlicher Sicherheit in unmittelbarer Nähe der Kirche, denn bei zahlreichen Trauungen wird er in den Büchern immer wieder als *testis* (Trauzeuge) angeführt.

Zeichen des Sieges und der Sieger

Die Darstellung des heiligen Dominikus mit dem Hund, der eine brennende Fackel im Maul hält, auf beiden Deckengemälden der Pfarrkirche von Leeder ist auf die an der Finanzierung des Baus beteiligte Rosenkranzbruderschaft zurückzuführen. Dass die Vertreibung der Rehlinger mit der Inquisition zusammenhängt, ist reine Spekulation. Die *domini canes* (Hunde des Herrn) waren seit dem 13. Jahrhundert zur Verfolgung von Häresie und Ketzertum vom Papst abgeordnet und stellten über Jahrhunderte die Inquisitionsgerichte. Das Fest Mariä Verkündigung feiert die katholische Kirche am 25. März. Obwohl die Kirche in Leeder diesem Ereignis gewidmet ist, feiert man das Patroziniumsfest am 7. Oktober, dem Rosenkranzfest, das in unmittelbarem Zusammenhang mit der Schlacht von Lepanto, dem »Sieg über den Islam« steht. Die Mariensäule in Stein, Maria darstellend, die den Halbmond mit den Füßen zertritt, und die 1889 an der Auffahrt zur Kirche, der heutigen Weldener Straße, errichtet wurde, ist bereits die fünfte Version. Die vorhergehenden Holzversionen hat sie ersetzt. Sie steht unmittelbar neben dem Gasthaus Luitpold, bei dessen damaligem Besitzer 1595 nachweislich die meisten Ketzerschriften entdeckt wurden. Sie wurde nach Ansicht von Conrad Fürst als »Siegessäule« nach der Vertreibung der Rehlinger und deren ungeliebten Glaubensgenossen errichtet und mag wohl die Stelle markieren, an der 1595 die öffentliche Verbrennung der Schwenckfeldischen Bücher stattgefunden haben könnte.